U0513937

# 域外漢籍傳播與中韓詞學交流

한적의 해외 전파와
중한 사학 교류

杨焄 著

上海古籍出版社

本书为国家社科基金青年项目
"域外汉籍传播与中韩词学交流研究"（11CZW045）结项成果，
并得到华东师范大学中文系学术著作出版基金资助。

# 目　录

# 引　言

在相当漫长的历史时期中,古代东亚地区的众多国家如日本、韩国等,都曾经受到中国文化的深远影响,其突出表现之一即共同使用汉字作为通行的书面表达语言。在某种层面上,甚至可以认为"汉语成了东亚的'拉丁语',对所有的文化产生了启迪,其程度远远超过了拉丁语在西方的影响"。[①] 这些国家由此对汉字文化产生了极为强烈的认同感和归属感,尽管在日常口语表达中使用的仍然是各自的民族语言,但在书面表达时却往往采用汉字作为载体,由此也就产生了"域外汉文学"这样一种独特的文学样式,并形成自身独特的承传谱系。

在"域外汉文学"得以产生与递嬗的背后,折射出的乃是突破民族与疆域界限的整个东亚地区的文化交流活动,其中尤以汉籍的传播最为关键。本书即尝试在域外汉籍传播的背景之下,着重考察中、韩两国在词学领域的交流互动。在研讨之前,有必要对相关术语、概念做一番界定,同时也对现有研究状况做一番简要的回顾。

所谓"域外汉籍",有狭义和广义的不同理解,尚存在一定的分歧。就狭义而言,专指源自中国本土而流传、保存于韩国、日本、越

---

① (新西兰)史蒂文·罗杰·费希尔:《阅读的历史》,李瑞林、贺莺、杨晓华译,党金学校,北京:商务印书馆,2009 年,第 93 页。

南等数个周边国家的汉文古籍(包括钞本和刊本);就广义而言,则还包括以中国典籍为依据,进行抄写、翻刻、笺注、选评的各类汉文古籍(例如朝鲜本、和刻本、越南本等),以及域外文士使用汉语进行撰著的各种典籍。在实际研究的过程中,采纳狭义的理解固然有助于划定适度的范围,但在涉及具体典籍的递传情况时,并非都能完全做到此疆彼界,泾渭分明,而且也无助于展现以书籍传播为中心的东亚地区文化交流的全貌。本书将要研讨的《精刊补注东坡和陶诗话》,出自宋元之际蔡正孙(1239—?)之手,但目前仅存三种朝鲜时期翻刻的残本,就暂时无从考察此书最初是经由何人通过何种途径传入韩国的。① 如果拘泥于狭义的理解,对于这一类在中国本土佚失的典籍难免就会失之交臂。基于这样的考虑,本书更倾向于对"域外汉籍"这一术语采用广义的理解。

另一个需要界定的概念则是"中韩",具体而言就是"中国"和"韩国"这两个我们习以为常甚至习焉不察的称谓。历史上伴随着王朝的兴替、民族的分合、疆域的伸缩,其实并不存在固定不变的"中国"和"韩国"的空间概念。我们所理解的国家,在很大程度上都是从现在的具体处境出发,尤其受到近代以来日趋鲜明的民族国家观念的影响,因此往往会忽略很多原本存在着的差异性历史要素。然而,正如有学者质疑的那样:"真的有这样的一个具有同一性的'中国'吗? 这个'中国'是想象的政治共同体,还是一个具有同一性的历史单位? 它能够有效涵盖这个曾经包含了各个民族、各朝历史的空间吗? 各个区域的差异性能够被简单地划在同一的'中国'里吗?"②类似的疑问也可以转移至"韩国"这个概念之

---

① 参见本书第二章第四节《朝鲜刻本〈精刊补注东坡和陶诗话〉的文献价值》。

② 葛兆光:《宅兹中国——重建有关"中国"的历史叙述》,北京:中华书局,2011年,第3页。

上，从传说中的箕子率众开拓朝鲜半岛，到高句丽、百济、新罗鼎峙的三国时期，在经历了新罗统一全国之后，又相继建立了高丽、朝鲜两个王朝，近代以来又曾沦为日本殖民地，直至目前尚呈现南北对峙的政治格局，到底哪个才是"韩国"？鉴于本书所涉及的历史时段将从公元六七世纪一直延续到近现代，为了强调历史的延续性和文化的同一性，也为了便于指称，一般仍笼统地使用"中国"、"韩国"的称呼，而在涉及具体时间段时，为了便于细分再使用相应的王朝称谓。

由韩国历代文士创作的汉文学作品数量颇夥，其中的词作虽然并不是主要部分，但相关的研究成果仍有一些，目前学界对此已经有过简要的介绍。韩国学者金贞熙在《韩国"中国词文学研究"评述》中专设一节考察"韩国词文学研究"的基本情况，其中提到："韩国词文学研究成果有达 22 篇之多，除了车柱环的对于韩国词文学资料整理及朝鲜末期的高圣谦和金时习研究外，大致上局限在高丽末词人李奎报和李齐贤的研究上，因此可以说尚有许多研究课题，等待探究。"①而中国学者薛玉坤在《韩国学者词学研究著作、论文索引（1958—2004）》中则开列过一份包括专著、硕博论文及专业刊物论文在内的目录，②虽然因为涉及面较广，搜集的资料尚不完备，但也可以发现绝大部分研究的对象都集中于中国词人词作，仅有一小部分涉足韩国词。这两位学者考察的时间下限都截止到 2004 年，侧重于介绍韩国学界的研究状况，且重心并不在于韩国词文学，因而难免有所遗漏。综观目前中、韩两国学界在这方面的研究，可以将相关成果依照性质分为文献资料的整理校订

---

①（韩）金贞熙：《韩国"中国词文学研究"评述》，载（韩）中国语文研究会编《中国语文论丛》第 29 辑，2005 年。

② 薛玉坤：《韩国学者词学研究著作、论文索引（1958—2004）》，载《中国韵文学刊》2005 年第 3 期。按：这份索引还将中国学者著作的韩译本列入其中，体例稍显不纯。

和词史词作的考述评析两大类。以下略作回顾介绍,并对其中可供进一步开拓的领域加以说明。

　　对韩国历代词作进行系统性整理校订的工作,开始于上世纪六十年代。韩国学者车柱环在主持韩国历代文集的整理计划时,搜集了自高丽至朝鲜时期共 43 位文人的词作 431 首,逐一加以标点和说明,并以《韩国词文学研究》为题,在 1964 年至 1965 年期间,陆续公开发表。① 他事后曾颇为感叹地说:"这件韩国历代长短句的搜探梳理工作也相当吃力,而且需要不断查阅中国各家词集、词谱等等有关词学的文献。"②受研究条件和个人精力所限,这项工作最终并未能够持续进行。不过,随着《韩国文集丛刊》这样大规模的古籍整理项目的推进,③为其他学者搜集、整理韩国词作提供了极大的便利。另一位韩国学者柳己洙经过多年努力,在 2006 年推出整理校点本《历代韩国词总集》,主体内容分为《高丽、朝鲜词》、《有目无词》、《失调名、自度曲》和《汉文小说中的词》四类,共计收录 171 位文人的 1 250 馀首词作,④基本呈现了韩国历代词作的整体面貌。其后有学者针对书中部分讹误提出过批评商榷,⑤柳己洙本人也陆续发表过《〈历代韩国词总集〉补正记》、《中國詞의受容과創作——새로 발견된高麗·朝鮮詞를中心으로》等具有订

<hr/>

　　① 《韩国词文学研究》共分五部分,相继发表在《아세아연구》《亚细亚研究》)第 7 卷第 3、4 期和第 8 卷第 1、3、4 期。

　　② (韩) 车柱环:《北宋怀古词小考》,载《词学》编辑委员会编《词学》第十辑,上海:华东师范大学出版社,1992 年,第 1—2 页。

　　③ 《韩国文集丛刊》由韩国民族文化推进会(现为韩国古典翻译院)主持编辑影印,收录上起新罗时代,下迄近代的韩国文集,目前已出版 350 册,共计 663 种文集。

　　④ (韩) 柳己洙编:《历代韩国词总集》,오산:한신대학교출판부,2006 年。

　　⑤ 参见杨焄:《〈历代韩国词总集〉匡补》,载《中国语文论译丛刊》第 25 辑,중국어문논역학회,2009 年。

补修正性质的论文，①使得目前搜集到的韩国词作总数已经达到
2 000首左右，为日后的深入研究奠定了较为坚实的资料基础。在中
国学界，虽然没有类似的大规模系统整理，但对个别韩国词人也颇
有关注。清末伍崇曜出资、谭莹校勘编订的《粤雅堂丛书》中率先收
入高丽文人李齐贤的《益斋乱稿》，其中包括《益斋长短句》一卷。近
代词学家朱孝臧在其编纂的《彊村丛书》中根据明刊本校订，也收录
过李齐贤的《益斋长短句》。其后唐圭璋在编纂《全金元词》时同样
收录了李齐贤的全部词作，并撰写过系列论文考察其中的文字校勘
问题。夏承焘选校的《域外词选》则以《彊村丛书》为底本，同时参酌
唐圭璋的意见，选入李齐贤的全部词作并逐篇予以注释。② 就整体
而言，目前中国学者在文献整理方面集中于李齐贤一家，涉及范围
并不广，但对韩国词在中国的传播与接受也做出了不少贡献。

　　在对韩国词史词作进行研究时，既有针对个别词人词作的分
析，也不乏宏观系统的研讨。前者如车柱环《韩中词文学的比较研
究：以李奎报的白云词为中心》、池荣在《益斋李齐贤其人其词》、
李宝龙《朝鲜文人词之先声——金克己词论析》、조창록《玉垂 趙冕
鎬의“詞”에 대하여》等，③主要集中研讨金克己、李奎报、李齐贤、赵

①（韩）柳己洙：《〈历代韩国词总集〉补正记》，载《民族文化》第 39 辑，2012 年；
《中國詞의受容과創作——새로 발견된高麗·朝鮮詞를中心 으로》，载《중국학연구》제
65 집，2013 年。

② 有关中国学者对李齐贤词的整理工作，请参见本书第六章第三节《李齐贤词作
在近现代中国的传播与接受》。

③ 参见（韩）车柱环：《韩中词文学的比较研究：以李奎报的白云词为中心》，原收
入作者《中国词文学论考》（首尔：首尔大学校出版部，1982 年），另有林秋山中译本《高
丽与中国词文学的比较研究》，载《词学》编辑委员会编《词学》第九辑，上海：华东师范大
学出版社，1992 年；（韩）池荣在《益斋李齐贤其人其词》，载《词学》编辑委员会编《词学》
第九辑；李宝龙《朝鲜文人词之先声——金克己词论析》，载《延边大学学报》2011 年第 2
期；조창록：《玉垂 趙冕鎬의“詞”에 대하여》，载《한문학보》Vol.12，우리한문학회，2005。

冕镐等在韩国词史上卓有成就的词人;后者如吴肃森《朝鲜的词学》、罗忼烈《高丽、朝鲜词说略》、李承梅《조선 전기詞文學인식과그 특성》、李宝龙《韩国高丽词文学研究》等,①从整体上对韩国词学发展、演进的过程进行深入分析。由以上两种不同的研究视角切入所取得的成果,从不同层面展示了韩国词作的创作特征,为后续的研究提供了不少借鉴和启发,但在研究视域方面仍存有进一步开拓的空间。尽管有些学者已经开始尝试将韩国词作放置在中韩文化交流的背景下予以研讨,如黄拔荆《试论中国豪放派词风对朝鲜词人李齐贤的影响》、柳基荣《苏轼与韩国词文学的关系》、赵维江《汉文化域外扩散与高丽李齐贤词》、吴熊和《高丽唐乐与北宋词曲》等,②但大部分的研究仍集中于词作本身的传播和接受,未能进一步在汉籍整体交流的进程中加以考察,以致在很多情况下只能聚焦于苏轼这样对韩国词史影响较为直接的中国文人,或是像李齐贤那样留存词作较多的韩国文人,在纵深度和覆盖面上都存有缺憾。有鉴于此,本书着重通过考察域外汉籍的传播过程来展示中韩词学的双向交流过程,以期进一步拓宽和深化对于韩国词文学的认识,并有助于凸显东亚地区汉文学传统形成和发展的轨迹。

<hr>

① 参见吴肃森:《朝鲜的词学》,载《解放军外国语学院学报》1986 年第 1 期;罗忼烈:《高丽、朝鲜词说略》,载《文学评论》1991 年第 3 期;(韩) 李承梅《조선 전기詞文學인식과 그 특성》,载《韓國漢文學研究》Vol.36,韓國韓文學會,2005 年。
② 参见黄拔荆:《试论中国豪放派词风对朝鲜词人李齐贤的影响》,载《国外文学》1990 年第 2 期;(韩) 柳基荣:《苏轼与韩国词文学的关系》,载《复旦学报》1997 年第 6 期;赵维江:《汉文化域外扩散与高丽李齐贤词》,载《民族文学研究》2010 年第 2 期;吴熊和:《高丽唐乐与北宋词曲》,载《吴熊和词学论集》,杭州:杭州大学出版社,1999 年。

# 第一章　汉籍环流背景下的
## 韩国词论与词作

　　由于对汉字文化具有极其强烈的认同感和归属感,古代东亚地区的诸多国家共同构建起规模庞大的"汉字文化圈"。运用汉字书写的大量文献典籍,在这些国家之间通过各种途径得以广泛的传播和接受,毫无疑问既是这种认同感和归属感所导致的必然结果,又是强化这种认同感和归属感的最有效手段。作为"汉字文化圈"的重要组成国家,韩国的古典文学作品中有相当一部分都是直接使用汉字进行创作的;而作为韩国历代汉文学创作中的一个分支,词体文学的产生和发展自然也不能脱离汉籍流通的大背景。惟有对汉籍在传播与接受过程中所出现的诸多复杂情况有整体宏观的了解和局部细致的考察,在研究韩国历代词体文学的嬗变过程中,才能够有较为翔实而真切的认识。

　　正是基于上述原因,本书在研讨过程中才格外强调将"域外汉籍传播"和"中韩词学交流"这两个议题密切结合在一起。不过,正如有学者所指出的那样:"在东亚书籍史的研究中,以往的工作偏重在汉籍的'东传'或'回流',而较少着眼于'环流'。无论曰'东传'或'回流',其考察的路径往往是单向的,而'环流'的视角所见者,则是曲折的、错综的、多元的流动,而且这种流动还是无休止的。"①尽管因为论题所限,本书无法将对于"域外汉籍传播"的考察进一步拓展至日本、越南等相关亚洲国家,但仅就中、韩之间的典籍传播和接受情况而言,我们以往也确实习惯于从自身所处的立场出发,侧重考察书籍文献从中国向韩国的单向输出,而相对忽略由韩国向中国的反向回传,更容易漠视两国之间彼此往复叠加的交流互动。本书着重考察的焦点集中于"中韩词学交流"这一议题,因而不仅需要关注韩国历代文人在倚声填词之际是如何学习、借鉴、摹拟源自中国词作的体式、题材和技巧,同时也需要反观韩国词作是在何种情况之下进行新创以及变异,乃至在中国得以传播和接受的种种复杂情况,由此也就更需要对中、韩文化交流过程中所出现的汉籍环流状况有一个整体的把握。

## 第一节　中韩文化交流进程中的汉籍环流现象

毋庸置疑,在中、韩两国文化交流的进程之中,中国始终处于极为主动而强势的地位,更多呈现的是输出而非输入的态势。但从韩国的立场来看,不仅存在着对传入的中国汉籍加以翻印摹刻,乃至进一步深入吸纳和广泛接受的情况,韩国汉籍——包括在韩国刊印的中国典籍以及韩国历代文人用汉语撰写的各类文献——也在以各种不同的方式回传至中国,并引发中国文士一系列相应的关注和互动,从而构成中、韩之间汉籍环流的完整图景。

详尽细致地考察双方在汉籍传播过程中所出现的各种复杂情况当然是不可能的,也并不是本书研讨的重点所在。本节拟从"颁

① 张伯伟:《书籍环流和东亚诗学——以〈清脾录〉为例》,载《中国社会科学》2014年第2期。相似的表述又见张伯伟:《明清时期女性诗文集在东亚的环流》,载《复旦学报》2014年第3期。

赐与征求"、"进献与购置"以及"寻访与交流"这三个角度,着重对中、韩两国在汉籍环流背景下出现的一些特殊现象加以研讨。需要特别予以说明的是,如此分类主要是为了论述方便起见,这三者之间并非此疆彼界,泾渭分明,而是彼此关涉,时有关联,在分析讨论时挂一漏万也势所难免,最终目的只在于帮助我们对韩国历代词作和词论得以产生的复杂背景有一个相对细致真切的把握。

### 一、颁赐与征求

中、韩两国之间依托书籍文献而进行的文化交流很早就已经展开了,虽然西周时期箕子率众将诗书礼乐、医巫阴阳卜筮等书携至朝鲜的传说无法证实,但至迟在新罗、高句丽和百济三国鼎峙的时期,中国的各类典籍就已经大量流传至朝鲜半岛。现存不少文献史料中都留存着中国官方将汉文典籍颁赐给韩国的记载,北宋初年的王溥(922—982)在《唐会要》中记载道:

> 垂拱二年二月十四日,新罗王金政明遣使请《礼记》一部并杂文。令所司写吉凶要礼,并《文馆词林》采其词涉规诫者,勒成五十卷,赐之。①

提到了唐武则天垂拱二年(686)时颁赐新罗国王典章文献的情况。高丽时期的史家金富轼(1075—1151)在《三国史记》中也记录了新罗国于神文王六年(686)二月,"遣使入唐,奏请《礼记》并文章。则天令所司写吉凶要礼,并于《文馆词林》采其词涉规诫者,勒成五十

---

① (宋)王溥:《唐会要》卷三十六《藩夷请经史》,北京:中华书局,1955 年,中册,第 667 页。

卷,赐之"①,可与中国史籍所载相互印证,足见所言非虚。其中提及的《文馆词林》分类纂辑先秦至唐代的诗文作品,共计一千卷,修纂完成于唐高宗显庆三年(658)②,相距此次颁赐不足三十年。虽然全书卷帙浩繁,此番传入的只是其中一小部分"词涉规诫"的内容,但对于韩国文士了解此书,并进而搜求寻访,无疑提供了非常重要的线索,朝鲜王朝正祖时期的学者韩致奫(1765—1814)在《海东绎史》中就曾著录过《文馆词林》。③ 类似的官方颁赐,在此后的中、韩文化交流中也时有发生,如北宋"淳化四年、大中祥符九年、天禧五年曾赐高丽《九经书》、《史记》、《两汉书》、《三国志》、《晋书》、诸子、历日、圣惠方、阴阳、地理书等"④;元代延祐元年(1314),"帝遣使赐王书籍四千三百七十一册,皆宋秘阁所藏"⑤。到了朝鲜王朝成立之后,由于一直与中国保持着极为密切的藩属关系,仍然会时常从后者那里获得书籍颁赐,相关情况在《朝鲜王朝实录》中屡有记载,如朝鲜太宗恭定大王三年(1403),即明成祖永乐元年,得到明朝诸多赏赐,其中包括"《元史》一部、《十八史略》、《山堂考索》、《诸臣奏议》、《大学衍义》、《春秋会通》、《真西山读书记》、《朱子全书》各一部"等典籍⑥。有时朝鲜方面还会主动向中国提出要求,

---

① (高丽)金富轼:《三国史记》卷八《新罗本纪·神文王》,首尔:景仁文化社,1977年,第71页。

② (宋)王溥:《唐会要》卷三十六《修撰》:"(显庆三年)十月二日,许敬宗修《文馆词林》一千卷,上之。"中册,第656页。

③ (朝鲜)韩致奫:《海东绎史》卷四十四《艺文志三·经籍三·中国书目一》,张伯伟编《朝鲜时代书目丛刊》,北京:中华书局,2004年,第五册,第2578页。

④ (宋)苏轼:《论高丽买书利害札子三首》其三,《苏轼文集》卷三十五《奏议》,孔凡礼点校,北京:中华书局,1986年,第三册,第1000页。

⑤ (朝鲜)金宗瑞:《高丽史节要》卷二十四,韩国:明文堂,1981年,第552页。按:"帝"指元仁宗,"王"指高丽忠肃王。

⑥ 吴晗辑:《朝鲜李朝实录中的中国史料》上编卷二,北京:中华书局,1980年,第一册,第194页。

索要亟需的书籍,如朝鲜世宗十七年(1435)八月,即明宣宗宣德十年时,①曾经"遣刑曹参判南智如京师贺圣节。仍奏请胡三省音注《资治通鉴》、赵完璧《源委》及金履祥《通鉴前编》、陈栎《历代笔记》、丞相托托撰进《宋史》等书";甚至还向中方打听,"曩者传云已撰《永乐大典》,简帙甚多,未即刊行,今已刊行与否"②,《永乐大典》纂成于永乐五年(1407),距此也不到三十年,而朝方已经听闻此书,并希望能够获赐或购置此书。在历代颁赐中也有部分与词曲直接相关的事物,其中最知名的便是《高丽史·乐志》中所著录的自北宋传入的曲词三十首和小令慢曲四十四首,其中包括柳永所作八首,晏殊、欧阳修、苏轼、李甲、阮逸女、赵企、晁端礼所作各一首,由此可知北宋词曲早在熙宁年间就在高丽传习,③这也极大地推动了高丽文人对词这种文体的了解、欣赏乃至研习。

　　汉文化最初的源头在中国,因而中国历代王朝都不免以居高临下的姿态来看待韩国的汉文化。但毋庸讳言的是,有不少在中国本土业已散佚失传的文献典籍,往往在流传至韩国以后得到精心细致的保存,因而中方有时也会向韩方提出征集图书的要求。其中最有代表性的一次,便是在元祐六年(1091)时,北宋向高丽大规模访求汉籍。④ 据朝鲜史家郑麟趾(1396—1478)所撰《高丽史》记载,高丽宣宗八年(1091)六月时:

---

　　① 按:宣宗于本年正月驾崩,由英宗即位,但直至次年才改年号为正统,本年仍沿用宣德年号。

　　② 吴晗辑:《朝鲜李朝实录中的中国史料》上编卷五,第一册,第388页。

　　③ 参见吴熊和:《高丽唐乐与北宋词曲》,载《吴熊和词学论集》,杭州:杭州大学出版社,1999年。

　　④ 参见屈万里:《元祐六年宋朝向高丽求佚书的问题》,载《屈万里先生文存》第三册,台北:联经出版事业公司,1985年。

　　李资义等还自宋,奏云:"帝闻我国书籍多好本,命馆伴书所求书目录授之。乃曰:'虽有卷第不足者,亦须传写附来。'"凡一百二十八种。①

这份书目中包括《元白唱和诗》一卷、《扬雄集》五卷、《班固集》十四卷、《崔骃集》十卷、《谢灵运集》二十卷、《颜延年集》四十一卷、《三教珠英》一千卷、《孔逭文苑》一百卷、《类文》三百七十卷、《文馆词林》一千卷、《诸葛亮集》二十四卷、《曹植集》三十卷、《司马相如集》二卷、《刘琨集》十五卷、《卢谌集》二十一卷、《应璩百一诗》八卷、《古今诗苑英华集》二十卷、《集林》二十卷等大量汉唐以来的诗文别集、总集。其中一些原先就是由中国颁赐给韩国的,如上文所述唐垂拱二年(686)获颁的《文馆词林》。据宋人杨亿的《谈苑》所云,杨氏于景德三年(1006)与日本来华僧人笔谈,在论及日本所存典籍时,日僧提到"本国有《国史秘府略》、《日本记》、《文馆词林》、《混元录》等书"。② 日僧因见闻孤陋而将《文馆词林》视作日本典籍,尚属情有可原,可杨氏素以博闻强识见称,居然也没有予以指出,可知此书在北宋时已经鲜有流传,因而才会转向高丽访求。历经朝鲜英祖、正祖和李太王时期修撰完成的《增补文献备考·艺文考》也详细载录了这份书目,其后尚有朝鲜史官所作按语云:

　　今此一百二十八种书目,宋帝所求者若是,而本国之以某某种应副者,则史无明文,必是远外传闻悬度之事,而恐非东

　　① (朝鲜)郑麟趾:《高丽史》卷十《世家·宣宗》,《四库全书存目丛书》史部第一百五十九册影印明景泰二年朝鲜活字本,济南:齐鲁书社,1997年。
　　② (宋)江少虞《宋朝事实类苑》卷四十三《仙释僧道》引杨文公《谈苑》,上海:上海古籍出版社,1981年,下册,第569页。

国之所在中国逸书也。①

其意似乎是说宋朝此番大规模征求的汉籍,事实上有不少在高丽并没有真正留存,因而也就无法全部满足对方的需求。不过,宋朝之所以会提出如此要求,其实和高丽先前曾经陆续进呈过一些汉籍不无关联。北宋庞元英(生卒年不详,约至和、元祐年间在世)所撰《文昌杂录》中有记载说:"周显德六年,高丽遣使献《别叙孝经》一卷、《越王孝经新义》八卷、《皇灵孝经》一卷、《孝经雌图》三卷。"②说明早在五代后周之际,高丽已经派遣使者前来进呈汉籍。北宋宣和年间,曾先后有王云、孙穆、徐兢等多位中国使臣出访高丽,并撰有《鸡林志》《鸡林类事》《宣和奉使高丽图经》等相关著作,记录自己的亲身经历。徐兢(1091—1153)在《宣和奉使高丽图经》中就提及当时的见闻:"使人到彼,询知临川阁藏书至数万卷,又有清燕阁,亦实以经史子集四部之书。"③南宋张端义(1179—?)在《贵耳集》中也提到:"宣和间,有奉使高丽者,其国异书甚富,自先秦以后,晋、唐、隋、梁之书皆有之,不知几千家几千集,盖不经兵火。今中秘所藏,未必如此旁搜而博蓄也。"④这些使臣和文士亲眼目睹或亲耳听闻高丽所藏中国典籍如此丰赡,无疑会激发起极大的探求兴趣,或是将相关讯息传回国内。元祐年间向高丽大规模征求汉籍,正是在这样的历史背景下出现的必然结果。而另据南宋王

---

① 朝鲜弘文馆纂辑校正:《增补文献备考·艺文考》,张伯伟编《朝鲜时代书目丛刊》,第六册,第2870页。

② (宋)庞元英:《文昌杂录》,上海:中华书局上海编辑所,1958年,第74页。按:"越王孝经新义"原误排作"越五孝经新义",已据该书下文所言径改。

③ (宋)徐兢:《宣和奉使高丽图经》卷四十《儒学》,《丛书集成初编》据《知不足斋丛书》排印本,北京:中华书局,1985年,第139页。

④ (宋)张端义:《贵耳集》卷上,上海:中华书局上海编辑所,1958年,第8页。

应麟(1223—1296)所述：

> 元祐七年五月十九日，秘书省言："高丽献书多异本，馆阁所无。"诏校正二本副写，藏太清楼天章阁。①

可见此次元祐年间向高丽征求汉文典籍，最终还是取得不少收获。类似的情况在中国文献中还有不少记载，如邵博(？—1158)《邵氏闻见后录》云："神宗恶《后汉书》范晔姓名，欲更修之。求《东观汉记》，久之不得，后高丽以其本附医官某人来上，神宗已厌代矣。至元祐年，高丽使人言状，访于书省，无知者。医官已死，于其家得之，藏于中秘。"②陆游(1125—1210)《跋〈说苑〉》说："李德刍云：馆中《说苑》二十卷，而阙《反质》一卷。曾巩乃分《修文》为上下，以足二十卷。后高丽进一卷，遂足。"③又《朱子语类》中提到："尝见韩无咎说高丽入贡时，神宗喻其进先秦古书。及进来，内有《六经》不曾焚者。神宗喜，即欲颁行天下。"④所提及的诸多留存于高丽的汉文典籍，应该都是应宋朝要求呈送而来的。

　　由中国主动发起的汉籍访求，其范围有时也并不局限于中国文献，还包括相当一部分的韩国汉籍。虽然在此过程中，占据主导权的中国一方在潜意识中恐怕还是很难彻底摆脱"礼失求诸野"的观念，但在某种程度上也如实呈现了中、韩两国之间汉籍环流的多

---

　　① （宋）王应麟：《玉海》卷五十二《艺文·书目》，影印清光绪浙江书局刊本，扬州：广陵书社，2003 年，第二册，第 995 页。
　　② （宋）邵博：《邵氏闻见后录》卷九，北京：中华书局，1983 年，第 70 页。
　　③ （宋）陆游：《跋〈说苑〉》，《渭南文集》卷二十七，《四部丛刊初编》影印明华氏活字本，上海：上海书店，1989 年。
　　④ （宋）黎靖德编：《朱子语类》卷一百三十三《本朝七·夷狄》，王星贤点校，北京：中华书局，1986 年，第八册，第 3191 页。

元面貌。在双方交流互动之际，还可以发现部分有关词学文献的记载。清人王士禛（1634—1711）在《池北偶谈》中曾提到：

> 康熙十七年，命一等侍卫狼曋颁孝昭皇后尊谥于朝鲜，因令采东国诗归奏。吴人孙致弥副行，撰《朝鲜采风录》，皆近体诗也。①

王士禛还特意从中"择其可诵者"，转录了不少韩国诗人的作品。而在《渔洋诗话》中他又再次提及此事："康熙己未，②遣侍卫狼曋、太学生孙致弥往朝鲜采诗。大抵律绝居什之九，古诗歌行，略见梗概而已。"③足见这次使臣出访韩国采录诗歌，给他留下了极为深刻的印象。在韩国文献中也有与之相应的记载可资参证，王士禛曾全文迻录当时负责接待的韩方官员李元祯（1622—1680）所撰《送诏使还京师诗序》，其中言及"大人征诗若序，要作他日不忘之资"④。而在李氏后人所撰《家状》中也记录了当日中、韩使臣交流的情况："是月以远接使赴湾上，时敕使狼曋、孙致弥见府君风度凝远，文辞华赡，甚敬重之。既归，载府君序文及诗律于《朝鲜采风录》，而选入于华人文抄中焉。"⑤其后韩国文士李德懋（1741—1793）也提到："贻上所撰《池北偶谈》，略记《朝鲜采风录》中诗。《采风录》者，康熙戊午，命一等侍卫狼曋使朝鲜，因令采东国诗。

---

① （清）王士禛：《池北偶谈》卷十八"朝鲜采风录"条，靳斯仁点校，北京：中华书局，1982年，下册，第426页。

② "康熙己未"为康熙十八年，与上述《池北偶谈》所载有一年之差，此次出使或发生在康熙十七年末至十八年初。

③ （清）王士禛：《渔洋诗话》卷上，丁福保编《清诗话》，上海：上海古籍出版社，1978年，上册，第170页。按："古诗歌行"原误作"古诗歌数行"，已径改正。

④ （清）王士禛：《池北偶谈》卷十八"朝鲜采风录"条，下册，第430页。

⑤ （朝鲜）李世瑗：《家状》，（朝鲜）李元祯《归岩先生文集》卷十二附，朝鲜刻本。

吴人孙致弥恺士为副,撰《朝鲜采风录》。"①足见这次中国使臣的来访在韩国也颇有影响。

此次负责具体采录事宜的是孙致弥(1642—1709),字恺似,号松坪,嘉定人,康熙二十七年(1688)进士,历任翰林院庶吉士、侍读学士等职。② 孙氏在当时颇负诗名,同时又工于填词,有《别花馀事词》、《梅沜词》、《衲琴词》等词集传世,晚清词论家谭献(1832—1901)曾称誉其词作"骨坚音脆"③。因而这次前往韩国采诗,除了王士禛所说的"律绝居什之九,古诗歌行,略见梗概"之外,他也顺带搜集了一些韩国词作携回国内,并引起中国词学界的关注。和他有过交谊的蒋景祁(1646—1695)在编选《瑶华集》时曾经提到:

> 孙孝廉恺似谈次,言向奉使朝鲜,见所进书有朴誾《撷秀集》二卷,皆填词,封达御前,不敢稍寓目,遂外间莫传。附志姓名于此,天朝声教之讫,宁有量乎?④

蒋氏提到的朴誾(1479—1504),是朝鲜知名的汉诗人,推崇仿效宋代诗人苏轼、黄庭坚、陈师道等人,因而被推为"海东江西派"之宗主。⑤ 朴氏虽有《把翠轩遗稿》传世,但其中并没有《撷秀集》;在

---

① (朝鲜)李德懋:《清脾录》(朝鲜本)卷三,与(朝鲜)洪大容《乾净衕笔谈》合订一册,邝健行点校,上海:上海古籍出版社,2010年,第243页。按:孙致弥字恺似,李德懋写作"恺士",当为音近而误。

② 孙氏生平参见《清史列传》卷七十一《文苑传二》、张维屏《国朝诗人征略》卷十五等。

③ (清)谭献:《箧中词·今集》卷一,清光绪八年刻本。

④ (清)蒋景祁:《刻〈瑶华集〉述》,载蒋景祁编《瑶华集》卷首,影印康熙年间天藜阁刻本,北京:中华书局,1982年,第9页。

⑤ 参见(韩)李家源:《韩国汉文学史》第八章《佛儒思潮之成熟期》,赵季、刘畅译,南京:凤凰出版社,2012年,第236—238页。

中、韩两国其他文献中也均无相关记载，无从考察其词作的详情。但孙致弥提供的这条线索还是引起后来学者的关注，晚清词论家况周颐(1859—1926)就曾撮述其事："孙恺似布衣奉使朝鲜，所进书有朴訚填词二卷，名《撷秀集》，封达御前。见蒋京少《瑶华集述》。海邦殊俗，亦擅音阕，足征本朝文教之盛。"①况氏对韩国词人、词作颇为留意，多有评论研讨，②于此类重要线索自然不会轻易放过。

而有些韩国词作，则正是仰赖孙致弥当时的细心蒐集，方才留存至今。康熙年间徐树敏、钱岳两人合作编选的《众香词》，收录历代女性词作，共分《礼》、《乐》、《射》、《御》、《书》、《数》六集。在《礼集》一卷中便有题为"权贵妃"所作的《谒金门》、《踏莎行》和《临江仙》三首作品，并有小注云："高丽王妃，见嘉定孙松坪编修使草。"③可知其来源正出自孙致弥在韩国的采录。《众香词》开卷列有参与"同阅"的人员名单，位居其首的就是"新城王士禛阮亭"，徐、钱两位或许就是从王士禛那里获悉孙致弥采录韩国诗作的情况，并由此获取这三首词作。而这些词作后来也成为中国词学家讨论的对象，况周颐在《蕙风词话》中就提到"康熙间，检讨孙致弥陪使朝鲜，手编《采风录》，载王妃权氏词三首"；在迻录这位权氏王妃(1391—1410)的作品之后，又评价其词作"藻思绮合，即吾中国元明以还，闺秀词中上驷之选，有过之，亦仅矣"④，极为称许推重。而据况氏在《蕙风簃随笔》中所述："《众香集》载权贵妃词三阕，亦

<hr />

① (清)况周颐：《蕙风词话》卷五，唐圭璋编《词话丛编》第五册，第4523页。

② 参见本书第六章第三节《李齐贤词作在近现代中国的传播与接受》。

③ (清)徐树敏、钱岳编：《众香词·礼集》，影印清康熙刻本，毘陵董氏诵芬室，1933年。

④ (清)况周颐：《玉栖述雅》，唐圭璋编《词话丛编》，第五册，第4608页。

见恺似使草。林下雅音,异邦尤为仅见。"①所谓"《众香集》",应该
就是指《众香词》,可知况氏所见当即出自此书。

## 二、进献与购置

随着中、韩两国之间商贸活动的展开,民间进献也是汉籍传入
韩国的一种特殊方式。据郑麟趾《高丽史》所述,高丽显宗十八年
(1027)八月,"宋江南人李文通等来献书册,凡五百九十七卷"②;
宣宗四年(1086)三月,"宋商徐戬等二十二人来献新注《华严经》
板"③;明宗二十二年(1191)八月,"宋商来献《太平御览》,赐白金
六十斤,仍命崔诜校雠讹谬"④,类似的记载不绝于书。与此同时,
高丽使臣有时也会搭载中国商船来到中国,乘便购置一些汉籍带
回国内。苏轼(1037—1101)曾提到:"臣任杭州日,奏乞明州、杭州
今后并不得发舶往高丽,蒙已立条行下。今来高丽使却搭附闽商
徐积舶船入贡。"⑤并极力主张:"今来高丽人使所欲买历代史、《策
府元龟》及《敕式》,乞并不许收买。"⑥究其初衷,主要是从宋、高丽
及契丹三国之间地缘政治的角度考虑,"本为高丽契丹之与国,不

---

① (清)况周颐:《蕙风簃随笔》,唐圭璋辑《蕙风词话续编》卷二,唐圭璋编《词话丛
编》,第五册,第4572页。

② (朝鲜)郑麟趾:《高丽史》卷五《世家·显宗二》,《四库全书存目丛书》史部第一
百五十九册影印明景泰二年朝鲜活字本。

③ (朝鲜)郑麟趾:《高丽史》卷十《世家·宣宗》,《四库全书存目丛书》史部第一百
五十九册影印明景泰二年朝鲜活字本。

④ (朝鲜)郑麟趾:《高丽史》卷二十《世家·明宗二》,《四库全书存目丛书》史部第
一百五十九影印明景泰二年朝鲜活字本。

⑤ (宋)苏轼《论高丽买书利害札子三首》其一,《苏轼文集》卷三十五《奏议》,第三
册,第996页。

⑥ (宋)苏轼《论高丽买书利害札子三首》其一,《苏轼文集》卷三十五《奏议》,第三
册,第996页。

可假以书籍"①。不过从中也充分说明当时通过商贸购置的方式传入韩国的中国典籍数量相当可观，足以引起中国士人的警觉。

虽然苏轼屡屡建言严禁将中国典籍传入高丽，但并未起到实际的效果。尤其是宋代以后，来到中国的高丽商人时常会根据实际需求购置大量汉籍。在高丽末编撰的汉语口语教科书《老乞大》中有如下的购书记录：

> 更买些文书：一部《四书》，都是晦庵集注；又买一部《毛诗》、《尚书》、《周易》、《礼记》、五子书、韩文、柳文、东坡诗、《渊源诗学》、《押韵君臣故事》、《资治通鉴》、《翰院新书》、《标题小学》、《贞观政要》、《三国志评话》。②

在同时期编纂的另一部汉语口语教科书《朴通事》中，也有一段围绕购买书籍而展开的对话：

> 我两个部前买文书去来。
> 买甚么文书去？
> 买《赵太祖飞龙记》、《唐三藏西游记》。
> 买时买四书六经，既读孔圣之书，必达周公之理，要怎么那一等平话。
> 《西游记》热闹，闷时节好看有。③

---

① （宋）苏轼《论高丽买书利害札子三首》其二，《苏轼文集》卷三十五《奏议》，第三册，第 999 页。

② 《原本老乞大》，汪维辉编《朝鲜时代汉语教科书丛刊》，北京：中华书局，2005年，第一册，第 48 页。

③ 《朴通事谚解下》，汪维辉编《朝鲜时代汉语教科书丛刊》，第一册，第 292 页。

《老乞大》、《朴通事》都是用来帮助高丽人学习汉语的教材,虽然在后世颇受诟病,认为其中"多带蒙古之音,非纯汉语,又有商贾庸谈,学者病之"①,但有一点毫无疑问,其会话场景及交谈内容应该是完全依照高丽商人在中国时的日常生活常态来设置的,因而也最能反映当时中、韩民间贸易的实际情形。从其中所涉及的书籍内容来看,范围相当广泛,既有四书五经、《资治通鉴》等经史类著作,也有韩愈、柳宗元、苏轼等唐宋时期代表文人的诗文别集,甚至还包括《三国志评话》、《唐三藏西游记》等通俗文学作品。这些汉籍除了部分满足个人阅读的需求,恐怕还有相当一部分是作为商品运回高丽进行销售的。

明、清以降对于海外贸易的控制日趋严格,对书籍出口也有着诸多限制。尽管相关的禁令时松时弛,但确实对汉籍的正常输入韩国造成很大影响。虽然偶有中国商船由于遭遇意外而来到韩国,仍会携带来部分汉籍,如朝鲜王朝正宗二十二年(1798),"济州明月浦,有漂到异国船",随船所带货物中"又有《孙庞衍义》、《说唐》、《征西》、《曲簿》、《南营北调》等书"②。但这些商贾并不像高丽时期那样经由正常的途径前来进献或贩售汉籍,因而相关的书籍贸易活动并未呈现常态化,往往带有某种偶然性。朝鲜后期实学派思想家朴趾源(1737—1805)曾就此大发感慨:"高丽时,宋商舶频年来泊于礼成江,百货凑集。丽主待之以礼,故当时书籍大备,中国器物无不来者。我国不以水道通南货,故文献尤贸贸。"③对于高丽时期中国商船往来贸易的盛况大为称道,言外则对每况愈下的现状颇感遗憾和无奈。不过就韩国一方而言,始终将书籍

①《训世评话》,汪维辉编《朝鲜时代汉语教科书丛刊》,第一册,第462页。

② 吴晗编:《朝鲜李朝实录中的中国史料》下编卷十一,第4947页。

③（朝鲜）朴趾源:《热河日记·铜兰涉笔》,朱瑞平校点,上海:上海书店出版社,1997年,第351—352页。

作为两国经贸活动中的重要组成部分。朝鲜世宗十四年(1432)四月,就下诏强调:

> 入中朝禁私贸易,但国家须赖中国之物,不得已而贸之。本朝乐器、书册、药材等物,须赖中国而备之,贸易不可断绝。①

此类书册贸易活动主要由官方主导,大批朝鲜使臣就此承担起购置汉籍并携回韩国的重要职责。如世宗十七年(1435)派遣刑曹参判南智赴京,特别指示"太宗皇帝撰《五经四书大全》等书久矣,本国初不得闻,逮庚子岁受赐,乃知朝廷所撰书史类此者应多,但未到本国耳。须详问以来,可买则买",又强调"史学则后人所撰,考之赅博,故必过前人。如有本国所无,有益学者,则买之。《纲目》、书法、《国语》,亦可买来。凡买书必买两件,以备脱落"②,考虑极为周详;到了文宗元年(1451),也曾经"欲令赴京使者买书籍之切于观览者","乃以《东岩周礼》、《仪礼》、《经传通解》、《续仪礼集传集注》、《通志》、《中庸辑略》、《资治通鉴总类》、《通鉴本末》、《宋史》、《朱文公集》、《宋朝名臣五百家》、《播芳大全文粹》、《续文章正宗》、《备举文言》、《宋朝名臣奏议》等书以闻。命付今去使臣之行,贸易以来"③,所需搜求购置的书籍数量更多;直至正祖五年(1781),为了便于使者按图索骥,还"仿唐宋故事,撰《访书录》二卷,使内阁诸臣按而购贸。凡山经海志、秘牒稀种之昔无今有者,无虑数千百种"④,足见朝鲜历朝对此事的重视。值得注意的是在

---

① 吴晗编:《朝鲜李朝实录中的中国史料》上编卷五,第一册,第363页。
② 吴晗编:《朝鲜李朝实录中的中国史料》上编卷五,第一册,第388页。
③ 吴晗编:《朝鲜李朝实录中的中国史料》上编卷七,第一册,第469页。
④ 吴晗编:《朝鲜李朝实录中的中国史料》下编卷十,第4707页。

这份《内阁访书录》之中,还包括了清人毛晋(1599—1659)所辑《宋六十名家词》和孙默(1617—1678)所辑《十六家词》。① 前者是明清之际最为流行的宋词丛集,《四库全书总目提要》评论称"惟晋此刻蒐罗颇广,倚声家咸资采掇",②尽管对其校勘质量颇有诟病,但《四库全书》所收七十种宋词别集(含《存目》部分)中有五十六种即源于毛氏刻本。而后者选录吴伟业、宋琬、曹尔堪等清初词人作品,《四库全书总目》称其"虽标扬声气,尚沿明末积习,而一时倚声佳制,实略备于此",③也是极为重要的清词丛集。尤为可贵的是,在《访书录》中著录的是"《十六家词》三十九卷","皆清人,以吴伟业、龚鼎孳冠",④而在《四库全书》中著录的则是"《十五家词》三十七卷",缺少了龚鼎孳一家,这应当与乾隆年间废除龚氏谥号,并随即抽毁其著作有关。而韩国方面竟然要求使臣购置未经删汰的原本,其对书籍信息的准确掌握,乃至使臣在搜求过程中的细致尽责都不难想见。

　　与前文所述官方颁赐与征求的书籍多为经史集部类的著作稍有不同,通过这种商贸方式进行的书籍访求还经常涉及戏曲、小说一类通俗文学作品。燕山君十二年(1505)时,曾下诏说:"《剪灯新话》、《剪灯馀话》、《效颦集》、《娇红记》、《西厢记》等,令谢恩使贸来。"⑤提到的就是在元明时期广为流传的小说、戏曲作品。朝鲜纯祖至高宗朝的学者朴周锺(1813—1877)也说:"东人之好古书,

---

① 《内阁访书录》卷二,张伯伟编《朝鲜时代书目丛刊》,第一册,第 577 页。

② (清)永瑢等撰:《四库全书总目》卷二〇〇《集部·词曲类存目》"《宋名家词》"条,影印清浙江杭州刻本,北京:中华书局,1965 年,下册,第 1833 页。

③ (清)永瑢等撰:《四库全书总目》卷一九九《集部·词曲类二》"《十五家词》"条,下册,第 1826 页。

④ 《内阁访书录》卷二,张伯伟编《朝鲜时代书目丛刊》,第一册,第 577 页。

⑤ 吴晗编:《朝鲜李朝实录中的中国史料》上编卷十二,第 824 页。

亦天性也。凡前后使价之入中国，伴行五六十人，散出分掌，自先秦以下旧典新书、稗官小说之在我所缺者，不惜重直购回乃已。"①由此也可以发现传入韩国的汉籍类别极为多样，并不仅限于经史诗文等典籍。韩国使臣如此不遗馀力地搜购汉籍，也给中国文士留下了极为深刻的印象。明人沈德符(1578—1642)就提到："朝鲜俗最崇诗文，……皆妙选文学著称者充使介，至阙必收买图籍。偶欲《弇州四部稿》，书肆故靳之，增价至十倍。"②作为明代复古派后七子中的翘楚，王世贞的作品自然很容易受到韩国使臣的重视，而书肆就利用这种心态，故意哄抬书价。清人姜绍书(生卒年不详，活动于明末清初)也说："朝鲜国人最好书，凡使臣入贡，……在彼所缺者，日出市中，各写书目，逢人便问，不惜重直购回。"③王士禛也有同样的观感："近朝鲜入贡使臣至京，亦多购宋元文集，往往不惜重价，秘本渐出，亦风会使然。"④凡此种种都充分说明韩国使臣在中国购置汉籍时倾尽全力，势在必得。

中、韩之间的贸易往来，在两国边境地区尤为频繁，有时还会发生在韩国境内，其中甚至不乏有关词籍文献的购贸活动。清人阮葵生(1727—1789)在《茶馀客话》中就提到过一件轶事：

　　　　吴汉槎戍宁古塔，行笥携徐电发《菊庄词》、成容若《侧帽词》、顾梁汾《弹指词》三册。会朝鲜使臣仇元吉、徐良崎见之，

---

① (朝鲜) 朴周锺：《东国通志·艺文志》，张伯伟编《朝鲜时代书目丛刊》，第六册，第 2688 页。

② (明) 沈德符：《万历野获编》卷三十"朝鲜国诗文"条，谢兴尧校点，北京：中华书局，1959 年，第 786 页。

③ (清) 姜绍书：《韵石斋笔谈》卷上，道光刻本。

④ (清) 王士禛：《池北偶谈》卷十六"宋元人集目"条，北京：中华书局，1982 年，下册，第 387 页。

以一金饼购去。元吉题《菊庄词》云："中朝寄得菊庄词,读罢烟霞照海湄。北宋风流何处是,一声铁笛起相思。"良崎题《侧帽》《弹指》二词云："使车昨渡海东边,携得新词二妙传。谁料晓风残月后,而今重见柳屯田。"以高丽纸书之,寄来中国。《渔洋续集》有"新传春雪咏,蛮徼织弓衣",指此事也。①

此事在冯金伯(1738—1810)所辑《词苑萃编》中也有记载,且介绍过相关的背景:"礼部定例,每年宁古塔人应往朝鲜国会宁地方交易一次。本朝照例差六品通事一员、七品通事一员,带领宁古防御一员、骁骑校一员、笔帖式一员,赴会宁地方监看交易。康熙十七年,吴江吴孝廉兆骞因丁酉科场事久戍宁古塔,将《菊庄词》及成容若《侧帽词》、顾梁汾《弹指词》三本,与骁骑校带至会宁地方。"②可知这次书册贸易就发生在边境会宁的交易市场。徐釚(1636—1708)、纳兰性德(1655—1685)和顾贞观(1637—1714)都是清初知名的词人,朝鲜使臣在购置三人词集之后,还分别题诗纪事,并在回传至中国以后引起中国文士的关注。除了阮葵生提及王士禛曾作诗题咏此事之外,甚至连《四库全书总目》这样的官方文献,在评价徐釚所编《词苑丛谈》一书时也特意指出:"釚少刻《菊庄乐府》,朝鲜贡使仇元吉见之,以饼金购去。……则釚于倚声一道,自早岁即已擅长,故于论词亦具鉴裁,非苟作也。"③以此来佐证徐氏精擅此道,声名远播,故其所论足以凭信。而其后大量词话类著作更是

---

①（清）阮葵生:《茶馀客话》卷十一"朝鲜使臣购三家词"条,上海:中华书局上海编辑所,1959 年,上册,第 335 页。

②（清）冯金伯辑:《词苑萃编》卷十八《纪事》,唐圭璋编《词话丛编》,第三册,第2139 页。按:标点略有更正。

③（清）永瑢等:《四库全书总目》卷一九九《集部·词曲类二》"《词苑丛谈》十二卷"条,影印清浙江杭州刻本,北京:中华书局,1965 年,下册,第 1827 页。

纷纷载录此事,并加以评论。如吴衡照(1771—?)《莲子居词话》在引录朝鲜使臣的题诗后称:"此贡使亦海东贤人之亚已。"①谢章铤(1821—1904)在《赌棋山庄词话》中说:"徐电发钌菊庄,词名重一时,卷首题赠诸家,重叹增欷,不能竟其誉。……会宁饼金,宜仇元吉、徐良琦之破行囊哉!"②直至陈廷焯(1853—1892)的《白雨斋词话》,虽然对徐氏不无微词,仍不得不承认:"徐电发词,当时盛负重名,至于流传海外,可谓荣矣。"③可见此次书籍购置,不仅使得中国词集流传入韩国,而且韩国文士的评价也随即引发中国文士的重视和回应,从而围绕着词集的流传接受,构成了彼此往复的交流互动。

除了官方渠道以外,还有相当一部分汉籍则是通过民间贸易往来流传至韩国,虽然直接的文献记载比较少,可还是有不少线索可供进一步查考。朝鲜世宗十一年(1429)时,"传旨各道监司:道内有家藏《国语》、《宋播芳资治通鉴原委》、《文苑英华》、《朱文公集》、《周礼》、《东岩证议》等书者,备悉访问,虽未成帙,并令进之"④;成宗二十一年(1490),"下书诸道观察使曰:'东莱《历代史详节》、陆贾《新语》、《楚汉春秋》、《唐臣奏议》、《魏略》、《陈后山集》、《韦苏州集》、《司马温公集》、《司马先生家范》、《太平御览》、《山海经》、《唐鉴》、《管子》、《文苑英华》、《文章正印》等册,广求道内民间上送"⑤;又中宗三十七年(1542),礼曹启曰:"我国僻在海隅,书籍鲜少,自古官私求购贸于中国,未为不多。……求贸中朝,许多所贸之书,难得遍贸,无由以他求聚。……我东方本是文献之

---

① (清)吴衡照:《莲子居词话》卷二,唐圭璋编《词话丛编》,第三册,第2439页。
② (清)谢章铤:《赌棋山庄词话》卷二,唐圭璋编《词话丛编》,第四册,第3345页。
③ (清)陈廷焯:《白雨斋词话》卷三,唐圭璋编《词话丛编》,第四册,第3833页。
④ 吴晗编:《朝鲜李朝实录中的中国史料》上编卷五,第349页。
⑤ 吴晗编:《朝鲜李朝实录中的中国史料》上编卷十一,第722—723页。

地,中国书籍自古必多出来,不无散在民间之理,容或有献者。……若可用,则令各所居处取送本曹,旋即启禀印出。进上外,分藏于文武楼、弘文馆、议政府、本曹,以备稽古之用。"①这些向民间征集而来的中国典籍,有相当一部分应该都是通过民间商贸活动流入韩国的。

在广泛购置、征求中国汉籍的同时,韩国也积极致力于汉籍的翻印、刊刻,并且很早就已经掌握木活字、金属活字等印刷技术,还先后设置书籍院、铸字所、校书馆等专门机构负责此事,详加校雠,务求精善,从而极大地提高印制书籍的效率和质量。② 朝鲜中宗十年(1515)曾下旨强调道:

> 大抵书册务要精致,不当麤恶。我世宗朝印出书籍,非但纸品甚佳,打印亦极其精,近古书册之美,无逾于此。其后浸不如古。校书失职,近来尤甚。纸淆墨涴,校雠亦慢,以致书籍拙恶,予窃痛恨! 其令别设都监,量择勤谨人为堂上郎官。弘文馆所藏《朱文公集》、《真西山读书记》、《朱子语类》、《资治通鉴》胡三省注、《欧阳文忠公集》、《三国志》、《南北史》、《国语》、《梁书》、《隋书》、《五代史》、《辽史》、《金史》、《元史》、《战国策》、《伊洛渊源录》及私藏《二程全书》等册,监掌印出。而八道中,巨道则卷帙多数书籍,小道则卷帙不多书籍,分定开刊节目及都监名号并磨练。《资治通鉴》唐本字样细大适中,以此改铸铜字,且甲辰、甲寅等字讹刊者,悉令改铸。③

---

① 吴晗编:《朝鲜李朝实录中的中国史料》上编卷二十二,第1331—1332页。

② 参见张秀民:《中国印刷术的发明及其影响》二《对亚洲各国与非洲、欧洲的影响》,北京:人民出版社,1958年;潘吉星:《中国、韩国与欧洲早期印刷术的比较》第二编《韩国早期印刷术》,北京:科学出版社,1997年。

③ 吴晗编:《朝鲜李朝实录中的中国史料》上编卷十三,第875—876页。

足见对刊刻过程中的纸墨、校勘等要求相当严格，对于各道官厅所印书籍类别也有明确规定，因而书籍的刊印质量颇有保障。韩国文士也时常会提及韩国刊行汉籍的情况，朝鲜成宗时的学者成伣（1439—1504）曾回忆道："成庙学问渊博，文词浩瀚。命文士撰《东文选》、《舆地要览》、《东国通鉴》。又命校书馆无书不印，如《史记》、《左传》、四传《春秋》、前后《汉书》、《晋书》、《唐书》、《宋史》、《元史》、《纲目》、《通鉴》、《东国通鉴》、《大学衍义》、《古文选》、《文翰类选》、《事文类聚》、欧苏文集、《书经讲义》、《天元发微》、《朱子成书》、《自警编》、杜诗、王荆公集、陈简斋集，此余之所记者，其馀所印诸书亦多。"①朝鲜仁祖至肃宗时期的李敏叙（1633—1688）也曾指出："如得中朝书籍之稀罕于国中者，则必随即印出，以为广布。故公私书籍，至不可胜读。今犹见平时印本者，如《纲目》、《文章正宗》、《史》、《汉》全帙、东方名集，其类甚多。"②足见韩国刊印汉籍风气之盛。而出使过中国的李德懋（1741—1793）还特别强调："每年使臣冠盖络绎，而其所车输东来者只演义小说及《八大家文抄》、《唐诗品汇》等书，此二种虽曰实用，然家家有之，亦有本国刊行，则不必更购。"③说明一些颇受欢迎的文学书籍在韩国早有刊本，已经不需要从中国输入。

　　这些由韩国刊刻的汉籍往往又通过商贸等途径回传至中国，受到中国文士尤其是一些藏书家的喜好。明人胡应麟（1551—1602）在《甲乙剩言》中有记载说：

---

① （朝鲜）成伣：《慵斋丛话》卷二，蔡美花、赵季主编《韩国诗话全编校注》，北京：人民文学出版社，2012年，第一册，第264页。

② （朝鲜）李敏叙：《校书馆请得米布纸地广印书籍启》，《西河集》卷十，《韩国文集丛刊》第一百四十四册。

③ （朝鲜）李德懋：《入燕记》下，（韩）林基中编《燕行录全集》，首尔：东国大学出版部，2001年，第五十七册，第302页。

刘玄子从朝鲜还,言彼中书集多中国所无者,且刻本精
良,无一字不仿赵文敏。①

胡氏是晚明时期知名的文献学家,自称"仆嗜读书,身所购藏,几等
邺架,经史子集,网罗渔猎,时有发明,不敢以鸿儒自居,不致以空
疏自废"②,生平精于考订辨伪。此处虽然只是转述旁人的见闻,
但也应该能够代表他本人的意见。清初藏书家孙庆增(生卒年不
详)在其《藏书纪要》中专设《鉴别》一则,其中也着重指出:

若外国所刻之书,高丽本最好。五经、四书、医药等书,皆
从古本。凡中夏所刻,向皆字句脱落、章数不全者,高丽竟有
完全善本。③

认为韩国刻本所据多为古本,因而内容完整精善,尤其值得重视。
孙氏此书被誉为"整个十九世纪唯一的一部向私人藏书家交代藏
书技术的参考书。令人惊奇的是,他所提出的意见一向为藏书家
们谨守不渝"④。他对于韩国刻本的称誉,不仅代表了私人藏书家
的基本态度,对于其他文士的购藏也会起到直接的引导作用。晚

①（明）胡应麟:《甲乙剩言·刘玄子》,《丛书集成初编》据《宝颜堂秘笈》排印本,
与(明)萧良榦《拙斋笔记》、(明)袁宏道辑《瓶花斋杂录》、(明)宋凤翔《秋泾笔乘》合订
一册,北京:中华书局,1991年,第3页。
②（明）胡应麟:《与王长公第二书》,《少室山房类稿》卷一〇一,台湾商务印书馆
影印《文渊阁四库全书》,第1290册。
③（清）孙从添:《藏书纪要》,(清)祁承㸁等撰《澹生堂藏书约(外八种)》,上海:
上海古籍出版社,2005年,第37页。
④ 谭卓垣著:《清代藏书楼发展史(1644—1911)》(与徐绍棨、伦明、王謇等著,谭
华军点注,徐雁校补《续补藏书纪事诗传》合订一册),徐雁译、谭华军校,沈阳:辽宁人
民出版社,1988年,第46页。

清时期的藏书家叶德辉（1864—1927）对韩国活字本同样相当
欣赏：

> 活字板之制，流入外藩最早者，莫如朝鲜、日本。……大
> 抵朝鲜活字本，始行于明初时。……固知彼国虽僻处东隅，其
> 文化之所渐被亦久矣。①

诚如后世学者所说的那样，叶氏"以自家的藏书和他同时的一些藏
书家的藏书为基础进行研究，成功地叙述了中国雕版的历史、各代
刻书的优劣以及关于图书的掌故"②，他本人收藏有不少朝鲜刻
本，包括铜活字大字本《国语韦昭注》、仿南宋嘉定刻本《楚辞辩
证》、活字本《桂苑笔耕集》等等，③有过切身的体会，因而所论绝非
一般的耳食之言，值得重视。

　　在韩国刊刻的众多中国典籍中，包括了部分中国词集；而且在
回传至中国以后，也受到专家学者的重视。明弘治五年（1492），朝
鲜晋州庆牧曾刊刻过金元词人元好问的《遗山乐府》。在该书卷首
有朝鲜学者李宗准（生卒年不详）所撰识语，仔细考察了韩国词体
文学发展陷入窘境的原因，认为关键在于中、韩两国语音存在歧
异，从而导致韩国文人难以熟练掌握词调。④ 随后便介绍了此书
刊刻的始末原委：

---

　　① （清）叶德辉：《书林清话》卷八《日本朝鲜活字板》，北京：中华书局，1957 年，第
212—214 页。

　　② 谭卓垣著、徐雁译、谭华军校：《清代藏书楼发展史（1644—1911）》，第 64 页。

　　③ 参见（清）叶德辉：《书林清话》卷八《日本朝鲜活字板》，第 213 页；（清）叶德
辉：《郋园读书志》卷七《楚辞辩证》二卷、卷八《桂苑笔耕集》二十卷，上海：上海古
籍出版社，2010 年，第 326—328、373—374 页。

　　④ 参见本书第四章《韩国词人对中国词作的步和与拟效》。

虽未知乐府,亦非我国文章之累也。愚之诵此言久矣,今以告监司广源李相国。相国曰:"子之言是矣! 然学者如欲依样画胡卢,不可不广布是集也。"于是就旧本考校残文、误字,誊写净本,遂属晋州庆牧,使任绣梓。①

可见刊行此书的初衷是为韩国学者在倚声填词之际提供可资效法的典范,因此郑重其事,精益求精。而在晚清民国年间兴起的大规模词集校勘活动中,对元好问《遗山乐府》的整理也往往倚重这一高丽本。朱祖谋(1857—1931)在其辑校的《彊村丛书》中收录了三卷本《遗山乐府》,其底本即据"明弘治壬子高丽刊本",原因就在于此前中国传刻的五卷本"未为尽善,或脱载全题,或漏列注语,且有附刻他人之作不为标明,尤其失之甚者"②;其后陶湘(1870—1939)编刻《景宋金元明本词》,所收《遗山乐府》也同样采用弘治高丽本;③直至缪钺(1904—1995)撰《遗山乐府编年小笺》,仍是"据《彊村丛书》校刊明弘治壬子高丽刊本"④。究其原委,正如张宗祥(1882—1965)所言,此本"字体古拙,极可宝玩,盖泥模活体排印之外,此为高丽最善之刻矣"⑤,足见其刊刻质量之精善。

---

① (朝鲜)李宗准:《遗山乐府序》,姚奠中主编、李正民增订《元好问全集》卷四十二《新乐府》,下册,第974页。

② (清)朱祖谋:《〈遗山乐府〉跋》,朱孝臧辑校编撰、夏敬观手批评点:《彊村丛书附遗书》,上海:上海古籍出版社,1989年,第七册,第5713页。

③ 参见陶湘辑《武进陶氏涉园续刊景宋金元明本词》所收明弘治高丽晋州本《遗山乐府》三卷,吴昌绶、陶湘辑《景刊宋金元明本词》,影印原刊本,上海:上海古籍出版社,1989年,第867—907页。

④ 缪钺:《遗山乐府编年小笺》,龙榆生主编《词学集刊》第三卷第二号,影印本,上海:上海书店,1985年,第67页。

⑤ 张宗祥《铁如意馆随笔》卷二"高丽本《遗山乐府》"条,浙江文史研究馆编《张宗祥文集》,上海:上海古籍出版社,2013年,第一册,第41页。

### 三、寻访与交流

通过商贸活动购置汉籍的方式确实能够有不少收获,但使臣的奉命行事并不能完全呈现其本人真实的阅读兴趣,而且相关的记载也较为简略平实。相较之下,不少韩国使臣出于个人兴趣爱好而努力寻访、购置汉籍,并进而与中国文士进行交流切磋的经历,就显得更加生动细致。朝鲜肃宗朝的李宜显(1669—1745)曾在清康熙、雍正年间多次出使中国,就提到过自己四处寻访钱谦益《列朝诗集》的经历:"余尝欲抄其《小传》,别作一册,而誊出亦费力,久未之果。闻息庵曾为此,而未得见。后赴燕,偶见别抄其《小传》而入刊者,亟购以来,从今无劳别誊矣。"[①]言语之中满是如愿以偿的欣喜。《列朝诗集》为钱谦益所辑明诗总集,在各家诗作前均有小序介绍作者生平仕宦,并评骘创作得失。后由钱氏族孙钱陆灿辑出单行,有康熙三十七年虞山黄氏诵芬堂刻本。李宜显购得的当即此本。不过有时也难免懊恼扫兴,稍后另一位韩国使臣金士龙(?—1791?)曾回忆说:"是夕有一书贾抱许多诗史而来,欲售其书,皆愿见而未得者。况儒者之得书,如壮士之得好剑,豪士之得佳人。而自顾行橐所存者,秃笔二枝、败墨一丁、白纸册一卷而已,遂谢送其人。床头黄金尽,人间第一杀风景。非徒金尽,且有邦禁,奈何!"[②]因囊中羞涩且顾忌相关禁令,而只能望书兴叹。不少韩国使臣还将自己在中国访书、购书的曲折经历写入诗中,或

① (朝鲜)李宜显:《陶谷杂著》,蔡美花、赵季主编《韩国诗话全编校注》,第四册,第2937页。
② (朝鲜)金士龙:《燕行日记》上,(韩)林基中编《燕行录全集》,第七十四册,第178页。

感慨终日搜寻的艰辛,如"燕市曾闻万轴存,此来签架费闲翻"①;或抒发夙愿得遂的欣喜,如"还忆少时勤手录,试看盈箧辄欣然"②;或表现一掷千金的豪气,如"行车满载书千卷,堪笑当时越橐贫"③;或描绘捧读经籍的激动,如"晴窗细检忘羁倦,夜榻闲翻失稳眠"④,都异常真切地展现出他们在寻访汉籍过程中的内心感受。

清代乾隆以后,京城琉璃厂一带书肆集中,成为韩国使臣经常出入访求书籍的场所,在他们的笔下也随即出现了很多特别生动的描述:

> 书肆有七十三壁,周设悬架为十数层,牙签整帙,每套有标纸,量一肆之书已不下数万卷,仰面良久,不能通省其标号,而眼已眩昏矣。⑤
>
> 盖一铺之储已不知为几万卷,屋凡两重或三四重,而每屋三壁设悬架,架凡十数层,每层庋书卷帙齐整,每套皆有标纸,俯仰视之,不可领略,觅其都录见之,则亦多不闻不见之书。看到未半,眼已眩昏。⑥
>
> 书肆之旗令人心醉目眩。珍签宝轴,插架而连屋;青缃锦

---

①（朝鲜）金锡胄:《买书》,《捣椒录》卷下,(韩)林基中编《燕行录全集》,第二十四册,第93页。

②（朝鲜）任相元:《购书》,《燕行诗》,(韩)林基中编《燕行录全集》,第二十八册,第62页。

③（朝鲜）申晸:《点阅书籍》,《燕行录》,(韩)林基中编《燕行录全集》,第二十二册,第486页。

④（朝鲜）赵尚絅:《买书》,《燕槎录》,(韩)林基中编《燕行录全集》,第三十七册,第206页。

⑤（朝鲜）洪大容:《湛轩燕记》,(韩)林基中编《燕行录全集》,第四十二册,第351页。

⑥（朝鲜）金景善:《燕辕直指》,(韩)林基中编《燕行录全集》,第七十一册,第255页。

帙,叠厂而堆床。入而视之,未知何书之在何方,似难搜得。卷面糊小片白纸,各书某书某帙也。①

　　册肆在正阳门外,非止一处,其畜书之法,设堂数三十间,每间四壁设间架,层层井井,排列积峙,每套付签曰某册。故充栋溢宇,不可计量。②

他们身处其间,不仅能够恣意寻访自己渴求已久的书籍,甚至还能够了解到很多此前不曾了解的书业讯息,为进一步追查相关典籍提供了重要线索。不少韩国使臣都有过类似的经历:

　　过琉璃厂,又搜向日未见之书肆三四所,而陶氏所藏,尤为大家。揭额曰"五柳居",自言书船从江南来,泊于通州张家湾。再明日当输来,凡四千馀卷云。因借其书目而来,不惟吾之一生所求者尽在于此,凡天下奇异之籍甚多,始知江浙为书籍之渊薮。来此后,先得浙江书目近日所刊者,见之已是瑰观。陶氏书船之目亦有浙江书目所未有者,故腾其目。③

　　往五柳居陶生书坊检阅《经解》六十套。《经解》者,朱竹垞彝尊与徐憺圃乾学搜憺圃、竹垞所藏,又借秀水曹秋岳、无锡秦封岩、常熟钱遵王、毛斧季、温陵黄俞邰之藏,得一百四十种。自子夏《易传》外,唐人之书仅二三种,其馀皆宋元诸儒所撰述,而明人所著间存一二,真儒家之府藏,经学之渊薮也。

---

①　(朝鲜)金士龙:《燕行日记》,(韩)林基中编《燕行录全集》,第七十四册,第183—184页。

②　(朝鲜)朴思浩:《燕蓟纪程》,(韩)林基中编《燕行录全集》,第八十五册,第496页。

③　(朝鲜)李德懋:《入燕记》,(韩)林基中编《燕行录全集》,第五十七册,第293—294页。

此书刊行已百年,而东方人漠然不知。①

京都正阳门外琉璃厂册肆凡十一,广储书册售之,大者十馀万卷,小者五六万卷,盖无书不存,然犹不及于南京书肆云。凡求于北京书肆而未得者,往求于南京而得之云。②

由于经常出入琉璃厂且大多出手阔绰,这些韩国使臣与不少书肆主人之间形成了很好的关系,由此也更便于他们搜访书籍、探寻消息。嘉庆年间来到中国的柳得恭(1748—1807)就提到自己与聚瀛堂、五柳居等琉璃厂书肆主人的密切交往:

崔琦,琉璃厂之聚瀛堂主人;陶生,五柳居主人也。崔是钱塘人,陶生亦南人也。自前李懋官游燕时及庚戌秋购书于五柳居。故陶有旧好,崔则新面也。聚瀛堂特潇洒,书籍又广,庭起簟棚,随景开阔,置椅三四张,床卓笔砚,楚楚略修,月季花数盆烂开。初夏天气甚热,余日雇车至聚瀛堂散闷,卸笠据椅而坐,随意抽书看之,甚乐也。③

同治年间出使中国的成仁浩(1815—1887)也言及自己和宝文斋、宝名斋等书肆主人的关系相当融洽:

食后与三使臣出城往册肆,宝文斋主人徐生略陈茶果,阅

---

① (朝鲜)李德懋:《入燕记》下,(韩)林基中编《燕行录全集》,第五十七册,第300—302页。

② (朝鲜)徐有素:《燕行录》卷二,(韩)林基中编《燕行录全集》,第七十九册,第228页。

③ (朝鲜)柳得恭:《燕台录》,(韩)林基中编《燕行录全集》,第六十册,第235—236页。

览群书。转往宝名斋①,主人李炳勋又有肴核之陈,竟日看书,侵昏归馆。②

在得到书肆主人的信任之后,即便是访求一些禁书,也平添许多便利。乾隆年间来访的李德懋(1741—1793)就曾提到:"左右尝盛言顾亭林炎武之耿介,为明末之第一人物。购其集于五柳居陶生。陶生以为当今之禁书三百馀种,亭林集居其一,申申托其秘藏。归来,余于轿中尽读之,果然明末遗民之第一流人物也。"③道光初年来到中国的徐有素(?—1823?)也曾经"往文盛堂买书,深藏车中,因骑而来,盖外国所买书册多禁书,史记、兵书、术数书至于《三国志》等书亦在禁例"④。琉璃厂也是当时众多中国举子、文人和学者们时常光顾的地方,这也给韩国使臣们留下了深刻的印象,"江南、西蜀举子取应上京,得捷者因留仕宦,落榜者路远不得还,留待后科,遂作文印板,卖以资生,故游于册肆者多儒生,而所著皆奇闻异说"⑤,"书册铺最大者曰文粹堂、五柳居、先月楼、鸣盛堂,天下举人、海内知名之士多寓其中"⑥。诸多韩国使臣厕身其间,也便和他们有了更为深入的往还切磋。

通过与中国文人学者的互动交流,也是韩国使臣探访中国典籍的一个重要途径。明朝万历年间屡次来访的许筠(1569—1618)

---

① "宝名斋",原误作"宝文斋",据(清)孙殿起:《琉璃厂书肆三记》改,文载(清)孙殿起辑《琉璃厂小志》第三章《书肆变迁记》,北京:北京古籍出版社,1982年,第130页。

② (朝鲜)成仁浩:《游燕录》,(韩)林基中编《燕行录全集》,第七十八册,第83页。

③ (朝鲜)李德懋:《入燕记》下,(韩)林基中编《燕行录全集》,第五十七册,第324页。

④ (朝鲜)徐有素:《燕行录》卷七,(韩)林基中编《燕行录全集》,第八十一册,第171页。

⑤ (朝鲜)李遇骏:《梦游燕行录》卷下,(韩)林基中编《燕行录全集》,第七十七册,第75页。

⑥ (朝鲜)朴趾源:《热河日记》卷五《黄图纪略》,第334页。

便提到中国文士赠送书籍给自己："徐相公至鄙寓，赠余白乐天集。"①清朝雍正年间来访的李宜万（1650—1736）则述及从中国学者那里借书的经历："张裕昆来访，盖有施愚山集一借之约，携全部以来，其意诚辛勤也。"②有些中国学者也特别喜好结交韩国使臣，对他们搜求书籍的要求也会提供更多具体的帮助。被韩国使臣视作"乾隆、嘉庆之际为文章宗匠，与东人酬唱最多"③的纪昀（1724—1805）就是其中的代表人物。柳得恭曾记录下纪氏为其热情代购所需书籍的情形：

> 入燕京之次日，访纪晓岚尚书。……余曰："生为购诸子书而来，大约《语类》、《类编》等帙，外此如《读书纪》载在《简明目录》，此行可见否？"晓岚曰："此皆通行之书，而迩来风气趋《尔雅》、《说文》一派，此等书遂为坊间所无，久为贵副使四处托人购之，略有着落矣。"余曰："如《白田杂著》，可得否？"晓岚曰："此本寒家之本，一入官库，遂不可得。幸王懋竑有文集，此书刻入此集中，亦托人向镇江府刷印也。"又曰："此数书多在南方，故求之不易，受托之人又以为不急之物，可以缓来，故悠忽遂至今也。前者已摽以催诸友，大抵有则必有，但不能一呼立应耳。"④

除了柳得恭，纪昀还先后与徐浩修、朴齐家、洪良浩、徐有功、李基

---

① （朝鲜）许筠：《己酉西行录》，（韩）林基中编《燕行录全集》，第十三册，第247页。

② （朝鲜）李宜万：《入沈记》卷中，（韩）林基中编《燕行录全集》，第三十册，第234页。

③ （朝鲜）朴思浩：《燕蓟纪程·留馆杂录》，（韩）林基中编《燕行录全集》，第八十五册，第439页。

④ （朝鲜）柳得恭：《燕台录》，（韩）林基中编《燕行录全集》，第六十册，第197—198页。

宪等韩国使臣有过频繁而密切的交往,不少韩国使臣在搜求书籍时,都从他那里得到过悉心的建议或帮助。① 洪良浩(1724—1802)在离开中国时还特意赋诗赠予纪昀,其中有云:"百年只眼明如镜,诸子迷津涉有航。白首相逢宁偶尔,一言契合示周行。"②对于纪氏的指点迷津至为感激,毫无疑问也道出了很多韩国使臣的心声。

通过不懈地搜求,韩国使臣所购置的中国典籍的数量和类别都是相当惊人的。朝鲜肃宗时的李宜显(1669—1745)曾开列他在中国所购买的书籍名目,其中包括"《册府元龟》三百一卷、《续文献通考》一百卷、《图书编》七十八卷、《荆川稗编》六十卷、《三才图会》八十卷、《通鉴直解》二十四卷、《名山藏》四十卷、《楚辞》八卷、《汉魏六朝百名家集》六十卷、《全唐诗》一百二十卷、《说唐诗》十卷、《钱注杜诗》六卷、《瀛奎律髓》十卷、《宋诗钞》三十二卷、《元诗选》三十六卷、《明诗综》三十二卷、《古文觉斯》八卷、《司马温公集》二十四卷、《周濂溪集》六卷、《欧阳公集》十五卷、《东坡诗集》十卷、《秦淮海集》六卷、《杨龟山集》九卷、《朱韦斋集》六卷、《张南轩集》二十卷、《陆放翁集》六十卷、《杨铁崖集》四卷、《何大复集》八卷、《王弇州集》三十卷、《续集》三十六卷、《徐文长集》八卷、《抱经斋集》六卷、《西湖志》十二卷、《盛京志》六卷、《通州志》八卷、《黄山志》七卷、《山海经》四卷、《四书人物考》十五卷、《黄眉故事》十卷、《白眉故事》六卷、《列朝诗集小传》十卷、《万宝全书》八卷、《福寿全书》十卷、《发微通书》十卷、《状元策》十卷、《汇草辨疑》一卷、《制锦

---

① 参见黄时鉴:《纪昀与朝鲜学人》,收入《黄时鉴文集》Ⅲ《东海西海——东西文化交流史(大航海时代以来)》,上海:中西书局,2011 年。
② (朝鲜)洪良浩:《纪晓岚宗伯以清白文章冠冕一世,实有知音之感,出都门,聊赋惓惓之意》其二,《燕云续咏》,林基中编《燕行录全集》,第四十一册,第 337 页。

编》二卷、《艳异编》十二卷、《国色天香》十卷"①；又提及"明人北海
冯惟讷集古诗，……合为百五十六卷，名之曰《古诗纪》。唐以前诗
歌谣谚尽载其中，实古诗之府库也。又有吴琦者，辑《全唐诗纪》，
诗并累千万首，以仙佛鬼诗为外集，而先刻初盛唐诗百七十卷，俱
在余书厨中。……后来购得《全唐诗》一帙，即清康熙四十四年翰
林侍读潘从律、彭定求等所对校纂辑者也"②，如此不遗馀力地搜
求卷帙浩繁、品类繁杂的中国典籍，确实令人惊叹不已。

　　明清以降，中国方面派遣的一些使臣有时也会携带部分中国
典籍来到韩国，在与韩国文人交流时作为礼物馈赠给对方。李宜
显提到过《世说新语》一书在韩国的传播过程："晋人乐放旷，喜清
言，其弊也及于国家。五胡乱华，衣冠奔波。……然其谈论风标，
书之文字，则无不淡雅可喜，此刘义庆《世说》所以为楮人墨客所剧
嗜者也。因此想当时亲见其人，听其言语者，安得不倾倒也。明人
删其芜，补其奇，作为一书，诚艺林珍赏也。朱天使之蕃携来赠柳
西坰，遂为我东词人所欣睹焉。"③文中提到的朱之蕃（？—1626）于
万历三十三年（1605）与梁有年（？—1614）一同奉敕出使韩国，在出
访过程中与诸多朝鲜文士有过相当频繁的切磋交流，其中就包括
李宜显所提及的左赞成柳根（西坰）。④　而另据许筠所述："刘
《说》、何良俊书行于东野久矣，而独所谓《删补》者，未之睹焉。曾

---

①（朝鲜）李宜显：《庚子燕行杂识》卷下，（韩）林基中编《燕行录全集》第三十五
册，第476—478页。

②（朝鲜）李宜显：《陶谷杂著》，蔡美花、赵季主编《韩国诗话全编校注》，第四册，
第2935页。

③（朝鲜）李宜显：《陶谷杂著》，蔡美花、赵季主编《韩国诗话全编校注》，第四册，
第2935页。

④　有关朱之蕃出使韩国的基本情况，可以参见杜慧月：《明代文臣出使朝鲜与〈皇
华集〉》下编《明代文臣出使朝鲜与〈皇华集〉概述》，北京：人民出版社，2010年，第
403—412页。

于弇州《文部》中见其序,尝欲购得全书,顾未之果。丙午春,朱太史之蕃奉诏东临。……将别,出数种书以赠,则是书居其一也。"①参酌李宜显的相关陈述,可知朱氏曾将《世说新语》等书籍(应该还包括明代的一些拟续之作,如何良俊《何氏语林》)赠予柳根等韩国文人。在朝鲜正祖初期编纂的专门收录中国本的《奎章总目》中,载录有刘义庆《世说新语》、何良俊《何氏语林》、王世贞《世说新语补》等著作,②或许就与朱之蕃此次出访有关。

　　韩国文士也会在相互交流的过程中,礼尚往来地主动将韩国汉籍馈赠给中国文士。朝鲜初期的徐居正(1420—1488)就述及自己的亲身见闻:"居正近赴京,有书生邵镇者,以傭书为业,咏李陶隐诗数首。问得之何处,曰:'汝国宰相李边所赠。'郑文成公尝语,曾赴京见一儒生,云:'汝国《牧隐集》最好,可与黄、苏颉颃。'问得之何处,曰:'汝国译官金自安所赠。'"③可见李崇仁(陶隐)、李穑(牧隐)这些高丽末期知名文士的文学作品,早在朝鲜王朝初期,就已经通过韩国使臣赠送给中国文士。尽管明清两代关防甚严,诚如当时的来华使臣金永爵所说的那样,"我国书籍未尝不多,而无一携带入京者,以于明季国初事多有忌讳故也。启、祯以前,书亦未入中国者,敝邦恪守候度,敬奉正朔,独祖宗庙号本国所尊,以是不敢携带持赠耳"④,不过仍然有一些韩国使臣,通过各种不同的方式将韩国汉籍携入中国,并赠送给交游的中国文士。与不少韩

---

　　①　(朝鲜)许筠:《世说删补注解序》,《惺所覆瓿稿》卷四,《韩国文集丛刊》第七十四册。

　　②　(朝鲜)徐浩修:《奎章总目·子部·说家类》,张伯伟编《朝鲜时代书目丛刊》,第一册,第 245、250、251 页。

　　③　(朝鲜)徐居正:《笔苑杂记》,蔡美花、赵季主编《韩国诗话全编校注》,第一册,第 245—246 页。

　　④　(清)吴稼轩:《朝鲜使者金永爵笔谈记》,(清)董文涣编,李预、崔永禧辑校《韩客诗存　韩客文存》,北京:书目文献出版社,1996 年,第 266 页。

国文士有过交往的纪昀曾对来访的韩国使臣徐浩修(1736—1799)
说:"贵国郑麟趾《高丽史》极有体段,仆藏庋一部矣。"当徐氏疑惑
地问道:"然则《高丽史》已翻刻于坊间乎?"纪昀随即回答道:"即贵
国板本也。"①所说的朝鲜刻本《高丽史》应该就是从与自己交往甚
密的韩国友人那里获赠的。

　　在互相切磋交流的过程中,中国文士也会从韩国文士那里打
探一些汉籍的下落。不过正如韩国文士所言,"中国之人矜其所处
之尊,无所求于九州之外,由是海东文献有小中华之号,而犹且抑
于疏逖,不能以此自多"②,中国一方往往存有妄自尊大的心态,此
类探问大多出于访佚补阙的目的,因此关注的焦点主要集中于中
国典籍而非韩国汉籍。乾嘉时期的知名学者彭元瑞(1731—1803)
和远道而来的徐浩修有过这样一番对答:

　　　　彭曰:"古文真本,惟贵国有之云,果然否耶?"余曰:"此齐
　　东好怪之言,荒唐正如日本《尚书》耳。今古文源委,顾亭林辩
　　之极分晓,前此诸儒所不能及也。"③

精熟文献的彭氏居然对《古文尚书》尚存于韩国的传言信以为真,
反倒是徐浩修对于清儒考辨的情况极为熟稔。朴趾源则提到自己
在出访时,屡屡遇到中国文士提出相同的问题:"贵国有《乐经》云,
然乎?"④对于《乐经》是否尚存天壤之间极感兴趣。从中不难发现
中国文士主要的兴趣所在。即便偶尔涉及韩国汉籍,中国文士也

----

① (朝鲜)徐浩修:《燕行记》卷二,林基中编《燕行录全集》,第51册,第120页。
② (朝鲜)李晔光《续朝天录》附任疏庵《序》,林基中编《燕行录全集》,第10册,第
283页。
③ (朝鲜)徐浩修:《燕行记》卷二,林基中编《燕行录全集》,第51册,第21—22页。
④ (朝鲜)朴趾源:《热河日记》卷二《太学留馆录》、卷三《忘羊录》,第134、205页。

或多或少地带有几分猎奇的心态。徐浩修就提到与中国学者交往时，一再被追问韩国是否真有"《海东秘史》、《东国声诗》二书"①，而细究其实，不过是道听途说、子虚乌有的东西罢了。相较韩国文士对中国汉籍的热切喜好和竭力搜求，中国文士对于韩国汉籍的态度更多地只停留在浅尝辄止、浮光掠影的层面。

上述中国汉籍传入韩国或韩国汉籍回传中国的情况，基本上还属于单向的传播和接受，相对而言仍然显得较为简单。除此之外，汉籍在中、韩两国之间还会出现彼此往复叠加地展开互渗互动的复杂情况，最有代表性的事例莫过于韩国闺秀诗人许兰雪轩诗文作品的传播刊刻。许兰雪轩(1563—1589)，本名楚姬，字景樊。《兰雪轩集》最初在其去世后的次年，即朝鲜宣祖二十三年(1590)，由其弟许筠编纂结集。朝鲜宣祖二十五年(1592)壬辰倭乱之时，随明朝军队出兵援朝的文士吴明济、蓝芳威、汪世钟等人借机大力搜集访求韩国诗作，并编辑成集。据吴明济(生卒年不详)自述，在他初至汉城时，曾经"馆于许氏。许氏伯仲三人，曰篈、曰筬、曰筠，以文鸣海东间。篈、筠皆举状元，筠更敏甚，一览不忘，能诵东诗数百首，于是济所积日富。复得其妹氏诗二百篇"②，就已经从许筠那里获得不少许兰雪轩的诗作。吴氏中途曾一度"西还长安。长安缙绅先生闻之，皆愿见东海诗人咏及许妹氏游仙诸篇"③，可知许氏诗作已经通过他的传播为中国文士所知晓。他最终编竣的《朝鲜诗选》凡七卷，共收录一百一十二位诗人的三百四十首诗作，许兰雪轩一人就有五十八首作品入选。在其之后完成编纂的蓝芳

---

① (朝鲜)徐浩修：《燕行记》卷二，林基中编《燕行录全集》，第 51 册，第 21—22 页，又 141—142 页。

② (明)吴明济编、祁庆富校注：《朝鲜诗选校注》，沈阳：辽宁民族出版社，1999 年，第 238 页。

③ (明)吴明济编、祁庆富校注：《朝鲜诗选校注》，第 239 页。

威《朝鲜诗选全集》八卷和汪世钟《朝鲜诗》四卷，也收录了大量许氏诗作。① 这些朝鲜诗歌总集被携带回中国后，随即就受到众多中国文士的关注，并纷纷以此为据采录许氏诗作。正如韩国文士李宜显后来所言："明人绝喜我东之诗，尤奖许景樊诗，选诗者无不载景樊诗。……《列朝诗集》选一百七十首，《明诗综》选一百三十六首，《明诗选》录三首，《诗归》录二首，景樊诗皆在其中。"② 其中如钱谦益(1582—1664)在编纂《列朝诗集》时就径称："今所撰录，亦据《朝鲜诗选》，存其什之二三。"③ 依据吴氏选录的作品再作筛选。朱彝尊(1629—1709)所编《明诗综》在选录高丽、朝鲜诗作时同样提到："高丽文教，远胜他邦。……今之存者，仅会稽吴明济子鱼《朝鲜诗选》而已。"④ 应该也参考过吴氏所编诗集。

　　除了吴明济等人通过编选诗集的方式来介绍许兰雪轩的作品之外，出访至韩国的中国使臣又通过另一种途径将其作品传入中国。万历三十四年(1606)，朱之蕃(?—1626)、梁有年(?—1614)等人出使朝鲜，在和许筠会面时曾询及兰雪轩的诗作，于是许氏"即以诗卷进，上使讽而嗟赏"⑤。朱、梁两人还应邀分别为诗集作序，颇多揄扬之词。朱之蕃在回国之时，就顺便将诗集带回，并大肆宣

---

　　① 参见(韩)李锺默著、李春姬译：《关于伯克利大学藏本蓝芳威编〈朝鲜诗选全集〉》，载张伯伟主编《域外汉籍研究集刊》第四辑，北京：中华书局，2008年；张伯伟：《明清时期女性诗文集在东亚的环流》，载《复旦学报》2014年第3期。

　　② (朝鲜)李宜显：《陶谷杂著》，蔡美花、赵季主编《韩国诗话全编校注》，第四册，第2938页。按：李氏所言"《诗归》"当指《名媛诗归》，该书二十九卷均为许氏之作，远不止"二首"之数。

　　③ (清)钱谦益《列朝诗集小传》闰集"许妹氏"条，上海：上海古籍出版社，1983年，下册，第814页。

　　④ (清)朱彝尊著、姚祖恩编：《静志居诗话》卷二十四，黄君坦校点，北京：人民文学出版社，1990年，下册，第777页。

　　⑤ (朝鲜)许筠：《丙午纪行》，《惺所覆瓿稿》卷十八，《韩国文集丛刊》第七十四册。

传,正像钱谦益在介绍许兰雪轩作品时所说的那样,"金陵朱状元奉使东国,得其集以归,遂盛传于中夏"①。其后锺惺也提到:"樊之才名与兄并著,金陵朱太史兰嵎出使朝鲜,得其集,刻以行世。"②许兰雪轩的诗集又有了新的途径得以传入中国。

　　许筠在推介传播许兰雪轩作品时也亲力亲为,甚至利用自己出使中国的机会,将诗集赠送给诸多中国文士。朝鲜光海君元年,即明万历三十七年(1609)五月初十,包括许筠在内的朝鲜使臣一行"夕抵肃宁,徐明来言:'在北京见陶庶子望龄,言"曾见朱官谕之蕃,道东国有许某者,其姊氏诗冠绝天下。你之彼,须求其集以来"。都监乃斯人也,有集在否?'余即出橐中一部以给"③。到了第二天,"徐相公曰:'兰雪诗集,刘公亦欲得之。俺亦请一件也。'余只馀一卷,出给之,令致于使。其一件该给徐者,约于京。田、杨亦请之,俱以京为期"④。到了光海君六年,即明万历四十二年(1614),许筠再次出使中国,随行的书状官也记录下他向中国文士赠送兰雪轩集的情况,如六月十五日将诗集赠送给辽阳当地的官员,"其姊诗卷非布政所求,渠自强通,而以彼先恳求为言"⑤;六月二十七日,在与中国文士方初阳交谈之际,"使以厥姊集及《列仙传》与之览"⑥;七月十日,去拜见白翰林,"仍送厥姊遗集"⑦,显然极其迫切地期待中国文士能够阅读到这些作品,以致在旁观者的

　　①　(清)钱谦益:《列朝诗集小传》闰集"许妹氏"条,下册,第813页。
　　②　(明)锺惺编:《名媛诗归》卷二十九,《四库全书存目丛书》集部第三百三十九册影印明刻本,济南:齐鲁书社,1997年,第329页。
　　③　(朝鲜)许筠:《己酉西行录》,(韩)林基中编《燕行录全集》,第十三册,第244页。
　　④　(朝鲜)许筠《己酉西行录》,(韩)林基中编《燕行录全集》,第十三册,第244—245页。
　　⑤　(朝鲜)金中清《朝天录》,(韩)林基中编《燕行录全集》,第十一册,第447页。
　　⑥　(朝鲜)金中清《朝天录》,(韩)林基中编《燕行录全集》,第十一册,第465页。
　　⑦　(朝鲜)金中清《朝天录》,(韩)林基中编《燕行录全集》,第十一册,第481页。

眼中,这一行为就不免显得有些强人所难。

通过上述各种不同渠道传入中国之后,许兰雪轩的作品便逐渐受到中国文士的关注,不仅被选录进上述《列朝诗集》、《明诗综》、《皇明诗选》、《名媛诗归》等诗歌总集,还有像沈无非(生卒年不详,活动于万历年间)这样的闺秀诗人特意搜罗其全部诗文,编刻成一卷本《景樊集》,①甚至像王同轨(生卒年不详,活动于万历年间)《耳谈》、潘之恒(1536?—1621)《亘史》、徐𤊹(1570—1643)《笔精》等小说、类书、笔记中也都纷纷议及其人其诗。这样的盛况反倒令韩国文士有些出乎意料,李晔光(1563—1628)就感慨说:"兰雪轩许氏,正字金诚立之妻,为近代闺秀第一。早夭,有诗集行世。……中朝人购其诗集,至入于《耳谈》。"②南龙翼(1628—1692)则惊叹道:"余于玉堂观一唐册,名曰《亘史》,而末端尽载《兰雪集》,称道极至,比诸谪仙。"③对中国文士如此重视许氏之作,这些韩国文士显然都颇感意外。洪万宗(1643—1725)甚至还有些忿忿不平:"中国以我东为偏邦,诸子诗无一见选者。近世蓟门贾司马、新都汪伯英选东方诗,独兰雪轩诗最多。……王同轨行甫所著《耳谈》中亦载此诗。"④申昉(1685—1736)的想法与他颇为类似:"我东诸公,于文则觑大道者盖亦无多,诗则抱隋珠握灵蛇自不少人。只缘地限内外,莫自见于中州,为可恨也。钱牧斋《皇明列朝

---

① 参见俞士玲:《明末中国典籍误题兰雪轩诗及其原因考论》,载张伯伟编《风起云扬——首届南京大学域外汉籍国际学术研讨会论文集》,北京:中华书局,2009 年,第 304—305 页。

② (朝鲜)李晔光:《芝峰类说》卷十四,蔡美花、赵季主编《韩国诗话全编校注》,第二册,第 1316 页。

③ (朝鲜)南龙翼:《壶谷诗话·东诗》,蔡美花、赵季主编《韩国诗话全编校注》,第三册,第 2203—2204 页。

④ (朝鲜)洪万宗:《小华诗评》卷下,蔡美花、赵季主编《韩国诗话全编校注》,第三册,第 2357—2358 页。

诗集》录东方诗颇多,而本朝大家太半见漏,如挹翠、稣斋皆不得入录。录许氏诗最多。"①都认为中国文士竟然将许氏凌驾于诸多韩国知名诗人之上,实在有欠公允。而韩国近代汉诗复兴运动的代表人物安肯来(1858—1929)甚至还提到:"兰雪集在朝鲜已经重刊,在支那则已八九版矣。而鲜版自多讹错,故余于壬子秋购得华版,华版亦多讹误,就其两版而斟酌更锓之,略有商量焉。"②居然受到中国文士的影响,准备以中国翻刻的兰雪轩诗集为依据,着手重新整理许氏作品。

对于中国文士在编选品评许兰雪轩作品时所出现的以讹传讹,韩国文士也会及时予以指出纠正。乾隆四十五年(1780)来访的朴趾源提到:"兰雪轩许氏诗载《列朝诗集》及《明诗综》,或名或号,俱以景樊载录。余尝著《清脾录序》详辨之,懋官之在燕,以示祝翰林德麟、唐郎中东宇、潘舍人庭筠,三人者轮读赞许云。及余在此,论《诗综》阙谬,因及许氏。尹公曰:'尤悔庵侗《外国竹枝词》首著贵国,其曰:"杨花渡口杏花红,八道歌谣东国风。最忆飞琼女道士,上梁曾到广寒宫。"注云:"闺秀许景樊,后为女道士,尝作《广寒宫白玉楼上梁文》。"'余详辨其景樊之诬,尹、奇两人俱为分录收藏,中州名士当又以此事为一番著书之资。大约闺中吟咏本非美事,而以外国一女子芳播中州,可谓显矣。然吾东妇人,未尝以名与字见于本国,则兰雪之号,一犹过矣,况乃认名景樊,在在见录,千载难洗,可不为有才思闺彦之炯鉴也哉。"③乾隆四十八年(1783)随朝鲜使团来访的李田秀(生卒年不详),在日记中也记录

① (朝鲜) 申昉:《屯庵诗话》,蔡美花、赵季主编《韩国诗话全编校注》,第五册,第3429页。

② (朝鲜) 安肯来:《东诗丛话》卷一,蔡美花、赵季主编《韩国诗话全编校注》,第十一册,第9267页。按:"斟酌"原误排作"斟梭",据文意改。

③ (朝鲜) 朴趾源:《热河日记》卷四《避暑录》,第261—262页。

了其仲兄李晚秀(1752—1820)与中国文士张裕昆(生卒年不详)笔
谈的内容:"张书曰:'贵国有闺秀许素樊,八九岁能咏诗,果然否?'
仲兄书'景'字于'素'字之傍,曰:'素字乃景字之讹,而何以知其人
也?'答曰:'鄙所藏此文集矣。'案上有《明诗综》一套,即朱竹垞所
编也。"①而安肯来则针对沈无非刊刻的《景樊集》书名提出异议:
"世传华人以《兰雪轩集》屡付重梓,仍改集名曰《景樊集》,以其兰
雪平生景慕杜樊川之故也云。而问诸华人,元无《景樊集》名目,且
于兰雪诗集未见'慕樊'等语也。'家在江南人牧之'之句,岂兰雪
所咏也?殊可怪哉!樊川,杜牧之也。"②这些意见对于匡正中国
文士的错误认识也起到一定的效果。

　　而围绕着许兰雪轩创作水准的高下优劣,中、韩两国文士也出
现了不少争议。许筠对其诗作自然屡屡加以称颂:"姊氏诗文俱出
天成,喜作游仙诗,诗语皆清冷,非烟火食之人可到也。文出崛奇,
四六最佳,《白玉楼上梁文》传于世。仲氏尝曰:'景樊之才,不可学
而能也。大都太白、长吉之遗音也。'"③又说:"东方妇人能诗者
鲜,所谓惟酒食是议,不当外求词华者邪?然唐人诗以闺秀称者二
十馀家,文献足可征也已。近来颇有之,景樊天仙之才,玉峰亦大
家,不足议为。……文风之盛,不愧唐人,亦国家之一盛事也。"④

---

　　① (朝鲜)李秀田:《入沈记》卷中,(韩)林基中编《燕行录全集》,第三十册,第200
页。按:《燕行录全集》原题作"李宜万著",实有舛误,兹据张杰《韩国史料三种与盛京
满族研究》所考径改,沈阳:辽宁民族出版社,2009年。

　　② (朝鲜)安肯来:《东诗丛话》卷三,蔡美花、赵季主编《韩国诗话全编校注》,第十
一册,第9395页。

　　③ (朝鲜)许筠:《鹤山樵谈》,蔡美花、赵季主编《韩国诗话全编校注》,第二册,第
1440页。

　　④ (朝鲜)许筠:《鹤山樵谈》,蔡美花、赵季主编《韩国诗话全编校注》,第二册,第
1456页。

总而言之,"姊氏可谓天仙之才"①。而其他韩国文人则多加贬斥,
李晬光(1563—1628)就指摘其作品频繁点化甚至剽窃中国作品:
"兰雪轩集中《金凤花染指歌》全取明人'拂镜火星流夜月,画眉红
雨过春山'之句而点化为之,《游仙词》中二篇即唐曹唐诗,《送宫人
入道》一律则乃明人唐震诗也。其他乐府、宫词等作,多窃取古
诗。"②而洪大容(1731—1783)在《乾净衕笔谈》中则针对中国文士
提及许氏"以能诗入于中国诗选",批评道:"女红之馀,傍通书史,
服习女诫,行修闺范,是乃妇女事。若修饰文藻,以诗得名,终非正
道。"③虽然颇多偏见,但也说明对许氏这样的闺秀诗人,韩国方面
并未给予应有的重视。

　　反观明清以来的中国文士,对许氏作品则多有溢美之词,陈子
龙(1608—1647)曾评论道:"许氏诗学李贺而合作,有盛唐之风。
外夷女子能尔,可见本朝文教之远。"④李雯(1607—1647)也称赞
说:"景樊诗如朱楼春草,烟雨迷离。"⑤当然也有人会提出质疑,钱
谦益在《列朝诗集》中虽然选录了不少许氏的作品,但同时又借柳
如是(1618—1664)的口吻指摘说:"今所传者,多沿袭唐人旧句。
而本朝马浩澜《游仙词》见《西湖志馀》者,亦窜入其中。凡塞上、杨
柳枝、竹枝等旧题皆然。岂中华篇什流传鸡林,彼中以为琅函秘
册,非人世所经见,遂欲掩而有之耶? 此邦文士搜奇猎异,徒见出

---

　　①（朝鲜）许筠:《鹤山樵谈》,蔡美花、赵季主编《韩国诗话全编校注》,第二册,第
1467—1468页。

　　②（朝鲜）李晬光:《芝峰类说》卷十四《文章部七·闺秀》,蔡美花、赵季主编《韩国
诗话全编校注》,第二册,第1317页。按:原施标点有误,已径改正。

　　③（朝鲜）洪大容:《乾净衕笔谈》,与（朝鲜）李德懋《清脾录》合订一册,邝健行点
校,上海:上海古籍出版社,2010年,第24页。

　　④（明）陈子龙、李雯、宋徵舆编:《皇明诗选》卷十二,上海:华东师范大学出版
社,1991年,影印崇祯本,第854页。

　　⑤（明）陈子龙、李雯、宋徵舆编:《皇明诗选》卷十二,第854页。

于外夷女子,惊喜赞叹,不复覈其从来。"①这样的批评不久也引起韩国文人的重视,金万重(1637—1692)就对此回应道:"兰雪轩许氏诗出自李苏谷及其仲荷谷,功夫不及玉峰诸公,而彗性过之,海东国秀惟此一人。独恨其弟筠频采元明人佳句丽什,人所罕见者,添入于集中,以张声势。以此欺东人可矣,而乃复传入中国,争如盗贼窃人牛马,转卖于其里中,可谓痴绝。又不幸遇着钱牧斋双眼,如陶公之识武昌柳者,发奸追赃,底蕴毕露,使人大惭。"②对钱谦益的批评深感惭愧,并将之归咎于许筠自作聪明地将他人佳作混入许氏诗集。

　　尽管存有争议,但许兰雪轩确实是韩国文学史上屈指可数的女性文人,而其留存的作品中也有一首《渔家傲》词,③许筠对此还做过一番细致的评论:

　　　　娣氏尝自称作词合律,喜为小令。余意其诳人,及见《诗馀图谱》,则句句之傍尽圈点,以某字则全清全浊,某字则半清半浊,逐字注音。试取所作符之,则或有五字之误,或有三字之误,其大相舛谬者则无一焉。乃知天才俊迈,俯而就之,故其用功约而成就如此。其《渔家傲》一篇总合音律而一字不和,词曰:"庭院东风恻恻,墙头一树梨花白。斜倚玉栏思故国。归不得,连天芳草萋萋色。　　　罗幕绮窗扃寂寞,双行粉泪霑朱臆。江北江南烟树隔。情何极? 山长水远无消息。""朱"字当用半浊字,而"朱"字则全浊。才如苏长公者,亦强不

　　① (清) 钱谦益:《列朝诗集小传》闰集"许氏妹"条,第813—814页。
　　② (朝鲜) 金万重:《西浦漫笔》,蔡美花、赵季主编《韩国诗话全编校注》,第三册,第2255页。
　　③ (朝鲜) 许楚姬:《渔家傲》,(韩) 柳己洙编《韩国历代词总集》,한신대학교출판부,2006年,第157页。

中律,况其下者乎?①

文中提到的"《诗馀图谱》"为明人张綖所编,全书选取百馀首宋词,用其创设的图谱方式逐一标示各调声律,对于初学者按谱填词颇有指示门径的作用,因而在明代颇受欢迎。许筠或许在出使中国时获见此书,遂用以检核其姊氏的词作是否合乎词律。尽管许兰雪轩留存的词作仅有一首,且不尽合乎词律要求,但也可以看出这位在中国产生影响最大的韩国女诗人对倚声填词也曾有过尝试。而通过上述这样的往复交流、互动商讨,中、韩两国文人对于许兰雪轩其人其作无疑有了更进一步的认识,对于促进双方对彼此文学传统的深入理解也起到了很大的推动作用。

## 第二节　韩国文人对中国词作的评论与效仿

早在高句丽、百济、新罗鼎峙的三国时期,韩国文人就已经相当重视汉籍的学习。到了三国统一之后的新罗时代,甚至在礼部设有专门机构,负责讲授督导之职。据高丽时期史家金富轼(1075—1151)所撰《三国史记》记载:

> 国学,属礼部,神文王二年置,景德王改为大学监,惠恭王复故。……教授之法,以《周易》、《尚书》、《毛诗》、《礼记》、《春秋左氏传》、《文选》分而为之业,博士若助教一人。或以《礼记》、《周易》、《论语》、《孝经》,或以《春秋左传》、《毛诗》、《论语》、《孝经》,或以《尚书》、《论语》、《孝经》、《文选》教授之。诸

---

① (朝鲜)许筠:《鹤山樵谈》,蔡美花、赵季主编《韩国诗话全编校注》,第二册,第1448—1449页。按:此处称许兰雪轩为"娣氏"似有误,当作"姊氏"。

> 生读书,以三品出身,读《春秋左氏传》,若《礼记》,若《文选》,
> 而能通其义,兼明《论语》、《孝经》者为上;读《曲礼》、《论语》、
> 《孝经》者为中;读《曲礼》、《孝经》者为下;若能兼通五经三史、
> 诸子百家书者,超擢用之。①

可见当时韩国士人所习读的汉籍虽然多为儒家经籍,但也包括《文选》等文学典籍。这样的风气直至朝鲜时代仍持续不歇,对于韩国历代文人的阅读好尚起到了极为重要的引导作用,甚至出现"吾东虽曰好学,学者所习,惟在中国书籍;东国之书,漫不识其题目"的情况。② 在广泛研读中国典籍的过程中,韩国文士自然也会涉猎部分中国词作,在称引评论之际还会加以效法拟作。本节即勾稽相关史料,对这些现象做一番剖析。

### 一、韩国文人对中国词作的评论

从一些零星的文献记载来看,韩国历代文士对中国的词人、词作还是较为熟悉和偏爱的。以北宋词人柳永(987?—1054?)为例,就可见一斑。清康熙年间,朝鲜使臣徐良崎购得纳兰性德《侧帽词》和顾贞观《弹指词》,在欣喜之馀曾赋诗评论说:

> 使车昨渡海东边,携得新词二妙传。谁料晓风残月后,而今重见柳屯田。③

---

① (高丽)金富轼:《三国史记》卷三十八《杂志》,韩国:景仁文化社,1977 年,第335 页。

② (朝鲜)沈光世:《海东乐府序》,《休翁集》卷三,《韩国文集丛刊》第八十四册。

③ (清)阮葵生:《茶馀客话》卷十一"朝鲜使臣购三家词"条,上册,第335 页。

称誉两人词作佳妙,还将他们与柳永相提并论。所谓"晓风残月",出自柳永《雨霖铃》一词,①曾被后世词家推为"古今俊句"②。这位韩国使臣可以信手拈来将之化入自己的诗中,显然对柳永的作品绝不陌生。道光八年(1828)来访的朝鲜使臣朴思浩(?—1828?)忆及自己与数位中国文士聚谈,其间曾向这些中国文士问道:

> 愿生中华国,一见江南好。盖因柳耆卿《望海潮》词,可知其绝胜。"三秋桂子,十里荷花,烟柳画桥,风帘翠幕",皆依旧否?③

《望海潮》也是柳永极负盛名的词作,据宋人所述,"此词流播,金主亮闻歌,欣然有慕于'三秋桂子,十里荷花',遂起投鞭渡江之志"④,可见当时就已经流传至北方。朴氏能够随口吟诵出其中名句,足见柳永笔下的江南风物给他留下了难以磨灭的印象,因而对其现状充满着好奇。同时期的另一位朝鲜学者李圭景(1788—1856)在广泛征引中国词作并加以评述时,也曾经提到:"词以柳耆卿《望海潮》词为词之冠。"⑤还有一些韩国词作,如李衡祥(1653—1733)的《望海潮·陌巷乐,次柳耆卿》、⑥申应善(1834—?)的《望

---

① (宋)柳永:《雨霖铃》,薛瑞生《乐章集校注》,北京:中华书局,1994年,第59页。

② (清)贺裳:《皱水轩词筌》,唐圭璋编《词话丛编》,北京:中华书局,2005年,第一册,第703页。

③ (朝鲜)朴思浩:《心田稿·燕蓟纪程·春晖清谭》,(韩)林基中编《燕行录全集》,第八十六卷,第34页。按:"柳耆卿"原误作"柳嗜卿",已径改正。

④ (宋)罗大经:《鹤林玉露》丙编卷一,王瑞来点校,北京:中华书局,1983年,第241页。

⑤ (朝鲜)李圭景:《诗家点灯》卷二《诸词略拾》,蔡美花、赵季主编《韩国诗话全编校注》,第七册,第5861—5864页。

⑥ (朝鲜)李衡祥:《望海潮·陌巷乐,次柳耆卿》,(韩)柳己洙编《历代韩国词总集》,第210页。

海潮·惜春词,次柳耆卿韵》,①甚至采用依韵次和的方式进行创作。凡此种种,都足证柳永的作品确实极受韩国文人重视。

当然,作为协音合律的音乐文学,词这种文体所独具的特殊属性有时也难免会对韩国文人的讽诵、欣赏带来一定的困难。乾隆四十五年(1780)来访的朝鲜使臣朴趾源(1737—1805)便记录了他在旅途之中听唱词曲的经历:

> 一少年唱,独幺青扣檀板,和声同唱,他妓皆停吹,侧耳而听之。一少年移坐谓余曰:"会否?"余曰:"不知。"少年书示曰:"此词曲唤作《鸡生草》,其词曰:'前朝出了英雄将,桃源(园)结义刘关张。他三人请了君(军)师诸葛亮,火烧新野博望屯,炮打上阳城,怨老天既生瑜又生亮。'"……少年又唱一词,诸妓或鼓檀板,或弹琵琶,或吹凤笛以和之。王龙标问曰:"公子会否?"余曰:"不会也,此名何词?"龙标书示曰:"此曲唤做《踏莎行》,其词曰:'日月隙驹,尘埃野马,东流不尽江河泻。向来争夺名利人,百岁几个长存者?'"柳丝丝继唱曰:"渔樵冷话,是非不在《春秋》下。自斟自饮自长吟,不须赞叹知音寡。"其声凄绝,黯然销魂,真是梁尘自飘。……其少年自鼓琵琶,劝丝丝续唱,其音尤宛转窈娜。龙标又书曰:"此曲《西江月》,词曰:'螟蛉匆匆甲子,蚊虻扰扰山河。疾风暴雨夜来过,转眼都无一个。'"幺青继唱曰:"且尽樽中美酒,闲听月下高歌。功名富贵竟如何? 莫问收场结果。"音声颇厉,不如丝丝幽怨。……沿路数千里间,妇女语音尽是燕莺,绝不闻粗厉之声,所谓"不识家人何处在,隔帘疑是画眉声",尝欲一听其娇

① (朝鲜)申应善:《望海潮·惜春词,次柳耆卿韵》,(韩)柳己洙编《历代韩国词总集》,第316页。

唱。今其所唱词曲虽有文理，既不辨其声音，又不识其腔调，反不如未闻时为有馀韵。①

尽管他先前对观看词曲表演一事充满了好奇和期待，但在亲聆之际，虽然还能依稀感受到"其声凄绝，黯然销魂"，"其音尤宛转窈娜"，但一方面由于汉语口语表达的隔膜（"不辨其声音"），另一方面则是源于对词调声腔的陌生（"又不识其腔调"），最终仍是不无几分失望和怅惘。

　　若从文学批评的角度来考察韩国历代文人对于词体文学的接受，则留存下来的相关资料更为琐碎零散。诚如韩国现代学者李家源（1917—2000）所说的那样："我东人不知作词，益斋以后，仅有数家而已，故别无词话孤行者。或有取评，混载于诗话之中，无所识别，可叹也。"②与运用汉语进行诗文创作相较，肆力于倚声填词的韩国文人毕竟只是少数，相关的词学评论也大多混杂在诗文评论著作之中。而且从内容来看，绝大部分都是以中国词人、词作为品评对象，并以摘录中国词作或迻录中国词论为主，偶尔才施加一些简单的按语评论。朝鲜英宗时的学者南羲采（生卒年不详），曾经采摭二百馀种中国典籍，依据内容分类编排，间下按断，汇纂成韩国历代诗话著作中规模最为庞大的《龟磵诗话》。他在自序中就明确声明："闲寂中，遂取唐宋人以诗话者，撷芳选华，薙其繁冗，兼掇坟典子史，及稗官野乘所载丛话，而以古人诗句润色之。为其便于考据，随事分门，立三才以纪之，族万物以谱之，人情以经之，事类以纬之，蒐罗成帙，凡若干篇。仍又自念，猥以谀见，敢为搜辑，

---

① （朝鲜）朴趾源：《热河日记》卷二《关内程史·射虎日记》，第94—95页。
② （韩）李家源：《玉溜山馆诗话·绪言》，蔡美花、赵季主编《韩国诗话全编校注》，第十二册，第10605页。

间或以己意附之。"①从书中内容来看,其中也夹杂了一些带有词论性质的内容,大多是针对中国词作而发的,其中一则云:

> 小说:宋祁过御街,逢内家车子,褰帷呼小宋者。祁因作《鹧鸪天》词,落句云:"刘郎已恨蓬山远,更隔蓬山千万重。"其词传达禁中,仁宗访知呼小宋者。后与翰林语小词,及此句。祁惶恐,上曰:"蓬山不远。"遽以呼小宋者赐之。按:祁此句本李义山艳情诗,而祁移用于其词也。②

南宋黄昇(生卒年不详,活动于淳祐年间)所编《唐宋诸贤绝妙词选》曾选录过宋祁(998—1061)的这首《鹧鸪天》,并附有注语云:"子京过繁台街,逢内家车子,中有褰帘者曰小宋也,子京归,遂作此词。都下传唱,达于禁中,仁宗知之,问内人第几车子、何人呼小宋,有内人自陈:顷侍御宴,见宣翰林学士,左右内臣曰小宋也,时在车子中偶见之,呼一声尔。上召子京,从容语及,子京皇惧无地,上笑曰:蓬山不远。因以内人赐之。"③南羲采所谓"小说"当即源自《唐宋诸贤绝妙词选》,尔后又添加按语,指出宋氏词句乃径用李商隐之诗句,从中也透露出他对唐宋诗词较为熟悉。类似这样的情况,在韩国文士的词论中颇为常见,朝鲜宣祖时期的知名学者李晬光(1563—1628)在其所著《芝峰类说》中就有如下一则评论:

---

① (朝鲜)南羲采:《龟磵诗话·序》,蔡美花、赵季主编《韩国诗话全编校注》,第八册,第 6632 页。

② (朝鲜)南羲采:《龟磵诗话序》卷十《人道伦理上·姬妾》,蔡美花、赵季主编《韩国诗话全编校注》,第九册,第 7225 页。

③ (宋)黄昇编:《唐宋诸贤绝妙词选》卷三,上海古籍出版社《唐宋人选唐宋词》,唐圭璋等校点,上海:上海古籍出版社,2004 年,下册,第 609 页。

王世贞曰:"我明以词名家者,刘伯温秾纤有致,去宋尚隔一尘;夏公谨最号雄爽,比之辛稼轩,觉少情思。"又曰:"《三百篇》亡,而后有骚赋;骚赋难入乐,而后有古乐府;古乐府不入俗,而后以唐绝句为乐府;绝句少宛转,而后有词云。"盖词至宋而大盛,故明人无能及者。①

李晬光曾在明万历年间作为使臣多次出访过中国,对于中国的文献典籍相当熟悉。上文所征引的王世贞之说分别见于《艺苑卮言》及《曲藻》,②他在此基础上称誉宋词盛况空前,远胜有明一代。有些韩国文人的评述虽然没有明确予以说明,但覆按之后就会发现仍然源自中国典籍,如南羲采曾评论说:

秦少游词有曰:"寒鸦数点,流水绕孤村。"当时以为绝唱耳。按:隋炀帝词曰:"寒鸦千万点,流水绕孤村。"乃知秦全用隋矣。③

指出秦观这两句词化用自隋炀帝的诗作《野望》。实际上南宋叶梦得(1077—1148)早就已经提到:"'寒鸦千万点,流水绕孤村',本隋炀帝诗也,少游取以为《满庭芳》辞,而首言'山抹微云,天粘衰草',尤为当时所传。"④南羲采所言当即源自叶氏的评论,只不过略微

①（朝鲜）李晬光:《芝峰类说》卷十四《文章部七·歌词》,蔡美花、赵季主编《韩国诗话全编校注》,第二册,第1320页。

②　参见(明)王世贞:《艺苑卮言》,唐圭璋辑《词话丛编》,北京:中华书局,2005年,第一册,第393页;(明)王世贞:《曲藻》,中国戏曲研究院编《中国古典戏曲论著集成》,北京:中国戏曲出版社,1959年,第四册,第27页。

③　（朝鲜）南羲采:《龟磵诗话》卷二十三《乐府歌舞·歌曲》,蔡美花、赵季主编《韩国诗话全编校注》,第十册,第8033页。

④　(宋)叶梦得:《避暑录话》卷下,《丛书集成初编》据《津逮秘书》排印本,北京:中华书局1985年,第50页。

调整了原来的语序而已。不过从这些评论中大量引录、依傍中国典籍的情况来看,韩国文人对于中国词体的发展情况显然一直保持着关注,并有着相当程度的了解。

当然,在大量引录、参酌中国典籍中的相关论述时,韩国文人有时也不免会出现一些误记错引,甚至郢书燕说的情况。李晬光在《芝峰类说》中曾摘录过南唐中主李璟(916—961)的词句加以评论:

> 南唐主李景词曰"无可奈何花落去,似曾相识燕归来",又"细雨梦回鸡塞远,小楼吹彻玉笙寒",又"青鸟不传云外信,丁香空结雨中愁",佳矣。①

实则"无可奈何花落去"一联出自北宋晏殊(991—1055)的《浣溪沙》,并非李璟的词作。李晬光说自己撰述的宗旨本在于"略记一二,以备遗忘"②,此处显然是因一时疏忽而导致张冠李戴。

从评论的对象而言,在韩国文人的词论中也不乏宏观的通论。如李晬光曾评论说:

> 乐府,汉、魏尚矣,齐、梁以上工矣,唐则惟李白最佳,降而宋则绝无此体,诗道之不复,宜矣。且诗馀,李白始为之,至宋而甚盛,秦少游、柳耆卿辈尤称作者,如子瞻,尚有以诗为词之诮,何也?③

---

① (朝鲜)李晬光:《芝峰类说》卷十二《文章部五·五代诗》,蔡美花、赵季主编《韩国诗话全编校注》,第二册,第1236页。按:"李景"当作"李璟"。

② (朝鲜)李晬光:《芝峰类说序》,蔡美花、赵季主编《韩国诗话全编校注》,第二册,第1042页。

③ (朝鲜)李晬光:《芝峰类说》卷十《文章部三·古乐府》,蔡美花、赵季主编《韩国诗话全编校注》,第二册,第1121页。

将李白(701—762)、秦观(1049—1100)、柳永(987?—1054?)、苏轼(1037—1101)等视作唐宋时期的代表性词人,既表彰了李白在词体演进过程中的卓越贡献,又体现出对苏轼"以诗为词"的创作手法的认同。但相较而言,绝大部分的韩国词论还是专注于对个别词人或词作的评骘,有学者做过统计,"韩国词话中议论较多的有二十名作家、五十六首词作。……且主要集中于唐五代、北宋时期,南宋甚少。这些作家的作品在中国也是影响较大、评论较多的。韩人的评论,多摘录词作本事、唐宋文人的论词之语,表现出强烈的趋附性"①。不过,换一种视角来看待这种"强烈的趋附性",其实正显现出中国典籍在韩国的传播与接受已经达到相当广泛而深入的程度。

韩国历代词论虽然受到中国词论的很大影响,但有时也能够自出手眼。申钦(1566—1628)就曾评论说:

> 欧阳公,世知其为通儒而已,不知其有豪气如许也。尝观其歌词足以凌云,如"劝君满满酌金瓯,纵使花时常病酒,也是风流"。虽使《花间》诸子为之,未必及之。山谷、简斋歌词亦好。兹数子辈,其文章格韵皆有馀,推而为之,无不佳也。②

将欧阳修(1007—1072)与花间派词人作比较,展现其风格独到之处;随后又引申到对黄庭坚(1045—1105)、陈与义(1090—1138)等宋代词人的评价,指出他们词作水平卓绝,与其诗文创作取得极高成就不无关联。这些评论虽然还比较粗略,未能进行更为细致深

---

① 秦惠民:《韩国古代词论述略》,马兴荣主编:《词学》第二十三辑,上海:华东师范大学出版社,2010年,第384页。

② (朝鲜)申钦:《晴窗软语》卷下,蔡美花、赵季主编《韩国诗话全编校注》,第二册,第1383页。

入的剖析,但也可以看出关注的焦点所在,尝试着对词人创作进行整体评论和相互比较。有些评述则更涉及对词句渊源的考察,显示出韩国文士对于中国诗文作品极为熟悉。秦观的《满庭芳》词是韩国文人较为偏爱的一首作品,李晬光在《芝峰类说》中曾就其中"天粘衰草"句做过如下评论:

> 庾阐《扬都赋》:"涛声动地,浪势粘天。"韩退之文:"洞庭汗漫,粘天无壁。"张祐诗:"草色粘天鹎鸩恨。"秦少游词:"山抹微云,天粘衰草。"皆用庾语也。[①]

在此之前,明人杨慎(1488—1559)已经分析过"天粘衰草"句的用字情况:"韩文'洞庭汗漫,粘天无壁',张祐诗'草色粘天鹎鸩恨',山谷诗'远水粘天吞钓舟',邵博诗'老滩声殷地,平浪势粘天',赵文昇词'玉关芳草粘天碧',严次山词'粘云江影伤千古',叶梦得词'浪粘天、蒲桃涨绿',刘行简词'山翠欲粘天',刘叔安词'暮烟细草粘天碧','粘'字极工,且有出处。"[②]两者相互参照,相似之处颇多,李晬光或许曾参考过杨慎的论述,但和杨氏侧重于展现后世词作中大量承袭使用"粘"字稍有不同,李氏更进一步将其语源追溯至东晋文士庾阐《扬都赋》,揭示秦观词句用字的来历。李晬光在《芝峰类说》中还有一则说:

> 元人词曰:"嫩绿池塘藏睡鸭","淡黄杨柳带栖鸦"。下句乃宋贺方回词句也,虽欠老健,亦自佳矣。但上句颇劣,又

---

① (朝鲜)李晬光:《芝峰类说》卷八《文章部一》,(韩)李锺殷、郑珉共编《韩国历代诗话类编》,第 536 页。

② (明)杨慎:《词品》卷三,唐圭璋编《词话丛编》,北京:中华书局,1986 年,第一册,第 477 页。

"藏"字未稳。①

元人王实甫(生卒年不详)《西厢记》第三本第三折中有云:"不近喧哗,嫩绿池塘藏睡鸭;自然幽雅,淡黄杨柳带栖鸦。"②李氏所谓"元人词"实指此而言。他能指出元杂剧中的这两句与贺铸《浣溪沙》之间的渊源关系,足见对词曲类的作品也极为熟悉。正如本章第一节已经指出的那样,传入韩国的汉籍中也包括大量小说、戏曲作品,韩国文士对此类作品并不会感到陌生。对于此类现象,正应该置于中、韩两国之间汉籍流传的背景之下来进行考察。

### 二、韩国文人对中国词作的仿效

与评论词作过程中大量引录、参酌中国文献相类似,韩国文士在尝试着倚声填词之际也大多依傍中国词作来进行,呈现出比较明显的拟仿倾向。朝鲜时代晚期的学者李圭景(1788—1856)在其《诗家点灯》中评论说:

> 我东素无词体,好事者或剽窃抄袭,事事依样,全无腔调。
> 且所依样者,不过《西厢记》与小说、杂记,或留意《草堂诗馀》,
> 才情更不及焉。故虽风骚大家,于词不得强作,寻常构词亦不
> 能工。③

---

① (朝鲜)李晬光:《芝峰类说》卷十四《文章部七·歌词》,蔡美花、赵季主编《韩国诗话全编校注》,第二册,第1322页。

② (元)王实甫著、王季思校注:《西厢记》,上海:上海古籍出版社,1978年,第117页。

③ (朝鲜)李圭景:《诗家点灯》卷二《集词填词》,蔡美花、赵季主编《韩国诗话全编校注》,第七册,第5866—5867页。

指出韩国文人在填词时多效法中国戏曲、小说中的词曲，或是取资《草堂诗馀》一书。现存《安凭梦游录》、《玉仙梦》、《金鳌新话》、《英英传》、《周生传》、《春香传·广寒楼记》等众多韩国汉文小说中也夹杂了部分词作，①当与此不无关联。至于《草堂诗馀》一书，原本由南宋书坊编集，后由何士信（生卒年不详）增修笺注。全书为取便歌者而依题材分类编选，因而在元明时期相当盛行。② 明末毛晋称："宋元间词林选本，几屈百指，惟《草堂》一编飞驰，几百年来，凡歌栏酒榭丝而竹之者，无不拊髀雀跃，及至寒窗腐儒，挑灯闲看，亦未尝欠伸鱼睨，不知何以动人一至此也。"③足见其在当时受欢迎的程度。明人在此基础上还顺应市场需求，刊刻过各种不同名目的新编本、笺释本、评注本、评点本。④《草堂诗馀》及相关的衍生选本也曾传入韩国，在《奎章总目》、《大畜观书目》等韩国书目文献中均有著录，⑤应该也颇受韩国文士的欢迎。尽管李圭景此处的批评不无偏颇，但也足以说明韩国文人在填词过程中大多亦步亦趋，经常以中国词作作为参照效仿的对象。这也在客观上影响到韩国历代文人在创作时难以充分自由地施展，直接导致留存下来的韩国词作数量有限。对于这样的状况，韩国文人也有自己的评论，归纳起来主要有如下两方面的意见。

　　第一种观点认为韩国词作数量颇少，主要是受到声韵格律的

---

　　① 参见（韩）柳己洙编：《历代韩国词总集》Ⅳ《汉文小说중의词》，第389—392页。

　　② 参见吴熊和：《唐宋词通论》第六章《词籍》第二节《总集》，杭州：浙江古籍出版社，1989年，第340—342页。

　　③（明）毛晋：《汲古阁书跋》，与（清）王士禛《重辑渔洋书跋》合订一册，上海：上海古籍出版社，2005年，第113页。

　　④ 参见张仲谋：《明词史》第八章《明代词学的建构》第二节《词集的选编与丛刻》，北京：人民文学出版社，2002年，第335—336页。

　　⑤ 参见《奎章总目》卷四总集类，张伯伟编《朝鲜时代书目丛刊》，第一册，第318页；《大畜观书目》，张伯伟编《朝鲜时代书目丛刊》，第二册，第795页。

制约。朝鲜世宗、成宗时期的学者徐居正(1420—1492)就由此出发,强调说:

> 乐府句句字字皆协音律,古之能诗者尚难之。陈后山、杨诚斋皆以谓苏子瞻乐词虽工,要非本色语。况不及东坡者乎?吾东方语音与中国不同,李相国、李大谏、猊山、牧隐,皆以雄文大手未尝措手,唯益斋备述众体,法度森严。先生北学中原,师友渊源,必有所得者。近世学者不学音律,先作乐府,欲为东坡所不能,其为诚斋、后山之罪人明矣。①

北宋苏轼变革词风,在很大程度上也突破了音律的限制,取得"横放杰出,自是曲中缚不住者"的效果②。但与此同时也引发不少后人的非议,即便是"苏门六君子"之一的陈师道(1053—1102)也不得不承认:"退之以文为诗,子瞻以诗为词,如教坊雷大使之舞,虽极天下之工,要非本色。"③徐居正所言即据此立论,感慨填词时协律之难。他由此认为李奎报(1169—1241)、李穑(1328—1396)等高丽时期的知名文士尽管擅长汉诗文创作,但在倚声填词方面却并无重要建树,其原因即在于此;而李齐贤(1288—1367)之所以在填词方面卓有成就,与其曾多年游历中国,结交诸多中国文士,因而能够娴熟掌握词律关系密切;④最后则批评近世学者尚未通晓音

---

① (朝鲜)徐居正:《东人诗话》卷上,蔡美花、赵季主编《韩国诗话全编校注》,第一册,第183页。

② (宋)胡仔:《苕溪渔隐丛话》后集卷三十三引《复斋漫录》,廖德明点校,北京:人民文学出版社,1962年,第253页。

③ (宋)陈师道:《后山诗话》,(清)何文焕辑《历代诗话》,北京:中华书局,1981年,上册,第309页。

④ 有关李齐贤词的情况,参见本书第六章《高丽李齐贤的词作及其在中国的传播与接受》。

律,就率尔填词的风气。徐居正之所以会产生这样的意见,或与其亲身经历不无关系。明成化十一年(1475),明宪宗曾派遣户部郎中祁顺(1434—1497)、行人司左司副张瑾(?—1481?)等出使朝鲜。朝鲜方面则委派时任议政府左参赞的徐居正担任远接使,负责具体接待事宜。① 在中、韩两国官员往还交流之际,诗歌酬唱依照惯例也成为重要的手段之一,双方唱和的作品后来结集为《丙申皇华集》。在登汉江楼观览之际,祁顺曾赋《满江红》词一阕,在小序中说:“楼中近体诗已多,欲另作一体,未审众意何若?”②隐隐寓有向韩国文人挑战的意味。而徐居正在迫不得已的情况下,只能勉为其难地赓续其作,也试填了一首《满江红》词,并题作《效颦》。③ 这也是他汉诗文创作中仅见的一首词作,足见他对掌握词律并不擅长。而正是由于自己有着切身的创作体验,徐居正才会对词体产生这样的批评。

与徐居正意见相同的韩国文人为数不少,明弘治五年(1492)朝鲜晋州庆牧曾刊刻过元好问的《遗山乐府》,卷首有韩国学者李宗准(生卒年不详)所撰识语,其中也提到:

> 吾东方既与中国语音殊异,于其所谓乐府者,不知引声唱曲,只分字之平侧,句之长短,而协之以韵,皆所谓以诗为词者。捧心而颦其里,只见其丑陋耳! 是以文章巨公,皆不敢强作,非才之不逮也。④

① 关于此次中国使臣出访朝鲜的情况,可以参见杜慧月:《明代文臣出使朝鲜与皇华集》,第 318—325 页。

② (明)祁顺:《满江红》序,《御制序皇华集》卷九,赵季辑校《足本皇华集》,南京:凤凰出版社,2013 年,上册,第 276 页。

③ (朝鲜)徐居正:《效颦》,《御制序皇华集》卷九,赵季辑校《足本皇华集》,上册,第 276—277 页。

④ (朝鲜)李宗准:《遗山乐府序》,姚奠中主编、李正民增订《元好问全集》卷四十二《新乐府》,下册,第 973 页。

认为正是由于中、韩两国语言上的差异,使得韩国文人虽然能大致分辨平仄,却难以进一步掌握词调,因而造成不少人对此望而却步。朝鲜时代晚期文士李圭景(1788—1856)在《诗家点灯》中也曾指出:

> 词者似诗,非诗之一体,即歌曲也。⋯⋯予亦以为我东本不解词,为言方域既殊,声音迥别,每仿中原词曲清浊音调,岂可同乎?①

强调由于地域不同的原因,导致中、韩之间语音迥异,因而韩国文士在创作过程中无法完全恪守中国的词律要求。同时期另一位学者洪翰周(1798—1868)在《智水拈笔》中也提及:

> 词者,诗之馀也。⋯⋯然词有短调,《如梦令》最少;有长调,《哨遍》最多。其外二章三章,其体不一,总和为百有馀调,而必字字致力。故曰"填词"。苟欲为之,须尽诵各体,字数长短,腔调清浊,转换平仄,一一了然于心头,然后可以赋词,不亦难乎? 是以我国则自罗丽来,所谓文集无一首咏词。惟体素李公春英集中有如干首,②不过蒙儿之学语耳,宁不为中州文士所嘲笑耶? 为词而为人笑者,不如无词矣。③

---

① (朝鲜)李圭景:《诗家点灯》卷一《词体叶律》,蔡美花、赵季主编《韩国诗话全编校注》本,第七册,第5840—5841页。

② 李春英(1563—1606)现存词仅一首,见(韩)柳已洙编《历代韩国词总集》,한신대학교출판부,2006年,第156页。

③ (朝鲜)洪翰周:《智水拈笔》卷三《词》,蔡美花、赵季主编《韩国诗话全编校注》,第十册,第8318页。对原施标点略有调整。

强调必须熟诵各种不同词牌,对其字句长短、平仄清浊等了然于胸,方能得心应手地倚声填词。但正因为创作前的积累储备如此艰辛漫长,而且最终效果并不尽如人意,他甚至认为与其遭受中国文人耻笑,倒不如索性放弃这样的尝试。

第二种观点则认为,词体在语言方面有特别的要求,韩国文人主要是在驱遣文辞方面存有差距,直接影响到了词作质量的提高和数量的增加。朝鲜王朝中期的知名文士申钦(1566—1628)在《晴窗软语》中云:

> 我朝人不得为词,言者以为声音与中国异,虽强为之,必不似。余则以为不然。声音出于自然,非有中国、外国之限。言词殊而押韵则同,推一而可反其隅。特我国之为诗者华藻不足,无以为词。声音之异,非所患也。[①]

他认为并非是由于语音与中国存在差异,而主要是因为在遣词造句时无法达到"华藻"的程度,[②]从而导致韩国文人在填词时遇到困难。申钦本人尝试过填词,所论当是依据自己的创作经验总结而来。这种意见其实与词体在语言风格上的特殊要求息息相关,关于这一点,韩国近代学者安肯来(1858—1929)的《东诗丛话》讨论得更为细致明确:

> 东诗之二百年以来,音调之古雅,虽不及二百年以前先辈,然其才调何尝不若晚明中清也。元来明清诸辈已判难侔

---

① (朝鲜)申钦:《晴窗软语》卷下,蔡美花、赵季主编《韩国诗话全编校注》,第二册,第1403页。

② 参见(韩)柳己洙编:《历代韩国词总集》,第158—160页。

唐人，而又不肯蹈袭宋人，全尚资致，改换门户。每专尚资致者，多用语录文字，甚者如稗家艳文，其弊流染朝鲜，鲜人又甚一层。……如艳词等体，不用这套，却也无味。……此等词曲，略记万一，而体制迥异诗律，故多用语类者也。①

指出词体与诗体在语言风貌上存在明显差异，前者应当通俗轻艳，如果不能体现出这种特色，则作品势必索然寡味。词虽然源出于诗，且有"诗馀"的别称，但在词体发展成熟之后，它与诗之间的体性之别还是较为明确的。不少中国词学家对此都进行过辨析，清人刘体仁(1624—1684)在《七颂堂词绎》中说："词中境界，有非诗之所能至者，体限之也。"②其后查礼(1716—1783)在《铜鼓书堂词话》中也有类似的看法："情有文不能达，诗不能道者，而独于长短句中，可以委婉形容之。"③直至近代王国维(1877—1927)的《人间词话》仍评论说："词之为体，要眇宜修。能言诗之所不能言，而不能尽言诗之所能言。诗之境阔，词之言长。"④因而韩国文士着眼于此来进行探讨，也颇能言之成理。

从现存的韩国词作中可以发现，有不少词人都曾直接标明仿效中国词人的作品，而通过仔细分析，则这些针对中国词作的拟仿或是侧重声调格律，或是侧重内容风格，正好分别对应上述的这两种不同观点。成文瀞(1559—1626)有一首《菩萨蛮·次李白〈菩萨蛮〉韵》：

---

① （朝鲜）安肯来：《东诗丛话》卷四，蔡美花、赵季主编《韩国诗话全编校注》，第十一册，第9420—9422页。

② （清）刘体仁：《七颂堂词绎》，唐圭璋编《词话丛编》，第一册，第619页。

③ （清）查礼：《铜鼓书堂词话》，唐圭璋编《词话丛编》，第二册，第1481页。

④ 王国维：《人间词话·人间词话删稿》，唐圭璋编《词话丛编》，第五册，第4258页。

金梭响断回文织,燕鸿叫侣吴云碧。落月满妆楼,洞房人正愁。　　玉□搔首立,几处寒砧急。天末望归程,秋风生□亭。①

其"次韵"的对象是李白的《菩萨蛮》:

平林漠漠烟如织,寒山一带伤心碧。暝色入高楼,有人楼上愁。　　玉阶空伫立,宿鸟归飞急。何处是回程,长亭接短亭。②

《菩萨蛮》词调上下阕各两仄韵、两平韵,平仄递转。成氏次韵之际完全依照李白原作的韵脚进行创作。诸如此类依仿中国词作的声调格律进行创作的情况在韩国词作中并不罕见,如李殷相(1617—1678)有《锦堂春·小憩上台,此处最高,平临众山,俯看沧海,因云闇不能远望,次秦少游〈锦堂春〉》③、李衡祥(1653—1733)有《望海潮·陋巷乐,次柳耆卿》④、李万敷(1664—1732)有《沁园春·用辛幼安韵,美尹处士宴会图及诸诗章》⑤、李瀷(1681—1763)有《水调歌头·寄洪古獏叙一相朝,次东坡〈水调歌头〉》⑥、赵冕镐(1803—

① (朝鲜)成文濬:《菩萨蛮·次李白〈菩萨蛮〉韵》,(韩)柳己洙编《韩国历代词总集》,第 144 页。

② (唐)李白:《菩萨蛮》,曾昭岷、曹济平、王兆鹏、刘尊民编著《全唐五代词》,北京:中华书局,1999 年,上册,第 12 页。

③ (朝鲜)李殷相:《锦堂春·小憩上台,此处最高,平临众山,俯看沧海,因云闇不能远望,次秦少游〈锦堂春〉》,(韩)柳己洙编《韩国历代词总集》,第 183 页。

④ (朝鲜)李衡祥:《望海潮·陋巷乐,次柳耆卿》,(韩)柳己洙编《韩国历代词总集》,第 210 页。

⑤ (朝鲜)李万敷:《沁园春·用辛幼安韵,美尹处士宴会图及诸诗章》,(韩)柳己洙编《韩国历代词总集》,第 213 页。

⑥ (朝鲜)李瀷:《水调歌头·寄洪古獏叙一相朝,次东坡〈水调歌头〉》,(韩)柳己洙编《韩国历代词总集》,第 220 页。

1887)有《瑞鹊仙·酒,次郑板桥韵》①、任宪晦(1811—1876)有《鹧鸪天·次剑南二词,己酉》②,所效法的对象涉及柳永、苏轼、秦观、辛弃疾、陆游等两宋知名词人,乃至清人郑燮的作品。更有甚者,朝鲜王朝晚期重臣金允植(1835—1922)有一组《诗馀学步》,题下有小序云:"谪居无事,偶阅华人王秋坨小词二十首,戏仿一遍。余本不解声调,必多舛误,犹之邯郸学步,无乃并失其旧步欤,因命之曰《诗馀学步》。"③声明自己不通词律声调,所收二十首词全部都是依仿清人王大堉(号秋坨)的词作而进行创作的。

　　除了从声律词调角度着手,模仿中国词人进行创作之外,韩国文人有时也会转而从内容、风格的角度来效法中国词作,成文濬另有一首《菩萨蛮·征妇怨,戏效温飞卿体》:

　　　　卢龙塞北青丝鞿,丹凤城南绮窗梦。鸾镜染啼妆,鹊炉销闇香。　　金风卷罗幕,池柳霜初落。万里忆征夫,寒衣今到无?④

作为花间派鼻祖的晚唐文人,温庭筠(812?—866?)共有十四首《菩萨蛮》,均为闺怨哀思之作,风格凄婉缠绵。而通过覆核比较,可以发现成氏所谓的"戏效"更侧重从内容、风格的角度加以追摹效法,并未在押韵方面完全依照温氏原作。类似的拟效方式,在韩国词作中还有不少,例如郑士龙(1491—1570)《桃源忆故人·效秦淮海

---

　　①（朝鲜）赵冕镐:《瑞鹊仙·酒,次郑板桥韵》,（韩）柳己洙编《韩国历代词总集》,第283页。

　　②（朝鲜）任宪晦:《鹧鸪天·次剑南二词,己酉》,（韩）柳己洙编《历代韩国词总集》,第301页。

　　③（朝鲜）金允植:《诗馀学步》,（韩）柳己洙编《历代韩国词总集》,第320页。

　　④（朝鲜）成文濬:《菩萨蛮·征妇怨,戏效温飞卿体》,（韩）柳己洙编《历代韩国词总集》,第144页。

〈桃源忆故人〉小词》①、权踦(1569—1612)《忆江南·忆天磨三首，效白乐天》②、金寿恒(1629—1689)《柳梢青·效秦少游〈柳梢青〉小令赋得别怀，追寄长卿》③、安命夏(1682—1752)《满江红·追和岳武穆〈满江红〉古意》④、赵冕镐《凤凰台上忆吹箫·用李易安词意，寄小玉校书》⑤，都是从内容、风格的角度来拟效白居易、秦观、岳飞、李清照等中国词人。丁范祖(1723—1789)甚至有一组词作，自称"戏为宋人小词，仿其词，不仿其意"⑥，并无明确具体的拟仿对象，而是竭力从文词风格的角度去摹仿中国词作。

当然，就词体本身而言，格律声调和文辞风格两者并非泾渭分明，因而韩国文人在评论和拟仿过程中所呈现出来的上述这两种倾向，有时候也相互关联。许筠(1569—1618)在《鹤山樵谈》中有如下一则记载：

> 歌词之作，必分字之清浊、律之高下。我国音律不同中原，固无作歌词者。龚、吴之来，湖阴不次之，世谓得体。其后苏退休次华侍讲之韵，有"伤心人复卷帘看，目断凄凄芳草色"

　①（朝鲜）郑士龙：《桃源忆故人·效秦淮海〈桃源忆故人〉小词》，（韩）柳己洙编《历代韩国词总集》，第 112 页。

　②（朝鲜）权踦：《忆江南·忆天磨三首，效白乐天》，（韩）柳己洙编《历代韩国词总集》，第 160 页。

　③（朝鲜）金寿恒：《柳梢青·效秦少游〈柳梢青〉小令赋得别怀，追寄长卿》，（韩）柳己洙编《历代韩国词总集》，第 192 页。按：金氏所言"秦少游《柳梢青》"，实为僧仲殊之作，参见唐圭璋编《全宋词》，北京：中华书局，1965 年，第一册，第 550 页。

　④（朝鲜）安命夏：《满江红·追和岳武穆〈满江红〉古意》，（韩）柳己洙编《历代韩国词总集》，第 222 页。

　⑤（朝鲜）赵冕镐：《凤凰台上忆吹箫·用李易安词意，寄小玉校书》，柳己洙编《历代韩国词总集》，第 276 页。

　⑥（朝鲜）丁范祖：《戏为宋人小词，仿其词，不仿其意》，（韩）柳己洙编《历代韩国词总集》，第 241 页。

之句。华公赞赏不一,抑皆中于律邪?抑只取其丽藻而然邪?
退休,名世让,字彦谦,晋州人,官赞成,谥文靖。[1]

嘉靖十五年(1536),明世宗派遣翰林院修撰龚用卿(1500—1563)、
户科给事中吴希孟(生卒年不详)等出使朝鲜,朝鲜方面则委派时
任行曹判书的郑士龙(1491—1570,号湖阴)担任远接使,负责接待
事宜。[2] 在此期间,中、韩双方官员屡有诗文酬唱,龚氏有《蝶恋
花》、《忆王孙》、《菩萨蛮》、《谒金门》、《玉楼春》、《木兰花慢》诸调共
七首词作、吴氏也有《忆秦娥》一首,[3]而包括郑士龙在内的众多朝
鲜文臣却未有一人参与唱和。[4] 到了嘉靖十八年(1539),明世宗
又再次派遣翰林院侍读华察(1497—1574)、工科左给事中薛廷宠
(生卒年不详)等出使朝鲜,朝鲜方面则委派时任议政府左赞成的
苏世让(1486—1562)担任远接使,负责相关事宜。[5] 其间薛、华二
人先后步和此前龚用卿的数首词作,各自创作了六篇词。[6] 而苏

---

　①（朝鲜）许筠:《鹤山樵谈》,蔡美花、赵季主编《韩国诗话全编校注》,第二册,第
1448页。

　② 关于此次中国使臣出访朝鲜的情况,可以参见杜慧月:《明代文臣出使朝鲜与
皇华集》,第348—359页。

　③ 参见(明)龚用卿:《重过肃宁,三春将残。客途荏苒,不自觉也。作惜春数阕》
《至义顺怀田园,作〈木兰花〉一阕》,《御制序皇华集》卷二十一,赵季辑校《足本皇华集》,
上册,第717—718、728页;(明)吴希孟:《南川调忆秦娥》,《御制序皇华集》卷二十,赵
季辑校《足本皇华集》,上册,第696页。

　④（韩)柳己洙所编《韩国历代词总集》中ুড收录题为郑士龙所作的数首词作,实
为误收,参见拙作《柳己洙编〈韩国历代词总集〉匡补》,载韩国中国语文论译学会主编
《中国语文论译丛刊》第25辑,首尔:韩国中国语文论译学会,2009年。

　⑤ 关于此次中国使臣出访朝鲜的情况,可以参见杜慧月:《明代文臣出使朝鲜与
皇华集》,第359—367页。

　⑥ 参见(明)华察:《肃宁道中和云冈惜春词六阕》,《御制序皇华集》卷二十六,赵
季辑校《足本皇华集》,中册,第902—903页;(明)薛廷宠:《残春风雨用云冈惜暮春词
五》,《御制序皇华集》卷二十三,赵季辑校《足本皇华集》,上册,第777—778页。

世让则分别次韵华、薛两人之作,共有十二首词作问世。① 许筠比较了中、韩文士在这先后两次交流过程中所出现的词作唱和情况,但对苏氏词作之所以受到中国使臣的称誉,究竟是因其合乎词律,抑或是文采斐然,并不能完全确定。这实际上也反映出苏氏的和作既符合词律的规范,文辞风格也能体现词体的要求。南羲采在《龟磵诗话》中也记录了一则轶事,可资参证:

> 近世李吉焕自号醴轩居士,尝作小词,因燕使便,送质于大方词家,词家称之为好文章,而但不解词法云。燕使归以语之,吉焕乃模仿唐宋人词法,使合于清浊音节,又送质之。词家以为此则合于词体,而但文不如前云,盖以牵合声律为主故也。②

文中提到的韩国文士李吉焕起初侧重词藻而不合声调,其后恪守词律却又文采稍逊。由此可见格律声调和文词风格两者应是相辅相成,缺一不可的。在韩国词人的实际创作中,也不乏这样的自觉。何谦镇(1870—1946)有一首《西江月》,题下小注说:"效苏长公体,仍用其韵。"③就申明自己是兼从文辞风格和声韵格律两个角度来仿拟苏轼的作品。由此可见,无论是评论还是创作,韩国文人在研习、效法中国词作的过程中都曾兼顾到格律和文词这两个方面,这也是我们在考察韩国词作时必须留意的重点所在。

---

① 苏世让两组次韵之作,分别见《御制序皇华集》卷二十三、二十六,赵季辑校《足本皇华集》,上册,第778—779页;又中册,第903—904页。又可参见(韩)柳己洙编《韩国历代词总集》,第106—109页。

② (朝鲜)南羲采:《龟磵诗话》卷二十三《东人不解词》,蔡美花、赵季主编《韩国诗话全编校注》,第十册,第8044—8045页。

③ (朝鲜)何谦镇:《西江月》,(韩)柳己洙编《历代韩国词总集》,第347页。

# 第二章　域外汉籍的传播、影响和价值

就文献著录的情况而言,尽管在韩国历史上不乏中国词集传入的记载,如在朝鲜王朝正祖初期编纂的《奎章总目》以及中期编纂的《大畜观书目》中,都著录有明人编选的《草堂诗馀》;①同时期编纂的另一部《内阁访书录》中则有购置清初毛晋(1599—1659)所辑《宋六十名家词》和孙默(1617—1678)所辑《十六家词》的记录。② 但仅从此着手,有关词集的传播、接受史料极为有限,很难再做更为深入细致的研讨。实际上,"词"虽然仅仅只是诸多文学体裁中的一个门类,但在其发展、演变的进程中,与其他各种文体之间始终保持着千丝万缕的关联。就其起源而言,"词"之别称为"诗馀",本身就已经充分显示了它与"诗"之间存在着无法截然割裂的联系;就实际创作而言,"词"在题材内容、辞藻典故、创作技巧等诸多层面,更与其他各类文体之间有着紧密的互动关系,出现过"以赋为词"、"以诗为词"、"以文为词"等特殊现象。因此,适当地拓展考察的范围,而不局限于词集一途,将有助于从更为深广的视野来研讨韩国文人究竟是如何在域外汉籍传播的背景下进行词体

---

① 参见《奎章总目》卷四,张伯伟编《朝鲜时代书目丛刊》,第一册,第318页;《大畜观书目》,张伯伟编《朝鲜时代书目丛刊》,第二册,第795页。

② 参见《内阁访书录》卷二,张伯伟编《朝鲜时代书目丛刊》,第一册,第577页。

创作的。

　　本章尝试选择四种不同类型的汉籍文本,进行较为集中深入的个案研究。就内容性质而言,其中陆机《文赋》为辞赋作品,锺嵘《诗品》属于诗文评著作,佚名所撰《樊川文集夹注》是诗文集笺注,蔡正孙《精刊补注东坡和陶诗话》兼有总集、笺注和诗话诸体之长;而从版本形态而言,前两者属于中国典籍直接输入韩国,后两者则属于在韩国刊刻的汉籍。通过这些个案研究,一方面能够藉此展现中国汉籍在域外传播、接受过程中所呈现的各种复杂情况,另一方面也可以为之后数章研讨韩国词人的具体创作状况提供一个更为广阔的背景。

## 第一节　陆机《文赋》在韩国的流传与影响

　　梁代昭明太子萧统(501—531)所编《文选》是中古时期最重要的一部文学总集,因其经过精心别裁,能够"略其芜秽,集其清英",充分体现"事出于沉思,义归乎翰藻"的编选宗旨,①所以自问世之日起便备受重视,到了宋代甚至还出现过"《文选》烂,秀才半"的俗谚。②《文选》在韩国历史上也同样受到文士的偏爱。《旧唐书》在介绍高丽时期的社会风尚时就说:"俗爱书籍,至于衡门厮养之家,各于街衢造大屋,谓之扃堂,子弟未婚之前,昼夜于此读书习射。其书有五经及《史记》、《汉书》、范晔《后汉书》、《三国志》、孙盛《晋春秋》、《玉篇》、《字统》、《字林》,又有《文选》,尤重爱之。"③高丽中

---

　　① (梁)萧统:《文选序》,(梁)萧统编、(唐)李善注:《文选》,李培南等校点,上海:上海古籍出版社,1986年,第一册,第3页。
　　② (宋)陆游:《老学庵笔记》卷八,北京:中华书局,1979年,第100页。
　　③ (后晋)刘昫等撰:《旧唐书》卷一百九十九上《东夷·高丽传》,北京:中华书局,1975年,第十六册,第5320页。

期文人崔滋（1188—1260）在其《补闲集》中引述过前辈俞升旦（1168—1232）的一番评论："凡为国家制作，引用古事，于文则六经、三史，诗则《文选》、李、杜、韩、柳，此外诸家文集不宜据引为用。"①足见当时韩国文士在撰作时对《文选》一书的倚重。直至朝鲜王朝，《文选》依然是诸多文士学习运用汉语进行诗文创作的重要范本。有关《文选》一书在韩国的刊刻、传播以及接受等情况，不少学者都已经有过非常深入的研究，②此处不拟赘述，而是着重考察《文选》中所选录的西晋作家陆机（261—303）的《文赋》在韩国的流传和影响，以期见微知著地展现《文选》对韩国汉文学创作所产生的深远影响。

　　陆机《文赋》是中国文学批评史上一篇非常重要的文献，正如近人骆鸿凯所言："唐以前论文之篇，自刘彦和《文心》而外，简要精切，未有过于士衡《文赋》者。……要之，言文之用心莫深于《文赋》，陈文之法式莫备于《文心》，二者固莫能偏废也。"③陆机在赋中认真探讨了作家运思作文过程中所出现的各种纷繁复杂的现象，对于后世文学创作和文学理论都产生了深远的影响。这种影响也不仅仅局限于中国境内，在韩国汉文学史中也同样能够发现类似的现象。

----

　　① （高丽）崔滋：《补闲集》卷中，见蔡美花、赵季主编《韩国诗话全编校注》，第一册，第112页。

　　② 参见（韩）白承锡：《韩国"文选学"研究概述》，载俞绍初、许逸民主编《中外学者文选学论集》，中华书局1998年；（韩）金学主：《朝鲜时代刊行中国文学关系书研究》Ⅳ《朝鲜时代的古活字本〈文选〉研究》、Ⅴ《关于朝鲜刊本〈五臣注文选〉》、Ⅵ《朝鲜刊本〈文选〉的特征》，首尔：首尔大学校出版部，2000年；傅刚《论韩国奎章阁本文选的文献价值》，收入作者《文选版本研究》，北京：北京大学出版社，2000年；张伯伟《〈文选〉与韩国汉文学》，原载《文史》2003年第一辑，又收入作者《域外汉籍研究论集》，北京：北京大学出版社，2011年。

　　③ 骆鸿凯：《文选学》附编二《文选专家研究举例》，北京：中华书局，1989年，第461页。

## 一、《文赋》对韩国历代文学创作的影响

《文赋》辞采华美，论述细致，是一篇不可多得的佳作，因此也被萧统选入《文选》之中。而早在新罗、百济、高句丽三国鼎峙时期（公元前一世纪至公元七世纪），"《文选》就已在一般士民家庭中广为流行"，"这部在中国素有'《文选》烂，秀才半'之称的古典名著，在韩国历史上同样受到高度重视和评价，研读者代不乏人"。① 历代韩国文人寝馈其中，对于《文赋》自然烂熟于胸，在赋诗作文之际，常常会在遣词造句方面予以借鉴。

根据目前所掌握的资料，早在唐代末年，新罗文人崔致远（857—?）在其作品中就已经多次化用过《文赋》中的辞句。在《无染和尚碑铭》中，崔致远提到当时新罗真圣女主命其撰写碑铭，而他对此先是予以辞让：

> 大师于有为浇世，演无为密宗；小臣以有限么才，纪无限景行。弱辕载重，短绠汲深。其或石有异言，龟无善顾。决巨使山辉川媚，反赢得林惭涧愧。②

一方面表露对无染和尚的无限崇敬之情，另一方面又自愧才疏学浅，对于由自己来承担重任深感信心不足。文中"山辉川媚"一语即约取自《文赋》中的"石蕴玉而山辉，水怀珠而川媚"③。陆机原意本指佳句处于文章之中，虽无与其相称者，但仍如石中藏玉、水中含珠

① （韩）白承锡：《韩国"文选学"研究概述》，载俞绍初、许逸民主编《中外学者文选学论集》，第1171页。

② （新罗）崔致远：《无染和尚碑铭》，《孤云集》卷二，《韩国文集丛刊》第一册。

③ （晋）陆机：《文赋》，（梁）萧统编、（唐）李善注《文选》卷十七，第二册，第768页。

一般,可以使全篇熠熠生辉。崔致远则借用来赞誉无染和尚德行出
众,足以映照世间。崔致远又有《智证和尚碑铭》一文,其中提到自
己受邀撰写碑铭,因推辞未果,只能勉力为之。随后说到撰写此文:

> 事譬采花,文难消稿,遂同榛楛勿翦,有惭糠粃在前。①

意谓此番采撷智证和尚生平行迹如同蜜蜂采花,无法周全;一旦落
笔成文,便难以悔改;同时又担心自己文章低劣,有愧于前人。其
中"榛楛勿翦"一语出自《文赋》中的"彼榛楛之勿翦,亦蒙荣于集
翠"②。在陆机原作中,这两句紧随着"石蕴玉而山辉,水怀珠而川
媚"两句,意谓平庸之句因为映衬着佳句而不致被删除。崔氏则断
章取义,另赋新解,极言自己文辞芜乱,犹如未经修剪的丛生杂木。

崔致远在唐懿宗咸通九年(868)渡海入唐,随后于唐僖宗乾符
元年(874)进士及第,历官溧水尉、淮南节度使高骈幕府都统巡官,
直至唐僖宗中和四年(884)才重新返回新罗。他应该正是在停留
中国的十馀年时间中,接触到了《文选》一书,③从而获睹陆机的这
篇赋作,并得以借鉴其中辞句。而且从其具体化用的方式,可知崔
致远并未拘泥于《文赋》本意,而是根据实际情况,加以灵活变通。
崔致远在韩国文学史上的地位首屈一指,被誉为"有破天荒之大
功,故东方学者皆以为宗"④,由此也被尊为"东方文学之祖"⑤。他

① (新罗)崔致远:《智证和尚碑铭》,《孤云集》卷三。
② (晋)陆机:《文赋》,(梁)萧统编、(唐)李善注《文选》卷十七,第二册,第768页。
③ 张伯伟在《〈文选〉与韩国汉文学》中曾以崔氏现存作品为例,列举其所受《文选》
的影响,可以参看。
④ (高丽)李奎报:《白云小说》,蔡美花、赵季主编《韩国诗话全编校注》,第一册,
第46页。
⑤ (朝鲜)洪万宗:《小华诗评》卷上,蔡美花、赵季主编《韩国诗话全编校注》,第三
册,第2312页。

对于《文赋》的关注,乃至对其中辞句的参酌化用,自然也或多或少地会影响到其后的韩国文人。

在崔致远之后,韩国历代文人在诗文创作时化用《文赋》辞句的现象屡见不鲜。有些是直接借用陆机的成句或成辞。例如《文赋》正文一开始提到"伫中区以玄览",①清人于光华曾评论说"冒起全意"②,意即该句能起到统领全篇的作用。如此高屋建瓴、气势非凡的开篇也引起了韩国文人的注意,纷纷将之援引入自己的作品之中。如韩忠(1486—1521)《封建赋》云:

> 伫中区以玄览兮,观吹万之物理。③

沈彦光(1487—1540)《鼓赋》云:

> 伫中区而玄览,索至理于渺冥。④

金义贞(1495—1547)《寰宇赋》云:

> 伫中区而玄览,收远视于八纮。⑤

虽然上述各篇赋作的题材内容不一,每位作者却都不约而同地在自己赋作的开头借用陆机赋中的原文,随后才引出后面的铺陈

---

① (晋)陆机:《文赋》,(梁)萧统编、(唐)李善注《文选》卷十七,第二册,第762页。
② (清)于光华《文选集评》,引自张少康《文赋集释》,北京:人民文学出版社,2002年,第21页。
③ (朝鲜)韩忠:《封建赋》,《松斋先生文集》卷一,《韩国文集丛刊》第二十三册。
④ (朝鲜)沈彦光:《鼓赋》,《渔村集》卷九,《韩国文集丛刊》第二十四册。
⑤ (朝鲜)金义贞:《寰宇赋》,《潜庵逸稿》卷一,《韩国文集丛刊》第二十六册。

描绘。

《文赋》在论述各种文辞体式时曾以"诗缘情而绮靡"发端,[1]
自此以后"诗缘情"一语也就成为中古以降文学批评中的重要术
语。在韩国文人的作品中也常常可见其踪迹。洪彦弼(1476—
1549)《次华使赠湖阴韵二首》其一云:

> 诗缘情性正非奇,乱派馀波更尚词。[2]

洪暹(1504—1585)《送别明仲归觐》云:

> 诗缘情到无佳句,身为官忙阻别筵。[3]

都用到了"诗缘情"一语,虽然作者在创作之时未必刻意想要借用
《文赋》的成辞,但受到后者潜移默化的影响应该是毋庸置疑的。

有些韩国文人在自己的诗文作品中,有时并不直接借用《文
赋》的成句、成辞,而是会对原文略作改动,或加以节略,然后才融
入到自己的创作之中。有时虽对原作语句予以改动,但仍然保持
原本的意蕴。例如郑弘溟(1582—1650)《次归去来辞》云:

> 颐情志于载籍,庆赜玄而钩微。[4]

"颐情志于载籍"一句模仿《文赋》原文中"颐情志于典坟"的痕迹是

---

① (晋)陆机:《文赋》,(梁)萧统编、(唐)李善注《文选》卷十七,第二册,第766页。
② (朝鲜)洪彦弼:《次华使赠湖阴韵二首》其一,《默斋集》卷四,《韩国文集丛刊》
第十九册。
③ (朝鲜)洪暹:《送别明仲归觐》,《忍斋集》卷一,《韩国文集丛刊》第三十二册。
④ (朝鲜)郑弘溟:《次归去来辞》,《畸庵集》卷九,《韩国文集丛刊》第八十七册。

相当明显的。① 有些文人则在借鉴、改造原文之馀,对其本意还会有所引申或转变。例如《文赋》提及文人构思作文时能够"笼天地于形内,挫万物于笔端",②而李德寿(1673—1744)《颂己赋》则云:

> 骋艺林而振羽兮,凌学海而扬鬣。笼天地而挫万物兮,盖将齐光耀于日月。③

《文赋》原文本是概述作者选材谋篇时的特点,李德寿则加以节取和合并,转而成为对自身才学的称许和肯定。

某些韩国文人并不仅仅把眼光局限在《文赋》中的个别辞句,有时还会对其中的大段描写加以提炼隐括。陆机在描绘构思之际想象活动的情状时,曾说作家要"精骛八极,心游万仞";接着又强调创作时应该充分借鉴前人著述,"倾群言之沥液,漱六艺之芳润";然后说明遣词造句时存在或难或易的不同情况,"于是沈辞怫悦,若游鱼衔钩,而出重渊之深;浮藻联翩,若翰鸟缨缴,而坠曾云之峻"。④ 这一大段析理真切、形容绝妙、层次分明的描写,就被韩国文人崔演(1503—1549)精心改编之后融入自己的创作之中,其《逐诗魔》云:

> 精骛八极,神游万仞。窥蠹简以剽盗,咀六艺之芳润。……沈辞若游鱼衔钩,浮藻似翰鸟缨缴。⑤

① (晋)陆机:《文赋》,(梁)萧统编、(唐)李善注《文选》卷十七,第二册,第762页。
② (晋)陆机:《文赋》,(梁)萧统编、(唐)李善注《文选》卷十七,第二册,第764页。
③ (朝鲜)李德寿:《颂己赋》,《西堂私载》卷四,《韩国文集丛刊》第一百八十六册。
④ (晋)陆机:《文赋》,(梁)萧统编、(唐)李善注《文选》卷十七,第二册,第763页。
⑤ (朝鲜)崔演:《逐诗魔》,《艮斋集》卷十一,《韩国文集丛刊》第三十二册。

这是崔演运用拟人的手法而撰写的一篇游戏文章,极言文士耽于诗文创作所造成的严重危害。而作者将《文赋》原文略作修改后,就使之浑然一体地成为自己作品的一部分。

### 二、《文赋》对韩国历代文学评论的影响

除了在文学创作过程中参酌、借鉴《文赋》的辞句之外,韩国文人在评论文学作品时也时常会受到《文赋》的影响。韩国学者许世旭(1934—2010)在《韩中诗话渊源考》一书中曾提到高丽时期李奎报(1168—1241)的论诗主张和《文赋》之间的关联:

> 奎报于作诗,最重感应说。如云:"每寓兴触物,无日不吟。"又云:"诗者,兴之所见也。"又于泛舟龙浦,过洛东江,泊大滩时题二首云:"寓兴率吟,亦未知中于格律否也。"又入边山显诗后云:"余初不思为诗,不觉率然自作也。"其所谓"寓兴触物",即可云感应,亦即今所谓"灵感"者也,于中国则始于陆机《文赋》,如云:"若夫应感之会,通塞之纪,来不可遏,去不可止,藏若景灭,行犹响起,方天机之骏利,夫何纷而不理?""来不可遏"者,即奎报所云之"率吟""不觉率然自作"之所本也。[1]

李奎报是韩国汉文学史上的知名作家,影响极为深远,后世甚至有"东方诗豪,一人而已"的评价。[2] 其论诗宗旨与陆机暗合,则《文

---

① (韩)许世旭:《韩中诗话渊源考》,台北:黎明文化事业有限公司,1979 年,第46—47 页。

② (朝鲜)徐居正:《东人诗话》卷上,蔡美花、赵季主编《韩国诗话全编校注》,第一册,第166 页。

赋》的相关论说自然也会得到后世韩国文士相当程度上的认可。
许先生在其著作中就曾列举了朝鲜时代众多诗话类著作中的议
论,来与陆机《文赋》中的相关论述进行比较:

> 自宣祖末至萧宗(明神宗中期至清圣祖,即公元千六百年
> 至千七百年代初),前后百馀年,诗话继出,诗学繁兴。……此
> 时诗话,无不取魏晋唐宋。……论创作,则自然感应说及天机
> 说较为诸家所尚。如谓:"诗者,出乎性情,无心而发,终亦有
> 征。"(《於于野谈》卷三)"诗,天机也,鸣于声,华于色泽,清浊
> 雅俗,出乎自然。"(《谿谷漫笔》)"诗歌之道,与文章异者,以其
> 多道虚景,多道闲事,而古人之妙,却多在此,盖虽曰虚景闲
> 事,而天机活泼之妙,吾人性情之真,实寓于此。"(《农岩杂
> 识》)"凡诗,得于天机,自运造化之功者为上。"(《终南丛志》)
> "……趣真而语得,自成韵格,诗当如此矣。"(《玄湖琐谈》)此
> 诸说多本自然。陆机云:"若夫感应之会,通塞之纪,来不可
> 遏,去不可止。"(《文赋》)……理趣皆属一贯。①

许先生所论多从文论所蕴含的内在旨趣着眼,充分说明《文赋》对
于韩国历代文学批评有着潜移默化的深远影响。
　　除了这一类内在理路上的隐性影响之外,韩国文人在评论时
有时还会直接借用《文赋》里的文辞。在有些场合下,作者会直接
说明自己系引用陆机的意见。如郑弘溟(1582—1650)《与赵善述
论文书》云:

> 抑又念词家才藻,固非一概,尺有所短,寸有所长者,势有

---

① (韩)许世旭:《韩中诗话渊源考》,第19—20页。

所不免。故昔者坡翁评子由文曰:"吾弟高处,追配古人,拙处犹愧俗辈。"陆士衡亦云:"或受嗤于拙目。"以古准今,若此类何限。而争名者虽好议论,岂亦并与其所长而掩之乎?①

作者批评文人相轻的世态,尤其反对掩人所长之举,并征引了中国典籍中的有关议论作为佐证。文中所引苏轼之语出自《与子由弟》:"吾弟大节过人,而小事或不经意,正如作诗高处可以追配古人,而失处或受嗤于拙目。薄俗正好点检人小疵,不可不留意也。"②随后所引陆机之语则源于《文赋》。苏轼的诗文在韩国历史上备受推崇,早在生前,其诗文集就已经传入韩国。在高丽朝中期,甚至还出现过文士"专学东坡"的局面。③郑弘溟在征引苏轼言论来证明自己观点时,连类而及陆机的《文赋》,足见此赋在当时颇为文人所熟习。值得注意的还有一个细节,《文赋》原文在陆机别集中原作"虽濬发于巧心,或受㰱于拙目",④通行的《文选》李善注本在诠释该句时说:"言文之难不能无累,虽复巧心濬发,或于拙目受蚩。㰱,笑也,㰱与蚩同。"⑤在《文选》六臣注本中,正文作"㰱",注文则云:"五臣作嗤。"⑥而在韩国流传的《文选》六家注本中,正文作"嗤",而注云:"善本作㰱。"⑦郑氏引录原文时舍"㰱"

---

① (朝鲜)郑弘溟:《与赵善述论文书》,《畸庵集》卷十一,《韩国文集丛刊》第八十七册。

② (宋)苏轼:《尺牍·与子由弟十首》其四,《苏轼文集》卷六十,第五册,第1835页。

③ 参见王水照:《苏轼文集初传高丽考》,载《半肖居笔记》,上海:东方出版中心,1998年。

④ (晋)陆机:《文赋》,《陆机集》卷一,金涛声点校,北京:中华书局,1982年,第4页。

⑤ (晋)陆机:《文赋》,(梁)萧统编、(唐)李善注《文选》卷十七,第二册,第771页。

⑥ (梁)萧统编,(唐)李善、吕延济、刘良、张铣、吕向、李周翰注:《六臣注文选》卷十七,北京:中华书局,2012年,第315页。

⑦ 《奎章阁所藏六臣注本〈文选〉》,首尔:正文社,1983年,上册,第405页。按:出版社影印时题作"六臣注",实际应为"六家注"本。

而取"嗤",从中似可推测他当日阅读《文赋》时依据的应是《文选》而非陆机个人的别集,而且很有可能是五臣注或六家注本《文选》。

在更多的情况下韩国文人往往并不加以说明,而是径直化用《文赋》的辞句。有些场合还沿用着陆机原文的意思,如任叔英(1576—1623)《感旧诗序》云:

> 缘情动兴,采二仪之菁华;体物成章,飞一篇之炤烂。追陆机之赋,眷恋于遗存;视吴质之书,殷懃于往昔。①

"缘情"、"体物"本自《文赋》中的"诗缘情而绮靡,赋体物而浏亮"。又如丁范祖(1723—1801)《拙斋洪公遗集序》云:

> 故其诗缘情设辞,雅俗杂出。而平澹醇质,不失轨法之正,尽可讽也已。②

所谓"其诗缘情设辞"显然也受到《文赋》"诗缘情而绮靡"句的启发。另如权愈《茶山集序》云:

> 故意不称物,词不逮意,虽浮艳之声,妖冶之色,间发于句字之间,而漂翻而无归。③

---

① (朝鲜)任叔英:《感旧诗序》,《疏庵集》卷五,《韩国文集丛刊》第八十三册。
② (朝鲜)丁范祖:《拙斋洪公遗集序》,《海左集》卷二十,《韩国文集丛刊》第二百三十九册。
③ (朝鲜)权愈:《茶山集序》,载(朝鲜)睦大钦《茶山集》卷首,《韩国文集丛刊》第八十三册。

"意不称物,词不逮意"两句无疑脱胎于《文赋》序中的"恒患意不称物,文不逮意"。① 这些韩国文人若非对原作相当熟悉,恐怕很难如此得心应手地借鉴其中文句。

有的作者在化用《文赋》原文时,偶尔会对原意有所引申或改变。例如尹舜举(1596—1668)《睡隐姜公行状》云:

> 公之文才,得之天赋。自幼少时,已有作者手,沈词怫郁,浮藻联翩。②

化用了《文赋》中"于是沈辞怫悦,若游鱼衔钩,而出重渊之深;浮藻联翩,若翰鸟缨缴,而坠曾云之峻"数句,③原文本是形容作者在措辞中时而顺畅、时而艰涩的情形,这里则用以称赞姜氏文学才能出众,词采斐然。又如李万运(1736—1820)《讷堂遗稿序》云:

> 若讷堂金公,英才逸气,苕发颖竖。④

按《文赋》云:"或苕发颖竖,离众绝致。"⑤原本是用来比拟突出超群的文句,李万远却转而用来表彰金氏的超迈俗流。再如李晚秀(1752—1820)《书〈竹石枫岳记〉后》云:

> 然以子瞻之慧,识匡庐之胜,应接不暇,有不识真面之叹。今子七日而周万二千峰,自以为泠然善也。苟使山灵示以杜

---

① (晋) 陆机:《文赋》,(梁) 萧统编、(唐) 李善注《文选》卷十七,第二册,第762页。
② (朝鲜) 尹舜举:《睡隐姜公行状》,《童土集》卷六,《韩国文集丛刊》第一百册。
③ (晋) 陆机:《文赋》,(梁) 萧统编、(唐) 李善注《文选》卷十七,第二册,第763页。
④ (朝鲜) 李万运:《讷堂遗稿序》,《默轩集》卷七,《韩国文集丛刊》第二百五十一册。
⑤ (晋) 陆机:《文赋》,(梁) 萧统编、(唐) 李善注《文选》卷十七,第二册,第768页。

德机,则子之观,得无近于一瞬而再抚四海乎?①

按《文赋》云:"观古今于须臾,抚四海于一瞬。"②本是用以形容思维活动的迅疾和自由,能够不受时间和空间的限制。李晚秀文中用苏轼"不识庐山真面目"来做比较,言外对于《竹石枫岳记》作者的走马观花之举似不无微讽之意。尽管这些韩国文人在借鉴过程中并未谨守《文赋》原意,但这种创意式的"误读"也同样呈现出匠心独具的新变特征。

## 三、《文赋》在韩国文化其他领域中的影响

除了在文学创作和文学评论方面对韩国文人产生较大的影响之外,《文赋》在其他文化领域中也有着一定的影响。在韩国哲学史上产生重要影响的哲学家丁若镛(1762—1836)在其《中庸讲义补》中说道:

> 蔡曰:"本是七情,今只言喜、怒、哀、乐四者,何也? 乐兼爱,哀兼惧,怒兼恶,欲属土,而无不在也。又约而言之,只是喜、怒二者而已。"……今案:七情之目,始见于《礼运》。原是喜、怒、哀、惧,不是喜、怒、哀、乐。班固《白虎通》又以喜、怒、哀、乐、爱、恶,谓之六情。而古今言六情者更多。《诗序》云:"六情正于中,百物荡于外。"《汉书·翼奉传》云:"五性不相害,六情更兴废。"陆机《文赋》云:"六情底滞,志往神留。"何必

---

① (朝鲜)李晚秀:《书〈竹石枫岳记〉后》,《屐园遗稿》卷九,《韩国文集丛刊》第二百六十八册。

② (晋)陆机:《文赋》,(梁)萧统编、(唐)李善注《文选》卷十七,第二册,第763页。

七情为天定乎？六情、七情之外，亦有愧、悔、怨、恨、懆、忮、恪、慢诸情，岂必七情已乎？经云喜、怒、哀、乐者，略举一二，以概其馀。蔡说拘矣。①

按《礼记·礼运》云："何谓人情？喜、怒、哀、惧、爱、恶、欲，七者弗学而能。"②明言人有七种不同的情感表现，而《礼记·中庸》却又说："喜、怒、哀、乐之未发，谓之中，发而皆中节，谓之和。"③却只提及四种情感，且其中的"乐"还不包含在《礼运》篇所说的"七者"之内，两处所述颇有龃龉。后世儒家学者为了弥缝其间的矛盾，不免有各种牵强附会的解说。上文所引蔡氏之说(当指明人蔡清《四书蒙引》)即为其中之一。丁若镛认为古人言及"情"时并无固定不变的数目，为了证实此点自然需要旁征博引诸多文献。其中《文赋》所述"六情底滞，志往神留"二语本来是描绘文思艰涩的情状的，④但丁氏并不关注其内涵具体所指，而仅是关注其字面，以此来证成己说，从而强调研读儒家经典不能胶柱鼓瑟。丁若镛在学术上倡导实学，反对儒家学者的"空理空谈"，从以上所征引的这段议论即可见其学术视野并不局限在儒家经典之内，对于《文赋》之类诗文评著作也有所关注。

　　韩国历史上曾效法中国施行科举取士之制，在考试策问时也出现过采摭《文赋》部分内容进入试题的情况。朝鲜正祖李祘(1752—1800)在命制一道策问中就曾提到：

---

　　①（朝鲜）丁若镛：《与犹堂全书》第二集《经集》第四卷《中庸讲义补》卷一，《韩国文集丛刊》第二百八十二册。

　　②《礼记·礼运》，(清)阮元校刻：《十三经注疏》本《礼记正义》卷二十三，影印清嘉庆刻本，北京：中华书局，1980年，第1422页。

　　③《礼记·中庸》，(清)阮元校刻：《十三经注疏》本《礼记正义》卷五十三，第1625页。

　　④（晋）陆机：《文赋》，(梁)萧统编、(唐)李善注《文选》卷十七，第二册，第772页。

　　　　顿挫清壮,《文赋》所称;警诫切劘,东莱有言。则古人之
论箴体者,果孰得而孰失欤?①

按陆机《文赋》在概括各种文体特征时说:"箴顿挫而清壮。"②清人
方廷珪(生卒年不详,活动于雍正、乾隆年间)加以诠释道:"顿挫,
谓不直致其词,详尽事理。"③近人徐复观(1903—1982)也认为:
"顿挫与直率相反。"④则陆机所谓"顿挫"当含有措辞委婉之意。
而宋代吕祖谦(1137—1181)则认为"箴是规讽之文,须有警诫切劘
之意"⑤,强调直言其事,以达到规讽警戒的目的。两人所述彼此
扞格,因而引发李祘的疑问,遂令应试者对双方得失予以评骘。
　　由上述两例来看,《文赋》在韩国产生的影响已经越出文学创
作和文学批评所应有的疆域,逐渐波及哲学、政治等其他文化领
域,呈现出更为多元化的接受方式。

### 四、杜甫《醉歌行》在韩国的接受与《文赋》对韩国的影响

　　唐代杜甫(712—770)《醉歌行》云:"陆机二十作《文赋》,汝更
少年能缀文。"⑥虽然清代学者何焯(1661—1722)认为杜甫此说源

---

　　① (朝鲜)正祖李祘:《弘斋全书》卷四十九《策问二》"箴",《韩国文集丛刊》第二百
六十二册。
　　② (晋)陆机:《文赋》,(梁)萧统编、(唐)李善注《文选》卷十七,第二册,第766页。
　　③ (清)方廷珪:《昭明文选大成》,引自张少康《文赋集释》,第115页。
　　④ 徐复观:《陆机文赋疏释》,引自张少康《文赋集释》,第116页。
　　⑤ (明)吴讷:《文章辨体序说·箴》:"东莱先生云:凡作箴,须用'官箴王阙'之
意。箴尾须依《虞箴》'兽臣司原,敢告仆夫'之类。大抵箴、铭、赞、颂,虽或均用韵语而
体不同。箴是规讽之文,须有警诫切劘之意。"与(明)徐师曾:《文体明辨序说》合订一
册,于北山、罗根泽校点,北京:人民文学出版社,1962年,第46页。
　　⑥ (唐)杜甫:《醉歌行》,(清)仇兆鳌注《杜诗详注》卷三,北京:中华书局,1979
年,第一册,第241页。

于对《文选》李善注所引臧荣绪《晋书》的误读，①但在此前后，仍然有很多学者依据杜诗所言来推断《文赋》的创作时间。② 韩国历代文人未必都受此直接影响，朝鲜英祖时期的学者南羲采（生卒年不详）曾汇辑采摭二百馀种中国典籍，编撰成《龟磵诗话》，其中有一则提到：

> 陆机天才秀逸，词藻宏丽，自弱冠善缀文，老杜《醉歌行》"陆机二十作文赋"是也。③

认为杜诗只是表彰陆机年少才高，并没有和《文赋》的创作直接联系在一起。但也毋庸讳言，仍有不少韩国文人会产生和中国学者相似的联想和判断。尤其是因为杜诗在韩国历史上流传颇广，影响深远，④在韩国文人的诗文中常常可见运用《醉歌行》中的这一典故。有些是为了悼念早逝的亡者，例如成伣（1439—1504）《祭世通文》云：

> 缀句权舆于李贺之七岁，作赋发挥于陆机之二十。⑤

---

① 参见（清）何焯：《义门读书记》卷四十五《文选·赋》，崔高维校点，北京：中华书局，1987 年，下册，第 881 页。

② 参见俞士玲：《陆机陆云年谱》所引王鸣盛、姜亮夫诸家之说，北京：人民文学出版社，2009 年，第 253 页。

③ （朝鲜）南羲采：《龟磵诗话》卷十三"二陆二秦 朗月悬空"条，蔡美花、赵季主编《韩国诗话全编校注》，第九册，第 7426 页。

④ 相关研究可以参见李立信：《杜诗在韩国流传概观》，载《东海中文学报》第一期，1971 年；李立信：《杜诗流传韩国考》，台北：文史哲出版社，1991 年；（韩）全兰英：《韩国诗话中有关杜甫及其作品之研究》，台北：文史哲出版社，1990 年；（韩）全兰英：《韩国文人对杜诗之评价》，载《苏州大学学报》1991 年第一期；（韩）全兰英：《杜诗对高丽、朝鲜文坛之影响》，载《杜甫研究学刊》2003 年第一期；（韩）金学主：《朝鲜时代刊行中国文学关系书研究》XIV《朝鲜刊本杜甫诗集概况》。

⑤ （朝鲜）成伣：《祭世通文》，《虚白堂集·文集》卷十四，《韩国文集丛刊》第十四册。

李贺(790—816)是中唐时英年早逝的诗人,《新唐书》本传谓其"七岁能辞章,韩愈、皇甫湜始闻未信,过其家,使贺赋诗,援笔辄就如素构"①。成氏运用此典,并化用杜诗,旨在突出逝者才能之出众,抒发哀恸惋惜之情。

又如权好文(1532—1587)《金秀才三戒薤曲十四韵》云:

> 昔闻颜夭争相惜,今见公亡我最哀。天上石麟曾敕送,人间玉树早能培。迢遥艺苑当年志,籍甚声名绝代才。文赋陆机堪自敌,平诗子建可追陪。②

三国时曹植(192—232)在《与杨德祖书》中曾历数当时作者,逐一予以评论。作者在此处与《醉歌行》的典故连用,将对方比作陆机、曹植,惋叹其才能出众却不幸夭亡。

另如全湜(1563—1642)有《挽赵棐仲翊》云:

> 聪明管辂右,文赋陆机前。③

三国时的管辂(209—256)精于卜筮之术,后人曾誉之为"玄妙之殊巧,非常之绝技"④。全氏此处将其人与杜诗之典连用,突出逝者的智谋、文采超越管辂、陆机。

---

① (宋)欧阳修、宋祁撰:《新唐书》卷二百三《文艺下·李贺传》,北京:中华书局,1975 年,第十八册,第 5787—5788 页。

② (朝鲜)权好文:《金秀才三戒薤曲十四韵》,《松岩集·续集》卷四,《韩国文集丛刊》第四十一册。

③ (朝鲜)全湜:《挽赵棐仲翊》,《沙西集》卷二,《韩国文集丛刊》第六十七册。

④ (晋)陈寿撰、(宋)裴松之注:《三国志》卷二十九《方技传·管辂》,北京:中华书局,1982 年,第三册,第 829—830 页。

再如吴始寿(1632—1681)《韩进士宗范挽》云：

> 修短由来不可期，如君早夭最堪悲。陆机未就文章赋，潘岳先题寡妇辞。①

西晋潘岳(247—300)撰有《寡妇赋》，同样被萧统收入《文选》之中。据李善注云："寡妇者，任子咸之妻也。子咸死，安仁序其孤寡之意，故有赋焉。"②作者既用杜诗之典感叹死者英年早逝，又用潘赋之典来比况自己赋诗哀悼。

也有借杜诗此典反衬，用以自伤年岁老大。如崔昌大(1669—1720)《元夜分韵》云：

> 士衡《文赋》年，我年又加二。奈何愚蒙者，名实或殊异。回顾永伤惭，文理未森邃。如彼未琢玉，冀成清庙器。③

感慨自己业已二十二岁，超过陆机创作《文赋》的年纪，却仍然一事无成。虽然不无自伤自惭之意，但仍希冀日后能有所建树。

当然也有借用杜诗此典来赞誉他人的，例如全湜(1563—1642)《示全上舍命龙》云：

> 科声苏辙后，文赋陆机前。翦拂吾门族，光荣我祖先。④

---

① （朝鲜）吴始寿：《韩进士宗范挽》，《水村集》卷一，《韩国文集丛刊》第一百四十三册。

② （晋）潘岳：《寡妇赋》，（梁）萧统编、（唐）李善注《文选》卷十六，第二册，第734页。

③ （朝鲜）崔昌大：《元夜分韵》，《昆仑集》卷十三，《韩国文集丛刊》第一百八十三册。

④ （朝鲜）全湜：《示全上舍命龙》，《沙西集》卷一，《韩国文集丛刊》第六十七册。

苏辙(1039—1112)在嘉祐二年(1057)就与其兄苏轼(1037—1101)同登进士第,一时并称。而随着苏轼诗文在韩国的广泛传播,韩国文人对苏辙的作品也颇予关注,金万重(1637—1692)就评论说:"东坡如秋湖生而百川倒流,厉风作而万窍怒号;又如淮阴侯不崇朝而破赵二十万众。颍滨如晴江不风,千里一色,兰舟解缆,听其所之;又如温伯雪子目击而道存。"①将兄弟两人置于一处进行比较。全湜在此则将之与杜诗之典合用,意在赞誉对方年少即成就功名、文采斐然,足以光宗耀祖。

另如赵絅(1586—1669)《稣斋先生集后叙》云:

游关东诗,仅踰士衡《文赋》之年,而其老苍奇健,奚谢晚年。②

称赞卢守慎(号稣斋)年方二十出头,就已经文章老成,即便与其晚年作品相较,也毫无逊色。

以上所举诸例证虽然不能直接说明这些韩国文人熟稔陆机的《文赋》,但也可以作为例证,说明《文赋》在韩国文坛所产生的间接影响。

中、韩两国比邻而居,相互之间的文化交流源远流长。本书仅根据所掌握的材料,略述陆机《文赋》在韩国的流传情况,挂一漏万,势所难免。即便如此,也不难发现,上起新罗时期,下迄李朝晚期,陆机的《文赋》在文学创作、文学评论以至其他诸多领域之中,对韩国文化产生了深远的影响。

---

① (朝鲜)金万重:《西浦漫笔》,蔡美花、赵季主编《韩国诗话全编校注》,第三册,第2246—2247页。

② (朝鲜)赵絅《稣斋先生集后叙》,卢守慎《稣斋集》附,《韩国文集丛刊》第三十五册。

## 第二节　锺嵘《诗品》在韩国的流传与影响

南朝齐梁时期锺嵘(467?—519?)所撰《诗品》是中国古代最重要的诗学著作之一,对于唐宋以来的历代诗文评著作产生了极为深远的影响。这种影响也不仅仅局限于中国境内,同时也波及到日本、韩国等周边的汉字文化圈国家。有关《诗品》在韩国历史上的流传与影响,中、韩两国的学者此前都已经有过专门的研究,韩国学者许世旭在《韩中诗话渊源考》中就研讨过众多韩国诗话和《诗品》之间的关系;①另一位韩国学者赵锺业在其《中韩日诗话比较研究》中,则从更为广阔的文化背景出发,梳理过《诗品》与中、韩、日三国诗话类著作的渊源关系;②中国学者张伯伟在《锺嵘诗品研究》中也简要介绍过《诗品》对韩国古代诗论著作所产生的直接和间接影响,并对韩国学者研究《诗品》的成果与现状予以评述。③ 除了这几位学者所举的例证之外,在韩国历代文人的作品中还有不少与《诗品》相关的资料,本节拟钩稽相关文献,从评论和创作两个方面对《诗品》在韩国的流传和影响情况作进一步的考察和分析。

### 一、韩国历代文人对锺嵘及其《诗品》的评论

清代史学家章学诚(1738—1801)曾谓:"诗话之源,本于锺嵘《诗品》。"④将"诗话"这一批评体式的源头推溯至《诗品》一书。这

---

① (韩)许世旭:《韩中诗话渊源考》,台北:黎明文化事业公司,1979 年。

② (韩)赵锺业:《中韩日诗话比较研究》,台北:学海出版社,1984 年。

③ 张伯伟:《锺嵘诗品研究》,南京:南京大学出版社,1999 年,第 189—192 页。

④ (清)章学诚著、叶瑛校注:《文史通义校注·内篇五·诗话》,北京:中华书局,1994 年,第 559 页。

一论断虽然引起过不同的意见,但不可否认,自宋代以后出现的大量诗话类著作,确实保留了很多摘引、评论、绍述锺嵘《诗品》的内容,成为研究《诗品》在后世流传的重要资料。① 中、韩两国毗邻而居,自古以来就保持着非常频繁而密切的文化学术交流。在韩国文学批评史上,由于受到中国的影响,也出现过不少的诗话著作,这些诗话对于研究《诗品》在韩国的流传和影响同样有着不容忽视的参考价值。许世旭《韩中诗话渊源考》一书对韩国诗话与锺嵘《诗品》之间的渊源就曾做过不少剖析,认为高丽中期文士李仁老(1152—1220)的《破闲集》"其诗辩不外乎'抒情性'、'顺自然',其说盖源乎刘勰与锺嵘。……锺氏以为用事用典者,违反自然,多与仁老所言相合"。② 又评价高丽晚期文士李齐贤(1287—1367)的《栎翁稗说》"立意主馀味,造语主工,如云:'古人之诗,目前写景,意在言外,言可尽而味不尽。'……'言可尽而味不尽'者,溯源中国,固有由来,按锺嵘《诗品序》云:'五言居文词之要,是众作之有滋味者也。'继曰:'文已尽而意有馀,兴也。'知其所云滋味者,几合'文已尽而意有馀'也"。③ 所列举的内容虽然从严格意义上而言并非都属确证,但也足资读者参证。

受到研究条件的限制,许氏所涉及的韩国诗话著作还比较有限,我们可以再作不少补充。有些韩国诗话中径直引录过《诗品》的一些片段,例如佚名所撰《诗文清话》三卷,系杂抄诸多中国笔记、诗话类著作而成,其第三卷中就先后摘录了《诗品》上品中的"古诗"、"汉都尉李陵"、"汉婕妤班姬"、"陈思王曹植"、"魏文学刘

---

① 参见张伯伟:《锺嵘诗品研究》内篇第八章《历代〈诗品〉学》,第 157—194 页;曹旭:《诗品研究》下编第九章《〈诗品〉流传史》,上海:上海古籍出版社,1998 年,第 206—227 页。

② (韩)许世旭:《韩中诗话渊源考》,第 39 页。

③ (韩)许世旭:《韩中诗话渊源考》,第 66 页。

桢"、"魏侍中王粲"、"晋步兵阮籍"、"晋黄门郎潘岳"、"晋黄门郎张协"、"晋记室左思"、"宋临川太守谢灵运",中品中的"宋光禄大夫颜延之"、"晋司空张华"、"晋中散嵇康"、"魏尚书何晏等"、"宋法曹参军谢惠连"、"宋参军鲍照"以及"梁卫将军范云、梁中书郎丘迟"等多条评语,[①]各条次序并未依照原书先后排列,似乎是随手摘抄以备遗忘,但由此也足见摘录者对此书颇为喜爱。

有些韩国诗话在摘引《诗品》部分内容之后,还会予以进一步的评论研讨。朝鲜宣祖时期的知名学者李晬光(1563—1628)在其《芝峰类说》中提到:

> 小说曰:柴廓有《行路难》一篇。释宝月窃之,刻为己作。廓子大怨,赍手本欲讼。宝月厚赂得免。观此,则窃文之弊自古有之,而刻板之来亦多矣。[②]

所谓"小说"云云,实即出自《诗品》下品"齐惠休上人、齐道猷上人、齐释宝月"条所载部分内容。[③] 李晬光据此认为文人剽窃的恶习由来已久,并推断刻板印刷可追溯至此。不过今传《诗品》各本皆作"宝月尝憩其家,会廓亡,因窃而有之",并无"刻为己作"的内容,而且雕版印刷的技艺也绝对不可能起源于齐梁之际,李氏所见版本当有舛误,或记忆有误,其言并不足凭信。不过并不是仅李氏一人有此误解,朝鲜英宗时期的学者南羲采(生卒年不详)在其《龟磵

---

① 佚名:《诗文清话》卷三,蔡美花、赵季主编《韩国诗话全编校注》,第三册,第2014—2016页。

② (朝鲜)李晬光:《芝峰类说》卷十四,蔡美花、赵季主编《韩国诗话全编校注》,第二册,第1342页。

③ (梁)锺嵘著、曹旭集注:《诗品集注》(增订本),上海:上海古籍出版社,2011年,第560页。

诗话》中也曾提到："齐武帝时,东阳人柴廓工诗,有《行路》。……
僧宝月尝憩其家,会廓亡,因窃以有之,刻为己作。"①南氏虽然未
曾像李氏那样继续引申发挥,但所述也难免会误导读者。《龟磵诗
话》引及《诗品》的部分还有不少,例如卷四中有一则云:

> 谢灵运在西堂,思诗不就,忽梦见惠连,得"池塘生春草,
> 园柳变鸣禽"之句,人以为工。卢朗溪《池塘》诗曰:"吟边洗砚
> 波纹黑,梦里添诗草色青。"又古人寄兄弟诗"春草池塘入梦
> 时"、"梦中池草不相关"之语出于此。②

又卷十中另有一则,内容与此相关:

> 谢惠连幼有奇才,族兄灵运每有篇章,对惠连辄得佳句。
> 作春诗未就,梦见惠连,觉而得"池塘生春草"之句,自以为有
> 神助。前辈兄弟诗多使"池塘草",如"夜床风雨关心处,春草
> 池塘入梦时",又"一种恩情两割难,梦中池草不相关",又"独
> 寐不成春草梦,倚栏无语夜如何"。③

所述南朝刘宋诗人谢灵运(385—433)《登池上楼》诗中"池塘生春
草"一句的创作本事,源出《诗品》中品"宋法曹参军谢惠连"条。④

---

① (朝鲜) 南羲采:《龟磵诗话》卷十四《儒术文艺·盗袭》"宝月偷诗"条,蔡美花、
赵季主编《韩国诗话全编校注》,第九册,第 7475 页。
② (朝鲜) 南羲采:《龟磵诗话》卷四《地理岳渎下·泉井》"梦生春草"条,蔡美花、
赵季主编《韩国诗话全编校注》,第八册,第 6843 页。按:原文略有讹误,已径改正。
③ (朝鲜) 南羲采:《龟磵诗话》卷十《人道伦礼上·兄弟姊妹附》"池塘春草"条,蔡
美花、赵季主编《韩国诗话全编校注》,第九册,第 7205—7206 页。
④ (梁) 锺嵘著、曹旭集注:《诗品集注》(增订本),第 372 页。

南氏在撮述事件始末后，又征引不少后世文人化用这一典故的诗句，说明其渊源有自。南氏曾自述其编撰此书的经过，"闲寂中，遂取唐宋人以诗话者，撷芳选华，薙其繁冗，兼掇坟典子史，及稗官野乘所载丛话，而以古人诗句润色之"，并称其宗旨在于"或少补于后进业诗者，而犹贤乎村野冷话云尔"。① 可见取资颇广而删汰较严，其目的则在于指导初学，裨益后进。书中屡屡引录《诗品》，足以彰显《诗品》在他心目中的重要地位。

除了诗话类著作之外，韩国历代文人在其他著述中也有不少针对《诗品》的评论。朝鲜王朝后期的文士俞汉隽（1732—1811）在其《歌谣四言序》中云：

> 夫人有六情，禀五常之秀；情感六气，顺四时之序。刚柔互用，喜怒随异。志动于中，而言之歌咏外宣；咏发于外，而声之飞沉内具。斯固诗圃之原道，而艺圃之恒则也。是以列代以还，振响者踵接，扬藻者肩比。莫不整始于前达，奋末于季运。回今视昔，咸有可稽；而原始反终，不可诬矣。所以刘勰劈细于《文心》，锺嵘齐纷于《诗品》，虽见或纤滞，论有抵牾，振其大纲，斯已尽矣。②

俞氏在文中推溯诗歌的源起及发展，认为对其嬗变过程可加以稽考论列，随即就将锺嵘的《诗品》与刘勰的《文心雕龙》作为代表性的著述来进行评价。中国学者在评论《诗品》时也时常将其与《文心雕龙》相提并论，明代诗论家胡应麟（1551—1602）在《诗薮》中指

---

① （朝鲜）南羲采：《龟磵诗话·序》，蔡美花、赵季主编《韩国诗话全编校注》，第八册，第6632页。

② （朝鲜）俞汉隽：《歌谣四言序》，《自著》卷三，《韩国文集丛刊》第二百四十九册。

出："评诗者，刘勰《雕龙》，锺嵘《诗品》。刘、锺藻骘，妙有精理。"①
清代史学家章学诚(1738—1801)在《文史通义》中也强调道："《诗
品》之于论诗，视《文心雕龙》之于论文，皆专门名家勒为成书之初
祖也。"②俞氏在文中虽未展开深入论述，但同样将《诗品》和《文心
雕龙》视为中国古代最为重要的文论著作，对其定位和中国学者并
无二致。尽管他认为《文心雕龙》和《诗品》所论的细节尚有龃龉滞
涩、可供商榷之处，但对两者的整体论述还是予以充分的肯定。

　　韩国文人对于《诗品》的某些论述还可以和中国古代的相关评
论相互参证，彼此补充。朝鲜晚期文士柳得恭(1748—1807)在《清
脾录序》中曾提及：

　　　　自古有作诗者，有说诗者。作诗者，虽委巷妇孺，无所不
　　可；说诗者，非明睿特达有鉴识者，不能焉。……汉兴，说诗者
　　滋多：有说于齐者，有说于鲁者，有说于燕及河间者；义训各
　　异，殆数十馀万言，纷不可理。而善说之，则俱足以解人之颐。
　　自此以后，作诗者亦多。五七言迭兴，则能说之士，又不得不
　　舍古诗而取近代之作论列之。此锺氏《诗品》之所以兴也。踵
　　而著说者，不可胜数，概名说话，遂可以充栋矣。③

柳氏将锺嵘在《诗品》中评论历代诗家、诗作的做法上溯至汉代学
者对于《诗经》的解说，充分体现了辨章学术、考镜源流的学术眼
光。而中国学者也曾有过类似的沿波讨源式的探究，如明人李维

---

　　① （明）胡应麟：《诗薮·外编》卷二，上海：上海古籍出版社，1979 年，第 146 页。
　　② （清）章学诚著、叶瑛校注：《文史通义校注·内篇五·诗话》，第 559 页。
　　③ （朝鲜）柳得恭：《清脾录序》，载（朝鲜）李德懋《清脾录》，与（朝鲜）洪大容《乾
净衕笔谈》合订一册，邝健行点校，上海：上海古籍出版社，2010 年，第 153 页。

桢(1547—1626)《汪永叔诗序》云：

> 汉班孟坚传《儒林》，鲁申公、齐辕固、燕韩婴皆治《诗》，于
> 是《诗》有齐、鲁、韩之学。《鲁诗》再传有韦、张、唐、褚、许之
> 学，《齐诗》再传有翼、匡、师、伏之学，《韩诗》再传有王、食、长
> 孙之学，专门名家，出入不悖，所闻非丘言也。自汉以后，不说
> 诗而为诗，然未始无师承者。梁锺记室《诗品》，其出有源；宋
> 《沧浪诗话》，其习有体，授受渐摩，日异而月不同。①

李氏也同样将锺嵘《诗品》与汉儒《诗经》之学联系在一起，但其重
点在于强调锺嵘推溯诗人流别的批评方法与班固《汉书·儒林传》
论述《诗经》学承传的方式一脉相承，与柳氏切入的角度虽然相同，
但具体论述的内容却并无交涉。将柳、李两人的论述结合在一起，
颇有助于揭示《诗品》与汉代《诗经》学之间的关联。

《诗品》在中国诗论史上的地位虽然崇高，但也曾遭受过不少
的批评非议。在韩国的流传与接受过程中也是如此。朝鲜晚期的
学者洪奭周(1774—1842)编有《洪氏读书录》，是朝鲜文献学史上
一部非常特殊的书目著作。据其自序所说："吾弟宪仲亦有志于
学，……吾惧其自足而止也，又惧其如余之泛滥而不得其要也，于
是取凡余之所尝读而有得，与夫所愿读而未及者，列其目，识其概
而告之。"②可知此书的性质属于针对初学者的推荐书目，从中也
能够推知当时士大夫家藏图书的一些基本状况，以及洪氏对于这
些书籍所持有的褒贬意见。在该书子部说家类著录有锺嵘《诗

---

① （明）李维桢：《汪永叔诗序》，《大泌山房集》卷二十四，《四库全书存目丛书》集
部第 150—153 册影印明万历三十九年刻本，济南：齐鲁书社，1997 年。

② （朝鲜）洪奭周：《洪氏读书录·序》，张伯伟编《朝鲜时代书目丛刊》，第八册，第
4169—4170 页。

品》,洪氏评论说:

> 《诗品》三卷,锺嵘之所作也。诗之于文章,末也;评诗之
> 于诗,又赘也。后世之文士,既以诗学为大务,而论诗之书自
> 此始,亦不能不存其梗概云尔。①

站在学者的立场,他认为诗歌的价值远低于文章,并由此判定诗评
类著作也形同赘疣,因而《诗品》一书并不值得过多称赏,只是聊备
一格而已。当然,洪氏对诗评类著作虽怀有不少偏见,但并未采取
全盘否弃的态度,仍然承认《诗品》在同类著述中具有首创之功,并
将此列为自己"所尝读而有得"的作品,推荐给自己的弟弟。

　　《诗品》中对某些诗人的品第和论述引起过后世不少的争议和商
榷,其中尤以位列中品的陶渊明(365?—427)为甚,可谓聚讼纷纭,莫衷
一是。锺嵘将陶潜置于中品,并认为"其源出于应璩"。② 宋代学者叶
梦得(1077—1148)就批评《诗品》"论陶渊明乃以为出于应璩,此语不
知所据。……渊明正以脱略世故、超然物外为意,顾区区在位者何
足累其心哉? 且此老何尝有意欲以诗自名,而追取一人而模仿之。
此乃当时文士与世进取竞进而争长者所为,何期此老之浅。盖嵘之
陋也"③。清代诗人王士祯(1634—1711)更是认为锺嵘推溯陶诗渊
源,"尤陋矣,又不足深辩也"④。在韩国文人的著述中也可以看到类
似的批评意见,朝鲜中期的申靖夏(1681—1716)有《评诗文》云:

---

　　① (朝鲜) 洪奭周:《洪氏读书录·子部·说家》,张伯伟编《朝鲜时代书目丛刊》,
第八册,第4303页。
　　② (梁) 锺嵘著、曹旭集注:《诗品集注》(增订本),第336页。
　　③ (宋) 叶梦得:《石林诗话》卷下,(清) 何文焕辑《历代诗话》,上册,第433—434页。
　　④ (清) 王士祯:《渔洋诗话》卷下,丁福保辑《清诗话》,上海:上海古籍出版社,
1978年,上册,第204页。

> 渊明之诗,平淡出于自然,其初不倚拟模仿明矣。而锺
> 嵘以为出于应璩,陋哉嵘也! 渊明未尝欲以诗自名,而况追
> 拾古人之馀乎? 此非特不知渊明诗也,亦并渊明为人而不
> 知耳。①

和叶梦得一样,申氏也试图从知人论世的角度来批评《诗品》所溯
源流的错谬。陶渊明在韩国文学史上产生过深远的影响,历代模
拟、仿效陶渊明诗文的作品层出不穷,在作品中提及陶渊明的作家
更是不计其数。② 如果将申氏的批评放置在这一特定的文化背景
下来加以考察,就不难推知其讥评锺嵘固陋的原因所在。虽然其
所述意见由于没有考虑到不同时代审美标准的差异,因而并不符
合实情。③ 但从中也可以窥见韩国文人对于锺嵘《诗品》的相关评
说并非无条件地信从,而是根据自己对汉籍的阅读经验,做出个人
的独立裁断。

## 二、韩国历代诗文创作与锺嵘《诗品》

除了对《诗品》进行直接的评论,韩国历代文人在诗文创作过
程中也时常受到锺嵘的影响,具体表现在如下三个方面:(一)是

---

① (朝鲜)申靖夏:《评诗文》,《恕庵集》卷十六,《韩国文集丛刊》第一百九十七册。
② 有关韩国历代文人模拟、仿效陶渊明作品的研究,可参见以下论著:(韩)赵载
亿《韩国诗歌에 미친 陶渊明의 影响》,载《文湖》第 5 辑;(韩)李昌龙《高丽诗人과 陶渊
明》,载《建大学术志》第 16 辑;(韩)李昌龙《李朝文学과 陶渊明》,载《建大学术志》第 18
辑;(韩)金周淳《〈归去来辞〉对朝鲜诗歌之影响》,载南京大学中文系主编《辞赋文学论
集》,南京:江苏教育出版社,1999 年;(韩)南润秀《韩国의"和陶辞"研究》,首尔:亦乐
图书出版,2004 年。
③ 参见王运熙:《锺嵘〈诗品〉陶诗源出应璩解》,《王运熙文集》第二卷《汉魏六朝
唐代文学论丛》,上海:上海古籍出版社,2012 年。

点化《诗品》中之辞句;(二) 是使用《诗品》中之典故;(三) 是称引钟嵘其人其作。以下分别举例加以分析说明。

**(一) 点化《诗品》中之辞句**

《诗品》一书不仅持论精审,而且文辞隽永,因而明人王世贞(1526—1590)有"折衷情文,裁量事代,可谓允矣,词亦奕奕发之","赞许既实,措撰尤工"等评价。[1] 韩国历代文人在诗文创作过程中化用了不少源出于《诗品》的成辞成句,有一些甚至可以确证作者直接参考过《诗品》一书。例如《诗品·下品》"晋中书张载、晋司隶傅玄、晋太仆傅咸、魏侍中缪袭、晋散骑常侍夏侯湛"条,评论魏晋诗人缪袭(186—245)的《挽歌》时称其"唯以造哀尔"[2]。据今人吕德申《钟嵘诗品校释》研究:"'造哀'实为'告哀'之误。《诗经·小雅·四月》:'君子作歌,维以告哀。'王粲《为潘文则作思亲诗》:'诗之作矣,情以告哀。'亦作'告哀'。[3]可知"造哀"一词前无所承,原系钟嵘误用。在韩国文人的诗文创作中,就可以发现不少使用"造哀"一语的例证,如金瑛(生卒年不详,活动于十六世纪初)《次韵花山养老宴诗》云:

> 风树造哀孤子恸,三龟亭上奈虚筵。[4]

又金乐行(1708—1766)《祭再从叔世铔文》云:

---

① (明) 王世贞:《艺苑卮言》卷三,丁福保辑《历代诗话续编》,北京:中华书局,1983 年,第 1001—1002 页。

② (梁) 钟嵘著、曹旭集注:《诗品集注》(增订本),第 500 页。

③ 吕德申:《钟嵘诗品校释》,北京:北京大学出版社,1986 年,第 176—177 页。

④ (朝鲜) 金瑛:《次韵花山养老宴诗》,(朝鲜) 李贤辅《聋岩集》卷五《花山养老宴诗》附,《韩国文集丛刊》第十七册。

今日所当勉者,惟筋力之礼与述行造哀之辞耳。①

两人均未沿用《诗经》中的成辞"告哀",而是袭用《诗品》的用语"造哀",当是直接参考锺嵘原著所致。

再如《诗品·上品》"晋平原陆机"条称赞陆机(261—303)的诗作"咀嚼英华,厌饫膏泽,文章之渊泉也"②。本书在上文已经考察过韩国历代文士对于陆机《文赋》的接受状况,③他们对于有关陆机的评论资料应该也会连带地加以关注。"咀嚼英华,厌饫膏泽"二语为锺嵘所独创,在韩国文人的诗文作品中也可见到用例,如金麟厚(1510—1560)《孝赋》云:

夫孰能如磋而如琢,致厌饫膏泽之濡渥。④

李瀷(1681—1763)《眉叟许先生神道碑铭》云:

咀嚼英华,饱饫腴真。道将有待,日在吾身。⑤

郑宗鲁(1738—1816)《挽警弦斋姜公世晋》云:

平生嗜书若嗜炙,咀嚼英华极都称。⑥

---

① (朝鲜) 金乐行:《祭再从叔世錝文》,《九思堂集》卷九,《韩国文集丛刊》第二百二十二册。

② (梁) 锺嵘著、曹旭集注:《诗品集注》(增订本),第 162 页。

③ 参见第二章第一节《陆机〈文赋〉在韩国的流传与影响》。

④ (朝鲜) 金麟厚:《孝赋》,《河西全集》卷一,《韩国文集丛刊》第三十三册。

⑤ (朝鲜) 李瀷:《眉叟许先生神道碑铭》,《星湖全集》卷五十八,《韩国文集丛刊》第一百九十八册。

⑥ (朝鲜) 郑宗鲁:《挽警弦斋姜公世晋》,《立斋集·别集》卷一,《韩国文集丛刊》第二百五十四册。

三位韩国文士使用"咀嚼英华"、"厌饫膏泽"二语,均指钻研玩味文献典籍,与钟嵘原意一脉相承。

　　另如《诗品·上品》"晋黄门郎潘岳"条曾引述东晋诗人谢混(381?—412)对潘岳(247—300)诗作的评论:"潘诗烂若舒锦,无处不佳。"[1]按《世说新语·文学》篇也载有相似的评语,而归诸东晋玄言诗人孙绰(314—371)的名下,且措辞也与《诗品》略有出入,作"潘文烂若披锦,无处不善"[2]。朝鲜王朝中期的文人吴道一(1645—1703)在《与子顺》中云:

> 　　吾侄气甚锐,才甚敏。其缀文也,英秀警拔之态,自稚少时已然。苟究其诣而极之,虽太仓之烂若舒锦、柳州之玉佩琼琚,殆无以过焉。特所病者,方寸中欠却一个"实"字。[3]

评价子侄辈创作才能之短长优劣,文中使用的是"烂若舒锦"而非"烂若披锦",显然是源自《诗品》而非《世说新语》。

　　又如《诗品·中品》"魏尚书何晏、晋冯翊太守孙楚、晋著作郎王赞、晋司徒掾张翰、晋中书令潘尼"条,评价魏晋时期的何晏(?—249)等人"并得虬龙片甲,凤凰一毛"[4]。按"凤毛"一词为东晋南朝时常语,本指子孙能够继承父祖而言。但钟嵘所用"凤凰一毛"却是指诸人诗作局部高丽不凡,珍贵难得。高丽中期汉诗文的代表作家李仁老(1152—1220)在为其挚友林椿(生卒年未详)所撰的

　　① (梁)钟嵘著、曹旭集注:《诗品集注》(增订本),第174页。
　　② (刘宋)刘义庆著、余嘉锡笺疏:《世说新语笺疏·文学》,上海:上海古籍出版社,1993年,第261页。
　　③ (朝鲜)吴道一:《与子顺》,《西坡集》卷二十一,《韩国文集丛刊》第一百五十二册。
　　④ (梁)钟嵘著、曹旭集注:《诗品集注》(增订本),第284页。

《西河先生集序》中感慨道：

> 惜其天不与年，所缀述不至于多。见凤凰一毛，足以知九苞之瑞矣。①

惋叹林椿（号西河）英年早逝，未能多有撰述，所幸从现存部分作品中已足以了解其创作成就。文中"凤凰一毛"的用法与锺嵘完全相同。又朝鲜后期学者申绰（1760—1828）在《尚书古注序》中述及此书的编纂经过：

> 兹并掇拾于群籍之中，残句只字，罔不铨次。文豹一斑，虬龙片甲，尚足以概全体之美。②

意谓注释《尚书》时曾从诸多文献典籍中采撷资料，所得虽仅为只言片语，也足以展现原著整体风貌。序中"虬龙片甲"一语也出自《诗品》此条。有意思的是，类似的情形在日本文学史上也曾出现过，古代日本最重要的汉诗总集之一《经国集》的序言有不少模仿《诗品》的痕迹，其中有"琬琰圆色，则取虬龙片甲，麒麟一毛"之句，也同样源于《诗品》此条。③ 可见锺嵘当日精妙贴切的比喻，在韩、日等周边国家文人的心目中都留下了异常鲜明的印象。

　　有些韩国诗文中使用的成辞成句虽未必能够确证是其作者直接参考了《诗品》原书，但若追根溯源，仍然可以发现与《诗品》有

---

① （高丽）李仁老：《西河先生集序》，载（高丽）林椿《西河集》卷首，《韩国文集丛刊》第一册。

② （朝鲜）申绰：《尚书古注序》，《石泉遗稿》卷三，《韩国文集丛刊》第二百七十九册。

③ 参见曹旭：《诗品研究》，上海：上海古籍出版社，1998年，第282—283页。

关。例如《诗品·上品》"古诗"条云："'客从远方来'、'橘柚垂华实',亦为惊绝矣。"①"惊绝"为六朝时期的习语,意谓令人惊异之极。钟嵘率先将之引入诗歌评论之中,后世遂相沿成习。唐代赴中国求法的日本高僧空海(774—835),在其编纂的《文镜秘府论》中就曾提到："宣城公情致萧散,词泽义精,至于雅句殊章,往往惊绝。"②而在韩国文人的诗文作品中也可以见到使用"惊绝"一语的例证,如李万敷(1664—1732)《文敬庵遗稿序》云:

> 初涉其流,体裁颇新,间多生语。有令人瞠然惊绝而视者,信乎其奇也。③

又李鼎辅(1693—1766)在为李天辅(1698—1761)的《晋庵集》撰写跋语时称誉作者道:

> 自幼时,发于言者,惊绝出凡。诗既清遒,文亦如之,天才然也。④

均用"惊绝"来强调对方文采非凡,让人惊叹不已。这些韩国文人的用例虽不能证明是其作者直接参考过《诗品》,但至少可以算是受到《诗品》的间接影响。

--------

① (梁)钟嵘著、曹旭集注:《诗品集注》(增订本),第91页。
② (日)空海:《文镜秘府论·南卷·论文意》,引文据卢盛江《文镜秘府论汇校汇考》,北京:中华书局,2006年,第三册,第1405页。
③ (朝鲜)李万敷:《文敬庵遗稿序》,《息山集》卷之十七,《韩国文集丛刊》第一百七十八册。
④ (朝鲜)李鼎辅:《晋庵集跋》,(朝鲜)李天辅《晋庵集》附,《韩国文集丛刊》第二百十八册。

再如《诗品·上品》"晋平原陆机"条批评陆机之作"有伤直致之奇"①。从上下文推断，"直致"与人工雕琢相对而言，有直接表现、率直自然之意。《诗品·中品序》又提到："观古今胜语，多非补假，皆由直寻。"②所谓"直寻"与"直致"意近，是锺嵘诗学思想中的一个重要环节。"直致"一语在后世诗论中也偶有所见，如晚唐司空图（837—908）在《与李生论诗书》中即云："直致所得，以格自奇。"③而此语在韩国诗文作品中也有不少用例，如金世濂（1593—1646）《东溟槎上诗集序》云：

　　公所作大抵皆本性情，无所雕镂，其绝句多直致。④

权愈在为李元翼（1547—1634）《梧里集》作序时说：

　　先生所为文，皆恻诚之发也，直致不华饰，气温而义严，语顺而指直。⑤

又权斗经（1654—1726）《敬题退溪先生诗集卷端》云：

　　其自警、言志、勉学、论学等作，尚直致，谢润色。⑥

---

①（梁）锺嵘著、曹旭集注：《诗品集注》（增订本），第162页。

②（梁）锺嵘著、曹旭集注：《诗品集注》（增订本），第220页。

③（唐）司空图：《与李生论诗书》，祖保泉、陶礼天《司空表圣诗文集笺校》，合肥：安徽大学出版社，2002年，第193页。

④（朝鲜）金世濂：《东溟槎上诗集序》，《东溟集》卷四，《韩国文集丛刊》第九十五册。

⑤（朝鲜）权愈：《梧里李先生文集序》，载（朝鲜）李元翼《梧里集》卷首，《韩国文集丛刊》第五十六册。

⑥（朝鲜）权斗经：《苍雪斋集》卷十二，《韩国文集丛刊》第一百六十九册。

三人所用的"直致",语意与锺嵘、司空图相同,虽然未必都是直接源于《诗品》,但至少能够表明《诗品》在韩国所产生的间接影响。

　　在某些情况下,韩国文人并未直接使用《诗品》中的成辞成句,而是根据创作时的实际情况,对《诗品》中的文句略作修改调整,再融入到自己的作品之中。高丽时期最著名的汉文诗人李奎报(1168—1241)有一首《次韵吴东阁世文呈诰院诸学士三百韵诗》,其中有两句:

　　　　久欲成剿体,唯忧被诮嗤。①

句下有李氏自注云:"锺记室《诗评》曰:'文体剿静。'"按:锺嵘此著在《隋书·经籍志》中被著录为"诗评",小注云:"或曰《诗品》。"从李氏自注中可知他当时读到的题名可能正是"《诗评》"。而其所引辞句则出自《诗品·下品》"齐记室王中、齐绥建太守卞彬、齐端溪令卞铄"条,锺嵘称王、卞三人"虽不弘绰,而文体剿净,去平美远矣"②。李仁老在诗中将"文体剿净"四字缩略为"剿体",意谓久欲创作风格轻捷之作,但唯恐被旁人耻笑。

　　再如朝鲜王朝初期的诗人徐居正(1420—1488)有一组《四和李同年次公见寄五首》,其中第五首有句云:

　　　　韩豪李放真同调,陆海潘江隔几波?③

---

　　① (高丽)李奎报:《次韵吴东阁世文呈诰院诸学士三百韵诗》,《东国李相国全集》卷五,《韩国文集丛刊》第一册。

　　② (梁)锺嵘著、曹旭集注:《诗品集注》(增订本),第612页。按:"净"、"静"音近易混淆,故李奎报引作"剿静"。

　　③ (朝鲜)徐居正:《四和李同年次公见寄五首》其五,《四佳集·诗集》卷八,《韩国文集丛刊》第九册。

按：《诗品·上品》"晋黄门郎潘岳"条在评价陆机、潘岳两人时称："余常言陆才如海，潘才如江。"①后世常将锺嵘此语缩略为"陆海潘江"，例如初唐王勃（650?—676?）《秋日登洪府滕王阁饯别序》云："请洒潘江，各倾陆海云尔。"②徐居正所用"陆海潘江"一语当亦源自《诗品》。

又如朝鲜中期的申钦（1566—1628）在《海平府院君月汀尹公神道碑铭》中提到：

> 古称文者，贯道之器。照烛三才，辉丽万汇。③

"照烛三才，辉丽万汇"两句显然是从《诗品·上品序》开篇的"欲以照烛三才，晖丽万有"④中脱化而来。

（二）使用《诗品》中之典故

锺嵘《诗品》在评论诗艺的过程中，有时也会记载一些诗人的创作本事或生平轶事，这些故事逐渐凝结，往往成为后世诗文创作中所使用的典故。其中最著名的莫过于《中品》"宋法曹参军谢惠连"条所引《谢氏家录》中所载轶事：

> 康乐每对惠连，辄得佳语。后在永嘉西堂，思诗竟日不就。寤寐间，忽见惠连，即成"池塘生春草"。故常云："此语有

①　（梁）锺嵘著、曹旭集注：《诗品集注》（增订本），第174页。
②　（唐）王勃：《秋日登洪府滕王阁饯别序》，（清）蒋清翊《王子安集注》，上海：上海古籍出版社，1995年，第235页。
③　（朝鲜）申钦：《海平府院君月汀尹公神道碑铭》，《象村稿》卷二十六，《韩国文集丛刊》第七十二册。
④　（梁）锺嵘著、曹旭集注：《诗品集注》（增订本），第1页。

神助,非吾语也。"①

记载了谢灵运《登池上楼》诗的创作本事。锺嵘引据的《谢氏家录》
一书早已散佚,后世文士言及此事实际上都源出《诗品》。在韩国
文人的创作中,也可以发现不少使用这一典故的作品。高丽时期
的李齐贤(1287—1367)在《栎翁稗说》中曾经提到:

> 古人之诗,目前写景,意在言外,言可尽而味不尽。……
> 予独爱"池塘生春草",以为有不传之妙。昔尝客于馀杭,人有
> 种兰盆中以相惠者,置之几案之上,方其应对宾客,酬酢事物,
> 未觉有其香焉。夜久静坐,明月在牖,国香触乎鼻观,清远可
> 爱而不可形于言也。予欣然独语曰:"惠连春草之句也。"②

称引此诗时谓之"惠连春草之句"而非"灵运春草之句",无疑是受
到《诗品》所载轶事出于《中品》"宋法曹参军谢惠连"条的影响,以
致产生这样的误记。至于在诗作中化用这一典故的,更是屡见不
鲜,如高丽时期李穑(1328—1396)的《即事》:

> 江上有田归不得,池塘春草梦中生。③

朝鲜时代徐居正(1420—1488)的《次吉昌相公诗韵,奉上列相座
下》其七:

---

① (梁)锺嵘著、曹旭集注:《诗品集注》(增订本),第 372 页。
② (高丽)李齐贤:《栎翁稗说》,蔡美花、赵季主编《韩国诗话全编校注》,第一册,
第 143 页。
③ (高丽)李穑:《即事》,《牧隐稿·诗稿》卷十二,《韩国文集丛刊》第三册。

池塘春草谢家春,万古声名五子新。①

其至还有以"池塘生春草"作为诗题进行创作的诸多赋得体作品,如金䜣(1448—1492)《池塘生春草应制》云:

一年芳意属良辰,睡起西堂发兴真。雨润绿芽初解甲,风摇细浪欲生鳞。鸰原幽梦迷胡蝶,琴阁新题泣鬼神。过尽风光无好句,只今空想永嘉春。②

曹伟(1454—1503)《池塘生春草课制》云:

谢公才调绝无伦,每向西堂入梦频。千里驰神魂已合,一番下笔句初新。伤心乡国人犹远,满眼池塘草自春。华藻每因阿弟发,只今犹可想情亲。③

具凤龄(1526—1586)《池塘生春草》云:

潇洒西堂淑气新,吟魂摇荡斗佳辰。光风细浪清池水,暖日芳心碧草春。梦里有情人邂逅,惊来多事句精神。声华万古骚坛上,几忆当年独步人。④

---

① (朝鲜)徐居正:《次吉昌相公诗韵,奉上列相座下》其七,《四佳集·诗集》卷十,《韩国文集丛刊》第十册。
② (朝鲜)金䜣:《池塘生春草应制》,《颜乐堂集》卷一,《韩国文集丛刊》第十五册。
③ (朝鲜)曹伟:《池塘生春草课制》,《梅溪集》卷二,《韩国文集丛刊》第十六册。
④ (朝鲜)具凤龄:《池塘生春草》,《栢潭集·续集》卷三,《韩国文集丛刊》第三十九册。

从三首诗中"睡起西堂发兴真"、"每向西堂入梦频"、"潇洒西堂淑气新"数句都提及"西堂"这一关键信息,可以推断其作者都是从《诗品》所载的谢灵运轶事中得到启发,进行构思的。在韩国词作中,也可见到相关用例,如李周祯(1750—1813)的《巫山一段云》中有云:

> 耒耜四邻喜,琴书一座深。池塘春草日来寻,相对涤烦襟。①

虽然不像上述作品那样明确提及"西堂",但在使事用典时,也很明显受到《诗品》所载轶事的影响。

《诗品》中载录的另一个著名的故事出自《中品》"梁光禄江淹"条:

> 初,淹罢宣城郡,遂宿冶亭。梦一美丈夫,自称郭璞,谓淹曰:'吾有笔在卿处多年矣,可以见还。'淹探怀中,得一五色笔以授之。尔后为诗,不复成语,故世传江淹才尽。②

有关齐梁诗人江淹(444—505)晚年文思减退的传闻,在唐人所撰《南史》本传中也有记载,但与《诗品》所述在不少细节上颇有出入,史传云:

> 淹少以文章显,晚节才思微退,云为宣城太守时罢归,始

---

① (朝鲜)李周祯:《巫山一段云》其八,(韩)柳己洙编《韩国历代词总集》,第260页。
② (梁)锺嵘著、曹旭集注:《诗品集注》(增订本),第403—404页。

泊禅林寺渚,夜梦一人自称张景阳,谓曰:"前以一匹锦相寄,今可见还。"淹探怀中得数尺与之,此人大恚曰:"那得割截都尽!"顾见丘迟谓曰:"馀此数尺既无所用,以遗君。"自尔淹文章踬矣。①

两处记载中有一些细节并不相同,尤其是"五色笔"被改换作"一匹锦",很有可能是由于传闻的来源不一而导致的结果。"江郎才尽"的典故在韩国诗文中也屡见不鲜,而且可以推溯到很早。新罗文人崔致远(857—?)于唐懿宗咸通九年(868)渡海入唐,曾经担任淮南节度使高骈幕府都统巡官,在其为高骈起草的《谢加太尉表》中提到:

> 如臣者,德乏润身,智亏周物。于儒则笔惭五色,在武则剑敌一夫。②

在代替高骈撰作的《壁州郑凝绩尚书》其二中,崔致远也提到:

> 某素无材术,谬荷宠章。顷握兵权,方举上将军之令;爰沾睿渥,叨承大司马之荣。仰睹凤书,深惭豹略。此时未审尚书,蹑八花砖之影,缀五色笔之词。③

崔氏后来又撰有《智证和尚碑铭》,其中述及:

---

① (唐)李延寿:《南史》卷五十九《江淹传》,北京:中华书局,1975 年,第五册,第1451 页。
② (新罗)崔致远:《谢加太尉表》,《桂苑笔耕集》卷二,《韩国文集丛刊》第一册。
③ (新罗)崔致远:《壁州郑凝绩尚书》其二,《桂苑笔耕集》卷九,《韩国文集丛刊》第一册。

苟非三尺喙、五色毫，焉能措辞其间，驾说于后？①

高丽中期的李奎报(1168—1241)在《九月二十七日，梦削青竹作笔管，不知其数是何祥耶？以诗记之》一诗中云：

> 梦中自削碧琅玕，作管千千提复弄。江淹五色笔可还，反见纪君青镂梦。朝廷制作已无心，更事文章老安用？②

朝鲜时代的文人赵泰亿(1675—1728)在《赵进士尚鹏挽》中云：

> 论交尚忆十年前，南岳春游笑拍肩。才富江郎五色笔，家贫王子一青毡。③

以上不同时期众多韩国文士作品中所出现的"笔惭五色"、"五色笔"、"五色毫"、"江淹五色笔"、"江郎五色笔"等等，显然都源出于钟嵘《诗品》，而非依据《南史》中的记载。

（三）称引钟嵘其人其作

韩国文人在诗文创作中，有时还会直接提及钟嵘其人及其《诗品》，提供了一些《诗品》在韩国流传和接受的重要信息。朝鲜时代的李晬光(1563—1628)在《芝峰类说》中说：

> 尹海平根寿赠余赴京诗云："专对公能事，耽诗夙有声。

---

① （新罗）崔致远：《智证和尚碑铭》，《孤云集》卷三，《韩国文集丛刊》第一册。
② （高丽）李奎报：《九月二十七日，梦削青竹作笔管，不知其数是何祥耶？以诗记之》，《东国李相国·后集》卷一，《韩国文集丛刊》第二册。
③ （朝鲜）赵泰亿：《赵进士尚鹏挽》，《谦斋集》卷三，《韩国文集丛刊》第一百八十九册。

清文谢雕饰,佳句近飞鸣。大历惊新调,高标仰重名。还从离
别日,却效老锺评。""老锺"人多不解,盖锺嵘萧齐时人。有
《诗评》,故云。①

值得注意的是其中标举的是"《诗评》"一名,而非后世所习用的
"《诗品》",但却恰与《隋书·经籍志》《梁书》本传、《新唐书·艺文
志》、《中兴馆阁书目》等唐宋时期文献的著录相符,也和上文已经
提及的高丽诗人李奎报的《次韵吴东阁世文呈诰院诸学士三百韵
诗》自注中所述"锺记室《诗评》"一致,这对于考察本书最初的题名
情况,应该也具有一定的参考价值。

　　从不少诗文作品中可以发现,韩国文人时常将锺嵘视为足以
评定诗艺高下的代表,高丽晚期的汉文学家李穑(1328—1396)有
《蛙夜鸣,次郑清风韵》云:

　　　　事业直欲令人惊,给我陷我皆管城。雕龙文苑寻锺嵘,妖
　　氛岳渎埋膻腥。②

在忧世伤生之馀,希望能够遇到锺嵘那样的知音。朝鲜中期的李
敏求(1589—1670)在《沈文征用名字韵见示,称谓过当,重次却酬》
一诗中云:

　　　　久识休文负盛名,评诗兼欲掩锺嵘。③

---

　　① (朝鲜) 李晬光:《芝峰类说》卷十三《文章部六·东诗》,蔡美花、赵季主编《韩国
诗话全编校注》,第二册,第 1300 页。原施标点略有舛误,已径改正。
　　② (高丽) 李穑:《蛙夜鸣,次郑清风韵》,《牧隐稿·诗稿》卷五,《韩国文集丛刊》第三册。
　　③ (朝鲜) 李敏求:《沈文征用名字韵见示,称谓过当,重次却酬》,《东州集》卷二十
二《西湖录》十一,《韩国文集丛刊》第九十四册。

诗中的"休文"指沈约(441—513),是齐梁时期一代文宗。因为姓
氏相同,李氏在此处巧妙地将友人比诸沈约,盛赞其创作才能高
卓;随后称赏他同时又兼擅评论,几将超越锺嵘。同时期的金万基
(1633—1687)在《送东莱郑使君晳》其二中云:

> 诗筒几日传京洛,傥许锺嵘细细评?①

期盼友人的诗作早日流传京城,能够得到像锺嵘那样的诗论家的
细致品评,言外俨然似有以锺嵘自况的意味。同时代的另一位文
人任相元(1638—1697)在《竹堂集序》中提及:

> 公之学,不敢轻议。而其诗,固瘤而得之。后有锺记室
> 者,庶不以余言为辟矣。②

坚信自己对作者所作的评价相当公允,理应得到像锺嵘那样的评
论家的首肯。朝鲜王朝后期的学者安鼎福(1712—1791)编纂有
《百选诗》,在该书自序中云:

> 客有过而诮之者曰:"未尝闻子以文称,而尤未闻能诗。
> 则是书之选,安能称声律词理之轻重,而其不取侮于人乎?"余
> 应之曰:"唯。然自昭明以后,选诗者非一家;自锺嵘以后,评
> 诗者非一人。余就其选而取诸评之所称者,则思过半矣。于
> 此有马焉。伯乐过之曰千里马。使奴隶牵而过市,人虽笑奴

---

① (朝鲜)金万基:《瑞石集》卷三,《韩国文集丛刊》第一百四十四册。
② (朝鲜)任相元:《竹堂集序》,《恬轩集》卷二十九,《韩国文集丛刊》第一百四十
八册。

隶之无知，而必信伯乐之言矣。余虽奴隶之牵马者，今所选，皆曾经伯乐之品题矣。人若有讥，吾必以评家质之。"客笑而去。①

操持选政或论艺衡文者本身却不擅创作，难免会招致旁人对其品鉴能力的质疑。即使是锺嵘，有时也难以逃脱这样的非议。清人陈仅（1787—1868）就曾批评道："锺嵘《诗品》为千古评诗之祖，而记室之诗不传，岂善评诗者反不能诗乎？"②安氏在遭到他人的讥诮时，却依然以萧统、锺嵘等人作为挡箭牌，强调自己所选作品都已有前人定评，足见其对锺嵘评诗能力的信任。朝鲜末期的文人李书九（1754—1825）有《金君学基从余湖南幕府者三年，归路有诗见示，和韵以赠二首》，其中第二首提到：

> 曾从堂下识然明，一语堪为善士程。还是诗家射雕手，合将题品付锺嵘。③

"诗家射雕手"一句出自晚唐诗人姚合（781?—846?）《极玄集序》中"此皆诗家射雕之手也"之语，④此处用以称赞金氏诗艺出众，并认为唯有锺嵘那样杰出的评论家才能对其诗作加以合理公正的品评。

---

① （朝鲜）安鼎福：《百选诗序》，《顺庵集》卷十八，《韩国文集丛刊》第二百二十九册。

② （清）陈仅：《竹林答问》，郭绍虞编选、富寿荪校点《清诗话续编》，上海：上海古籍出版社，1983年，第四册，第2250页。

③ （朝鲜）李书九：《金君学基从余湖南幕府者三年，归路有诗见示，和韵以赠二首》其二，《惕斋集》卷一，《韩国文集丛刊》第二百七十册。

④ （唐）姚合：《极玄集·序》，傅璇琮、陈尚君、徐俊编《唐人选唐诗新编》（增订本），北京：中华书局，2014年，第672页。

　　有些韩国诗文作品则故作惊人之语，对锺嵘的《诗品》流露出鄙薄不屑的态度。例如高丽中期的林椿《次韵李相国见赠长句》其一云：

　　　　语道格峭异众家，讥评不问痴锺嵘。已抱文章动圣人，誉满天下何阗羡。①

赞誉李奎报（李相国）诗风峭拔，迥异世人，即便是锺嵘也无法对之进行讥评。用"痴"来评价锺嵘，实借此贬损来褒扬李奎报的创作才能。高丽晚期的李崇仁（1347—1392）有《夜坐用前韵》云：

　　　　身世贫兼病，功名宠若惊。吟诗聊遣兴，谁复要锺嵘？②

朝鲜中期的李民宬（1570—1629）有《龙川馆》云：

　　　　我行忽到此，风物无可玩。徒咏前日作，神明还旧贯。不要锺嵘评，持示灶下爨。且简知我者，斯文本忧患。③

两人都强调吟咏诗歌只是为了个人遣兴排忧，因而也就根本不需要锺嵘来妄加评议其中的得失优劣。朝鲜后期的李用休（1708—1782）在《题〈花庵花木品第〉后》中云：

　　　　昔班氏列九等之序，以作《古今人表》，而犹多颠错失次致

---

　　① （高丽）林椿：《次韵李相国见赠长句》其一，《西河集》卷二，《韩国文集丛刊》第一册。
　　② （高丽）李崇仁：《夜坐用前韵》，《陶隐集·诗集》卷二，《韩国文集丛刊》第六册。
　　③ （朝鲜）李民宬：《龙川馆》，《敬亭集》卷十一，《韩国文集丛刊》第七十六册。

遗议。若锺记室之评诗、陈太史之选文，自以为品藻甚精，而间或有不满人意者。今观百花庵主花木品第，其所位置行序，无丝毫之差。若汉三尺、周九章，虽使花自为品第，亦无以过，可谓难矣。①

批评锺嵘《诗品》等论著虽然自以为持论精审，实际上却并不能尽惬人意。究其用意，实际上是为了借此反衬出《花庵花木品第》一书评论精当，难能可贵。直至韩国近代文人黄玹（1855—1910），有一组论诗绝句《丁掾日宅寄七绝十四首，依其韵戏作论诗杂绝以谢》，其中第十三首云：

　　评未精详语未新，年来韬笔卧荒滨。不须先说沧浪辈，直自锺嵘已妄人。②

不仅对撰著《沧浪诗话》的南宋诗论家严羽（1192?—1245?）不屑一顾，对于锺嵘更是径以"妄人"斥之。不过，对于上述这些韩国文人对于锺嵘的讥评非议，倘若从另一个角度来看，实际上正反映出《诗品》在他们心目中的地位相当重要。设想如果《诗品》在他们心目中无足轻重，那么又何必集矢于此，大肆贬抑呢？

　　以上从评论和创作两方面考察并分析了锺嵘《诗品》在韩国历史上的流传概况，可以发现，上起新罗时期，下迄朝鲜晚期，《诗品》一书在韩国文学史上都产生了极为深远的影响。文学传播的范围往往会突破国家、地域、民族的界限，由此可见一斑。"横看成岭侧

---

① （朝鲜）李用休：《题〈花庵花木品第〉后》，《欼欼集·杂著》，《韩国文集丛刊》第二百二十三册。

② （朝鲜）黄玹：《丁掾日宅寄七绝十四首，依其韵戏作论诗杂绝以谢》其十三，蔡美花、赵季主编《韩国诗话全编校注》，第十一册，第9221页。

成峰,远近高低各不同",如果能够超越某些狭隘观念的束缚,换从一个更为广阔的"汉字文化圈"的角度来考察包括锺嵘《诗品》在内的中国古代汉籍在东亚地区的传播和接受情况,无疑会进一步拓展中国古代文学研究的深度和广度。

## 第三节  朝鲜刻本《樊川文集夹注》的文献价值

朝鲜时代的学者金宗直(1431—1492)曾经凭借自己的阅读体验,简明扼要地概述过此前韩国汉诗创作发展的主要历程:"宗直自学诗以来,往往得吾东人诗而读之,名家者不啻数百,而其格律无虑三变:罗季及丽初专袭晚唐,丽之中叶专学东坡,迨其叔世益斋诸名公,稍稍变旧习,裁以雅正,以迄于盛朝之文明,犹循其轨辙焉。"①其中提到自新罗末期至高丽初期,韩国文士一度专以学习仿效晚唐诗歌为务。而作为"晚唐翘楚,名作颇多"的代表性诗人,②杜牧(803—853)的作品在韩国文学史上也备受推崇。高丽时期的知名汉诗人李奎报(1168—1241)、李穑(1327—1396)等都曾在自己的诗作中借鉴、化用过杜牧的作品。③ 被金宗直特别提及的李齐贤(1288—1367,号益斋)还曾评论道:

> 古人多有咏史之作,若易晓而易厌,则直述其事而无新意也。常爱杜牧《赤壁》云:"折戟沉沙铁未销,试将磨洗认前朝。东风不与周郎便,铜雀春深锁二乔。"《乌江亭》云:"胜败兵家事未期,包羞忍耻是男儿。江东弟子多才俊,卷土重来未可

---

① (朝鲜)金宗直:《青丘风雅序》,载金宗直编《青丘风雅》卷首,首尔:以会文化社,2000年,第1页。
② (清)薛雪:《一瓢诗话》,丁福保辑《清诗话》,下册,第713页。
③ 参见本书第三章第三节《申光汉〈忆王孙·戏赠童女八娘〉与杜牧〈叹花〉》。

知。"《云梦泽》云:"日期龙旆想悠扬,一索功高缚楚王。直使
飘然五湖去,未如终始郭汾阳。"《桃花夫人庙》云:"细腰宫里
露桃新,脉脉无言度几春。毕竟息亡缘底事,可怜金谷堕楼
人。"……禅家所谓活弄语也。①

咏史本来就是杜牧所擅长的题材,后人总结其创作手法,谓之"俱
用翻案法,跌入一层,正意益显,谢叠山所谓死中求活也"②。李齐
贤对此也赞不绝口,着力表彰其咏史之作饶有新意。

杜牧的诗文集在韩国历史上不乏流传、刊刻的记载,著录朝鲜
时代正祖初期王室所藏中国本的《奎章总目》中就载有"杜樊川集
四本"③,反映朝鲜前期各地刊行书籍概况的《册板目录》中也提到
全罗道锦山地区曾刊行过《樊川集》。④ 而韩国近代学者李仁荣
(1911—1950 后)在其《清芬室书目》中较为详细地介绍了自己收
藏的《樊川文集夹注》一书,⑤因其特殊的文献价值,尤其值得进一
步研讨。

## 一、《樊川文集夹注》的注者及成书时间

朝鲜刻本佚名撰《樊川文集夹注》(以下简称《夹注》本)包括正

---

① (高丽)李齐贤:《栎翁稗说》,蔡美花、赵季主编《韩国诗话全编校注》,第一册,
第 156 页。
② (清)吴景旭:《历代诗话》卷五十二《唐诗》卷下之上"二乔"条,陈卫平、徐杰点
校,北京:京华出版社,1998 年,第 636 页。
③ 《奎章总目·别集类》,见张伯伟编《朝鲜时代书目丛刊》,第一册,第 342 页。
④ 《考事撮要·书册市准·册板目录·书册印纸数》,见张伯伟编《朝鲜时代书目
丛刊》,第三册,1452 页。
⑤ (朝鲜)李仁荣:《清芬室书目》卷四,见张伯伟编《朝鲜时代书目丛刊》,第八册,
第 4630—4631 页。

集四卷、外集一卷。据韩国学者金学主研究,此书现存有永乐十三年(1415)公山刊本及正统五年(1440)全罗道锦山刊本。[①] 前者为残本,而后者则保存完好。锦山刊本的最后附有郑坤所撰跋语,其中提及刊行的始末原委:

> 小杜诗古称可法,而善本甚罕,世所有者,字多鱼鲁,学者病之。今监司权共克和与经历李君蓄议之,符下知锦山郡事李君赖,令详校前本之讹谬而刊之。始于庚申三月,历数月而告成。公之嘉惠学者,其可量哉![②]

可知此番付梓之前曾经详加校雠,允称善本。不过此书存世稀少,流传未广,清代以前的中国书目题跋中,在述及《樊川文集》的源流递嬗时从未提及。因而清人吴锡麒(1746—1818)在为冯集梧(生卒年不详)《樊川诗集注》作序时曾特别强调,冯氏“尝以《樊川》一集,前人未有发明,取饫群言,积牍盈尺,既藏功有日矣,新宫不戒,馀烬莫收,又复寒暑勤劬,左右采获,迟之一纪,始得醒焦桐于爨下,回幸草于春馀”[③],这一方面固然说明冯氏为注释樊川诗文颇费心血,另一方面也显然透露出他们并不知晓《夹注》本的存在。

　　近现代以来,不少中外学者开始对《夹注》进行较为深入的研究,围绕着注释者所处时代甚至所属国籍也出现了不少争论。日

---

　　① (韩)金学主:《朝鲜时代刊行中国文学关系书研究》Ⅺ《关于杜牧的〈樊川文集夹注〉本》,第215页。另可参见(日)许山秀树:《〈樊川文集夹注〉の成立と版本》,载《中国文学研究》第20期,1994年;郝艳华:《〈樊川文集夹注〉版本述略》,载《图书馆杂志》2004年第4期。

　　② (朝鲜)郑坤:《跋》,载《朝鲜刻本樊川文集夹注》卷末,北京:中华全国图书馆文献缩微复制中心,1997年,第517页。

　　③ (清)吴锡麒:《杜樊川集注序》,载冯集梧《樊川诗集注》卷首,上海:上海古籍出版社,1978年,第1页。

本学者涩江全善(1804—1858)、森立之(1807—1885)等在《经籍访古志》中评价此书时称:"此本板式陋劣,然仿佛存古本之体,或是朝鲜国人所刊与?"①中国学者杨守敬(1839—1915)在《日本访书志》中也提到:"注中引北宋人诗话、说部,又引唐《十道志》、《春秋后语》、《广志》等书甚多,知其得见原书,非从贩鬻而出,当为南宋人也。自来箸录家无道及者,岂即朝鲜人所撰与?"②都怀疑《夹注》出自朝鲜文士之手。不过因为缺少确凿的证据,仍有一些学者持较为审慎的态度。如傅增湘(1872—1950)在《藏园群书经眼录》中述及《夹注》时说:"诗文皆加注,不知何人所撰。按:此书杨惺吾有残本二卷,余曾见之。"③尽管他是在杨守敬处获睹此书,却并未率然附和杨氏的推断。当然也有学者做出不同的推断,如韩锡铎(1940—  )便认为此书"出自中国人之手似乎可能性更大些"④。而上文提到的韩国学者李仁荣在《清芬室书目》中说:"《成篑堂善本书目》称,罗振玉识此书,云注中多佚书,盖元明之际朝鲜人撰之。《图书寮善本书目》称,《夹注》未详何人所撰,其所引用,间有佚书,疑出于宋人手也。"⑤索性并列二说而未作最终判定。由于《樊川文集夹注》的题署、跋语中并没有透露任何相关线索,对于其注者的推测难免出现如此众说纷纭的情况。

---

① (日)涩江全善、森立之等撰,杜泽逊、班龙门点校:《经籍访古志》卷六《集部》,上海:上海古籍出版社,2014 年,第 223 页。

② (清)杨守敬:《日本访书志》卷十四"《樊川文集夹注》残本二卷"条,谢承仁主编《杨守敬集》第八册,武汉:湖北人民出版社、湖北教育出版社,1988—1997 年,第 313 页。

③ 傅增湘:《藏园群书经眼录》卷十二《集部一·唐五代别集类》,北京:中华书局,2009 年,第 910 页。

④ 韩锡铎:《关于〈樊川文集夹注〉》,载《辽宁大学学报》1984 年第 4 期,又收入《朝鲜刻本樊川文集夹注》一书作为《影印说明》。

⑤ (朝鲜)李仁荣:《清芬室书目》卷四,见张伯伟编《朝鲜时代书目丛刊》,第八册,第 4631 页。

在研讨《樊川文集夹注》的注者问题时,必须考虑到此书在注释形式上存在一个非常特殊的情况,即除了在全书正文中夹有双行小字注文以外,在正集前三卷及《樊川外集》的卷末都另外附有若干"添注"。依照常情而言,这些"添注"无疑应该是在正文中"夹注"完成以后再予以增补的,但实际情况却并非如此。例如《外集》有《奉送中丞姊夫俦自大理卿出镇江西叙事抒怀因成十二韵》一诗,其中"梅先调步骤"句下有"夹注"云:"先,仙字之误。见添注。"①而卷末"添注"部分确有"梅仙"一条,摘引了《唐书·地理志》及《汉书·梅福传》的相关记载。②《外集》另有《长安晴望》一诗,其中"飞烟闲绕望春台"句下有"夹注"云:"飞,非字之误。见添注。"③卷末"添注"则有"非烟"条,摘引了《史记》中的相关内容。④据此来看,这些正文中的"夹注"似乎又应该是在卷末"添注"葳事之后才告完成的,然而这明显有悖于常情。唯一的可能恐怕是正文的"夹注"与卷末的"添注"最初都是各自单行,然后再以"夹注"为主而以"添注"为辅,经过一番删汰整合之后,最终汇总成为《樊川文集夹注》一书。如果这样推测不误,那么在今本《夹注》之前应该还有更为原始的注本,而相关的情况在中国历代文献中却从未提及,这更令人怀疑此书不太可能出自中国人之手。

而在韩国文献中还留存了部分史料,可供进一步研讨《夹注》本的成书时间。朝鲜中期的学者车天辂(1556—1615)在其《五山说林草稿》中提供了一些重要线索:

　　《杜樊川集》,《杂文》四卷、《杂诗》二卷,徐公居正注是诗,

---

① 《朝鲜刻本樊川文集夹注·外集》,第 427 页。
② 《朝鲜刻本樊川文集夹注·外集》,第 516 页。
③ 《朝鲜刻本樊川文集夹注·外集》,第 497 页。
④ 《朝鲜刻本樊川文集夹注·外集》,第 516 页。

而其《外集》八十餘首不与焉，又难处阙之，可谓时见一斑者。"巨卿哭处云空断，阿鹜归来月正明。"按：《三国志·朱建平传》，初钟繇与荀攸为友，繇长攸十岁。其后繇与友人书曰："昔与荀攸往朱建平，建平曰：'荀君年虽少，后事当托钟君。'余笑曰：'正当嫁君阿婺耳。'岂意其言验于今耶？当今阿婺为之归也。"盖阿婺，荀攸之姬也。池州李使君之死，牧路逢其妓，而有是诗，故云。阿鹜，当作阿婺。①

提到朝鲜初期的学者徐居正（1420—1488）曾经注释过杜牧诗作，只是内容颇为疏漏而已。车氏所举一联出自杜牧《池州李使君殁后十一日，处州新命始到，见归妓，感而成诗》。《夹注》本卷三收录此诗，正文作"巨卿哭处云空断，阿鹜归来月正明"，②且对下句并无任何注释，都和车氏所批评的"难处阙之"、"阿鹜，当作阿婺"云云相互吻合。不过车氏又说徐居正所注内容并不包括《樊川外集》，而今存《夹注》本中却含有《外集》，两者并不相符。《五山说林草稿》中另有一处提到：

　　　杜樊川诗："广文昔日留樗散。"徐公居正注此而不为之正，何也？杜诗"郑公樗散鬓如丝"，郑虔曾为广文馆学士，而牧之所赠诗者乃虔之子孙也，故云"广文樗散"。今曰"摅散"，字误。③

----

① （朝鲜）车天辂：《五山说林草稿》，蔡美花、赵季主编《韩国诗话全编校注》，第二册，第955—956页。
② 《朝鲜刻本樊川文集夹注》卷三，第282页。
③ （朝鲜）车天辂：《五山说林草稿》，蔡美花、赵季主编《韩国诗话全编校注》，第二册，第1005页。按：原有误植，已径改正。

所举杜牧诗句出自《郑瑾协律》,《夹注》卷四收录此诗,正文作"广文遗韵留摅散",且有夹注云:"摅,丑居切,舒张散布也。"①和车氏的批评暗合。只是从徐居正的活动时间来看,其生年已经在上述公山刊本《樊川文集夹注》问世之后,今日所见《夹注》本自然绝无可能出自其手笔。唯一的可能即徐居正在注释杜牧诗作时曾经参考过此前某一注本,而且很有可能就是《樊川文集夹注》或其祖本。高丽时期有署名"释子山"所撰的《夹注名贤十抄诗》,其内容为"丽末诗人选集唐名贤诗及新罗崔致远、朴仁范、崔承祐、崔匡裕等诗各十首,名曰《名贤十钞诗》,有夹注"②,同样使用"夹注"的方式。日本学者芳村弘道曾将其中杜牧的部分与《夹注樊川文集》进行比对,发现两者相似之处颇多。③ 由此可以推断,《樊川文集夹注》应该在高丽时期就已经完成。

## 二、《樊川文集夹注》文本的校勘价值

今存《樊川文集》最早的版本为明嘉靖间翻宋刻本,《四部丛刊》曾据以影印。上海古籍出版社 1978 年出版的《樊川文集》校点本即以此为底本,同时又与景苏园影宋本对校,以《唐文粹》、《文苑英华》等参校,是迄今为止最称佳善的版本。《夹注》本虽然也是明刻本,但一来刊刻年代更早,二来在流传过程中也与《樊川文集》分属不同的版本系统,因而就其中杜牧诗文的文本而言,极具校勘价值。将《夹注》本与今本《樊川文集》(以下简称今本)互相比勘,可

---

① 《朝鲜刻本樊川文集夹注》卷四,第 373—374 页。

② (朝鲜)金烋:《海东文献总录》,张伯伟编《朝鲜时代书目丛刊》,第七册,第 4022 页。

③ (日)芳村弘道:《关于〈夹注十抄诗〉》,参见查屏球整理:《夹注名贤十抄诗·说明》,上海:上海古籍出版社,2005 年,第 3 页。

以发现《夹注》本在不少地方更接近于旧编的原貌。

首先，体现在全书的编排方式上。

《夹注》本在卷四《和野人殷潜之题筹笔驿十四韵》前附有题为"野人殷潜之"所作的《题筹笔驿》一诗，①为今本所无。按：冯集梧《樊川诗集注》于此诗题下注云："《全唐诗》载殷潜之题筹笔驿诗，……而牧之集各本，其诗列和殷诗之前，亦不言殷作。……今殷诗别见，而二诗中多有因缘缀合之处，知杜集故附有殷诗，而转写者混列之也。兹据正。"②实则在六朝人的别集中，往往就已经附载同时人的酬和之作；及至唐代，随着文人之间诗歌酬答唱和风气的炽盛，这一情况就更是屡见不鲜，几成定规。杜牧诗文集最初由其外甥裴延翰汇辑整理，在编次的过程中也应该是照此惯例进行处理。今本或因后人在流传刊刻过程中，为避免殷诗混入本集之中滋生误解，遂将之删除。而《夹注》本则保留了该诗，无疑是更接近于旧本原貌的。

同卷《正初奉酬》诗前，《夹注》本附有题为"歙州刺史邢郡"（"郡"当作"群"）所作的《郡中有怀寄上睦州员外十三兄》，③而今本无此作。按：冯集梧《樊川诗集注》中此诗题作《正初奉酬歙州刺史邢群》，且在题下注云："旧本邢诗混列牧之诗前，而题下有'歙州刺史邢群'六字。"④这一情况与上一例相同。而像《夹注》本这样保持原貌编排方式的版本，对于考察作者的交游情况和作品的创作背景都是很有帮助的。

又如外集中的《隋苑》一诗，今本于题下有杜牧原注云："一云

①《朝鲜刻本樊川文集夹注》卷四，第374页。按：题下有原注云："在蜀路，孔明筹画于此，山水最秀。"

②（清）冯集梧：《樊川诗集注》卷四，第289—290页。

③《朝鲜刻本樊川文集夹注》卷四，第396—397页。

④（清）冯集梧：《樊川诗集注》卷四，第304页。

定子,牛相小青。"①然而两者之间并无直接关联。《夹注》本中此注置于诗中"定子当筵睡脸新"句下,②则为有的放矢,显然更能体现注文的本意。冯集梧《樊川诗集注》亦根据实际情况,将此注移至诗中"定子"一语下。③

其次,《夹注》本保存了一些为今本所散失的杜牧原注。

卷二《奉陵宫人》题下,《夹注》本有标作"本注"的一条内容:"之任黄州日作。"④此诗的作年,缪钺《杜牧年谱》、吴在庆《樊川文集中人名、诗文作年及杜牧行迹考索》及《杜牧诗文系年及行踪辨补》、胡可先《杜牧诗文编年》等均未予以确定,⑤而通过这条注文则可以推断其写作年代。按:杜牧于会昌元年(841)七月自蕲州归长安,次年春,出为黄州刺史;⑥而诗中又描写到奉陵宫人"泪滴秋山入寿宫"的情景。因而可以推知,此诗当作于会昌元年(841)秋作者自长安赴黄州任上之际。杜牧此行,自觉是因为早年曾入牛僧孺之幕而遭到李德裕排挤。而诗中以司马相如、王嫱自况,流露出内心强烈的愤懑和无奈之情,正与当时的遭遇相符。

同卷《道一大尹、存之学士、庭美学士,简于圣明,自置霄汉,皆与舍弟昔年往还。牧支离穷悴,窃于一麾书美歌诗,兼自言志,因

---

① (唐)杜牧:《隋苑》,《樊川文集·樊川外集》,陈允吉校点,上海:上海古籍出版社,1978年,第336页。

② 《朝鲜刻本樊川文集夹注·外集》,第510页。

③ (清)冯集梧:《樊川诗集注·樊川外集》,第388页。

④ 《朝鲜刻本樊川文集夹注》卷二,第193页。

⑤ 缪钺:《杜牧年谱》,北京:人民文学出版社,1980年;吴在庆:《樊川文集中人名、诗文作年及杜牧行迹考索》《杜牧诗文系年及行踪辨补》,均收入作者《杜牧论稿》,厦门:厦门大学出版社,1991年;胡可先:《杜牧诗文编年》,收入作者《杜牧研究丛稿》,北京:人民文学出版社,1993年。

⑥ 据《樊川文集》卷十六《上宰相求湖州第二启》所言,杜牧出守黄州在会昌二年七月。此处依缪钺先生考辨,详见《杜牧年谱》,第49页。

成长句四韵，呈上三君子》诗中"若念西河旧交友"句下，《夹注》本有"本注"云："杜颛。"①由此可知"旧交友"乃喻指其弟杜颛（807—851），正与题中所言"舍弟"扣合。当时杜颛因患目疾而致盲，故诗中用《史记·仲尼弟子列传》中所载"子夏居西河教授"，"其子死，哭之失明"的典故，②亦颇为贴切。

卷四《郑瓘协律》题下，《夹注》本有"本注"云："广文孙子。"③按：冯集梧《樊川诗集注》曾引《新唐书·宰相世系表》云："郑氏北祖房瓘，登州户曹参军。"④其说并不可信。胡可先《杜牧交游考略》一文就认为其人"事迹未详"⑤。而通过《夹注》本这条注文，至少可以推知郑瓘为郑虔（685?—764?）之孙，诗中"广文遗韵留樗散"一句并非单纯用典，而是实有其事。

第三，《夹注》本虽亦有错漏讹舛之处，不可尽信，但将之与今本的文字对勘，仍然可以发现许多优长之处，可以补正今本的不少疏漏。以下约举数例，略作辨析。

卷二《华清宫三十韵》："帖泰生灵寿。"⑥"帖泰"，《夹注》本作"怗泰"⑦。按"怗泰"在杜牧其他诗文中亦有用例，如《新唐书》本传引杜牧所撰《罪言》云："唯山东不服，亦再攻之，皆不利。岂天使生人未至于怗泰邪？"⑧可证《夹注》本是。

------

① 《朝鲜刻本樊川文集夹注》卷二，第 245 页。

② （汉）司马迁：《史记》卷六十七《仲尼弟子列传》，北京：中华书局，1959 年，第七册，第 2203 页。

③ 《朝鲜刻本樊川文集夹注》卷四，第 373 页。

④ （清）冯集梧：《樊川诗集注》卷四，第 288 页。

⑤ 胡可先：《杜牧交游考略》，收入作者《杜牧研究丛稿》，第 46 页。

⑥ （唐）杜牧：《华清宫三十韵》，《樊川文集》卷二，第 22 页。按：冯集梧《樊川诗集注》亦作"帖泰"，第 111 页。

⑦ 《朝鲜刻本樊川文集夹注》卷二，第 134 页。

⑧ （宋）欧阳修、宋祁撰：《新唐书》卷一六六《杜佑传附杜牧传》，北京：中华书局，1975 年，第 5095 页。按：今本《樊川文集》卷五所载《罪言》（第 87 页）已误作"帖泰"。

同卷《读韩杜集》:"杜诗韩集愁来读。"①"韩集",《夹注》本作"韩笔"②。按:"文"、"笔"或"诗"、"笔"在六朝至唐代并举之例甚多。③"韩笔"一词在唐代就屡见载籍,如赵璘(生卒年不详,活动于贞元至咸通年间)《因话录》云:"韩文公与孟东野友善。韩公文至高,孟长于五言,时号孟诗韩笔。"④所言"韩笔"即指韩愈散文作品。在宋人诗话、笔记中也极为常见,如黄彻(生卒年不详,活动于宣和至建炎年间)《碧溪诗话》云:"谢玄晖善为诗,任彦昇工于笔。又云'任笔沈诗'。刘孝标称弟仪与威云'三笔六诗'。故牧之云:'杜诗韩笔愁来读,似倩麻姑痒处抓。'近人兼用之。临川云:'闲中用意归诗笔,静定安身比泰山。'坡云:'水洗禅心都眼净,山供诗笔总眉愁。'"⑤陆游(1125—1210)《老学庵笔记》云:"南朝词人谓文为笔,故《沈约传》云:'谢玄晖善为诗,任彦昇工于笔,约兼而有之。'又《庾肩吾传》,梁简文《与湘东王书》,论文章之弊曰:'诗既若此,笔又如之。'又曰:'谢朓、沈约之诗,任昉、陆倕之笔。'《任昉传》又有'沈诗'、'任笔'之语。老杜《寄贾至严武诗》云:'贾笔论孤愤,严诗赋几篇。'杜牧之亦云:'杜诗韩笔愁来读,似倩麻姑痒处抓。'亦袭南朝语尔。"⑥黄、陆两位在引录杜牧此诗时均作"韩笔"⑦,并

---

① (唐)杜牧:《读韩杜集》,《樊川文集》卷二,第 30 页。

② 《朝鲜刻本樊川文集夹注》卷二,第 195 页。

③ 参见王利器:《文笔新解》,载作者《晓传书斋集》,上海:华东师范大学出版社,1997 年;王运熙、杨明合撰:《魏晋南北朝文学批评史》第二编第二章第一节《文笔说》,上海:上海古籍出版社,1989 年。

④ (唐)赵璘:《因话录》卷三《商部下》,与(唐)李肇撰《唐国史补》合订一册,上海:上海古籍出版社,1979 年,第 82 页。

⑤ (宋)黄彻:《碧溪诗话》,汤新祥校注,北京:人民文学出版社,1986 年,第 38 页。

⑥ (宋)陆游:《老学庵笔记》卷九,李剑雄、刘德权点校,北京:中华书局,1979 年,第 117—118 页。

⑦ 按两书校勘记均未指出所引诗句与今本《樊川文集》间的差异。

征引历代文献以作佐证，由此足证今本作"韩集"当有讹误。

同卷《朱坡》："蜗壁斓斑藓，银筵豆蔻泥。"①"筵"，《夹注》本作
"涎"②。按：冯集梧《樊川诗集注》于"蜗壁"句下曾引《埤雅》云：
"南方积雨蜗涎，书画屋壁，悉成银迹。"③可惜未能由"蜗涎"入手
联系上下句，发现"筵"字为"涎"字之误。"蜗涎"在杜牧诗作中并
非仅见，如本集卷二《华清宫三十韵》云："蜗涎蠹画梁。"④亦可证
《夹注》本是。⑤

外集《过大梁闻河亭方讌赠孙子端》："板路岂缘无罚酒，不教
客右更添人。"⑥"板路"，《夹注》本作"枚路"⑦。按：诗中云"梁园
纵玩"、"赋雪搜才"，显然是用梁孝王宴客之典。据《西京杂记》载：
"梁孝王游于忘忧之馆，集诸游士，各使为赋。"其后即载枚乘《柳
赋》、路乔如《鹤赋》等七篇赋作，而最终"邹阳、（韩）安国罚酒三
升，赐枚乘、路乔如绢，人五匹"⑧。杜牧此诗显然正本诸《西京杂
记》中的记载，"枚路"即指枚乘（？—前140）、路乔如（生卒年不详）
两人。今本作"板路"或为后世刊刻时因形近而产生的误字。

同上《题吴兴消暑楼十二韵》："浪花机乍织，云叶近新雕。"⑨
"近"，《夹注》本作"匠"⑩。按：详参上下文句意，当以《夹注》本为

---

① （唐）杜牧：《朱坡》，《樊川文集》卷二，第33页。

② 《朝鲜刻本樊川文集夹注》卷二，第213页。

③ （清）冯集梧：《樊川诗集注》卷二，第157页。

④ （唐）杜牧：《华清宫三十韵》，《樊川文集》卷二，第22页。

⑤ 《汉语大词典》"银筵"条引杜牧此诗，释为"竹席之美称"，上海：汉语大词典出
版社，1993年，第11册，第1281页。未知何据。

⑥ （唐）杜牧：《过大梁闻河亭方讌赠孙子端》，《樊川文集·外集》，第309页。

⑦ 《朝鲜刻本樊川文集夹注·外集》，第424页。

⑧ （汉）刘歆撰，（晋）葛洪集，向新阳、刘克任校注：《西京杂记校注》，上海：上海
古籍出版社，1991年，第173、190页。按：《夹注》本亦引《西京杂记》相关内容作注。

⑨ （唐）杜牧：《题吴兴消暑楼十二韵》，《樊川文集·外集》，第309页。

⑩ 《朝鲜刻本樊川文集夹注·外集》，第425页。

是。"近"、"匠",盖因形近而致误。

同上《和宣州沈大夫登北楼书怀》:"星剑光芒射斗牛。"①"星剑",《夹注》本作"星座"②。按:《四部丛刊初编》影印明翻宋刊本《樊川文集》作"星生"③,当是"星座"两字缺坏所致。"星座"一词在杜牧其他诗文中亦有用例,如本集卷二《道一大尹、存之学士、庭美学士,简于圣明,自置霄汉,皆与舍弟昔年往还。牧支离穷悴,窃于一麾书美歌诗,兼自言志,因成长句四韵,呈上三君子》云:"星座通宵狼鬣暗。"④可进一步证明今本存有讹误。

### 三、《樊川文集夹注》注文的文献价值

就整体而言,《夹注》的注释部分,无论是资料征引的广博,还是文献考订的缜密,都无法与后来居上的清人冯集梧所撰《樊川诗集注》相提并论。但是将两者互相参照比较,不难发现它具有冯注所难以完全取代的特点,在不少地方仍有着相当重要的价值可供参考借鉴。

首先,《夹注》中大量引录的资料,有不少在后世已经散佚,因此可供文献辑佚之用。

例如卷二《华清宫三十韵》"喧呼马嵬血,零落羽林枪"句下所引《翰府名谈》中《玄宗遗录》的一千余字记载,⑤就颇引人关注。

---

① (唐) 杜牧:《和宣州沈大夫登北楼书怀》,《樊川文集·外集》,第 323 页。

②《朝鲜刻本樊川文集夹注·外集》,第 474 页。

③ 参见陈允吉点校本《樊川文集》校勘记,第 338 页。

④ (唐) 杜牧:《道一大尹、存之学士、庭美学士,简于圣明,自置霄汉,皆与舍弟昔年往还。牧支离穷悴,窃于一麾书美歌诗,兼自言志,因成长句四韵,呈上三君子》,《樊川文集》卷二,第 38 页。

⑤《朝鲜刻本樊川文集夹注》卷二,第 136—139 页。

按：《翰府名谈》二十五卷，为北宋刘斧（生卒年不详，活动于北宋中期）所编撰的志怪传奇小说集，全书已佚，今仅《类说》、《诗话总龟》、《新编分门古今类事》等书中保存有部分遗文。《夹注》所引的部分讲述了唐玄宗闻乐知变、安史之乱后西奔至蜀、马嵬兵变缢死杨妃等一系列事件，与《类说》卷五十二《明皇》条及《新编分门古今类事》卷二《审音知变》的内容相合，而各有详略，可以相互参证。[①]此虽亦小说家言，不可尽信，但对于小说研究而言，确实是不可多得的材料。[②]

又如在全书注释中引及《十道志》一书的约有六十馀处。《新唐书》卷五十八《艺文志二》著录有梁载言《十道志》十六卷，疑即此书。全书今亦散佚不传。按：唐初曾据山川形势将全国疆土分为十道，至开元二十一年后，又在此基础上分为十五道。因此如能将书中所引加以钩稽排比，对于了解唐代前期的政区划分无疑颇有裨益。清人王谟（1731—1817）《汉唐地理书钞》虽曾据《初学记》、《太平御览》、《太平寰宇记》、《太平广记》等书，辑录其中佚文为二卷，[③]但《夹注》中引录的五十馀条《十道志》并未包括在内，可供进一步采撷。这方面已经有学者加以注意，尚有待继续深入研究。[④]

其次，《夹注》的某些部分对冯注可以起到补苴隙漏的作用，对于考查诗意颇有助益。

---

① 参见李剑国：《宋代志怪传奇叙录》，天津：南开大学出版社，1997 年，第 129—130 页。

② 参见程毅中：《〈玄宗遗录〉里的贵妃形象》，载《文学遗产》1992 年第 5 期，又见作者《宋元小说研究》第三章第三节《〈摭遗〉和〈翰府名谈〉》，南京：江苏古籍出版社，1999 年，第 104—107 页；吴在庆：《朝鲜刻本〈樊川文集夹注〉的文献价值——从一条稀见的杨贵妃资料谈起》，载《中国典籍与文化》2001 年第 1 期。

③ （清）王谟辑：《汉唐地理书钞》，北京：中华书局，1961 年，第 267—290 页。

④ 参见郝艳华：《朝鲜刻本〈樊川文集夹注〉中所辑〈十道志〉佚文》，载《文献》2004年第 1 期。

　　冯集梧虽考订详明,但有些问题仍未能解决,有时却能在《夹注》中求得解答。如卷一《杜秋娘诗》"珊瑚破高齐"句,冯注云:"珊瑚自即谓冯小怜,然未见,俟再考。"①而《夹注》则引《鸡跖集》云:"冯淑妃,小字珊瑚。"②按:《鸡跖集》一书在宋元之际多有记载,如晁公武(1105—1180)《郡斋读书志》曾著录"《鸡跖集》十卷",并云:"右未详撰人。所集书传中琐碎佳事,分门编次之。《淮南子》曰:'善学者,如齐王食鸡,必食其跖。'名书之意殆以此。"③介绍其命名由来,但对其撰者并未确定。其后赵希弁(生卒年不详,活动于南宋淳祐年间)《读书附志》中著录"《宋景文鸡跖集》二十卷",并称:"右宋景文祁所集也。《读书志》云:《鸡跖集》十卷,未详撰人。希弁所藏二十卷,题曰《宋景文鸡跖集》,有建炎元年黄邦俊序。"④提及作者当为宋祁。而《宋史·艺文志》则径直著录为"宋庠《鸡跖集》二十卷"。⑤全书已散佚,惟元明之际陶宗仪(1329—1412?)在所编《说郛》中曾经引录过若干条目,题作王子昭(或作"王子韶")撰,⑥其内容多为轶闻杂录。《夹注》所引或即此书。除了此处之外,《夹注》征引《鸡跖集》还有数则,均未见于《说郛》,是以尚可供辑补考校之用。

　　又如卷二《早春寄岳州李使君。李善棋爱酒,情地闲雅》"棋翻小窟势"句,冯注云:"各本俱作小窟,惟《骈字类编》小字门引作小

---

　　①（清）冯集梧:《樊川诗集注》卷一,第 44 页。

　　②《朝鲜刻本樊川文集夹注》卷一,第 44 页。

　　③（宋）晁公武撰、孙猛校证:《郡斋读书志校证》卷十三,上海:上海古籍出版社,第 594 页。

　　④（宋）赵希弁:《读书附志》卷上《杂说类》,孙猛《郡斋读书志校证》,第 1145 页。

　　⑤ 参见陈乐素:《宋史艺文志考证》,广州:广东人民出版社,2002 年,第 338 页。

　　⑥（明）陶宗仪等编:《说郛》卷七十五,《说郛三种》影印涵芬楼本,上海:上海古籍出版社,1988 年,第 1087 页;又《说郛三种》影印宛委山堂本,卷三十二,第 1499 页。

局,当据善本。"①实亦未能探明出典,只能借所谓"善本"作为托词。而《夹注》则云:"棋谱有大兔窟势、小兔窟势。"②冯注未能解决的疑问,顿时涣然冰释。

有时,冯注虽然标明出典,却未能完全贴合诗意,而《夹注》本却可以弥补这一缺憾。例如卷四《闺情》"娟娟却月眉"句,冯注引梁元帝萧绎(508—555)《玄览赋》"望却月而成眉"注明出典,③而《夹注》本则引《天宝传歌录》云:"贵妃尝作十眉新妆,宫中多效之,曰连头,曰八字,曰走山,曰倒帚,曰横云,曰惊翠,曰新月,曰却月,曰柳叶,曰媚眉。"④显然更为贴切。同卷《偶题》"千载更逢王侍读"句,冯注只是根据《唐六典》注明"侍读"一职,⑤而《夹注》本云:"《唐书》:王记,⑥字举之,长庆元年迁礼部侍郎。其年钱徽掌贡士,为朝臣请托,人以为滥。诏遂代徽为礼部侍郎,⑦掌贡二年,得士尤精。以庄恪太子登储,欲令儒者授经,乃兼太子侍读。起前后四典贡部,所选皆当代词艺之士,有名于时,人皆赏其精鉴。"⑧如果将冯注标明的"古典"与《夹注》揭示的"今典"相互结合,就能对

---

① (清)冯集梧:《樊川诗集注》卷二,第 160 页。

② 《朝鲜刻本樊川文集夹注》卷二,第 217 页。

③ (清)冯集梧:《樊川诗集注》卷四,第 300 页。

④ 《朝鲜刻本樊川文集夹注》卷四,第 390 页。按:明人杨慎《丹铅馀录》卷六"十眉图"条云:"唐明皇令画工画《十眉图》,一曰鸳鸯眉,又名八字眉,二曰小山眉,又名远山眉,三曰五岳眉,四曰三峰眉,五曰垂珠眉,六曰月棱眉,又名却月眉,七曰分稍眉,八曰含烟眉,九曰拂云眉,又名横烟眉,十曰倒晕眉。"与此说略有出入,可以参看。见台湾商务印书馆影印《文渊阁四库全书》,第 855 册,第 192 页。

⑤ (清)冯集梧:《樊川诗集注》卷四,第 307 页。

⑥ "记"当作"起"。

⑦ "遂"当作"起"。

⑧ 《朝鲜刻本樊川文集夹注》卷四,第 402—403 页。按:《夹注》本注文系节引《旧唐书》卷一百六十四《王播传附王起传》,参见中华书局 1975 年校点本,第 4278—4280 页。

诗作进行更进一步深入细致的把握。

再次，冯集梧在为杜诗作注时，因为"牧之诗向多有许浑混入者；此四卷外，又有外集、别集各一卷，兹多未暇论及，盖亦以牧之手所焚弃而散落别见者，非其所欲存也"的缘故；①同时又出于体例的考虑，将卷一中的三篇赋径直删去，所以只对《樊川文集》前四卷的诗歌部分作了注释。而《夹注》本除此之外，还包括了三篇赋以及整个外集部分的注释，也有不少参考价值。《樊川文集》中混入他人作品的情况，早在南宋时期，姚宽（1105—1162）《西溪丛话》、刘克庄（1187—1269）《后村诗话》等就已经指出过。实则只要将这些误收的作品甄别分明，物归原主，仍然是有研究价值的。②因而《夹注》本的注释对于研究许浑（791?—?）等人的作品仍然会有所帮助。

此外，为《夹注》本所征引的资料，在某种程度上也间接反映了作注者当时所处的宋元之际的文坛风尚和文学思潮的状况。例如《夹注》本引用到杜甫诗的约有三十馀处，但与征引他人诗文时径呼其名不同，均称作"诗史云"。按："诗史"之称最早见于唐孟棨（生卒年不详，活动于元和至光启年间）《本事诗·高逸第三》："杜逢禄山之难，流离陇蜀，毕陈于诗，推见至隐，殆无遗事，故当时号为'诗史'。"③其后，宋人便多以"诗史"作为杜诗的代称，如胡仔（1110—1170）《苕溪渔隐丛话》就曾提及当时有题为二曲李歜撰的《注诗史》，④

---

① （清）冯集梧：《樊川诗集注自序》，《樊川诗集注》，第4页。

② 佟培基编撰的《全唐诗重出误收考》（西安：陕西人民教育出版社，1996年）汇集了有关杜牧诗辨伪的研究成果，可以参看。

③ （唐）孟棨：《本事诗·高逸第三》，丁福保辑《历代诗话续编》，北京：中华书局，1983年，第15页。

④ （宋）胡仔：《苕溪渔隐丛话》前集卷十一，廖德明校点，北京：人民文学出版社，1962年，第75页。

方深道(生卒年不详)《诸家老杜诗评序》也提到"先兄史君尝类集老杜诗史"①。可惜这两书均未能留存下来,不过《夹注》本的存在恰好以实物形态向我们展示了杜甫在宋代所受到的远过于其他诗人的尊崇。

## 第四节　朝鲜刻本《精刊补注东坡和<br>陶诗话》的文献价值

发生在中、韩两国之间的汉籍环流现象,使得不少在中国本土已经散佚失传的典籍,在韩国尚能得到较好的保存。重新考察并回传这类域外中国汉籍,不仅有助于增进对中国传统文化在域外所产生影响的真切了解,也势必在一定程度上重新构建起我们对于中国古代文学发展嬗变过程的具体认知。宋元之际的诗论家蔡正孙所撰著的《精刊补注东坡和陶诗话》就是这样一部著作,此书因为从未经中土文献著录,所以长期以来鲜为人知。无论陶渊明还是苏轼,都是韩国历史上极受欢迎的中国作家。② 而自苏轼开创和陶诗的风气之后,不仅从宋代开始引发中国诗人持续不断的次韵唱和,在韩国、日本等国也出现过类似的情形,③这或许就是《精刊补注东坡和陶诗话》能在韩国留存的主要原因之一。

蔡正孙(1239—?),字粹然,号蒙斋逸叟,又号方寸翁,福建建

---

① (宋)方深道:《诸家老杜诗评序》,转引自华文轩编:《古典文学研究资料汇编·杜甫卷》上编,北京:中华书局,1964年,第813页。

② 参见本书第三章第四节《洪迪〈念奴娇·北窗清风〉与陶渊明诗文》、第四章第一节《韩国历代和苏轼词论》。

③ 参见(韩)金甫暻:《苏轼"和陶诗"考论》第五章第二节《苏轼"和陶诗"创作的影响》,上海:复旦大学出版社,2013年;李寅生:《日本和陶诗简论》,载《江西社会科学》2003年第1期。

安人。生平事迹不详,主要活动于宋末元初。① 编纂有《诗林广记》,全书分前、后集各十卷,选录晋、唐、宋时期数十位诗人的作品,同时汇集相关笔记、诗话中的评论资料,并附有蔡氏本人的批评按断。此书尚存明弘治年间(1488—1505)刻本及日本宽文八年(1668)翻刻本等,目前已有整理校点本。② 蔡正孙还曾与江西鄱阳诗人于济(生卒年不详)合作,共同编纂了《唐宋千家联珠诗格》,全书凡三十卷,选录唐、宋时期诗人的一千多首七绝诗作,附有注释和评论。此书虽在中国本土湮没无闻,但在韩国及日本却极受欢迎,翻刻颇多。朝鲜时代初期的知名学者徐居正(1420—1488)等人还予以增注,目前也已经有整理校点本。③ 但蔡正孙编撰的另一部《精刊补注东坡和陶诗话》,却因为流传未广,知者寥寥。目前所知最早提及该书概况的,是韩国近代学者李仁荣(1911—1950后)。他在《清芬室书目》中曾经著录过此书,其中提到:"每卷首题'精刊补注东坡和陶诗话'卷之几,次行'靖节先生陶潜渊明诗',次行'东坡先生苏轼子瞻和',次行'颍滨先生苏辙子由和附',次行'后学蒙斋蔡正孙粹然补注'。覆宋刊本。四周单边有界,八行十六字,注双行。……从总目,此书原十三卷完帙。"④所谓"覆宋刊本"其实并不确切,此书编撰刊刻当已在元初。

　　另外,在《精刊补注东坡和陶诗话》卷首总目后附有牌记,其中提到:"秦少游、晁无咎及诸大家和陶诗次集见刊。四方名士倘有

---

① 参见张健:《蔡正孙考论——以〈唐宋千家联珠诗格〉为中心》,载《北京大学学报》2004 年第 2 期。

② 参见(宋)蔡正孙撰:《诗林广记》,常振国、降云点校,北京:中华书局,1982 年。

③ 参见(宋)于济、蔡正孙编集,(朝鲜)徐居正等增注,卞东波校证:《唐宋千家联珠诗格校证》,南京:凤凰出版社,2007 年。

④ (朝鲜)李仁荣:《清芬室书目》卷四,张伯伟编《朝鲜时代书目丛刊》,第八册,第4653 页。

和篇，无吝示教，当陆续镂梓，以寿其传。正孙顿首。"据此推断，蔡正孙当时另有计划将秦观（1049—1100）、晁补之（1053—1100）等人的和陶诗作汇辑付梓，甚至还广泛征集同时代其他诗人的和陶之作，准备陆续刊布。只是在各类史料文献中并未有相关的记载，这些计划最终恐怕并未顺利实施。

韩国高丽大学中央图书馆的华山文库及晚松文库藏有《精刊补注东坡和陶诗话》的两个残本，共存卷一至卷五（卷一前数页略有残缺）、卷十一至卷十三两部分。近年来中国学者金程宇、卞东波相继撰文对这两种残本的内容予以介绍和考述，[①]后者还就此进行整理校注，[②]遂使广大学者得以初步了解其重要的文献价值。

除了高丽大学中央图书馆所藏的这两种残本之外，韩国学者黄瑄周教授还收藏有《精刊补注东坡和陶诗话》的又一种新残本，所存内容为卷八至卷十（卷八前数页略有残缺），包括对陶渊明《拟古九首》、《止酒》、《杂诗十一首》、《贫士七首》、《二疏》、《三良》和《荆轲》等作品以及苏轼、苏辙兄弟和作的注释和评论，恰可弥补高丽大学所藏两个残本的阙漏；而且有些地方还可以直接订正高丽大学藏本中存在的错讹，例如华山文库本卷一之前保存有全书目录，在第八卷中列有苏轼"完字韵再和一首"，所谓的"完字韵"其实并不正确，新残本中所录苏诗正文题作"再和寒字韵"，诗后并有蔡正孙按语云："此诗再和寒字韵本以渊明首句'东方有一士'为题。"[③]

---

① 金程宇：《高丽大学所藏〈精刊补注东坡和陶诗话〉及其价值》，载《文学遗产》2008 年第 5 期，修订稿收入作者《稀见唐宋文献丛考》（北京：中华书局，2009 年）；卞东波：《韩国所藏孤本诗话〈精刊补注东坡和陶诗话〉考论》，载张伯伟主编《域外汉籍研究集刊》第五辑（北京：中华书局，2009 年），修订稿收入作者《宋代诗话与诗学文献研究》（北京：中华书局，2013 年）。

② 卞东波：《〈精刊补注东坡和陶诗话〉笺证》，收入《宋代诗话与诗学文献研究》。

③ 今存各本苏集此诗均题作《和陶东方有一士》。

可见目录中的"完"字当为"寒"字之误,应据此新见残本予以校正。

新发现的《精刊补注东坡和陶诗话》残本现装订为一册,书体大小为 18.8×13.2 cm,半框大小为 16.4×11.4 cm,四周单边,细黑口,上下黑鱼尾。半叶八行,正文每行十六字,小注双行。每卷卷首第一行题"精刊补注东坡和陶诗话卷之×",第二行为"靖节先生陶潜渊明诗",第三行为"东坡先生苏轼子瞻和",第四行为"颍滨先生苏辙子由和附",最末第五行为"后学蒙斋蔡正孙粹然补注"。书中部分页面的字体与前后不类,属于因原有版片漫漶断阙,后来再加以补刻完成的递修本。从大小形制来看,新见残本与高丽大学所藏两个残本以及李仁荣《清芬室书目》所著录的该书零本一册均不相同,①而行款、题署则完全一致,或许是源出于同一祖本。

鉴于这一新发现的《精刊补注东坡和陶诗话》残本目前尚由私人收藏,全部内容尚未经过整理披露,而众多研究者无从目验其书,以下谨从六个方面对其文献价值略作介绍,以供同道学者参考。

### 一、保存早期陶渊明年谱佚文

为陶渊明编纂年谱之举肇始于南宋,今人许逸民校辑的《陶渊明年谱》收录了此前所知的九种陶氏年谱,其中就包括王质(1135—1189)《栗里谱》、张缜(?—1207)《吴谱辨证》和吴仁杰(生卒年不详,活动于南宋淳熙年间)《陶靖节年谱》等三部存世的宋人

---

① 高丽大学华山文库藏本书体大小为 22.2×14.2 cm,半框大小为 16.3×10.5 cm;晚松文库藏本书体大小为 24.2×14 cm,半框大小为 15.5×10.6 cm;李仁荣《清芬室书目》称其藏本"匡郭长十六·〇糎乃至十八·〇糎,广十二·二糎",张伯伟编《朝鲜时代书目丛刊》,第八册,第 4653 页。

之作在内,允称详备。① 不过宋人编纂的陶氏年谱可能远不止此数,金程宇先生在其论文中已经介绍了高丽大学所藏两种《精刊补注东坡和陶诗话》残本所引录的李焘(1115—1184)《陶潜新传》、杨恪(生卒年不详,活动于南宋末)《年谱》和黄公绍(生卒年不详,活动于宋末元初)《年谱》片段。这三种宋人所编年谱均为研究陶渊明生平的新材料,虽然《宋史》本传早就提到李焘著有"《陶潜新传》并诗谱各三卷",②但其书久已散佚,杨、黄二人之作更是从未见诸文献载录,因而所存内容就显得格外珍贵。新见残本中也引录了杨、黄两人所撰年谱以及未明确署名的年谱片段,现辑录如下,并略作分析:

(一)杨恪《年谱》

1.《年谱》云:晋安帝义熙元年,公自题乙巳,时公年四十一。是年作《还旧居诗》云:"畴昔家上京,六载去还归。今日始复来,恻怆多所悲。"盖公本居山南之上京,后遇火,徙柴桑。自庚子从都还,至乙巳为六年,始再还旧居。此诗云:"先巢固尚在,相将还旧居。"则是未还旧居前所作也。当在庚子之后、乙巳之前。(《拟古九首》其三注引)

2. 按《年谱》云:宋武帝元熙二年辛酉,公年五十七。九月,刘裕弑零陵王。先生以先世为晋宰辅,内怀忠愤。《拟古》诗其第八云:"饥食首阳薇,渴饮易水流。"皆感兴亡之作,当在此年后。(《拟古九首》其八注引)

3. 按《年谱》云:此篇"忽值山河改"之句,亦感兴亡之作也。详见前第八首注。(《拟古九首》其九注引)

---

① 许逸民校辑:《陶渊明年谱》,北京:中华书局,1986 年。

② (元)脱脱等撰:《宋史》卷三八八《李焘传》,北京:中华书局,1977 年,第 34 册,第 11920 页。

4. 按《年谱》云：宋武帝元熙二年辛酉，公年五十七。九月，刘裕弑零陵王。先生以先世为晋宰辅，内怀忠愤。其《杂诗》第三篇云："荣华难久居，盛衰不可量。""眷眷往昔时，忆此断肠人。"此皆感兴亡之作，当在此年后。（《杂诗十一首》其三注引）

按：上引四则《年谱》虽均未标明作者，但第 1 则与高丽大学藏本所引杨氏《年谱》的表述方式相同，①第 2、4 两则与高丽大学藏本《停云》、《九日闲居》注所引杨氏《年谱》的主体内容相同，②应该都是引自同一部书。第 3 则中所谓"详见前第八首注"当是蔡正孙在征引之后所作按语，从其语气推断，所引《年谱》当与第 2 则所引相同，因此也应出自杨恪所著《年谱》。

（二）黄公绍《年谱》

新见残本中蔡正孙引用黄氏《年谱》仅一则，见于《杂诗十一首》其六注中，兹录于下：

在轩《年谱》云：安帝义熙七年甲寅，公年五十。《杂诗》第六首有"昔闻长者言，掩耳每不喜。奈何五十年，忽已亲此事"之语，则此诗岂作于此年欤？

按："义熙七年"为辛亥而非甲寅，故"七年"、"甲寅"两者必有一误。

---

① 高丽大学藏本卷三《示周掾祖谢》注引"续溪《年谱》"云：义熙十二年，公自题丙辰，时年五十二"，卷五《始作镇军参军经曲阿》注引"续溪《年谱》"云：晋安帝隆安四年，公自题庚子，年三十六"，卷五《辛丑岁七月赴假还江陵夜行涂中》注引"眉山续溪《年谱》"云：安帝隆安五年，公自题辛丑，时公年三十七"。按："续溪"为杨恪之号。

② 高丽大学藏本卷一《停云》注引"眉山续溪杨恪《年谱》"云：宋武帝元熙二年辛酉，公年五十七。是年九月，刘裕弑零陵王"，卷二《九日闲居》注引"续溪《年谱》"云：宋武帝元熙二年辛酉，公年五十七。九月，刘裕弑零陵王。先生以先世为晋宰辅，内怀忠愤"。

高丽大学藏本卷二《归园田居六首》其一引"在轩《年谱》云：安帝义熙四年戊申，公年四十四"，又卷三《游斜川》引"在轩《年谱》云：晋安帝隆安五年辛丑，公年三十七"，黄公绍号在轩，可见黄氏采纳陶渊明享年六十三岁之说。由此可逆推陶渊明五十岁时正当义熙十年甲寅（414），故上引谱文中的"七年"当为"十年"之误。

（三）未署名《渊明年谱》

除了上述两种年谱之外，新见残本在《杂诗十一首》其十之后还引录了未署名的《渊明年谱》一则，其具体归属还有待进一步详考，兹迻录如下：

> 《渊明年谱》：公以隆安四年庚子作镇军参军，义熙元年乙巳为建威参军，八月为彭泽令。公之从仕止于此。十一月解印去，自彭泽归，不复仕，闲居而已。庚子距乙巳已六年，此诗云："荏苒经七载，暂为人所羁。"或是乙巳次年作。盖公自彭泽归后，闲居而已，故此诗首云："闲居执荡志。"他本有作"荏苒经十载"者，盖惑于晋史云义熙三年解印去县。按：公去彭泽乃乙巳，《归去来辞序》具载甚明。乙巳，义熙元年，非三年也。若作"荏苒经十载"，则是戊申、己酉年间作。

按：这则年谱除了排比陶渊明的生平经历之外，还提及陶诗文本的一个重要异文，即现存陶集各本均作"荏苒经十载"，而此本正文却作"荏苒经七载"。关于陶诗中"十载"的具体所指，迄今并无统一的意见，或以为指自太元十八年（393）出仕至义熙元年（405），其间或仕或息，前后统计十年；[①]或认为指自太元二十一年（396）初

---

① 参见杨勇：《陶渊明集校笺》附录《陶渊明年谱汇订》，上海：上海古籍出版社，2007年，第433页。按：杨谱采陶渊明享年六十三岁说。

仕江州祭酒至义熙元年,前后凡十年;①或认为指自隆安二年
(398)入桓玄幕至义熙元年,前后共八年,"十载"盖取其整数,②聚
讼纷纭,莫衷一是。此本正文与其他诸本均有不同,通过所引用的
《渊明年谱》,提出"七年"是指自隆安四年(400)出任镇军参军至义
熙二年(406)期间,顺便也论及导致其他各本文字错讹的缘由在于
受到史书记载的误导。③ 所言虽未必尽是,但也不无参考价值。

## 二、保存早期苏轼年谱佚文

宋人所编苏轼年谱数量颇多,现能考知其编者、书名的约有十
种左右,但流传至今的仅有四种,即何抡(生卒年不详,活动于南宋
绍兴年间)《眉阳三苏先生年谱》、王宗稷(生卒年不详,活动于南宋
绍兴年间)《东坡先生年谱》、傅藻(生卒年不详,活动于南宋末年)
《东坡纪年录》和施宿(1164—1222)《东坡先生年谱》。④ 蔡正孙在
为本书中所录苏轼作品作注时,也曾引录过不少由宋人编纂的苏
轼年谱片段,通过对比,可以发现其内容与现存的几种宋编年谱并

---

① 参见龚斌:《陶渊明集校笺》附录四《陶渊明年谱简编》,上海:上海古籍出版社,
1996 年,第 518 页。按:龚谱采陶渊明享年五十九岁说。
② 参见袁行霈:《陶渊明年谱汇考》,载作者《陶渊明研究》,北京:北京大学出版
社,1997 年,第 325 页。按:袁谱采陶渊明享年七十六岁说。
③ 这一点在高丽大学藏本卷十二《归去来辞》所引李焘《陶潜新传》中有更为细致
的分析:"晋史传云义熙三年解印去县。按:潜上彭泽乃乙巳岁,《归去来序》且载之。
乙巳,义熙元年也。所云三年,恐刊误。按先生程氏妹以乙巳殁于武昌,是年公自彭泽
归,至三年丁未始祭之,史遂误以彭泽归在三年也。"可以参看。
④ 参见王水照编:《宋人所撰三苏年谱汇刊》,上海:上海古籍出版社,1989 年;吴
洪泽编:《宋人年谱集目 宋编宋人年谱选刊》,成都:巴蜀书社,1995 年。按:"傅藻"原
误作"傅蕖",参见王水照《〈宋人所撰三苏年谱汇刊〉前言》,载《宋人所撰三苏年谱汇
刊》,第 10—11 页。

不相同。① 新见残本中所引苏轼年谱共有两种,以下各迻录一则为例:

(一)《东坡年谱》

> 　　按《年谱》:绍圣二年乙亥,先生年六十岁,在惠州。九月,和渊明《贫士诗》七首。(东坡和《咏贫士七首》其一注引)

按:何抡《眉阳三苏先生年谱》本年与苏轼相关的内容已散佚无存,施宿《东坡先生年谱》与王宗稷《东坡先生年谱》则均未提及苏轼和《贫士诗》一事。而苏轼《和陶贫士七首引》云:"余迁惠州一年,衣食渐窘,重九伊迩,樽俎萧然。乃和渊明《贫士》七篇。"②由此可证蔡氏所引谱文系年有据,可补其馀各谱之阙。

(二)《东坡纪年录》

> 　　愚按《东坡纪年》云:嘉祐二年唱第,锡宴琼林,与蒋魏公接席情话,约卜居阳羡。初,倅钱塘,委亲党单君贶问田。及移临汝,自言有田阳羡。后居雪堂,遂成求田之计。而文登谢表云:"买田阳羡,誓毕此生。"建中靖国初,奉祠玉局,留毗陵。居无何,请老而终,乃卒如其言。夫岂偶然者!(子由和《杂诗十一首》其十注引)

按:傅藻《东坡纪年录》引言中有一段内容与此处大体相仿,但

---

① 卞东波先生在其文中曾略作说明,可以参看。唯所举仅高丽大学藏本中所引录的一则《东坡年谱》,尚未能尽惬人意。

② (清)王文诰辑注:《苏轼诗集》卷三十九,孔凡礼点校,北京:中华书局,1982年,第2136页。

上引谱文谓"与蒋魏公接席情话",而傅谱则作"与韩魏公接席情话"①,两者必有一误。考与苏轼同科登第者中有蒋之奇(1031—1104),字颖叔。苏轼《次韵蒋颖叔》自注云:"蒋诗记及第时琼林苑宴坐中所言,且约同卜居阳羡。"②与谱文所述相互吻合。又洪迈《容斋四笔》卷九"蒋魏公逸史"条云:"蒋魏公《逸史》二十卷,颖叔所著也。"③可证蒋魏公亦即蒋之奇。傅谱之讹误当据此改正。

　　本书所引《东坡年谱》、《东坡纪年录》的作者归属虽然尚待进一步详考,但无疑保存了有关苏轼生平的原始资料,具有重要的参考价值。④

### 三、保存多种宋人《和陶集》注文

　　本书题为"补注",是针对此前的各种陶集以及《和陶集》注本而言的。蔡正孙先后征引了多种宋人陶集和陶集注文,其中一些如汤汉(1202—1272)《陶靖节先生诗注》现仍存世,另一些如傅共(生卒年不详)《东坡和陶诗解》及蔡梦弼(生卒年不详)《东坡和陶集注》全书已告散佚,存留的部分就更值得重视。

　　(一)傅共《东坡和陶诗解》

　　陈振孙(生卒年不详,活动于南宋嘉定至淳祐年间)《直斋书录解题》卷十五著录有"《和陶集》十卷。苏氏兄弟追和。

---

　　① (宋)傅藻编纂:《东坡纪年录》,四川大学中文系唐宋文学研究室编《苏轼资料汇编》,北京:中华书局,1994年,第五册,第1742页。

　　② (清)王文诰辑注:《苏轼诗集》卷二十四,第1266页。

　　③ (宋)洪迈:《容斋随笔》,上海:上海古籍出版社,1978年,下册,第713页。

　　④ 参见杨焄:《宋人编苏轼年谱佚文钩沉——以朝鲜刻本〈精刊补注东坡和陶诗话〉为中心》,载周裕锴主编《新国学》第十三卷,成都:四川大学出版社,2016年。

傅共注"①。又宋人黄岩孙(生卒年不详,活动于南宋宝祐至咸淳年间)编、元人黄真仲(生卒年不详)重订《仙谿志》曾提及傅共著有《东坡和陶诗解》,②当是其书全称。《精刊补注东坡和陶诗话》时常引用"傅仙谿注"的内容,盖傅氏为福建仙谿人氏,故有此称。高丽大学藏本所引傅注对陶、苏诗均有注释,新见残本中所引傅注则均为对苏氏兄弟诗作的注释,以下略举数例:

1. 傅仙谿云:此言黎山民俗中时有一幽子如此,言语不相通,见公叹息,若相怜悯者。(东坡和《拟古九首》其五注引)

2. 傅仙谿注云:佛法自明帝时流入中国,儒者多辟其说。广南僧徒多畜妻养子,嫁娶如俗。(子由和《拟古九首》其六"佛法行中原"至"治生守家室"注引)

3. 傅仙谿注云:汉武帝东巡至东莱,群臣有言见一老父牵狗言:"吾欲见巨公。"注云:"巨公,天子也。"③(东坡和《杂诗十一首》其十"巨君独纵欲"注引④)

4. 傅仙谿注《和陶诗》本"饎酒"乃作"羔酒",注云:太官厨供在朝百官羊酒。(东坡和《贫士七首》其五"饎酒出太官"注引)

---

① (宋)陈振孙:《直斋书录解题》,徐小蛮、顾美华校点,上海:上海古籍出版社,1987年,第446页。

② 参见徐乃昌:《积学斋藏书记》续一,柳向春、南江涛整理,吴格审定,上海:上海古籍出版社,2014年,第333页;刘尚荣:《宋刊〈东坡和陶诗〉考》,载作者《苏轼著作版本论丛》,成都:巴蜀书社,1988年,第25页。

③ 按:傅共此注有误。据施注引《汉书·王莽传》,"巨君"当指王莽,清人冯应榴以为其诗似指王安石而言。参见(清)冯应榴辑注:《苏轼诗集合注》卷四十三,黄任轲、朱怀春校点本,上海:上海古籍出版社,2001年,第五册,第2197页。

④ "独纵欲",今存各本苏集均作"纵独欲"。

宋代文献中虽有一些与傅共注本相关的记载,但宋以后便不见著录,亦无征引其内容者。而本书所引傅注内容颇多,对了解其内容旨趣颇有裨益。就以上所引内容来看,第 1 条疏解全诗意旨,第 2 条介绍相关背景,第 3 条解释个别字句,第 4 条提供不同异文,可见傅共注《东坡和陶诗解》内容之丰富。①

　　(二) 蔡梦弼《东坡和陶集注》

　　金程宇先生在其论文中介绍过高丽大学藏本所引"蔡真逸注"四则,②但因资料匮乏,对其人生平未能详述。按:新见残本中引用蔡氏注文多达七则,且其中一些明确标明"三峰真逸蔡梦弼注云"、"梦弼云",可知蔡真逸即蔡梦弼。蔡梦弼,字傅卿,福建建安人,曾经注释过韩愈、柳宗元文及杜甫诗,并有《杜工部草堂诗笺》四十卷传世。

　　曾集刻本陶集《四时》题下原引有小注,但未署明作者。据本书高丽大学藏本,可知该注即出自"蔡真逸"之手。而在此之前的绍兴本(苏写刻本)陶集并未引录此注,曾集本跋则作于绍熙三年(1192),金程宇先生据此推断"蔡氏注的出现大概在绍兴十年(1140)至绍熙三年(1192)的五十年间,蔡氏为南宋时人"。这一推论稍显宽泛。如前所述,"蔡真逸"即蔡梦弼,其生卒年虽不详,但蔡氏在《杜工部草堂诗笺跋》末所署时间为"大宋嘉泰天开甲子",即嘉泰四年(1204);跋语中又提及"梦弼因博求唐宋诸本杜诗十门,聚而阅之,三复校阅,仍用嘉兴鲁氏编次先生用舍之行藏、岁月之先后,以为定本。每于逐句文本之下,先正其字之异同,次审其音之反切,方作诗之义以释之,复引经子史传记以证其用事之所从出"③,足见

―――――――――

　　① 详情参见杨焄:《傅共〈东坡和陶诗解〉探微》,载《中山大学学报》2013 年第 6 期。
　　② 据笔者复核,高丽大学藏本实际上共引有五则蔡氏注文。
　　③ (宋) 蔡梦弼:《草堂诗笺跋》,载《草堂诗笺传序碑铭》末,《丛书集成初编》据《古逸丛书》本影印《杜工部草堂诗笺》。

耗费的时间及精力颇多，当是在学识积累深厚且精力相对充沛的壮年或稍后完成的著述。《东坡和陶集》注本的问世虽当在此之前，但绝不会早至绍兴十年(1140)，成书的上限至少应该向后推四十甚至五十年，即在淳熙七年(1180)甚至绍熙元年(1190)左右。

高丽大学藏本所引蔡氏注既有陶诗注，又有东坡和诗注，其书当为东坡和陶集注本。新见残本所引则均为对苏轼、苏辙兄弟和诗的注释，以下各引一例，以当尝鼎一脔：

1. 三峰真逸蔡梦弼注云：此诗言隐遯之士不以名宦为贵，如何林诸贤不数山、王二公，①以其宦达故也。故我宁从孟公而不从扬雄，虽二公俱好饮者，然孟公放达，恬于势利；子云逼仄于篡逆之朝，既为之臣，又颂美之，其事皆君子所羞道，如元规之尘污人也。盖人生所贵大节，大节一丧，则其馀无足观。子云之俯仰可怜，岂亦未能忘情于穷通丰约之间乎？不然，何其甘于橐养而不知退也。"昔我未尝达"，则不淫于富贵矣；"今者亦安穷"，则不移于贫贱矣；"穷达不到处，正在阿堵中"，所谓目击而道存也。（东坡和《拟古九首》其二注引）

2. 蔡真逸云：梦弼尝谓佛法兆于天地之始，盖得之于《列子》之书。何以言之？《列子》曰："商太宰见孔子曰：'丘圣者欤？'孔子曰：'圣则丘何敢，然则丘博学多识者也。'商太宰曰：'三王圣者欤？'孔子曰：'三王善任智勇者，圣则丘不知。'曰：'五帝圣者欤？'孔子曰：'五帝善任仁义者，圣则丘不知。'曰：'三皇圣者欤？'孔子曰：'三皇善任因时者，圣则丘不知。'商太宰大骇，曰：'然则孰为圣？'孔子动容有间，曰：'西方之人，有圣者焉。不治而不乱，不言而自信，不化而自行，荡荡乎民无

---

① "何"，当作"竹"。

能名焉。丘疑其为圣。弗知真为圣欤？真不圣欤？'商太宰嘿
然心计曰：'孔丘欺我哉！'"夫列御寇之书与庄周同，大概皆寓
言也，其论圣人，阔略三皇、五帝以及孔子，而独推乎西方。借
曰虽非孔子之言，要之推论西方圣人，则自列子时已彰著矣。
佛之法本乎西方而盛乎中夏，可不信哉！（子由和《拟古九首》
其六注引）

按：蔡梦弼在编纂《杜工部草堂诗笺》时曾参阅诸家校本十馀种，
使得该书成为宋代最重要的杜诗集注本之一，蔡氏本人也由此成
为杜诗学史上不容忽视的重要人物。但以往书目题跋中并未提及
蔡梦弼尚有《东坡和陶集》之注，惟南宋时史铸（生卒年不详，活动
于嘉定至淳祐年间）所编《百菊集谱》卷四《历代文章》收录了陶渊
明《九日闲居诗》，史氏在小注中曾提及："近年蔡梦弼有《注和陶
诗》。"①但也语焉不详。本书保存的这些注文无疑是非常重要的
发现，对于全面考察蔡氏论诗的主旨极有裨益。②

### 四、征引多种宋人诗话著作

蔡正孙在编纂《诗林广记》时，曾"集前贤评话及有所援据摹拟
者，冥搜旁引，而丽于各篇之次。凡出于诸老之所品题者，必在此
选"③。《精刊补注东坡和陶诗话》的编纂体例与此类似，同样在诗
作之后征引了相关评论资料，其中包括不少宋人诗话类著作。下

---

① （宋）史铸、邢良孚编：《百菊集谱》卷四，明万历汪士贤刻本。
② 详情参见杨焄：《蔡梦弼〈东坡和陶集注〉考述》，载《学术界》2014 年第 3 期。
按：有关傅共、蔡梦弼两家注文的具体内容，另可参见杨焄：《宋人〈东坡和陶集〉二种辑
考》，载张伯伟、蒋寅主编《中国诗学》第十七辑，北京：人民文学出版社，2013 年。
③ （宋）蔡正孙：《诗林广记序》，《诗林广记》，北京：中华书局，1982 年，第 3 页。

东波先生在其文中对高丽大学藏本中所引宋人诗话的价值及其资料来源做过考辨,可以参看。在新见残本之中,蔡正孙先后引用了《东坡诗话》、《潜溪诗眼》、《西清诗话》、《高斋诗话》、《苕溪渔隐丛话》、《诗人玉屑》、《艺苑雌黄》、《韵语阳秋》等多种诗话类著作,其中一些现已散佚。蔡氏征引的虽然只是部分片段,但吉光片羽,弥足珍视。以下迻录数则为例:

> 1.《休斋诗话》云:渊明《拟古》诗杰然于众作之上,如"日暮天无云,春风扇微和"等语,视古无愧。(《拟古九首》其七注引)

> 2.《西清诗话》云:欧阳公嘉祐中见王荆公诗云:"黄昏风雨暝园林,残菊飘零满地金。"公笑曰:"百花尽落,独菊枝上枯耳。"因戏曰:"秋英不比春花落,为报诗人子细看。"荆公闻之,曰:"是岂不知楚词'夕餐秋菊之落英'邪?欧阳九不学之过也。"(东坡和《贫士七首》其五注引)

> 3.《艮斋诗话》云:楚词有"飡秋菊之落英",予尝味此句,屈原必不错。古人以菊为可驻颜延年,往往收其残英,时出而食之,非如他花之自落也。近人不晓楚词意,故王介甫有"秋菊飘零满地金"之句,反以欧公为不学之过,其强辨不通如此。(东坡和《贫士七首》其五注引)

按:陈知柔(?—1184)《休斋诗话》在郭绍虞先生《宋诗话辑佚》中曾有辑本,但上引第1则内容并不在其列,新见残本所引可补其阙漏。《西清诗话》今存有明钞本,郭绍虞先生在《宋诗话考》中曾经怀疑"其书早佚,而后人杂钞他书足成三卷以欺人者"[①];张伯伟先

---

① 郭绍虞:《宋诗话考》,北京:中华书局,1979年,第22页。

生又续加考辨,认为"虽有脱漏",但"这一钞本是可以信赖的"①。
上引第 2 则内容虽然已见于明钞本②,但文字略有歧异,可资参
校。第 3 则所引《艮斋诗话》,似未经文献著录,其作者尚待进一步
考索。

　　尚可一提的是,上引第 2、3 两则均因苏轼和诗中有"落英亦可
飡"之句而被引录,除此两则外,蔡正孙还相继引录了曾慥(?—
1155)《高斋诗话》、胡仔(1110—1170)《苕溪渔隐丛话》、魏庆之(生
卒年不详,活动于南宋淳祐年间)《诗人玉屑》等著作,内容均与欧
阳修、王安石两人论辩相关。这本是宋人诗话、笔记关注的热点话
题之一。③ 本书围绕这一话题搜罗各家之说,已开后世吴景旭
(1611—1695)《历代诗话》、陈锡路(生卒年不详,活动于清乾隆年
间)《黄嬭馀话》之先河。虽然蔡正孙在最后的按语中认为"所谓
'落'者,是特摘落之'落'耳,非自落之'落'也",与吴景旭、陈锡璐
等主张"落"当解作"初"、"始"意见相左。

### 五、保存蔡正孙补注及按语

　　蔡正孙对陶诗及苏氏兄弟和诗所作注释颇为周详,金程宇先
生谓"蔡注除了注本常见的词语训释之外,主要以梳理文义为主,
常引用他书以相互映发",此言良是。新见残本中不少补注内容,
就是征引他人诗文来与陶、苏之诗作对照,或溯其渊源,或较其异
同。兹举一例,以见一斑:

---

　　① 张伯伟:《稀见本宋人诗话四种前言》,张伯伟编校《稀见本宋人诗话四种》,南
京:江苏古籍出版社,2002 年,第 13 页。
　　② 明钞本《西清诗话》相关内容见《稀见本宋人诗话四种》,第 218 页。
　　③ 参见钱锺书:《管锥编》,北京:中华书局,1986 年,第二册,第 586—587 页。

愚谓冰炭之义,盖言人心为利欲所惑。私意之发,惴惴于怀,凛然志动,悚然股栗,殆如冰之履薄而为之心寒也;私意之炽,炎炎于中,为赭容,为汗颜,如水之向迩也。[①] 朱文公《敬斋箴》所谓"不火而热,不冰而寒",正是此意。唐韩昌黎《听颖师琴》诗有云"毋以冰炭置我肠",亦同。(《杂诗十一首》其四"孰若当时士,冰炭满怀抱"注引)

除了对诗中的词语典故作注释之外,蔡正孙在不少诗后均附有按语,对陶、苏作品中的内容、思想、风格等进行疏解或评论。兹选录部分评语如下:

1. 渊明此诗,读之令人兴感慨之怀,齐死生于旦暮,等荣华于空虚,非胸中了达者,能如是乎?(《拟古九首》其四注引)

2. 愚谓末语"渐以圜斫方,隐约就所安"谓平生所守者方,故与世龃龉而难入,今斫之为圜,则可以随时而少安矣。然此特寓言耳,岂果迁就如是哉?(子由和《拟古九首》其四注引)

3. 愚谓此篇慨岁月之已老,伤筋力之易衰,譬之舟行于沟壑之中,细流宁几何,而且未知所止。惟惜阴而知惧,则与嚣嚣杂处、叹老嗟卑者不同矣。(《杂诗十一首》其五注引)

4. 愚谓此篇乃论古今诗道之变,谓舜奏五弦、歌《南风》之后,大、小二雅已有褊隘迫窄之态。"二雅褊迫无委蛇",本韩愈《石鼓歌》中语。十二国之变风,尚如《周礼》之井牧其地,犹有经理。下至楚骚词人,则有若秦世之开阡陌、废井田,而古意失矣。成周之遗法经几崩坏,而况至唐杜甫、李白乎?李、杜崎岖艰难,虽欲回狂澜于既倒,然卒至于滥觞而不可救。彼

---

① "水",当作"火"。

二庄者,泾渭混杂,清浊不分,安得如孔氏之书,藏之屋壁,以待后之知音者,虽历万变而不坏也。(子由和《杂诗十一首》其七注引)

　　5. 愚谓此篇"遥遥从羁役"、"掩泪泛东逝"、"萧条隔天涯"皆是途旅中语;又曰"慷慨思南归",亦是思山南旧居也。按公之出仕,隆安四年庚子作镇军参军,义熙元年乙巳作建威参军,是年八月为彭泽令,此诗必作于此数年之间。其曰:"慷慨思南归,路遐无由缘。"则其归来之兴甚浓也。(《杂诗十一首》其九注引)

　　6. 愚谓"刍藁有常温,采莒足朝飡","常"字、"足"字大有理,盖人能安于常分而知足,则缊袍温于狐貉,藜藿甘于膏粱,①何有乎饥寒之惧哉! 倘不知安于分义之常而怀无厌之心,则将无所不至矣。"贫富常交战,道胜无戚颜",此语尤造理。夫贫者人之所恶,富者人之所欲,二者常交战于胸中,鲜有不为欲之所胜。人能以道制欲,则能安于贫而不羡于富,内重可以胜外之轻,泰然自得其乐,而无戚戚之态矣。(《贫士七首》其五注引)

按:本书保存的大量蔡正孙评语是非常值得重视的材料。首先,蔡氏原本是宋末元初较为重要的诗学文献整理者和诗学评论家,但以往受限于资料,对他的关注主要集中于《诗林广记》之上,日后若能结合新近整理出版的《精选唐宋千家联珠诗格》以及这一《精刊补注东坡和陶诗话》,对其诗学观念的理解无疑也会更加深入;其次,本书也可以使有关陶、苏研究资料的积累工作更为完备,这方面工作目前虽然已经有了不少成果,如北京大学与北京师范大

────────────

① "梁",当作"粱"。

学中文系合编《陶渊明资料汇编》（北京：中华书局，1962 年）、钟优民编《陶渊明研究资料新编》（长春：吉林教育出版社，2000 年）、四川大学中文系唐宋文学研究室编《苏轼资料汇编》（北京：中华书局，1994 年）等均已先后问世，但此书又提供不少新资料，对于研究宋元之际有关陶、苏作品的接受情况颇有裨益。

### 六、版本校勘价值

日本近代汉学家桥川时雄(1894—1982)对《东坡先生和陶诗》的版本校勘价值极为推崇，认为"其中所录陶作，与他本陶集，多有异同，亦颇可资校读"①。作为该书的校注本，《精刊补注东坡和陶诗话》对于陶、苏各家别集的版本考察和文字校勘也具有同样重要的参考价值。以下仅以新见残本所收陶潜诗歌为对象，略举其与现存陶集各本（主要包括曾集刻本、苏写本、汤汉注本、李公焕笺注本、汲古阁藏宋刻递修本）存异的数例。②

1.《拟古九首》

　　其二"斯人今已死"，各本皆作"斯人久已死"。
　　其三"翩翩飞来燕"，各本皆作"翩翩新来燕"；"先巢固尚在"，各本皆作"先巢故尚在"；"自从分别日"，各本皆作"自从

---

① （日）桥川时雄：《陶集版本源流考·考馀二》，雕龙丛钞本，文字同盟社，1931 年，第 47 页 b。
② （宋）曾集辑《陶渊明诗》据《续修四库全书》集部 1304 册影印宋绍熙三年刻本，苏写本《陶渊明集》据线装书局 2000 年影印鲁铨翻刻汲古阁本，（宋）汤汉注《陶靖节先生诗注》据《续修四库全书》集部 1304 册影印宋淳祐元年刻本，（宋）李公焕《笺注陶渊明集》据《续修四库全书》集部 1304 册影印元刻本，以下不一一注明。另参考龚斌《陶渊明集校笺》、袁行霈《陶渊明集笺注》等。

分别来"。

### 2.《杂诗十一首》①

其二"欲言无余和","余"下注:"一作'馀'。"苏写本作"余",其馀各本皆作"欲言无予和"。曾集本注:"一本或又作'馀'。"

其三"枯瘁未遽央",各本皆作"枯悴未遽央"。

其七"四时相摧逼",各本皆作"四时相催迫"。

其八"代耕非本望",各本皆作"代耕本非望";"但愿饱秔粮",各本皆作"但愿饱粳粮"。

其九"黟黟西山颠",各本皆作"势黟西山巅"。

其十"荏苒经七载",各本皆作"荏苒经十载"。

### 3.《贫士七首》

其二"诗书塞坐外",苏写本同,其馀各本皆作"诗书塞座外"。

其三"曾生纳决屦",各本皆作"原生纳决屦"。

其七"惠孙一悟叹",各本皆作"惠孙一晤叹"。

按:金程宇先生认为"本书在文字上近于苏写本,特别值得注意的是,该本有数处仅与苏写本同,而与他本不同",然而上举数例与存世各种陶集的文字均有不同,足见蔡正孙在底本选择和字句校勘方面的情况远比预想中的要复杂得多,相关情况还有待进一步深入探究。但有一点是毋庸置疑的,即日后在整理陶集的过程中,《诗话》本应该是不容忽视的参考文献。例如《贫士》其三"原生纳

---

① 今本陶集题作"杂诗十二首"。

决履"一句,现存各本均无异词,历代注家也都认为"原生"指原宪,并引《韩诗外传》中的相关内容为证。而本书"原生"作"曾生",蔡正孙注引《庄子·让王①》云:"曾子居卫,缊袍无表,颜色肿哙,手足胼胝。三日不举火,十年不裂衣。② 正冠而缨绝,捉衿而肘见,纳屦而踵决。曳縰而歌《商颂》,声满天地,若出金石。天子不得臣,诸侯不得友。故养志者忘形,养形者忘道,③致道者忘心矣。"注文与诗句完全吻合。由此看来,陶诗此处作"曾生"似乎也不无依据。其实前代一些陶集注本已经发现陶诗与《庄子》有关,明人何孟春(1474—1536)注《陶靖节集》在此句下便同时引录《庄子》中有关曾子和原宪的记载,并作按语云:"此诗'决履'、'清歌'俱以为原,盖因二人之事偶合用耳。"④当是因为其所据陶诗文本作"原生"而非"曾生",故对此只能含糊其辞,仍未能完全解疑释惑。仅此一例已可见日后在整理陶集时,应该予以充分利用《精刊补注东坡和陶诗话》这一极具参考价值的文献。

以上从六个方面对新发现的《精刊补注东坡和陶诗话》残本的文献价值做了初步的介绍和分析,挂一漏万之处虽在所难免,但足以显示其书在研究陶集文本、陶集流传等方面的重要性。《精刊补注东坡和陶诗话》全书共十三卷,目前已经发现的三种残本经过拼合之后,尚缺第六、七两整卷及第一、八两卷卷首部分。本节在开始时已经提到,目前发现的三种残本并非同一版本,相信此书曾经在韩国多次刊行过,天壤间必定还有存留。倘有心之士能继续搜寻,拾遗补阙,使之尽复原貌,定能裨益学林,善莫大焉!

---

① "让",原文作"逊"。按:宋英宗父名允让,故宋讳以"逊"代"让"。参见陈垣:《史讳举例》第七十八《宋讳例》,上海:上海书店出版社,1997年,第113页。
② "裂",今本《庄子》作"制"。
③ "道",今本《庄子》作"利"。
④ (明) 何孟春注《陶靖节集》卷四,嘉靖二年范永銮刻本。

# 第三章　汉籍东传与韩国櫽括词的创作

在中国古代的词体文学创作史上,出现过一种非常特殊的创作方式,被称为"櫽括",即将其他的文学作品加以改编、剪裁,使之成为词的形式。这种创作方式的萌芽出现得较早,[1]但正式将"櫽括"这一术语引入到倚声填词之中,则开始于北宋中期的苏轼(1037—1101),他有一首《哨遍》("为米折腰")就将东晋宋时期陶渊明(365—427)的《归去来兮辞》改编为词,作品前有自序云:

> 陶渊明赋《归去来》,有其词而无其声。余治东坡,筑雪堂于上,人俱笑其陋。独鄱阳董毅夫过而悦之,有卜邻之意。乃取《归去来》词,稍加櫽括,使就声律,以遗毅夫。[2]

在《与朱康叔》中,他对这种创作方式又作了进一步的说明:

> 旧好诵陶潜《归去来》,常患其不入音律,近辄微加增损,作《般涉调哨遍》,虽微改其词,而不改其意,请以《文选》及本

---

① 例如北宋初期晏几道《临江仙》词的前半阕就櫽括了唐代诗人张籍《赠王建》诗,参见吴承学:《论宋代櫽括词》,载《文学遗产》2000 年第 4 期,又收入作者《中国古代文体形态研究》(增订本),中山大学出版社,2002 年。

② (宋)苏轼:《哨遍》,唐圭璋编《全宋词》,第一册,第 307 页。

传考之,方知字字皆非创入也。①

从中可以总结出"檃括体"词的主要特点:首先是在形式方面,要把其他体裁的文学作品改编成词,使之符合词的格律要求;其次是在内容方面,虽然可以进行局部的调整、修改,但整体上必须与原作贴合。苏轼对于这种创作方式颇为热衷,其檃括词还有《水调歌头》"昵昵儿女语"(檃括韩愈《听颖师弹琴》)、《定风波·重阳》(檃括杜牧《九日齐山登高》)、《浣溪沙》"西塞山前白鹭飞"(檃括张志和《渔歌子》)等等。在他的示范和影响下,黄庭坚(1045—1105)、贺铸(1052—1125)、晁补之(1053—1110)、程大昌(1123—1195)、朱熹(1130—1200)、辛弃疾(1140—1207)、刘克庄(1187—1269)、方岳(1199—1262)、蒋捷(生卒年不详,活动于宋末元初)等两宋文人都有檃括词传世,甚至出现了完全以创作檃括词为业的词人林正大(生卒年不详,活动于开禧年间)。② 明清以降,此类檃括词作仍层出不穷,兴盛不衰。

在韩国历代的词作中,也可以发现一些以中国文学作品作为檃括对象的作品。如前所述,创作檃括词,一方面必须在形式上恪守词的格律要求,另一方面又要在内容上受到原作的制约。而这两方面对于韩国文人而言,都构成了非常大的困难。首先是词律方面,韩国学者车柱环(1920—2008)曾撰文分析:"高丽历代之知

---

① (宋)苏轼:《与朱康叔》,《苏轼文集》卷五十九,第四册,第1789页。

② 有关宋人檃括词的研究,可参见罗忼烈:《宋词杂体》,收入作者《两小山斋论文集》,北京:中华书局,1982年;吴承学:《论宋代檃括词》,载《文学遗产》二〇〇〇年第四期,又收入作者《中国古代文体形态研究》;(日)内山精也:《两宋檃括词考》,朱刚译,载《学术研究》二〇〇五年第一期,又收入作者《传媒与真相——苏轼及其周围士大夫的文学》,朱刚等译,上海:上海古籍出版社,2005年;彭国忠:《檃括体词浅论——以宋人的创作为中心》,载《词学》第十六辑,上海:华东师范大学出版社,2006年,又收入作者《唐宋词学阐微——文本还原与文化关照》,安徽大学出版社,2008年。

识份子,曾以齐言体写出无数古、近体之诗,其中无论从那一个方面看来,比中国诗人的作品并不逊色的亦不少。但高丽与中国的情形不同,长短句之词不多,而且想作词的人亦不多。由于句调与韵律互不相同之词调非常多,能加消化,以至作词之阶段为止,因为言语系统不同,这对高丽知识分子是件极其困难之事。"①事实上,不仅是高丽时期,即使是其后的朝鲜时代,情况也同样如此。不少朝鲜文人在勉力填词之馀,时常会发出一些类似的感慨:

> 吾东方人,益斋外无作歌词者,试为之尔。②
> 吾东人鲜有作词者。③
> 敝邦音调有异,不惯此作。④
> 我东方之乐坏久矣,至于操觚家、诗家之类,亦失其音响之节族。号为能香山词者,率不知五音清浊之属。览此者或不以违制律之好。⑤

朝鲜时期精研音韵之学的学者权万(1688—1749)也曾考察过其中的原因:"东人之不能乐府,坐不解音律;音律之不解,坐字音之不同也。"⑥口语语音系统的差异,对韩国历代文人掌握词律形成了

---

　　①（韩）车柱环:《高丽与中国词学的比较研究》,载《词学》编辑委员会编《词学》第九辑,上海:华东师范大学出版社,1992年,第121页。

　　②（朝鲜）申光汉:《满江红·戏赠歌姬满园红》序,(韩)柳己洙编《历代韩国词总集》,第102页。按:益斋指高丽晚期著名文人李齐贤,撰有《益斋长短句》。参见本书第六章《高丽李齐贤的词作及其在中国的传播与接受》。

　　③（朝鲜）申光汉:《夏初临》跋,(韩)柳己洙编《历代韩国词总集》,第103页。

　　④（朝鲜）苏世让:《蝶恋花》序,(韩)柳己洙编《历代韩国词总集》,第106页。

　　⑤（朝鲜）高圣谦:《玉渊诸胜》组词跋,(韩)柳己洙编《历代韩国词总集》,第299页。

　　⑥（朝鲜）权万:《译解声韵考证序》,《江左先生文集》卷六,《韩国文集丛刊》第二百零九册。

极大的阻碍。现存历代韩国词的总数约 2 000 首左右,[1]说明韩国文人在掌握词律方面确实力有不逮。其次是内容方面,创作檃括词时,需要作者充分把握原作内容,深入领会原作情韵,然后才能根据需要加以取舍;而剪裁之后还必须不失原作本意,这就更需要檃括者的巧思妙想。如果檃括的对象并非本国的文学作品,而是来自异国他邦,这个过程自然会来得格外艰辛。

不过,檃括对象的选取不但体现了个人乃至整个时代的价值评判和审美取向,而且也反映了特定的传播条件和接受心理。有鉴于此,本章将在汉籍传播与接受的背景下,考察韩国历代檃括词的创作情况。限于篇幅,只能选择若干首具有代表性的作品,分别将它们与各自檃括的对象相互比对,分析其不同的创作动机和创作特点。与此同时,也结合相关的文献史料,探讨当时韩国对于相关汉籍的传播和接受情况。

### 第一节　崔执钧《剔银灯》与范仲淹《剔银灯·与欧阳公席上分题》

约十四世纪前后在世的韩国文人崔执钧(生卒年不详)有一首《剔银灯》词:

> 昨夜细看《蜀志》。笑曹操、孙权、刘备。用尽机关,徒劳心力,只得三分天地。屈指细寻思,何似刘伶一醉。　　人世

---

① (韩)柳己洙编《历代韩国词总集》收词约 1 250 首,后又发表《〈歷代韓國詞總集〉補正記》(《民族文化》第 39 辑)和《中國詞의受容과創作——새로 발견된高麗·朝鮮詞를中心으로》(《중국학연구》第 65 期),续有增补。删汰其中重合、误收的部分,韩国历代词总数约在两千首左右。

都无百岁,少痴孩,老尫悴,只有中间,些子年少,忍把浮名牵
系。虽一品与千锺,问白发、如何回避。①

本篇曾被朝鲜王朝初期的徐居正(1420—1488)选入韩国文学史上
最重要的诗文总集《东文选》,只是徐氏对其文体性质判别有误,将
其编入了卷八《七言古诗》之中。而进一步细究之后,我们还会发
现,事实上这并不是崔执钧师心独造的创作,而是一首檃括自中国
作品的词,其檃括的对象是北宋初期范仲淹(989—1052)的《剔银
灯·与欧阳公席上分题》:

　　　昨夜因看《蜀志》。笑曹操、孙权、刘备。用尽机关,徒劳
心力,只得三分天地。屈指细寻思,争共如、刘伶一醉。
人世都无百岁。少痴騃,老成尫悴,只有中间,些子少年,忍把
浮名牵系。一品与千金,问白发、如何回避。②

两者相互比较,可以发现彼此的差别非常细微,崔作只是在范作的
基础上略微改动了几个字而已。当然,这并不是说崔氏有意剽袭
宋人的作品,这应该就是一首檃括词。只是檃括词一般都是改编
其他体裁的作品,如诗歌、散文等等,很少会去改编同属于一种文
体类型的词。不过将他人词作檃括入自己词作的情况在宋代也曾
经出现过,例如北宋秦观(1049—1100)有一首《八六子》("倚危
亭"),而南宋葛长庚(1194—?)则有一首《八六子·戏改秦少游
词》,不仅用词体来檃括词作,而且两篇作品之间也仅有极个别的

---

　　①　(朝鲜)崔执钧:《剔银灯词》,(韩)柳己洙编《历代韩国词总集》,第51页。
　　②　(宋)范仲淹:《剔银灯·与欧阳公席上分题》,唐圭璋编《全宋词》,第一册,第
11页。

字句存在差异,如秦词上阕云:"倚危亭。恨如芳草,萋萋划尽还生。念柳外青骢别后,水边红袂分时,怆然暗惊。"①葛词上阕则云:"倚危亭。恨如芳草,萋萋划尽还生。念柳外青鸾去后,洞中白鹤归来,恍然暗惊。"②秦观此作"语句清峭,为名流推激",③后人在揣摩讽诵之馀加以模拟檃括,自然也在情理之中。

　　葛长庚檃括秦观词的动机,正如其在词题中所说的那样,主要是出于一种游戏的心态。那么崔执钧又是在何种心态的驱使下,来檃括范仲淹作品的呢?范仲淹词的内容是抒写自己阅读《三国志》后的感想,而《三国志》一书传入韩国的时间很早,在唐人所撰的《北史》中就已经记载高句丽"书有《五经》、《三史》、《三国志》、《晋阳秋》"④。高丽时期的史家金富轼(1075—1151年)在编撰《三国史记》时,还曾经效仿过《三国志》的体例。徐居正在《三国史节要序》中说:"金富轼法陈寿《三国志》,撰《三国史》。"⑤已经明确指出这一点。因此,韩国文士对《三国志》一书应该不会感到陌生。崔执钧很有可能是在读罢《三国志》后,产生了强烈的创作冲动,但一时之间又唯恐辞不达意,恰好读到了范仲淹的这首词,顿时产生深获我心的感慨,于是索性就将原作略加修改,来借他人之酒杯,浇胸中之块垒。

　　仔细比对勘验崔执钧对范仲淹原作的改动,可以发现只有很少一部分存在意义上的细微差别,如将"昨夜因看《蜀志》"改作"昨

　　①(宋)秦观:《八六子》,唐圭璋编《全宋词》,第一册,第456页。

　　②(宋)葛长庚:《八六子·戏改秦少游词》,唐圭璋编《全宋词》,第四册,第2585页。

　　③(宋)洪迈:《容斋随笔·四笔》卷十三"秦杜八六子"条,下册,第772页。

　　④(唐)李延寿:《北史》卷九十四《高丽传》,北京:中华书局,1974年,第十册,第3115—3116页。

　　⑤(朝鲜)徐居正:《三国史节要序》,《四佳集·文集》卷四,《韩国文集丛刊》第十一册。

夜细看《蜀志》",而绝大部分的修改都是为了使作品在内容上更明白,在形式上更整饬,例如把"争共如"改作"何似",是将口语化的语句改为书面语;把"少痴騃"改作"少痴孩",是将生僻的字改成浅近的字;把"少痴騃,老成尫悴"改作"少痴孩,老尫悴",则是将长短参差的句子改成整齐的对句。总之,所有的改动都是为了便于阅读和欣赏,以利于引发读者内心的共鸣。只是经过这样的改编,却无意中破坏了《剔银灯》词调在格律上的要求,这或许也可以算是韩国文人难以掌握词律的一个例证。

　　范仲淹的作品在十四世纪左右应该已经传入韩国,因为与崔执钧生活年代相近的一些韩国文人已经频频提到过范仲淹,如高丽末期文士李穑(1328—1396)的《韩柳巷来过,冷坐谈笑间,朴状元子虚适至,柳巷欣然取酒肴。酬酢既罢,始觉半醉,吟成一首》云:"牧翁半醉翻多感,进退俱忧范仲淹。"①《夜归》:"归来门户清如水,又是忧民范仲淹。"②《遣兴》云:"谁知自负犹非浅,进退俱忧范仲淹。"③这些诗句都化用了范仲淹《岳阳楼记》中的名句"是进亦忧,退亦忧。然则何时而乐耶? 其必曰:先天下之忧而忧,后天下之乐而乐"④。负责编撰《东文选》的徐居正在其诗作中也多次提到过范仲淹,如《独坐书怀》云:"归来拟学陶元亮,忧乐曾怀范仲淹。"⑤《送上党韩公奉使朝京》云:"高名自信韩忠献,忧乐常怀范仲淹。"⑥也同样用了《岳阳楼记》中的典故,这说明他对范仲淹的

　　① (高丽) 李穑:《韩柳巷来过,冷坐谈笑间,朴状元子虚适至,柳巷欣然取酒肴。酬酢既罢,始觉半醉,吟成一首》,《牧隐稿·牧隐诗稿》卷十五,《韩国文集丛刊》第三册。

　　② (高丽) 李穑:《夜归》,《牧隐稿·牧隐诗稿》卷二十。

　　③ (高丽) 李穑:《遣兴》,《牧隐稿·牧隐诗稿》卷二十七。

　　④ (宋) 范仲淹:《岳阳楼记》,《范文正公文集》卷八,《范仲淹全集》,李勇先、王蓉贵校点,成都:四川大学出版社,2002年,上册,第195页。

　　⑤ (朝鲜) 徐居正:《独坐书怀》,《四佳集·诗集》卷二十八。

　　⑥ (朝鲜) 徐居正:《送上党韩公奉使朝京》,《四佳诗集》卷四十四。

生平和作品还是相当熟悉的,但他为什么会在编撰《东文选》时,对崔执钧这首檃括自范仲淹作品的词没有察觉呢?

我们认为这主要是由于词体的独特性质造成的结果。词在其发展兴起的初期,只是用来在酒宴舞席上助兴,大部分作家是不会把自己的词作收入文集之中的。范仲淹的这首词也是如此,在其文集中并未收录,而是最早见于南宋时期龚明之(1091—1182)的《中吴纪闻》。[1] 当时的韩国文人虽然对范仲淹的文章比较熟悉,但像《中吴纪闻》之类的笔记作品,阅读过的人恐怕还不会很多。在崔执钧生活时代稍后的韩国文人曹伸(1450—1522)曾经说道:

> 中国文籍日滋月益,编录纪载之多,无虑千百。如段成式《酉阳杂俎》、张鷟《朝野佥载》、严有翼《艺苑雌黄》、沈括《笔谈》、欧公《诗话》、《归田录》、《后山诗话》、惠洪《冷斋诗话》、《蔡宽夫诗话》、《唐子西语录》、《吕氏童蒙训》、《陵阳室中语》、《王直方诗话》、《潘子真诗话》、蔡絛《西清诗话》、范元实《诗眼》、葛常之《韵语阳秋》、庄季裕《鸡肋编》、赵与时《宾退录》、伍云《鸡村志》、《许彦周诗话》、《复斋漫录》、赵德麟《侯鲭录》、《桐江诗话》、《渔隐丛话》、《雪浪斋日记》、《石林诗话》、《遯斋闲览》、《高斋诗话》、《漫叟诗话》、《隐居诗话》、《古今诗话》、《沧浪诗评》、《容斋随笔》、《缃素杂记》、《青箱杂记》、《学林新编》、陶宗仪《辍耕录》、吾丘衍《闲居录》、瞿佑《剪灯新话》、李昌祺《剪灯馀话》之类,嘉言善行,奇怪文雅,评论无遗。吾东方罕见,而仅有著载,传之不远。[2]

---

① (宋)龚明之:《中吴纪闻》卷五"范文正词"条,孙菊园点校,上海:上海古籍出版社,1986年,第121页。

② (朝鲜)曹伸:《谗闻琐录》卷三,(韩)赵锺业编《韩国诗话丛编》,首尔:太学社,1996年,第一册。

其中提及很多中国宋、元、明时期的诗话、笔记、小说,虽然大部分
书籍曹氏仅有耳闻,并没有亲眼目睹,但当时中、韩两国之间的文
化交流相当频繁,还是会有不少书籍能够通过各种不同的渠道传
入韩国。崔执钧得以檃括范仲淹的《剔银灯》词,应该是能够看到
《中吴纪闻》一书的,这无疑也说明当时韩国从中国引入的典籍,在
范围方面是极其广泛的。

### 第二节　郑球《清平乐·管城子》与
### 韩愈《毛颖传》

　　约十六世纪初期在世的郑球(生卒年不详)是朝鲜王朝中期一
位填词颇多的文人,在其留存下来的词作中有一组题为"杂兴效陈
简斋《无住词》十八首",①专门仿效南宋文人陈与义(1090—1138)
的作品,足见他对中国文士的词作颇感兴趣。他还有一首《清平
乐·管城子》:

　　　　强记多聪,文会日相从。系出神明物莫同,不惜拔毛策
　　功。　　　九丘八索庞鸿,三谟二典雍容。嘉乃勋庸封赏,黑头
　　作管城公。②

则是一首檃括词,檃括的对象是唐代韩愈(768—825)的《毛颖
传》。③　为了论述简便起见,以下先将这两篇作品中的相关部分加

---

　　①　(朝鲜)郑球:《杂兴效陈简斋〈无住词〉十八首》,(韩)柳己洙编《历代韩国词总
集》,第81—85页。
　　②　(朝鲜)郑球:《清平乐·管城子》,(韩)柳己洙编《历代韩国词总集》,第88页。
　　③　以下引韩愈《毛颖传》文,均据马其昶:《韩昌黎文集校注》,上海:上海古籍出版
社,1986年,第566—569页。

以对照：

| 郑球《清平乐·管城子》 | 韩愈《毛颖传》 |
| --- | --- |
| 强记多聪 | 颖为人强记而便敏。 |
| 文会日相从 | 上亲决事，以衡石自程，虽官人不得立左右，独颖与执烛者常侍。 |
| 系出神明物莫同 | 其先明睬，……尝曰："吾子孙神明之后，不可与物同。" |
| 不惜拔毛策功 | 围毛氏之族，拔其豪。<br>及蒙将军拔中山之豪，始皇封诸管城。<br>秦之灭诸侯，颖与有功。 |
| 九丘八索厖鸿，三谟二典雍容 | 自结绳之代以及秦事，无不纂录。阴阳、卜筮、占相、医方、族氏、山经、地志、字书、图画、九流、百家、天人之书，及至浮图、老子、外国之说，皆所详悉。 |
| 嘉乃勋庸封赏，黑头作管城公 | 秦皇帝使恬赐之汤沐，而封诸管城，号曰管城子，日见亲宠任事。 |

《清平乐》词调仅有四十六字，属于篇幅短小的小令，而《毛颖传》却是长达七百馀言的寓言体散文。字数多寡的悬殊，也使得郑球在对原作进行改编、剪裁时煞费苦心。如上所示，他在檃括时使用的方法主要有两种：

第一种是概括文意。例如韩愈文中为了突出毛颖的博学多才，极尽铺陈之能事，不厌其烦地历数其"纂录"、"详悉"的具体内容；而词中仅用"九丘八索厖鸿，三谟二典雍容"来加以提炼概括，显得言简意赅。再如词中的"不惜拔毛策功"一句，实际上是将韩愈文中三处不同的叙述整合而成的。

第二种是删减内容。如词中的"系出神明物莫同"一句，在韩愈文中原本出自毛颖先祖明眎之口,表明子孙出生时的情况迥异于常人;而被隐括入词后,省略了这一情节,转变为作者的客观叙述。此外,韩愈采用史家笔法,在叙述毛颖生平的时候有大量的故事情节;但被隐括入词后仅保留其梗概,而且也仅限于其前半生的经历,其后半生因年老不称上意而被秦皇疏远等内容则被删除殆尽。

按照常理而言,为了便于裁剪移植,隐括词与原作之间的篇幅长短不应当太过悬殊。但郑球的这首作品却不然,对原作进行了较大幅度的加工处理。就郑氏本人而言,自然要非常熟悉韩愈《毛颖传》的内容;而在改编取舍之际,对其运用汉语、掌握词律的能力也会有非常高的要求。更为重要的是,由于在隐括过程中对原文的概括和删减比较多,所以对于当时这首词的读者而言,如果对韩愈的文章内容并未了若指掌,恐怕是根本无法读懂这首词的,这在某种程度上也反映出韩愈作品在当时韩国的传播与接受是较为普及的。

韩愈的作品很早就已经传入韩国,并得到过极高的评价。高丽时期的学者崔滋(1188—1260)曾提到:“古人云:‘学诗者,对律句体子美,乐章体太白,古诗体韩、苏。若文辞,则各体皆备于韩文,熟读深思,可得其体。’”①可见当时已经将韩文作为诸体皆备、需要认真加以揣摩的典范。而《毛颖传》中的内容也很早被韩国文人用作典故,在郑氏之前,徐居正(1420—1488)的《管城子,赠梁奉使》其一就说道:“中书老去秃难书,挥洒时时态有馀。万古流传《毛颖传》,文章谁复拟琼琚?”②与郑氏生活时代相近的崔演(1503—1549)对《毛颖传》尤为偏好,其诗作中有《埋笔二首》,其一云:“中书君既不中书,怜汝今蒙老见疏。”③另有《笔二首》,其一

---

① (高丽)崔滋:《补闲集》卷上,蔡美花、赵季主编《韩国诗话全编校注》,第一册,第81页。

② (朝鲜)徐居正:《管城子,赠梁奉使》其一,《四佳集·诗集》卷七。

③ (朝鲜)崔演:《埋笔二首》,《艮斋集》卷九,《韩国文集丛刊》第三十二册。

云:"系出中山族,名高脱颖徒。"①都用了韩文中的典故。崔氏还有一篇《封管城子诰》,虽然只是模仿秦皇口吻册封毛颖的游戏文章,但足以说明他对此文相当熟悉。而其文中"上自三坟八索九丘百家,无不强记,不失毫发"、"拔一毛而利天下者也"、"予嘉乃德,曰笃不忘,爰作黑头相公"等句子,②也和郑球的遣词造句相仿,或许受到过一定的启发。

韩愈文集在韩国还有不少传入、翻印、重刻的记载,在韩国历代公私书目中均有著录,如《奎章总目》、《考事撮要》、《完营册板目录》、《庆州府校院书册目录》、《洪氏读书录》等著录有"韩文",《西库藏书录》著录有"韩文抄",《大畜观书目》著录有"韩文公文抄",《清芬室书目》著录有"韩文正宗";此外,《奎章总目》、《西库藏书录》、《考事撮要》、《岭南各邑校院书册录》还著录有"昌黎集",其中也应该包括文集部分。③ 与郑球约略同时的李恒福(1556—1618)在《训炼都监印韩昌黎集跋》中提到过当时印行韩愈文集的情况:

> 都监自罢屯田,思所以足食者,必毛举而锥撅之无遗。间印诸书,鬻之为军储。后得安平大君所写印本数书,榻刻为活字,圆转可爱,首印是书。于是荐绅好事者,争奔走焉。……后此者若循是而张大之,十年之后,东方书籍将彬彬焉汗牛。是书之先,特为江源之滥觞也。后之君子勉之。④

① (朝鲜)崔演:《笔二首》,《艮斋集》卷九。
② (朝鲜)崔演:《封管城子诰》,《艮斋集》卷十一。
③ 参见张伯伟编:《朝鲜时代书目丛刊》,第一册,第338、339页;第二册,第666、735、767页;第三册,第1455、1466、1469、1480、1628页;第五册,第2262、2282、2301页;第八册,第4325、4629、4778页。
④ (朝鲜)李恒福:《训炼都监印韩昌黎集跋》,《白沙集》卷二,《韩国文集丛刊》第六十二册。

文中提到的"安平大君",指朝鲜时代世宗大王的第三子李瑢
(1418—1453),他因擅长元代书法家赵孟頫(1254—1322)的"松雪
体"书法而闻名于世。朝鲜文宗二年(1451)曾特意依照李瑢所书
写的字体来铸造活字,用以刊印书籍。而据李恒福所述,训炼都监
以此重新制作活字刊行书籍,原本是为了牟利以备军需,而首先付
梓的却是《韩昌黎集》等图书,说明这些书籍在当时的需求量极大。
事实上也正是如此,其后有不少韩国文人都流露出对韩愈文章的
偏爱和推崇,许筠(1569—1618)曾提及其兄长的意见:"仲氏论学
文章:须要熟读韩文,先立门户。"①强调熟读韩愈之文,以此作为
学习创作的基础。张维(1587—1638)在自述其创作经历时则说:
"十六,从外舅仙源公受昌黎文数十篇。读未几,便省古文机括,时
时仿效作文词。……为文颇得韩、柳篇法,不作陈冗语。"②以切身
的体会说明了当时韩国人对于韩愈文章的重视。任埅(1640—
1724)则提到自己先祖的读书经验:"余高祖竹崖公讳说,少时读昌
黎全集千遍。"③这对他本人的阅读取向无疑也会产生直接的影
响。洪奭周(1774—1842)更是强调:"韩公之文,犹朱子之于学也。
语学而非朱,语文而非韩,吾不欲闻之矣。"④将韩愈之文与朱熹之
学等量齐观,足见推挹之重。

不过,韩愈的《毛颖传》等文章构思奇特,颇有小说意味,性质
与一般的古文颇有差异,因此在问世之际,就引起过不少非议。其

---

① (朝鲜)许筠:《鹤山樵谈》,蔡美花、赵季主编《韩国诗话全编校注》,第二册,第
1446 页。
② (朝鲜)张维:《谿谷漫笔》卷一,见蔡美花、赵季主编《韩国诗话全编校注》,第二
册,第 1594 页。
③ (朝鲜)任埅:《水村漫录》,蔡美花、赵季主编《韩国诗话全编校注》,第三册,第
2279 页。
④ (朝鲜)洪奭周:《洪氏读书录》,张伯伟编《朝鲜时代书目丛刊》,第八册,第
4326 页。

友人张籍（766?—830?）还曾经屡屡致书，提出批评，认为韩愈"多尚驳杂无实之说，使人陈之于前以为欢，此有以累于令德"，[①]"将以苟悦于众，是戏人也，是玩人也，非示人以义之道也"，[②]认为此类作品只是为了取悦于人，并不能示人以正道，将有损于韩愈的令名清誉。而在韩国，类似的批评意见也有不少，李光庭（1674—1756）在《答松月斋李公论王道表》中对此文就极为不屑：

> 如下教所谓《毛颖传》之类，又奚足道哉。[③]

李献庆（1719—1791）在《答李台甫承延论文书》中甚至引以为戒：

> 常怪韩退之学道之士也，犹多少年之戏，如为《毛颖传》、《石鼎联句》。……何其不自贵重如是哉！此皆仆之所深戒。[④]

朴胤源（1734—1799）的《答吴士敬》也同样认为不足为训：

> 愚尝以昌黎《毛颖传》为浮虚之笔戏，顽然一物，岂足以人样称之乎？此在作者不当效也。[⑤]

---

① （唐）张籍：《上韩昌黎书》，（清）董诰等编《全唐文》卷六百八十四，影印嘉庆扬州官刻本，上海：上海古籍出版社，1990年，第三册，第3105页。

② （唐）张籍：《上韩昌黎第二书》，（清）董诰等编《全唐文》卷六百八十四，第三册，第3105页。

③ （朝鲜）李光庭：《答松月斋李公论王道表》，《呐隐集》卷四，《韩国文集丛刊》第一百八十七册。

④ （朝鲜）李献庆：《答李台甫承延论文书》，《艮翁集》卷十三，《韩国文集丛刊》第二百三十四册。

⑤ （朝鲜）朴胤源：《答吴士敬》，《近斋集》卷十三，《韩国文集丛刊》第二百五十册。

这些韩国文士都不约而同地指责《毛颖传》一类的作品近乎嘲噱嬉闹,不足称道,更不值得后学效仿。当然也有一些肯定的意见,如赵龟命(1693—1737)《赠郑生锡儒序》云:

> 韩昌黎始以古文倡于唐,然而其文不为摹拟,务自己出。……《毛颖传》、《张中丞叙》似司马迁,……此皆游戏偶然。然就其篇中,求一句一字之假窃蹈袭,不可得也。①

《毛颖传》采用史传的形式,在文体上比较特别。唐人李肇(生卒年不详,活动于贞元至开成年间)在《国史补》中已经提到:"韩愈撰《毛颖传》,其文尤高,不下史迁。"②赵龟命虽将《毛颖传》等视作游戏文章,但也从史传文学的角度将其与司马迁的《史记》相提并论,并与韩愈"词必己出"的创作理念相互印证,评价相当高。又如吴载纯(1727—1792)《书灵巢上梁文后》云:

> 昔韩退之为《毛颖传》,其文亦滑稽,读者怪之。然退之之志,则嘉其功耳。故君子之于文,非有惩创劝戒之旨,不足以书;其可书者,虽滑稽,不害乎书也。③

认为《毛颖传》虽然看似谐谑滑稽,实际上别有深意寄托,寓有政教风化的旨趣。虽然这些韩国文士的议论未必完全符合韩愈的创作

---

① (朝鲜)赵龟命:《赠郑生锡儒序》,《东谿集》卷一,《韩国文集丛刊》第二百十五册。

② (唐)李肇:《唐国史补》卷下,与(唐)赵璘《因话录》合订一册,上海:上海古籍出版社,1979年,第55页。

③ (朝鲜)吴载纯:《书灵巢上梁文后》,《醇庵集》卷六,《韩国文集丛刊》第二百四十二册。

初衷,但竭力为此进行辩护,仍可以看出他们对此文的欣赏。

上面这些针锋相对的批评意见,反映出韩愈作品在韩国的流传、接受并非一帆风顺,其中存在着非常复杂曲折的情况,这也是文化传播过程中经常可以见到的现象。而各种批评意见的表达方式也是多种多样的,既可以直接议论得失,也不妨间接流露褒贬。作家的诗文创作活动有时也包含着某种文学批评的意味,郑球选择将《毛颖传》櫽括入词,已经暗示出他对于这篇作品的偏好,其实就是通过一种特殊的方式来表明他对这篇作品的评价。

### 第三节　申光汉《忆王孙·戏赠童女八娘》与杜牧《叹花》

晚唐诗人杜牧(803—853)的作品在宋代颇受词人偏爱,苏轼《定风波·重阳》、贺铸《太平时·晚云高》、朱熹《水调歌头·櫽括杜牧之齐山诗》等,①都曾将其诗作櫽括为词作。而在韩国词作中,也可以发现类似的例子,即申光汉(1484—1555)的一首《忆王孙·戏赠童女八娘》:

> 寻花太早误开期,却恐重来较又迟。风摆成阴未几时。叹仳离,莫负当年杜牧之。②

这首词櫽括的对象正是杜牧的《叹花》诗:

---

① (宋)苏轼:《定风波·重阳》,唐圭璋编《全宋词》,第一册,第289页;(宋)贺铸:《太平时·晚云高》,唐圭璋编《全宋词》,第一册,第504页;(宋)朱熹:《水调歌头·櫽括杜牧之齐山诗》,唐圭璋编《全宋词》,第三册,第1675页。

② (朝鲜)申光汉:《忆王孙·戏赠童女八娘》,(韩)柳己洙编《历代韩国词总集》,第103页。

　　　　自恨寻芳到已迟,往年曾见未开时。如今风摆花狼藉,绿
叶成阴子满枝。①

或许有人会对此产生疑惑,认为申氏之作只是化用杜诗中的典故,
实则不然。作家用典只是择取他人作品的某一部分来构成自己作
品的一部分,而不会将原作的全部内容悉数纳入自己的作品之中。
而从内容上看,申氏之词基本忠实于杜牧原作,应该纳入檃括词之
列。不过,檃括词在创作过程中,大多只是在作品的题、序中提及
自己檃括的对象,像申氏这样直接在词的正文中提及檃括对象的
情况比较罕见。但在宋人创作的一些檃括词中仍然可以发现一些
先例,如米有仁(1069—1151)《念奴娇·裁成渊明归去来辞》云:
"阑干倚处。戏裁成、彭泽当年奇语。"②叶梦得(1077—1148)《念
奴娇·南归渡扬子作,杂用渊明语》云:"故山渐近,念渊明归意,翛
然谁论。"③都在正文中提到了檃括对象陶渊明的名字。
　　杜牧的文集在高丽时期就已经传入韩国,④这首《叹花》诗也
引起过当时不少文人的关注,高丽中期诗人李奎报(1168—1241)
有一首《四月十一日,与客行园中,得蔷薇于丛薄间,久为凡卉所
困,生意甚微。予即薙草封植,埋以土,撑以架。后数日见之,叶既
繁茂,花亦晔盛。于是因物有感,作长短句,以示全履之》,其中提
到:"又不见杜牧湖州去较迟,深红落尽已是成阴结子时。"⑤他还

―――――――――

　　①（唐）杜牧:《叹花》,《樊川文集·外集》,第 322 页。
　　②（宋）米有仁:《念奴娇·裁成渊明归去来辞》,唐圭璋编《全宋词》,第二册,第 730 页。
　　③（宋）叶梦得:《念奴娇·南归渡扬子作,杂用渊明语》,唐圭璋编《全宋词》,第二册,第 767 页。
　　④ 参见本书第二章第三节《朝鲜刻本〈樊川文集夹注〉的文献价值》。
　　⑤（高丽）李奎报:《四月十一日,与客行园中,得蔷薇于丛薄间,久为凡卉所困,生意甚微。予即薙草封植,埋以土,撑以架。后数日见之,叶既繁茂,花亦晔盛。于是因物有感,作长短句,以示全履之》,《东国李相国集》卷五,《韩国文集丛刊》第一册。

有一首《书记使名妓第一红奉简乞诗，走笔赠之》云："云作双鬟月作眉，刀头相见更何时。十年不作湖州守，长笑多情杜牧之。"①高丽晚期诗人李穑(1327—1396)有一首《读樊川集题其后》，诗中言及："绿叶成阴子满枝，湖州水戏负前期。非关杜牧寻春晚，自是周墀拜相迟。"②都不约而同地化用了这首《叹花》诗中的语汇及本事。

　　不过要了解申光汉檃括此诗的动机，还必须考察杜牧当时创作的背景。宋人计有功(生卒年不详，约十二世纪前半期在世)在《唐诗纪事》中记载过《叹花》诗的创作缘由：

　　　　牧佐宣城幕，游湖州，刺史崔君，张水戏，使州人毕观，令牧间行，阅奇丽，得垂髫者十馀岁。后十四年，牧刺湖州，其人已嫁生子矣。乃怅而为诗曰："自是寻春去较迟，不须惆怅怨芳时。狂风落尽深红色，绿叶成阴子满枝。"③

由此可知，杜牧创作此诗是因为未能如愿以偿地得到昔日钟情过的女性，所以并不是单纯的咏物写景，而是以物喻人，借物抒怀。在韩国历代文献中，不乏与此相关的记载，如南羲采(生卒年不详，朝鲜王朝英祖时人)《龟磵诗话》云："太和末，杜牧游湖州，刺史崔君，素所厚者，悉召名妓，殊不惬意。牧曰：'愿张水嬉，使人毕观。'牧间行寓目，忽一里姥引鬌鬈女，年十馀岁，真国色也。……洎周墀入相，牧上笺乞守湖州。比至郡，则十四年，所约妹已从人三载

　　①（高丽）李奎报：《书记使名妓第一红奉简乞诗，走笔赠之》，《东国李相国集》卷六。
　　②（高丽）李穑：《牧隐稿·诗稿》卷八，《韩国文集丛刊》第三册。
　　③（宋）计有功：《唐诗纪事》卷五十六《杜牧》，上海：中华书局上海编辑所，1965年，第849页。

而生二子。……古今别情人诗多矣，未有形容到此者。盖小杜于此最多情者，故能曲尽其妙。"①详细载录了此事的前后始末，并予以评论，足见对此轶事也颇感兴趣。而申光汉创作这首词原本是为了"赠童女八娘"，与杜牧当时遭遇的情况非常相似，难免会触景生情，由此及彼，联想起这首《叹花》诗。不过，杜牧在诗中表达的是时过境迁的慨叹，透露出无奈怅惘的心绪；申光汉则在词中寄托了来日重逢的希望，流露出戏谑调侃的口吻。说明申光汉在檃括过程中并不完全是被动地要与原作无限贴近乃至被其同化，而是对原作进行了部分的再创造，以符合当时实际的状况。除了创作这首檃括词，申光汉在其他词作中也曾屡屡借鉴过杜牧的诗作，如《巫山一段云·效益斋八咏·平沙落雁》中的"翻翻才下又轻轻，宿处莫须惊"，②其意象无疑源于杜牧《早雁》；③而其《临江仙·教坊谣》中"风流谁似此，十里卷珠帘"，④更是直接化用杜牧《赠别》中的"春风十里扬州路，卷上珠帘总不如"。⑤ 由此可见他创作这首檃括词并非一时心血来潮之举，而是一直以来关注杜牧诗作的必然结果。

　　与申光汉同一时代的权应仁(1500?—1560?)曾经提到："今世诗学，专尚晚唐。"⑥可知当时韩国诗坛对晚唐诗歌极为欣赏推崇。

---

① (朝鲜)南羲采：《龟碨诗话》卷十《绿叶成阴　紫云不虚》，蔡美花、赵季主编《韩国诗话全编校注》，第九册，第7230—7231页。

② (朝鲜)申光汉：《巫山一段云·效益斋八咏·平沙落雁》，(韩)柳己洙编《历代韩国词总集》，第99页。

③ (唐)杜牧：《早雁》，《樊川文集》卷三，第57页。

④ (朝鲜)申光汉：《临江仙·教坊谣》，(韩)柳己洙编《韩国历代词总集》，第102页。

⑤ (唐)杜牧：《赠别》其一，《樊川文集》卷四，第82页。

⑥ (朝鲜)权应仁：《松溪漫录》卷下，蔡美花、赵季主编《韩国诗话全编校注》，第一册，第551页。

作为晚唐时期最为杰出的诗人之一，杜牧的诗作自然会得到世人普遍的爱好。稍后的申钦(1566—1628)就评论说："樊川之诗固变音也，然其才横逸豪俊不可当。意者其人亦必似其诗乎？长篇中《杜秋》《好好》《郡斋独酌》等语，自是新腔别曲。"①这样的诗坛风尚也体现在杜牧诗文集的刊刻上。如朝鲜刻本佚名所注《樊川文集夹注》是目前所知杜牧文集的最早注本，与中国明代嘉靖年间翻宋刻本相比，有不少地方都更加接近旧编原貌，可以弥补通行本的疏漏。② 这些都表明当日刊行时所依据的底本确为善本，其校勘质量也较高，充分体现韩国文人对于杜牧作品的重视。除了《樊川文集夹注》这样的专门注本，还有不少深受韩国文人欢迎的诗歌总集也多选录杜牧的诗作。高丽时期流行的《名贤十钞诗》，最初乃是"本朝前辈巨儒据唐室群贤，各选名诗十首"，"传于海东，其来尚矣。体格典雅，有益于后进学者"③，在其卷上就收录有"杜紫薇诗"④。又如高丽早期颇受欢迎的诗歌选本《唐宋千家联珠诗格》，也选录了杜牧十馀首诗作。⑤ 此书虽由宋元之际的中国文士于

---

① (朝鲜)申钦：《晴窗软语》卷上，蔡美花、赵季主编《韩国诗话全编校注》，第二册，第 1369 页。

② 参见本书第二章第三节《朝鲜刻本〈樊川文集夹注〉的文献价值》。

③ (高丽)释子山：《夹注名贤十抄诗序》，(高丽)释子山夹注《夹注名贤十抄诗》，查屏球整理，上海：上海古籍出版社，2005 年，第 1 页。

④ (高丽)释子山夹注：《夹注名贤十抄诗》卷上，第 38—46 页。

⑤ 参见(宋)于济、蔡正孙编集，(朝鲜)徐居正等增注，卞东波校证：《唐宋千家联珠诗格校证》。按：此书共选杜牧诗作十五篇，其中一篇《遣怀》重出。从徐居正其他的著述来看，也时常涉及对杜牧诗作的评论，如《东人诗话》卷上曾提到："近代洪中令子藩诗'愧将林下转经手，遮却斜阳向帝京'，韩复斋宗愈诗'却将殷鼎调羹手，还把渔竿下晚沙'，阳村权文忠公诗'却将润色丝纶手，能倒山村麦酒杯'，李陶隐诗'如何钓竿手，策马向都京'，皆不免相袭之病。杜牧诗曰：'惆怅江湖钓竿手，却遮西日向长安。'后人祖其语，致此屋下架屋也。"(蔡美花、赵季主编《韩国诗话全编校注》，第一册，第 183 页。)指出诸多韩国诗人蹈袭杜牧的诗句，足见他对杜牧诗确实相当熟悉。

济、蔡正孙合作编纂,但在流传至韩国以后,不仅有徐居正等人予
以增注,①还有史家效其体例而编撰新著,②影响极为深远。《名贤
十钞诗》和《唐宋千家联珠诗格》这两种诗歌总集虽然并未选录杜
牧的这首《叹花》诗,但从其采录情况看,也足以证明小杜的作品在
韩国极受欢迎,有助于了解申光汉这首檃括词的创作背景。

### 第四节　洪迪《念奴娇·北窗清风》与 陶渊明诗文

　　晋宋之际的陶渊明(365—427)虽然在当时并不以创作才能著
称,但其文学地位到了唐宋以后便得到了很大的提高,其作品也逐
渐成为不少文人竞相学习效仿的对象。正如本章开始时所述,北
宋苏轼的《哨遍》(“为米折腰”)是第一首以“檃括”为名的词,取材
的对象正是陶渊明的《归去来兮辞》。而此举对于后世的词人而
言,也极具示范的意味。宋元之际的刘将孙(1257—?)有一首《沁
园春》,其序云:“近见旧词,有檃括前、后《赤壁赋》者,殊不佳。长
日无所用心,漫填《沁园春》二阕,不能如公《哨遍》之变化,又局于
韵字,不能效公用陶诗之精整,姑就本语,捃拾排比,粗以自遣
云。”③可见正是受到苏轼词作的启发,才同样以陶渊明的作品作
为檃括的对象。而在韩国词中,也出现过类似的作品,即洪迪

---

　　① 参见(宋)于济、蔡正孙编集,(朝鲜)徐居正等增注,卞东波校证:《唐宋千家联
珠诗格校证》。
　　② 朝鲜时代的史家柳希龄编有《大东联珠诗格》,参见(朝鲜)朴周锺:《东国通
志·艺文志》,张伯伟编《朝鲜时代书目丛刊》,第六册,第 2740 页;《增补文献备考·艺
文考·文章类》,张伯伟编《朝鲜时代书目丛刊》,第六册,第 3058 页;(朝鲜)金烋:《海
东文献总录》,张伯伟编《朝鲜时代书目丛刊》,第七册,第 4021 页。
　　③ (宋)刘将孙:《沁园春》,唐圭璋编《全宋词》,第五册,第 3528 页。

(1549—1591)的一首《念奴娇·北窗清风》：

> 夜半谁移泽里山,且看神州陆沉。归来独卧北窗下,犹是晋家日月。清风徐来,葛巾高岸,萧萧吹白发。可笑此翁心事,世人谁识? 不厌开襟,终夕微凉,满面幽怀更清绝。自谓羲皇以上客,□傲视尘中物。① 五柳阴阴,三径寂寂,生涯此亦足。风声远激百岁,懦夫犹立。②

这是一篇取材于陶渊明作品的檃括词,但与前文所述的几首韩国文人檃括词颇为不同,其檃括的对象并不局限于某一篇作品,而是涵盖了陶渊明的不少诗文作品,经过精心的剪裁、拼接及整合之后方才完成。③ 以下先通过列表的方式来显示其词句的具体出处:

| 洪迪《念奴娇·北窗清风》 | 陶 渊 明 诗 文 |
| --- | --- |
| 归来独卧北窗下 | 《告子俨等疏》：常言五六月中,北窗下卧,遇凉风暂至,自谓是羲皇上人。 |
| 萧萧吹白发 | 《饮酒》：岁月相催逼,鬓边早已白。<br>《杂诗》：弱质与运颓,玄鬓早已白。 |
| 可笑此翁心事,世人谁识? | 《读史述九章·张长公》：寝迹穷年,谁知斯意? |
| 不厌开襟 | 《和郭主簿二首》：凯风因时来,回飚开我襟。 |

---

① 原作阙一字。

② (朝鲜)洪迪：《念奴娇·北窗清风》,(韩)柳己洙编《历代韩国词总集》,第142页。

③ 以下引陶渊明诗文及后世相关评论均据龚斌：《陶渊明集校笺》,上海：上海古籍出版社,1996年。

| 洪迪《念奴娇·北窗清风》 | 陶 渊 明 诗 文 |
| --- | --- |
| 自谓羲皇以上客 | 《告子俨等疏》：自谓是羲皇上人。 |
| □傲视尘中物 | 《感士不遇赋》：常傲然以称情。 |
| 五柳阴阴 | 《五柳先生传》：宅边有五柳树。 |
| 三径寂寂 | 《归去来兮辞》：三径就荒。 |
| 生涯此亦足 | 《和郭主簿二首》：营己良有极，过足非所钦。 |
| 风声远激百岁，懦夫犹立 | 《读史述九章·夷齐》：贞风凌俗，爰感懦夫。 |

　　除了隐括陶渊明本人的作品外，这首词在措辞用语方面或许还受到后世一些陶渊明评论资料的影响，①以下也通过列表的方式来予以说明：

| 洪迪《念奴娇·北窗清风》 | 历代陶渊明评论 |
| --- | --- |
| 归来独卧北窗下 | 吴筠(?—778)《高士咏·陶征君》：归来北窗下，复采东篱菊。 |
| 可笑此翁心事，世人谁识？ | 汤汉(1202—1272)《陶靖节诗集注·自序》：千载之下，读者不省为何语。是此翁所深致意者，迄不得白于后世。 |
| 懦夫犹立 | 萧统(501—531)《陶渊明集序》：尝谓读渊明之文者，……懦夫可以立。 |

　　像洪迪这样，将陶渊明的几篇作品一起隐括在同一首词里，在宋人的词作中也不乏先例，叶梦得(1077—1148)的《念奴娇·南归

---

　　① 个别句子也化用了他人作品，如首句"夜半谁移泽里山"即化用黄庭坚《追和东坡壶中九华》中"有人夜半持山去"之句。

渡扬子作，杂用渊明语》就以《归去来兮辞》为主要檃括对象，但在下阕"倦鸟知还，晚云遥映，山气欲黄昏。此还真意，故应欲辨忘言"数句中，[1]又参酌了《饮酒二十首》之五的部分内容；另如赵鼎（1085—1147）的《满庭芳·九日用渊明二诗作》，[2]则同时取资于陶渊明的《己酉岁九月九日》和《九日闲居》两首诗。在创作方式上，洪迪的这首词作与叶、赵两人相同，只是檃括的篇什数量和内容更为丰富。要做到这一点，无疑需要作者对整部陶集的内容了然于胸，才能在檃括之际得心应手，从容不迫。同时，由于这首词取材的范围并不限于某一篇特定的作品，因此也就不存在保留原作整体意蕴的问题。洪迪的这首檃括词实际上是借助陶渊明的作品，并参酌后世部分对于陶渊明的评论，来展现自己对于陶渊明的整体认识和评价。

陶渊明或许是在韩国文学史上产生影响最大的中国作家，历代仿效、步和、借鉴陶渊明诗文的作品层出不穷，在作品中提及陶渊明的作家更是数不胜数。[3] 高丽时期的李仁老（1152—1220）曾在其《破闲集》中提到："昨在书楼偶阅五柳先生集，有《桃源记》。反复观之，盖秦人厌乱，携妻子觅幽深险僻之境，山回水复，樵苏所不可得到者以居之。及晋太元中，渔者幸一至，辄忘其途，不得复

---

① （宋）叶梦得：《念奴娇·南归渡扬子作，杂用渊明语》，唐圭璋编《全宋词》，第二册，第767页。

② （宋）赵鼎：《满庭芳·九日用渊明二诗作》，唐圭璋编《全宋词》，第二册，第946页。

③ 有关韩国文人模拟、仿效陶渊明作品的情况，可参见以下相关研究论著：赵载亿：《韓國詩歌에 미친 陶淵明의影響》，载《文湖》第5辑；李昌龙：《高麗詩人과陶淵明》，载《建大學術誌》第16辑；李昌龙：《李朝文學과陶淵明》，载《建大學術誌》第18辑；金周淳：《〈归去来辞〉对朝鲜诗歌之影响》，载南京大学中文系主编《词赋文学论集》，江苏教育出版社，1999年；南润秀：《韓國의"和陶辭"研究》，首尔：亦乐图书出版社，2004年。

寻耳。后世丹青以图之，歌咏以传之，莫不以桃源为仙界，羽车飇轮长生久视者所都，盖读其记未熟耳。实与青鹤洞无异，安得有高尚之士如刘子骥者，一往寻焉。"①可见他非但阅读过陶渊明文集，对其中《桃花源记》还颇有自己的见解。而在其《卧陶轩记》中也说：

> 夫陶潜，晋人也。仆生于相去千有馀岁之后，语音不相闻，形容不相接，但于黄卷间时时相对，颇熟其为人。然潜作诗不尚藻饰，自有天然奇趣，似枯而实腴，似疏而实密。诗家仰之，若孔门之视伯夷也。②

虽然他与陶渊明之间时代相隔邈远，却能通过阅读作品来尚友古人，并对其诗作作了高度的评价。另一位高丽时期的文人李奎报（1168—1241）在其《白云小说》中说：

> 陶潜诗怡然和静，如清庙之瑟，朱弦疏越，一唱三叹。余欲效其体，终不得仿佛，尤可笑也。③

同样高度评价了陶诗，并对自己的效颦之举不无自嘲。他在《读陶潜诗》中还说：

> 吾爱陶渊明，吐语淡而粹。常抚无弦琴，其诗一如此。至

---

①（高丽）李仁老：《破闲集》卷上，蔡美花、赵季主编《韩国诗话全编校注》，第一册，第9页。

②（高丽）李仁老：《卧陶轩记》，（朝鲜）徐居正编《东文选》卷六十五《记》，首尔：民族文化促进会，1968年。

③（高丽）李奎报：《白云小说》，蔡美花、赵季主编《韩国诗话全编校注》，第一册，第53页。

音本无声,何劳弦上指。至言本无文,安事雕凿费。平和出天
然,久嚼知醇味。解印归田园,逍遥三径里。无酒亦从人,颓
然日日醉。一榻卧羲皇,清风飒然至。熙熙太古民,岌岌卓行
士。读诗想见人,千载仰高义。①

已经将不少陶渊明作品的词句融入到自己的作品之中,如"一榻卧
羲皇,清风飒然至"两句便脱化自陶渊明《与子俨等疏》中的"北窗
下卧,遇凉风暂至,自谓是羲皇上人";同时又参酌了不少陶渊明的
生平轶事乃至相关评论,如"常抚无弦琴"句就本于《宋书》本传中
所载的"潜不解音声,而畜素琴一张,无弦,每有酒适,辄抚弄以寄
其意",②通过这样独特的方式来表现自己阅读陶诗后的感受。无
论内容还是形式,可以说都已经开了洪迪这首檃括词的先河。尤
其是李奎报,作为韩国汉文学史上最重要的作家之一,其诗文创作
在后世备受称誉。洪迪在创作檃括词时,或许也受到他这首《读陶
潜诗》的启发。

　　陶渊明集在韩国还有不少相关的流传记载,《奎章总目》、《西
库藏书录》、《承华楼书目》、《考事撮要》、《诸道册板录》、《完营册板
目录》、《镂板考》等韩国历代书目中都有关于《陶靖节集》或《靖节
集》的收藏、刊行记录。③ 与洪迪同时而稍前的郑惟吉(1515—
1588)有一篇《〈陶靖节集〉跋应制》,详细记载了当时刊印陶集的
始末:

---

　　① (高丽)李奎报:《读陶潜诗》,《东国李相国全集》卷十四,《韩国文集丛刊》第
一册。

　　② (梁)沈约撰:《宋书》卷九十三《隐逸·陶渊明传》,北京:中华书局,1974 年,第
八册,第 2288 页。

　　③ 参见张伯伟编《朝鲜时代书目丛刊》,第一册,第 333 页;第二册,第 666 页;第三
册,第 1342、1455、1463、1551、1634 页;第四册,第 2031 页。

古之文章之士,有集之传于世,尚矣。然不过骋词藻、工雕琢,取悦于一时,流名于后代而已。至于性情之真,出处之正,馥郁于简编,昭晰于宇宙,使读之者惕然起敬于千百载之下者,其惟靖节集乎?恭惟主上殿下,聪明冠古,缉熙加功。其于朝夕经筵,讲论经史,沈潜反复之外,凡诸子百家之粹驳异同,靡不旁搜远览。有可以补文治、关世教者,率皆泾渭于睿鉴。于是乎特举是秋,令儒臣参定,而命有司监印,命图画署别提金禔图其迹,又命臣惟吉题其卷后。臣窃观渊明终始,古人论之备矣。所谓欲仕则仕,欲隐则隐,饥则乞食,饱则迎客。以此一节,断尽渊明心事者得矣。然身在柴桑,志专宗国;迹参鱼鸟,忠贯日星。其清风高节,有不可以笔札形容者,则昭明之所不能传,延年之所不能诔也。是以其发为诗文者,独超众类,高不可并,旷不可邻,淡泊乎有大羹之真味焉,窅默乎有咸池之遗响焉,可以上列于《三百篇》之间,奚但为学诗者之门庭而止哉?九原已矣,思其人而不可作,所以搜抉馀芬,点化遗像,使之焜耀人目,激砺颓风,其惓惓于大闲急务,而扶植教导之方,实寓于茫运窅化之中,斯盛举也。呜呼! 世代有前后之殊,遭逢无古今之别。圣心虚伫,恨不同时。渊明有知,应感异代。读是集者,其必意会于此,然后庶不失观诗之旨矣。万历十一年月日。奉教跋。①

万历十一年(1583)正值朝鲜宣祖在位期间。郑惟吉在文中提及宣祖对于此次刊行陶渊明文集非常重视,组织儒臣参与校定,设有专

---

① (朝鲜)郑惟吉:《〈陶靖节集〉跋应制》,《林塘遗稿》卷下,《韩国文集丛刊》第三十五册。

人负责监印,另外又责成图画署官员描绘陶渊明图像,①并命令郑惟吉撰写题跋。如此郑重其事,足征当时朝野上下对于陶渊明的诗文有着非常普遍的推崇与爱好。郑惟吉在文中还对陶渊明的人格及诗文成就作了高度的评价,由于代表了官方的最高意志,对于当时的文学创作显然会起到极为重要的引导作用。洪迪在这样的文化背景之下,创作出檃括了众多陶渊明诗文作品的《念奴娇》词来,自然是水到渠成的结果。

### 第五节　赵冕镐《洞仙歌·檃括〈桃李园序〉》与 李白《春夜宴从弟桃花园序》

赵冕镐(1803—1887)是韩国历代文人当中填词数量最多的作家之一,在他的词作中也有一首檃括词,即《洞仙歌·檃括〈桃李园序〉》:

> 浮生若梦,问为欢终始。秉烛春游古人是。万物之逆旅,天地无情,光阴者,百代过人客子。　　惠连同俊秀,康乐咏歌,桃李芳园招我以。游赏高谈处,乐事天伦,长若此、醉花前月里。且要雅怀伸,有佳诗,金谷酒分明,不容罚尔。②

这是目前发现的唯一一首直接在词题中明确标示"檃括"二字的韩国词作,说明作者有着较为自觉的檃括意识。其檃括的对象是唐

---

① 朝鲜王朝宪宗时编纂的《承华楼书目》中著录有"陶靖节像"(张伯伟编《朝鲜时代书目丛刊》,第三册,第 1411 页),可见此类画像在韩国颇有留存。

② (朝鲜)赵冕镐:《洞仙歌·檃括〈桃李园序〉》,(韩)柳己洙编《历代韩国词总集》,第 278 页。

代李白(701—762)的散文《春夜宴从弟桃花园序》：

> 夫天地者，万物之逆旅也；光阴者，百代之过客也。而浮生若梦，为欢几何？古人秉烛夜游，良有以也。况阳春召我以烟景，大块假我以文章。会桃花之芳园，序天伦之乐事。群季俊秀，皆为惠连。吾人咏歌，独惭康乐。幽赏未已，高谈转清。开琼筵以坐花，飞羽觞而醉月。不有佳咏，何伸雅怀。如诗不成，罚依金谷酒数。①

南宋时期的词人林正大(生卒年不详，活动于开禧年间)也有一篇檃括李白此文的《临江仙》词，可以在此作为比较参照的对象：

> 须信乾坤如逆旅，都来一梦浮生。夜游秉烛尽欢情。阳春烟景媚，乐事史来并。　　座上群公皆俊秀，高谈幽赏俱清。飞觞醉月莫辞频。休论金谷罚，七步看诗成。②

《春夜宴从弟桃花园序》全文共一百十九字，《洞仙歌》词调共八十四字，两者篇幅相差并不太多，所以赵冕镐在檃括时除了"良有以也"、"大块假我以文章"等少数句子外，将原作其馀内容悉数改编入词中，而且也尽可能使用原文的辞句。而《临江仙》词调仅六十字，只有原作篇幅的一半左右，因而林正大在檃括过程中就将原文很多内容省略，同时也较多地运用自己的语言来进行概括，甚至还有自己的引申发挥，如"七步看诗成"一句就是李白原作中所没有

----

①（唐）李白：《春夜宴从弟桃花园序》，（清）王琦注《李太白全集》卷二十七，北京：中华书局，1977 年，下册，第 1292 页。

②（宋）林正大：《括临江仙》，唐圭璋编《全宋词》，第四册，第 2461 页。

的内容。因此，比起林正大来，赵冕镐的这首檃括词在内容上更加接近原文。只是李白原作是不押韵的散文，要将之改编为合律押韵的词，同时又要尽量保存原作内容，不做过多个人的发挥，这对于檃括者的创作技能同样提出了很高的要求。为了做到这一点，赵冕镐对原文做了不少的调整和拼接，充分展示了他对于汉语及词律的娴熟运用能力。

李白的作品从高丽时期开始传入韩国，李奎报（1168—1241）有一首《读李白诗》，其中说道："皇唐富文士，虎攫各专场。前有子昂后韩柳，又有孟郊张籍喧蝈蟷。岂无语宏肆，岂无词屈强。岂无艳夺春葩丽，岂无深到江流汪。如此飘然格外语，非白谁能当？虽不见乘鸾驾鹤去来三清态，已似寥廓凌云翔。"①对李白的文采风流充满仰慕之情。甚至还有高丽学者崔惟清对其作品进行过笺注，足见受欢迎的程度之深。②

到了朝鲜时代，李白诗文集的收藏、刊行情况也屡见载籍，《奎章总目》、《大畜观书目》、《隆文楼书目》、《考事撮要》、《庆尚道册板》、《岭南各邑校院书册录》、《东国通志·艺文志》、《增补文献备考·艺文考》、《洪氏读书录》等公私书目中有着诸多关于"李白"、"李白集"、"李白诗"、"李白诗屏风书"、"李太白集"、"李太白文集"、"李翰林集"、"李翰林集注"的记载。③ 其中如洪奭周（1774—1842）在《洪氏读书录》中说："《李太白集》三十卷，李白之文也。朱

---

① （高丽）李奎报：《读李白诗》，《东国李相国全集》卷十四。

② （朝鲜）朴周锺：《东国通志·艺文志》卷上著录"《李翰林集注》"，并有小字注："高丽崔惟清著。"《增补文献备考·艺文考》卷五著录"《李翰林集注》，文淑公崔惟清奉诏撰"，并有小字注："今不传。"张伯伟编《朝鲜时代书目丛刊》，第六册，第2740、3054页。

③ 参见张伯伟编：《朝鲜时代书目丛刊》，第一册，第335页；第二册，第765、846页；第三册，第1457、1460、1481、1500、1512页；第五册，第2277、2283、2302页；第六册，第2740页；第八册，第4324页。

子曰：'李太白诗，若无法度而从容于法度之中，真圣于诗者也。'可谓一言以尽之矣。注白集者有宋杨齐贤、元萧士赟二家，近有清王琦《集注》颇详云。"①不仅通过征引朱熹的议论对李白诗作给予极高的评价，看来对中国历代注本的情况也相当了解。

李白虽以诗歌著称于世，但《春夜宴从弟桃花园序》也是脍炙人口的散文佳作。韩国文人对这篇文章也相当偏爱，屡屡在诗文中提及，如李冈(1333—1368)《予不乐乐，故作长诗以代歌》云："曾闻谪仙嫌昼短，愿言夜夜长秉烛。"②洪逸童(?—1464)《任子深邀我游汉江，招刚中，用洪武正韵》："劝君以苏长公赤壁之游，请君以王右军兰亭之会，期君以李谪仙园中之宴，共君以欧太守亭上之醉。"③徐居正(1420—1488)《又次日休陪左相游西湖韵》其五："序追桃李会，诗胜溪陂吟。"④都曾化用李白这篇散文中的词句，足以说明韩国文人对此相当熟悉。

尤其值得关注的是另一位韩国文人洪宇远(1605—1687)的一首《春夜宴桃李园》：

> 行子过逆旅，草草俄顷尔。浮生宇宙间，何以异于此。昨日青丝发，今朝雪相似。四序迭推迁，光阴若流水。清夜秉烛游，古人良有以。眷彼芳园中，交开桃与李。白白复红红，烟景烂绣绮。青春莫虚掷，人生行乐耳。况乃群季贤，风格竞秀

---

① (朝鲜) 洪奭周：《洪氏读书录》，张伯伟编《朝鲜时代书目丛刊》，第八册，第4324页。

② (朝鲜) 李冈：《予不乐乐，故作长诗以代歌》，(朝鲜) 徐居正编：《东文选》卷七《七言古诗》。

③ (朝鲜) 洪逸童：《任子深邀我游汉江，招刚中，用洪武正韵》，(朝鲜) 徐居正编：《东文选》卷八《七言古诗》。

④ (朝鲜) 徐居正：《又次日休陪左相游西湖韵》其五，《四佳集·诗集》卷八。

美。玉树吐奇葩，惠连堪并比。纵我惭康乐，文章颇自喜。良宵发兴新，皓月照樽里。开筵叙天伦，和气蔼兰芷。花枝折作筹，羽觞湛绿蚁。好风从东来，缤缤吹落蕊。婵娟香姬御，朱颜粲玉齿。清谈散琼屑，佳句擢肝髓。语豪鬼神惊，笔健风雨起。纷纷金谷杯，谑浪笑相视。星河耿欲斜，取乐殊未已。轩冕一浮云，虚名何足恃。达人外形骸，庸夫恋弊屣。风尘局促生，何似痛饮死。①

全诗不但檃括了《春夜宴从弟桃花园序》的全部内容，另外又有不少作者自己的发挥和引申，例如"昨日青丝发，今朝雪相似"两句化用了李白《将进酒》中"君不见高堂明镜悲白发，朝如青丝暮成雪"句意，②而"语豪鬼神惊，笔健风雨起"两句则化用了杜甫《寄李十二白二十韵》中"笔落惊风雨，诗成泣鬼神"句意，③这不但充实丰富了作品的内涵，也使得全诗篇幅几近原作的一倍。

　　值得注意的是，上文所举的徐居正、洪宇远、赵冕镐等人的作品，在创作时所参考的李白原文，很有可能都源出于在韩国流传极广的《古文真宝》。该书在后集中收录了李白的两篇散文，本文即为其中之一，但题目并不是李白文集中所作的"桃花园序"，而是改为"桃李园序"，原文中的"会桃花之芳园"也被相应地改作"会桃李之芳园"。④ 而这些改动恰好与徐居正诗中的"序追桃李会"、洪宇

---

　　①（朝鲜）洪宇远：《春夜宴桃李园》，《南坡集》卷三，《韩国文集丛刊》第一百零六册。

　　②（唐）李白：《将进酒》，（清）王琦注《李太白全集》卷三，上册，第179页。

　　③（唐）杜甫：《寄李十二白二十韵》，（清）仇兆鳌注《杜诗详注》卷八，第二册，第661页。

　　④（宋）黄坚选编：《详说古文真宝》后集卷二，熊礼汇点校，长沙：湖南人民出版社，2007年，第137页。按：现存李白别集及《文苑英华》、《唐文粹》等宋代总集均作"桃花园"，后世唯清康熙间所编《古文观止》亦题作"桃李园"。

远诗题中的"春夜宴桃李园"以及诗中的"交开桃与李"、赵冕镐词序中的"隳括《桃李园序》"以及词中的"桃李芳园招我以"相吻合，这说明他们当时依据的应该正是《古文真宝》，而未必是李白文集。

《古文真宝》是韩国历史上影响最大的中国诗文选本之一，在高丽、朝鲜两朝翻刻极多，流传相当广泛。① 在《西库藏书录》、《大畜观书目》、《隆文楼书目》、《宝文阁册目录》、《考事撮要》、《诸道册板录》、《完营册板目录》、《镂板考》、《各道册板目录》、《岭南各邑校院书册录》、《清芬室书目》等韩国历代公私书目中有大量收藏、刻印《古文真宝》、《古文真宝大全》、《古文真宝抄》、《古文真宝谚解》等书的记载。② 朝鲜王朝初期的学者姜淮仲在《〈善本大字诸儒笺解古文真宝〉志》中曾经述及此书自高丽时期开始传入韩国的情况：

> 此编所载诗文，先儒精选古雅，表而出之，承学之士所当矜式也。前朝时，樵隐先生禄生出镇合浦，董戎之暇，募工刊行。由是皆知是编有益于学者，然其本岁久板昏，且无注解，观者病焉。岁在己亥，予承乏观察忠清。越明年，公州教授田艺出示此本，有补注明释锜然于心目。因嘱沃川守李护监督重刊，未数月而告毕。於乎，岂非斯文之一幸哉！今以二本雠校，则旧本颇有樵隐先生所删所增，故与今本中间微有小异耳。③

---

① 参见巩本栋：《宋人撰述流传丽、鲜两朝考》，载张伯伟主编：《域外汉籍研究集刊》第一辑，北京：中华书局，2005 年。

② 参见张伯伟编：《朝鲜时代书目丛刊》，第二册，第 638、728、739、781、810、851、902 页；第三册，第 1438、1453、1456、1466、1467、1469、1474、1480、1551、1619 页；第四册，第 2019 页；第五册，第 2202、2285 页；第八册，第 4805 页。

③ （朝鲜）姜淮仲：《〈善本大字诸儒笺解古文真宝〉志》，见（高丽）田禄生《樵隐逸稿》卷四《附录·遗事》，《韩国文集丛刊》第三册。

又金宗直(1431—1492)在《〈详说古文真宝大全〉跋》中也提到过该书流传入韩国以后的刊行情况,并对该书的价值做过一番评定:

> 自流入东土,樊隐田先生首刊于合浦,厥后继刊于管城,二本互有增减。景泰初,翰林侍读倪先生将今本以遗我东方。其诗若文,视旧倍筱,号为大全。汉、晋、唐、宋奇闲僬越之作,会粹于是。而骈四俪六,排比声律者,虽雕绘如锦绣,豪壮如鼓吹,亦有所不取。又且参之以濂溪关洛性命之说,使后之学为文章者,知有所根柢焉。呜呼,此其所以为真宝也欤! 然而此书不能盛行于世,盖铸字随印随坏,非如板本一完之后,可恣意以印也。前监司李相公恕长尝慨于兹,以传家一帙,嘱之晋阳。今监司吴相公伯昌继督。牧使柳公良、判官崔侯荣敬承二相之志,力调工费,未期月而讫功。将见是书之流布三韩,如菽粟布帛焉。家储而人诵,竞为之则。盛朝之文章法度,可以凌晋、唐、宋,而媲美周、汉矣。夫如是则数君子规画锓梓之功,为如何也?①

参酌姜、金两家的介绍,可知《古文真宝》传入韩国之后,先由高丽时期的学者田禄生(1318—1375)在合浦、管城两地先后刊行,内容互有增减;之后又在朝鲜王朝初期,由姜淮仲等在沃川刊印新本,附有新增补的注释;至明代景泰(1450—1457)初,又从来自中国的使臣倪谦(1415—1479)那里得到了新的版本,收录作品的数量较以前的版本更多。但由于此前一直采用铸字排印,无法长期大量印刷,以致该书不能盛行于世。所以李恕长、吴伯昌、柳公良、崔侯

---

① （朝鲜）金宗直:《〈详说古文真宝大全〉跋》,见（高丽）田禄生《樊隐先生逸稿》卷四《附录·遗事》。

荣等人又重新雕版付梓，以利于此书的流通传播。至于本书的价值，姜淮仲和金宗直不约而同地都认为全书荟萃了中国汉、晋、唐、宋历代的名篇佳作，对于初学文章者而言，起到了奠定根基和悬为准则的作用。《古文真宝》在后世也确实一直盛行不衰，如朴世采（1631—1695）《跋新定〈自警编〉》云："东人有言：《自警编》学问，《古文真宝》文章。盖谓用功近而收效多也。"①金锡胄（1634—1684）《古文百选序》云："近世选文者，西山有《真宝》，谢氏有《轨范》，是二书最盛行于今。"②朝鲜正祖李祘（1752—1800）的《弘斋日得录》也说："诸臣读文读《古文真宝》，看诗看《百联抄》。彼固冗俚可厌，而犹胜于近世学明清诗文者，坏了心志，斫了元气。"③都说明该书在韩国传播之广泛及影响之深远。因此，赵冕镐在创作櫽括词时，取材于《古文真宝》也是事出有因的。

　　本章研讨了韩国历史上不同时期的五首櫽括词，这些作品的共同之处在于取材的对象都是来自中国的文学作品，从中可以发现韩国历代文人对于中国古代文学作品的偏好，也折射出中国文化对于韩国的深远影响。这些被櫽括的对象体裁多样，包括从东晋至赵宋时期的诗歌、散文和词，而且作品的出处各不相同，有的出自作家个人的文集，有的出自笔记，有的则出自诗文总集，这也反映出汉籍在东传过程中流传和接受的多样化特点。除了本章所举的五个典型个案，类似的作品其实还有不少，如李洪南（1515—1572）的《巫山一段云·公山十景·东楼送客》中有"柳枝春色十分

---

①（朝鲜）朴世采：《跋新定〈自警编〉》，《南溪集·正集》卷六十九，《韩国文集丛刊》第一百四十一册。

②（朝鲜）金锡胄：《古文百选序》，《息庵遗稿》卷八，《韩国文集丛刊》第一百四十五册。

③（朝鲜）李祘：《弘斋日得录》，蔡美花、赵季主编《韩国诗话全编校注》，第六册，第4765页。

新,攀折赠行人。……渭城歌罢更酸辛,朝雨浥轻尘"数句,就将唐
人王维《送元二使安西》全篇"渭城朝雨浥轻尘,客舍青青柳色新。
劝君更尽一杯酒,西出阳关无故人",①悉数檃括入自己的词作之
中。韩国文人在檃括中国文学作品的过程中,提高了运用汉语的
能力以及掌握词律的水平。与此同时,檃括词的创作还具有文学
批评的意味,这些被檃括的作品实际上代表了历代韩国文人心目
中的中国文学经典。

　　檃括词的出现,对于词这种体裁在韩国的发展也起到了一定
的助推作用。因为词体在最初兴起的时候,就与注重"言志"、讲究
"兴观群怨"的诗存有极大的差异,并不要求词人关注政教风化,而
是更侧重于"簸弄风月,陶写性情",②因而形成了"词为诗馀"的观
念,这甚至成为人们根深蒂固的深层意识。在韩国词文学的发展
过程中,也存在着这样的认识,洪醇浩(1766—?)在其《满庭芳·咏
梅》的序言中就提到:"凡词之作,自温、李而下,其语淫艳鄙亵,殆
非丈夫所为。"③这种观念的存在,对于词体的正常发展显然会带
来很大的负面影响。但是檃括词的情况比较特殊,正如南宋词人
林正大在其檃括词专集《风雅遗音》的自序中所说的那样,创作檃
括词"不惟燕寓欢情,亦足以想象昔贤之高致"④,由于作品檃括的
对象大多是历代公认的经典的诗歌、散文作品,所以作家可以较为
从容地从事词的创作,这在某种程度上也起到了推尊词体的作用。

--------

　　① (朝鲜)李洪南:《巫山一段云·公山十景·东楼送客》,(韩)柳己洙编《历代韩
国词总集》,第127页;(唐)王维:《送元二使安西》,(清)赵殿成笺注《王右丞集笺注》
卷十四,第263页。

　　② (宋)张炎:《词源》卷下《赋情》,唐圭璋编《词话丛编》,第一册,第263页。

　　③ (朝鲜)洪醇浩:《满庭芳·咏梅》,(韩)柳己洙编《历代韩国词总集》,第267页。

　　④ (宋)林正大:《风雅遗音序》,载林正大《风雅遗音》卷首,《四库全书存目丛书》
集部第422册影印明刻本。

# 第四章　韩国词人对中国词作的步和与拟效

由于历史上长期存在着一个规模庞大的"汉字文化圈",使得中国作家的作品在周边诸多地区的传播与接受,往往能够突破地域、国家或民族的界限,呈现出异常丰富精彩而又复杂多样的情形,而域外作家对中国文学作品的模仿效法无疑是体现这种传播与接受过程的重要途径。高丽时期的李奎报(1169—1241)在《白云小说》中曾说:"凡效古人之体者,必先习读其书,然后效而能至也。否则剽掠犹难。譬之盗者,先窥谋富人之家,习熟其门户墙篱,然后善入其宅,夺人所有,为己之有,而使人所不知也。不尔,及夫探囊取箧,必见捕捉矣。"①强调仿效前人诗文之前,必须熟读其作品,方能融会贯通,化为己有。

对于前人作品的揣摩寻绎,自然要涉及题材、措辞、技巧、风格等诸多环节,具体落实到词这一体裁时,则还有一个相当重要的因素,即对词律的掌握运用。较诸诗律而言,词律的要求更加细致严苛,正如宋代词人李清照(1084—1155?)所云:"盖诗文分平侧,而歌词分五音,又分五声,又分六律,又分清浊

---

① (高丽)李奎报:《白云小说》,蔡美花、赵季主编《韩国诗话全编校注》,第一册,第58页。

轻重。"①宋元之际的词人仇远(1247—1326)也强调:"世谓词者诗之馀,然词尤难于诗,词失腔犹诗落韵,诗不过四五七言而止,词乃有四声、五音、均拍、重轻、清浊之别,若言顺律舛,律协言谬,俱非本色。或一字未合,一句皆废;一句未妥,一阕皆不光采,信戛戛乎其难。"②可见即便是对中国文人而言,掌握词律都不是一件轻而易举的事。因而在创作之际,依照词谱或前人词作来倚声填词,无疑是较为稳妥的方式。元人虞集(1272—1348)就曾说过:"近世士大夫号称能乐府者,皆依约旧谱,仿其平仄,缀辑成章。"③同时代的罗宗信(生卒年不详)也提到:"学宋词者,止依其字数而填之耳。"④在韩国文人的填词过程中,同样存在以中国词作为学习对象,依据其词律声调进行创作的情况。本章选取苏轼和朱熹这两家,详细考察韩国文人在对他们的词作加以步和及拟效的过程中所出现的各种情况。

## 第一节　韩国历代和苏轼词论

宋代文学家苏轼(1037—1101)不仅在中国本土声誉卓著,而且在韩国、日本等周边国家也影响深远。韩国学者洪瑀钦曾撰有《"拟把汉江当赤壁"——韩国苏轼研究述略》一文,对苏轼作品在

---

① (宋) 李清照:《词论》,徐培均笺注:《李清照集笺注》,上海:上海古籍出版社,2002 年,第 267 页。

② (宋) 仇远:《玉田词题辞》,(宋) 张炎撰:《山中白云词》附《参考资料辑》二《序录》,吴则虞校辑,北京:中华书局,1983 年,第 164 页。

③ (元) 虞集:《叶宋英自度曲谱序》,李修生主编《全元文》卷八二二,南京:凤凰出版社,2004 年,第二十六册,第 145 页。

④ (元) 罗宗信:《中原音韵序》,载(元) 周德清辑《中原音韵》卷首,北京:中华书局,1978 年。

韩国的传播和接受过程有过较为详赡和精彩的介绍。① 不过该文主要关注苏轼的诗文作品，对其词作尚未给予充分的重视，令人不免有遗珠之憾。另一位韩国学者柳基荣则撰有《苏轼与韩国词文学的关系》，②只是考察范围局限于车柱环《韩国词文学研究》所辑录的内容，涉及的词作数量较为有限，尚未能充分呈现东坡词在韩国词学史上形成的典范效应。

实际上苏轼词作的价值绝不逊色于其诗文创作，清代词论家陈廷焯(1853—1892)甚至强调说："人知东坡古诗古文，卓绝百代。不知东坡之词，尤出诗文之右。盖仿九品论字之例，东坡诗文纵列上品，亦不过为上之中下，若词则几为上之上矣。此老生平第一绝诣，惜所传不多也。"③认为东坡词可以凌驾于其诗文之上。所论虽不无偏颇，但历代词人对东坡词确实口追心摹，极为欣赏，从北宋中后期至清代康熙年间，约有五百馀首次韵东坡的词作传世。④而在韩国也有类似的情况，据初步统计，约有十一人次共二十二首步和东坡词的作品⑤。数量看似并不多，但若考虑到现存韩国历代词的总数仅为二千馀首，那么这一数量所占的比重还是相当惊人的。通过考察这些词作的创作过程，既可以了解东坡词在韩国的传播情况，也便于考察韩国历代文人对东坡词的接受状况。

---

① (韩)洪瑀钦：《"拟把汉江当赤壁"——韩国苏轼研究述略》，曾枣庄等著《苏轼研究史》第九章，南京：江苏教育出版社，2001年，第571—622页。

② (韩)柳基荣：《苏轼与韩国词文学的关系》，载《复旦学报》1997年第6期。

③ (清)陈廷焯：《白雨斋词话》卷七，唐圭璋编《词话丛编》，第四册，第3937页。

④ 刘尊明：《历代词人次韵苏轼词的定量分析》，载《深圳大学学报(人文社会科学版)》2010年第3期。

⑤ 统计主要依据词题、词序中所标示的"用东坡韵"、"次东坡"、"效苏长公体"等语词，同时辅之以词调格律和用韵情况的比对。

### 一、韩国历代和苏轼词的形式要素

为了表示对某位作家或某篇作品的欣赏，古人时常在诗词创作中采取追和前人的方式。但由于受到原作韵脚的限制，往往又会给和韵者带来不少的困难。金元之际的诗论家王若虚(1174—1243)批评说："次韵实作者之大病也。诗道至宋人，已自衰弊，而又专以此相尚，才识如东坡，亦不免波荡而从之，集中次韵者几三之一。虽穷极技巧，倾动一时，而害于天全多矣。使苏公而无此，其去古人何远哉!"①将诗道衰颓归咎于苏轼等人集中次韵之作过多，以致诗人将主要精力都集中于此而无暇旁顾。虽不免过甚其辞，但也足见创作过程中采取唱和次韵方式极为盛行。

对于唱和次韵的现象，韩国历代文人也相当关注。高丽中期的李仁老(1152—1220)曾说："诗之巧拙不在于迟速先后，然唱者在前，和之者常在于后，唱者优游闲暇而无所迫，和之者未免牵强堕险。是以继人之韵，虽名才，往往有所不及，理固然矣。"②指出与首倡者相较，步和者遇到的挑战更为艰巨。朝鲜时期的金安老(1481—1537)则指出："古人于诗投赠酬答，但和其意而已。次韵之作始自中古，往复重押，愈出愈新，至欧、苏、黄、陈而大盛。然于词赋用韵，未之闻焉。我国凡皇朝使臣采风观谣之作，例皆赓和之，虽词赋大述亦必步韵。"③认为宋代以前文人唱和时仅注意内容意旨的相关，从宋代开始则转为注重次韵。而韩国文士受到中

① (金)王若虚：《滹南诗话》卷二，丁福保辑《历代诗话续编》，上册，第515页。
② (高丽)李仁老：《破闲集》卷上，蔡美花、赵季主编《韩国诗话全编校注》，第一册，第11页。
③ (朝鲜)金安老：《龙泉谈寂记》，蔡美花、赵季主编《韩国诗话全编校注》，第一册，第407页。

国的影响,尤其是在与中国使臣的交流过程中,诗文创作也多以赓和步韵为尚。李晬光(1563—1628)则进一步批评道:"次韵之作,始于元、白而盛于赵宋,我国则尤以华国为重,故争尚此法。如举子习科业者之为,岂曰诗哉?"①认为韩国文士效仿中国,在创作时竞相次韵,实在有悖于诗道。虽然从中可见他对此持批评否定的态度,但也说明在实际创作中,韩国文士对唱和这种创作方式还是极为热衷的。

与和韵诗相较,和韵词的创作难度更大。南宋词论家张炎(1248—1320?)认为:"词不宜强和人韵,若倡者之曲韵宽平,庶可赓歌;倘韵险又为人先,则必牵强赓和,句意安能融贯,徒费苦思,未见有全章妥溜者。"②究其原因,恐怕主要是由于词律的要求较之诗律更为繁复苛刻,因而会给和韵者带来更大的挑战。依照所设条件的不同,和韵又可以进一步划分为依韵、次韵和用韵三类:所谓"依韵",指的是使用与原作所押韵脚属于同一韵部中的韵字来进行创作,除此以外,对所用韵字并没有特别的要求;所谓"次韵",指的是完全沿用原作所使用过的韵字,而且先后的顺序也必须与原作保持一致;所谓"用韵",指的是使用原作所用的韵字来进行创作,但其先后顺序可以依据实际的需要加以变化。③ 根据这

---

① (朝鲜)李晬光:《芝峰类说》卷九《文章部二·诗法》,蔡美花、赵季主编《韩国诗话全编校注》,第二册,第1054页。

② (宋)张炎:《词源》卷下,唐圭璋编《词话丛编》,第一册,第265页。

③ (明)徐师曾:《文体明辨序说·和韵诗》:"按和韵诗有三体:一曰依韵,谓同在一韵中而不必用其字也。二曰次韵,谓和其原韵而先后次第皆因之也。三曰用韵,谓用其韵而先后不必次也。"(与吴讷《文章辨体序说》合订一册,于北山、罗根泽校点,北京:人民文学出版社,1962年,第109页。)按:徐氏所论虽为和韵诗,但也适用于和韵词。按:(明)胡震亨《唐音癸签》卷三云:"和诗用来诗之韵曰用韵,依来诗之韵尽押之不必以次曰依韵,并依其先后而次之曰次韵。"(周本淳点校,上海:上海古籍出版社,1981年,第25页。)所论与徐氏不尽相同。因不影响本文论说,此处姑以徐氏之说为准。

些不同的规定来衡量，韩国历代出现过的诸多和东坡词只有依韵和次韵两种情况。

　　早在高丽时期，苏轼的文集就已传入韩国。与苏轼交往颇密的北宋诗人苏颂（1020—1101）有一首《己未九月予赴鞫御史闻子瞻先已被系予昼居三院东阁而子瞻在知杂南庑才隔一垣不得通音息因作诗四篇以为异日相遇一噱之资耳》，其中有自注云：“前年高丽使者过馀杭，求市子瞻集以归。”①此诗作于元丰二年己未（1079），因而自注所云“前年”为熙宁十年（1077）。在此之前，苏轼任杭州通判时所撰《钱塘集》已经付梓刊行，高丽使者购置的当即此书。②而据高丽文士李奎报（1169—1241）在《全州牧新雕东坡文集跋尾》中说：“夫文集之行乎世，亦各一时之所尚而已。然今古以来，未若东坡之盛行，尤为人所嗜者也。岂以属辞富赡，用事恢博，滋液之及人也，周而不匮故欤？自士大夫至于新进后学，未尝斯须离其手，咀嚼馀芳者皆。其摹本旧在尚州，不幸为虏兵所焚灭，了无子遗矣。完山守礼部郎中崔君址，好学乐善，君子人也，闻之慨然，方有重刻之志。”③可知苏轼文集传入以后，不仅对韩国文士的诗文创作带来深远的影响，而且马上就有翻刻本行世。朝鲜王朝初期的徐居正（1420—1488）在《东人诗话》中也提到：“高丽文士专尚东坡，每及第榜出，则人曰：‘三十三东坡出矣。’高元间，宋使求诗，学士权适赠诗曰：‘苏子文章海外闻，宋朝天子火其文。文

---

　　①（宋）苏颂：《己未九月予赴鞫御史闻子瞻先已被系予昼居三院东阁而子瞻在知杂南庑才隔一垣不得通音息因作诗四篇以为异日相遇一噱之资耳》，北京大学古文献研究所编，傅璇琮、倪其心、孙钦善、陈新、许逸民主编《全宋诗》卷五二八，北京：北京大学出版社，1998年，第十册，第6392页。

　　②参见王水照：《苏轼文集初传高丽考》，载作者《半肖居笔记》，第62—64页。

　　③（高丽）李奎报：《全州牧新雕东坡文集跋尾》，《东国李相国集》卷二十一，《韩国文集丛刊》第一册。

章可使为灰烬,千古芳名不可焚.'宋使叹服。其尚东坡可知也
已。"①同样说明苏轼作品在当时韩国文士心目中的地位是旁人难
以企及的。

　　事实上,韩国文人不仅在诗文领域多仿效苏轼,在填词方面也
多依照东坡词作。韩国文人最初步和东坡词的作品多为依韵之
作。现存最早的一篇和东坡词出自高丽中期李齐贤(1288—1367)
之手,其《浣溪沙·早行》云:

　　　　　旅枕生寒夜惨凄,半庭明月露凄迷,疲僮梦语马频
　　嘶。　　人世几时能少壮,宦游何处计东西? 起来聊欲舞
　　荒鸡。②

李齐贤是韩国文学史上第一位大量运用词体进行创作的文人,徐
居正《东人诗话》曾给予其词作很高的评价:"乐府句句字字皆协音
律,古之能诗者尚难之。陈后山、杨诚斋皆以谓:'苏子瞻乐词虽
工,要非本色语.'况不及东坡者乎? 吾东方语音与中国不同,李相
国、李大谏、猊山、牧隐皆以雄文大手,未尝措手。唯益斋备述众
体,法度森严。"③李齐贤在填词时本就有"翘企苏轼"的倾向④,本
篇虽然没有明确说明是步和之作,但若与苏轼的一首《浣溪沙》相
互比较,就能看出两者之间的渊源关系:

--------

①　(朝鲜)徐居正:《东人诗话》卷上,蔡美花、赵季主编《韩国诗话全编校注》,第一
册,第185页。
②　(高丽)李齐贤:《浣溪沙·早行》,(韩)柳己洙编《历代韩国词总集》,第27页。
③　(李朝)徐居正:《东人诗话》卷上,蔡美花、赵季主编《韩国诗话全编校注》,第一
册,第183页。按:"益斋"为李齐贤号。
④　夏承焘:《域外词选·前言》,夏承焘选校,张怀珍、胡树森注释《域外词选》,北
京:书目文献出版社,1985年,第4页。

山下兰芽短浸溪，松间沙路净无泥，萧萧暮雨子规啼。　　谁道人生无再少？门前流水尚能西，休将白发唱黄鸡。①

可以发现李词实际上是一首依韵之作：上片所押三平韵虽与苏词并不相同，内容也不甚相关；但下片不仅所押二平韵完全一致，在内容上也与苏词息息相关。不过苏词豁达豪迈，李词悲慨抑郁。李词的"人世几时能少壮"正是针对苏词"谁道人生无再少"而提出的质疑。可见虽是依韵之作，李词却并未受制于原作，而是直接抒发自己的真实感触。

而绝大部分韩国文人的和东坡词都严格依照苏轼所押的韵脚进行创作，属于次韵之作。如李齐贤另外还有一篇《大江东去·过华阴》：

三峰奇绝，尽披露、一掬天悭风物。问说翰林，曾过此、长啸苍松翠壁。八表神游，三杯通道，驴背须如雪。尘埃俗眼，岂知天上人杰。　　犹想居士胸中，倚天千丈气，星虹间发。缥缈仙踪，何处问、箭筈天光明灭。安得联翩，云裾霞佩，共散骐骦发。花间玉井，一樽麦醉秋月。②

虽然作者并没有明确说明创作缘由，但仔细体味之后，不难发现这其实是一首次韵之作，效仿对象正是苏轼的名篇《念奴娇·赤壁怀古》：

---

① （宋）苏轼：《浣溪沙》，邹同庆、王宗堂校注《苏轼词编年校注》，北京：中华书局，2002 年，第 358 页。

② （高丽）李齐贤：《大江东去·过华阴》，（韩）柳己洙编《历代韩国词总集》，第 28 页。

　　　　大江东去,浪淘尽、千古风流人物。故垒西边,人道是、三
　　国周郎赤壁。乱石穿空,惊涛裂岸,卷起千堆雪。江山如画,
　　一时多少豪杰。　　遥想公瑾当年,小乔初嫁了,雄姿英发。
　　羽扇纶巾,谈笑间、强虏灰飞烟灭。故国神游,多情应笑我,早
　　生华发。人间如梦,一尊还酹江月。①

此篇为苏轼代表作,宋人已有"东坡'大江东去'赤壁词,语意高妙,
真古今绝唱"之评,②因而词牌《念奴娇》又有"大江东去"的别称。
李齐贤的词作径直以"大江东去"作为词牌名,本身已经隐约透露
出东坡词对其产生的潜在影响。

　　正因为《念奴娇·赤壁怀古》是一首杰作,所以也就格外受到
青睐,后世步和之作屡见不鲜。李朝中后期的李衡祥(1653—
1733)有一首《大江东去·城皋次过华阴》:

　　　　九曲斗绝,有心哉为吾,青毡旧物。邂逅道人于此驻,不
　　羡坡翁赤壁。万翠朝冈,双碧耸桧,子猷时棹雪。六友在目,
　　亦觉霜下有杰。　　当知浩然亭上,认理且说,气亦足以发。
　　前子有言后镞中,前筈万想难灭。顾我方寸,电奔雷厉,青山
　　危一发。岂若如来,证此心千江月。③

从词题中所提及的"次过华阴",可以推断本篇原先是追和上述李

---

　　①　(宋)苏轼:《念奴娇·赤壁怀古》,邹同庆、王宗堂校注《苏轼词编年校注》,第
398—399 页。
　　②　(宋)胡仔:《苕溪渔隐丛话》前集卷五十九,唐圭璋编《词话丛编》,第一册,第
168 页。
　　③　(朝鲜)李衡祥:《大江东去·城皋次过华阴》,(韩)柳己洙编《历代韩国词总
集》,第 201 页。

齐贤《大江东去·过华阴》之作，因而也可以算是受到苏轼《念奴娇》词的间接影响。苏轼此作在中国历代和东坡词中是被追和最多的作品，数量达到 247 首，也是所有唐宋词中被后世次韵最多的作品。[①] 词中描绘的赤壁漫游情景也给韩、日等周边国家的文人留下过难以磨灭的印象。朝鲜前期的李荇（1478—1534）、朴訚（1479—1504）等人曾在汉江绝壁仿效苏轼当年的赤壁之游，并写下大量相关的诗歌作品，从而成为朝鲜前期文坛接受苏轼影响的重要标志。[②] 而在日本，也有所谓"赤壁会"的活动，不少文人都留下过众多模拟苏轼漫游赤壁的诗文作品。[③] 凡此种种都足以展现在整个汉字文化圈中，赤壁之游带有强烈的文化象征意味。李衡祥在其词中提及"邂逅道人于此驻，不羡坡翁赤壁"，也在某种程度上彰显其所受到的影响。

　　苏轼还有一首脍炙人口、传唱千古的佳作《水调歌头·丙辰中秋，欢饮达旦，大醉。作此篇，兼怀子由》：

　　　　明月几时有？把酒问青天。不知天上宫阙，今夕是何年。我欲乘风归去，又恐琼楼玉宇，高处不胜寒。起舞弄清影，何似在人间！　　转朱阁，低绮户，照无眠。不应有恨，何事长向别时圆！人有悲欢离合，月有阴晴圆缺，此事古难全。但愿人长久，千里共婵娟。[④]

---

　　① 参见刘尊明：《历代词人次韵苏轼词的定量分析》，载《深圳大学学报》2010 年第3 期。

　　② 参见（韩）洪瑀钦：《"拟把汉江当赤壁"——韩国苏轼研究述略》，曾枣庄等著《苏轼研究史》第九章，第 589—593 页。

　　③ 参见（日）池泽滋子：《日本的赤壁会和寿苏会》，上海：上海人民出版社，2006 年。

　　④ （宋）苏轼：《水调歌头·丙辰中秋，欢饮达旦，大醉。作此篇，兼怀子由》，邹同庆、王宗堂校注《苏轼词编年校注》，第 173—174 页。

这一篇词也同样受到韩国文士的重视,屡屡有和作问世。朝鲜后期的李瀷(1681—1763)有一篇《水调歌头·寄洪古阜叙一相朝,次东坡〈水调歌头〉》：

> 山川正修阻,异地本洞天。白云何处飞绕,黄菊厌残年。夜梦蘧然来去,随意枫丹露白,无处不清寒。祸福有常命,夷险转头间。　倚沧海,瞻斗极,悄孤眠。达人远瞩,不信觚破即成圆。众道攀援枝叶,我独推寻行墨,毕竟孰亏全? 缅忆曾欢会,江汉杂花娟。①

还有韩国近代文士赵冕镐(1803—1887)的一首《水调歌头·白牡丹》：

> 南院石兰在,可是懒阴天。玉杯□□承露,②谁记桂宫年? 初卷锦帷香海,又呼锁烟笼雨,琼浆沁髓寒。夙世侬和你,那梦到人间。　朝来笑,暮也困,欲成眠。何日归去,天上有月几回圆? 倾国倾城堪唾,魏紫姚黄无数,雪操玉同全。白发怕堂叟,相对一婵娟。③

李瀷在词序中明确说明是"次东坡《水调歌头》",赵冕镐则未予说明,但比对之后可以确定和李词一样,都是次韵之作。苏轼此作在

---

① (朝鲜)李瀷:《水调歌头·寄洪古阜叙一相朝,次东坡〈水调歌头〉》,(韩)柳己洙编《历代韩国词总集》,第220页。

② 原作阙两字。

③ (朝鲜)赵冕镐:《水调歌头·白牡丹》,(韩)柳己洙编《历代韩国词总集》,第283页。

中国本土也颇受关注,历代追和之作共有 34 首之多,①因而它受到韩国文人的格外关注也在情理之中。

除了上述这些名篇佳作屡屡得到韩国文人的追和外,苏轼其他一些作品有时也会受到意外的眷顾。例如苏轼《水龙吟》一调,现存共有六篇作品,其中三首都曾在中国本土得到过后世文人的多次步和,另外三首却一直都乏人问津。② 例如以下这首:

> 古来云海茫茫,道山绛阙知何处? 人间自有,赤城居士,龙蟠凤举。清净无为,坐忘遗照,八篇奇语。向玉霄东望,蓬莱晻霭,有云驾、骖风驭。　　行尽九州四海,笑纷纷、落花飞絮。临江一见,谪仙风采,无言心许。八表神游,浩然相对,酒酣箕踞。待垂天赋就,骑鲸路稳,约相将去。③

不过在韩国,却有文人对此篇竭力予以模仿,如李万敷(1664—1732)的《水龙吟·用东坡韵,美公隐遁寿考》云:

> 若有人兮休姱,囊括爻象自堪处。将求击磬,者归溟渤,泙瀡鞁举。怀抱侗然,古昔成败,输之忘语。却葆真澄邮,熙熙岂佗傺,虹旗超龙驭。　　真是春光不力,夸繁荣、雨花风絮。能居此宅,有征休诧,旌阳升许。肴朦钟鼓,错陈扬采,娩颜中踞。把款然悃尔,蜉蝣寄较,得几相去。④

----

① 参见刘尊明:《历代词人次韵苏轼词的定量分析》,载《深圳大学学报》2010 年第 3 期。

② 参见刘尊明:《历代词人次韵苏轼词的定量分析》,载《深圳大学学报》2010 年第 3 期。

③ (宋) 苏轼:《水龙吟》,邹同庆、王宗堂校注《苏轼词编年校注》,第 556—557 页。

④ (朝鲜) 李万敷:《水龙吟·用东坡韵,美公隐遁寿考》,(韩) 柳己洙编《历代韩国词总集》,第 212—213 页。

苏轼的原作描写了修道者自由洒脱、超凡脱俗的风采,李万敷的和作则赞美友人遁世隐居、得享高年,在内容方面颇有相似之处。想必李万敷平日对东坡词极为熟稔,因而在构思之时就顺理成章地联想到东坡之作,并加以步和仿效。由此可见韩国文人虽然受到中国文学的影响,却能够相对地持一种超然的态度,在步和过程中,并不一定会受到中国本土文学评价标准的影响,而可以根据个人的喜好和实际的需求来加以选择。

除了在词律方面亦步亦趋地参照苏轼的词作进行创作,韩国文人在填词之际,于形式上还时常兼有其他方面的模拟。例如何谦镇(1870—1946)的《西江月·效苏长公体,仍用其韵》:

> 西峡烟深蔼蔼,东郊月隐迟迟。空堂酒尽客来时,不惜为诗相寄。　　阮籍岂真狂者,楚人能作悲辞。君家茂竹与清池,已足令人心醉。①

所学习仿效的对象是苏轼的一首《西江月·送钱待制穆父》:

> 莫叹平齐落落,且应去鲁迟迟。与君各记少年时,须信人生如寄。　　白发千茎相送,深杯百罚休辞。拍浮何用酒为池,我已为君德醉。②

除了押原词之韵外,何氏还特别强调了"效苏长公体",细究其实,当是指苏词前两句中所使用的叠字。苏轼偏好在诗作中运用叠

---

① (朝鲜)何谦镇:《西江月·效苏长公体,仍用其韵》,(韩)柳己洙编《历代韩国词总集》,第347页。

② (宋)苏轼:《西江月·送钱待制穆父》,邹同庆、王宗堂校注《苏轼词编年校注》,第597页。

字,曾经引起过韩国诗论家的注意,李晬光在《芝峰类说》中就曾评论说:"诗用叠字,古人不以为嫌,最忌意叠。如苏子瞻律、绝中,叠使数字者多矣。"①从词律来看,使用叠字并不是《西江月》一调的要求,但苏轼却非常偏好在这一词调中加以运用,除了本篇之外,还有不少作品可资参证,如《重阳栖霞楼作》篇中有"点点楼头细雨,重重江外平湖"之句,②又《春夜行蕲山水中过酒家,饮酒醉,乘月至一溪桥上,解鞍曲肱少休。及觉已晓,乱山葱茏,不谓人世也,书此词桥柱上》篇有"照野弥弥浅浪,横空暧暧微霄"之句。③由此也引起何氏的特别关注,并着力加以揣摩和效仿。从创作者的主观角度而言,这最初或许只是基于好奇的浅尝辄止,但从客观效果来看,这种揣摩和效仿对于创作者演练与掌握这一技巧无疑是多有裨益的,有时甚至还将这种创作手法运用到其他作品的创作之中。试看他另一首《西江月·菊花》:

> 艳艳香浮皎月,轻轻露浥幽泉。却疑蓬岛众灵仙,清夜来临深院。　　□□初看孤秀④,千葩忽觉均圆。春花不敢与争妍,观取犹当一面。⑤

追和的作品是苏轼《西江月·送建溪双井茶、谷帘泉与胜之,徐君猷家后房,甚慧丽,自陈叙本贵种也》:

---

①（朝鲜）李晬光:《芝峰类说》卷九《文章部二·诗法》,蔡美花、赵季主编《韩国诗话全编校注》,第二册,第1060页。

②（宋）苏轼:《西江月》,邹同庆、王宗堂著《苏轼词编年校注》,第432页。

③（宋）苏轼:《西江月·春夜行蕲山水中过酒家,饮酒醉,乘月至一溪桥上,解鞍曲肱少休。及觉已晓,乱山葱茏,不谓人世也,书此词桥柱上》,邹同庆、王宗堂校注《苏轼词编年校注》,第361页。

④ 原作阙两字。

⑤（朝鲜）何谦镇:《西江月·菊花》,(韩)柳己洙编《历代韩国词总集》,第347页。

　　　　龙焙今年绝品,谷帘自古珍泉。雪芽双井散神仙,苗裔来
从北苑。　　汤发云腴酽白,盏浮花乳轻圆。人间谁敢更争
妍,斗取红窗白面。①

此篇苏轼本人也有追和之作,即《西江月·姑熟再见胜之,次前韵》:

　　　　别梦已随流水,泪巾犹裹香泉。相如依旧是臞仙,人在瑶
台阆苑。　　花雾萦风缥缈,歌珠滴水清圆。蛾眉新作十分
妍,走马归来便面。②

这两首东坡词都没有使用迭字的现象,何氏和词中"艳艳"、"轻轻"
的迭字手法显然是沿袭自前引的那篇《西江月·送钱待制穆父》
而来。

## 二、韩国历代和苏轼词的内容特质

　　一般而言,在诗词酬唱过程中,步和者除了在形式上要使用与
原作相同的韵脚或同一韵部的字之外,在内容上也要求尽可能与
原作有一定程度的衔接或关联。例如苏轼有一首《西江月·中秋
和子由》:

　　　　世事一场大梦,人生几度秋凉。夜来风叶已鸣廊,看取眉
头鬓上。　　酒贱常愁客少,月明多被云妨。中秋谁与共孤

---

　　① (宋)苏轼:《西江月·送建溪双井茶、谷帘泉与胜之,徐君猷家后房,甚慧丽,自
陈叙本贵种也》,邹同庆、王宗堂校注《苏轼词编年校注》,第445页。
　　② (宋)苏轼:《西江月·姑熟再见胜之,次前韵》,邹同庆、王宗堂校注《苏轼词编
年校注》,第512页。

光,把盏凄然北望。①

本篇在韩国有何谦镇的次韵之作《西江月·月》:

> 试问兹山何地,九秋风露微凉。夜深寒月照回廊,俯仰难分下上。　　旷宇虚明自足,微云点缀何妨。故人谁与玩孤光,对此自然怅望。②

从题材来看,何词与苏作相仿;就遣词造句而言,何词也多沿袭模仿自苏作。如苏轼在词作中感慨"中秋谁与共孤光,把盏凄然北望",何谦镇也同样慨叹"故人谁与玩孤光,对此自然怅望",同样抒发了时过境迁、物是人非的哀婉心绪;不过仔细分析一番,又能发现两者同中存异,比如苏轼在词中原本说"月明多被云妨",何谦镇在词中则引申说"旷宇虚明自足,微云点缀何妨",既对应着原作,在意思上又更翻进一层,与原作保持着若即若离的距离,从中也透露出步和者不甘墨守成规、尝试发展突破的创作心态。

　　但也有相当数量的步和之作会与原作内容并无多大关联,步和者的创作心态就更值得深入探究一番。

　　有些作品在内容上虽然和原作没有直接关系,但在很多细节方面仍然受到苏轼的影响。如前文所引赵冕镐的《水调歌头·白牡丹》,虽然描写对象与苏轼原作并不相同,但其中"谁记桂宫年"一句隐隐扣合苏词之中所表现的中秋赏月的主题;"何日归去,天上有月几回圆"二句,显然是由东坡词中"我欲乘风归去"、"不应有

---

① (宋)苏轼:《西江月·中秋和子由》,邹同庆、王宗堂校注《苏轼词编年校注》,第798页。

② (朝鲜)何谦镇:《西江月·月》,(韩)柳己洙编《历代韩国词总集》,第348页。

恨,何事长向别时圆"、"月有阴晴圆缺,此事古难全"数句脱化、整合而来;"相对一婵娟"句又和苏词"千里共婵娟"的造语、句意相同;"朝来笑,暮也困,欲成眠"数句又和东坡原作中"转朱阁,低绮户,照无眠"的描写形成对比,无疑是要刻意规避蹈袭。

　　赵冕镐另有一些和东坡词,也存在类似的现象。例如苏轼有一首《八声甘州·寄参寥子》云:

　　　　有情风、万里卷潮来,无情送潮归。问钱塘江上,西兴浦口,几度斜晖? 不用思量今古,俯仰昔人非。谁似东坡老,白首忘机。　　记取西湖西畔,正暮山好处,空翠烟霏。算诗人相得,如我与君稀。约他年、东还海道,愿谢公、雅志莫相违。西州路,不应回首,为我沾衣。①

赵冕镐针对此篇相继有过两首步和之作,其一为《八声甘州·雨中怀,用坡韵》:

　　　　雨何心默默锁烟来,无心放烟归。这楼前高木,帘外迭嶂,几日芳晖? 病客何曾思出,音绪自然非。人事无相管,倒合忘机。　　坐想清门西畔,是碧溪转处,竹籁林霏。有高人居住,闲坐世情希。待天晴、虹矼可涉,顾一来一往不令违。清门下、啄啄鸣屐,拂我新衣。②

另一首为《八声甘州·看书》:

---

　　① (宋) 苏轼:《八声甘州·寄参寥子》,邹同庆、王宗堂校注《苏轼词编年校注》,第668页。
　　② (朝鲜) 赵冕镐:《八声甘州·雨中怀,用坡韵》,(韩) 柳己洙编《历代韩国词总集》,第284页。

古人无万里卷中来,还向卷中归。问来时归路,池窗夜雨,山阁斜晖。谈说千年往事,和我笑还悲。可意谁谁在,最上忘机。　记否看多看少,一斗时唤取,潮晕红霏。有青青书带,小砌屐痕稀。爇金炉、名香一炷,也不妨黄奶自相违。休嘲我,蠹鱼生活,纹锦为衣。①

东坡词抒写的是对故友的挂念,赵氏的两篇词作,一则表现雨中的遐思缅想,一则展示日常的读书生涯,与苏轼原作的内容并无关联。但在个别遣词造句的细节上,仍可看出对东坡词的仿效,如"几日芳晖"、"山阁斜晖"之于"几度斜晖","倒合忘机"、"最上忘机"之于"白首忘机"等等。苏轼词作的一个显著特点即在于擅长使用迥异于旁人的独特语汇,从而开创了"以诗为词"的新风尚。这种打破成规、横放杰出的语言自然容易让人过目不忘,恰如宋人王灼(生卒年不详,活动于南宋绍兴年间)所说的那样,"东坡先生非心醉于音律者,偶尔作歌,指出向上一路,新天下耳目,弄笔者始知自振"②。因此,即便步和者所要表达的内容有时候与苏轼原作并无直接的关联,但在遣词造句方面仍然会潜移默化地受其影响,不知不觉地加以仿效。

还有一些韩国文人的和东坡词非但在内容方面与原作毫无关联,在遣词造句方面也没有多少仿效的痕迹,若非作者在题序中说明或经过认真的比对,很难察觉是以东坡词为蓝本进行创作的。如韩国近代文人白晦纯(1828—1888)的《临江仙·次东坡韵》:

二气流行形万品,上仁克尽彝伦。炯如瑶镜绝微尘。云

---

① (朝鲜)赵冕镐:《八声甘州·看书》,(韩)柳己洙编《历代韩国词总集》,第282页。
② (宋)王灼:《碧鸡漫志》卷二,唐圭璋编《词话丛编》,第一册,第85页。

何千载下,私淑世无人。　　宇宙茫茫心性在,斯文未坠天民。林葱咸囿一元春。濂翁开太极,主静反求身。①

虽然在标题中说明是次东坡韵之作,但在苏轼作品中并无与之对应的作品,只有两首词所押韵脚与此篇属于同一韵部,或许就是白氏当日步和的对象。其一为《临江仙·送钱穆父》:

一别都门三改火,天涯踏尽红尘。依然一笑作春温。无波真古井,有节是秋筠。　　惆怅孤帆连夜发,送行淡月微云。尊前不用翠眉颦。人生如逆旅,我亦是行人。②

另一篇为《临江仙·赠王友道》:

谁道东阳都瘦损,凝然点漆精神。瑶林终自隔风尘。试看披鹤氅,仍是谪仙人。　　省可清言挥玉麈,真须保器全真。风流何似道家纯。不应同蜀客,惟爱卓文君。③

可见白词只能算是依韵之作。而从内容上考察,则与苏词全无干涉,作者只是借此来论学讲道。从所述内容来看,大多与宋代理学家周敦颐(1017—1073)有关。例如"二气流行形万品"一句,就源于周敦颐在《太极图说》中所提到的:"二气交感,化生万物。万物

---

① (朝鲜) 白晦纯:《临江仙·次东坡韵》,见(韩) 柳己洙编《历代韩国词总集》,第314页。
② (宋) 苏轼:《临江仙·送钱穆父》,邹同庆、王宗堂校注《苏轼词编年校注》,第665页。
③ (宋) 苏轼:《临江仙·赠王友道》,邹同庆、王宗堂校注《苏轼词编年校注》,第823页。

生生,而变化无穷焉。"[①]在《通书·理性命》中周敦颐也强调:"二气五行,化生万物。"[②]又"濂翁开太极,主静反求身"二句揭示的也正是周敦颐的学术主旨。"主静"之论见于《太极图说》,周敦颐开宗明义就说:"无极而太极。太极动而生阳,动极而静,静而生阴,静极复动。一动一静,互为其根;分阴分阳,两仪立焉。……圣人定之以中正仁义,而主静,立人极焉。"[③]又《通书·圣学》:"无欲则静虚、动直,静虚则明,明则通;动直则公,公则溥。明通公溥,庶矣乎!"[④]"求身"一语也和周敦颐学说相关,《通书·家人睽复无妄》:"治天下有本,身之谓也;治天下有则,家之谓也。本必端。端本,诚信而已矣。则必善。善则,和亲而已矣。……是治天下观于家,治家观身而已矣。"[⑤]"宇宙茫茫心性在"更是宋代理学家关注的核心问题,周敦颐虽然没有直接讨论过"心性",但对宋儒心性论却有着重要的垂范作用。[⑥] 受其影响,程颐(1033—1107)说过:"在天为命,在义为理,在人为性,主于身为心,其实一也。"[⑦]朱熹(1130—1200)也认为:"性犹太极也,心犹阴阳也。太极只在阴阳之中,非能离阴阳也。然至论太极,自是太极;阴阳自是阴阳。惟性与心亦然。所谓一而二,二而一也。"[⑧]都很明显地借鉴了周敦

---

① (宋)周敦颐:《太极图说》,《周敦颐集》,陈克明点校,北京:中华书局,1990年,第4—5页。

② (宋)周敦颐:《通书·理性命》,《周敦颐集》,第31页。

③ (宋)周敦颐:《太极图说》,《周敦颐集》,第3—6页。

④ (宋)周敦颐:《通书·圣学》,《周敦颐集》,第29—30页。

⑤ (宋)周敦颐:《通书·家人睽复无妄》,《周敦颐集》,第37—38页。

⑥ 参见蒙培元:《理学范畴系统》第十章《心性》:"理学家周敦颐以诚为性,以神为心,进一步把心性合二为一。"北京:人民出版社,1989年,第199页。

⑦ (宋)程颢、程颐:《河南程氏遗书》卷十八,《二程集》,王孝鱼点校,北京:中华书局,1981年,第一册,第204页。

⑧ (宋)黎靖德编:《朱子语类》卷五,王星贤校点,北京:中华书局,1986年,第一册,第87页。

颐的相关论述。而白晦纯另有一篇《西江月》，也存在类似的情况：

> 欹枕桑麻夜雨，卷帘杨柳春风。此间此乐古人同，何羡王乔骑凤。　　诗思烟云澹荡，素衿水月清空。八纮输入静观中，直与周公通梦。①

虽然没有明确说明，但通过比较，可以发现这也是一首步和之作，摹仿的对象是苏轼的《西江月·梅花》：

> 玉骨那愁瘴雾，冰姿自有仙风。海仙时遣探芳丛，倒挂绿毛么凤。　　素面翻嫌粉涴，洗妆不褪唇红。高情已逐晓云空，不与梨花同梦。②

苏词为咏梅之作，白词虽是依韵之作，但在内容方面与之毫无关联，仍然在阐发宋儒的哲学思想。宋代理学对所谓"动静"问题颇为关注，这也导源于周敦颐之说，前引《太极图说》"主静"之论已可见一斑。程颢、程颐兄弟受业于周敦颐，也有类似的言论。如程颢《秋日偶成》其二："万物静观皆自得，四时佳兴与人同。"③又曾说："静后，见万物自然皆有春意。"④白氏词中"八纮输入静观中，直与周公通梦"二句，即指此而言。高丽后期兴起的性理学虽然始于朱子学的引入，但并不仅仅限于朱熹一家之说，对于周敦颐、张载、邵

---

① （朝鲜）白晦纯：《西江月》，（韩）柳己洙编《历代韩国词总集》，第314页。

② （宋）苏轼：《西江月·梅花》，邹同庆、王宗堂校注《苏轼词编年校注》，第785页。

③ （宋）程颢：《秋日偶成二首》，载《河南程氏文集》卷三，《二程集》，第二册，第482页。

④ （宋）程颢、程颐：《河南程氏遗书》卷六，《二程集》，第一册，第84页。

雍、程颢、程颐等理学家的学说也有相当程度的接受。[①]　白晦纯的这两首词,在不经意之间恰好证明了这一点。

　　之所以会出现众多步和词与原作内容毫无关联的情况,也许和韩国文人难以准确地掌握词律有关。虽然从高丽时代开始,不少韩国文人就已经开始尝试倚声填词,但词这种文体在韩国的接受程度并不像在中国那样普及。活动于朝鲜中宗至宣宗时期的鱼叔权(生卒年不详)对此曾有过一番评论:

　　　　歌词之体,与律诗不同。律诗以上下平声为平,以上去入声为仄;歌词则四声各有其职,而仄声相不通使。盖歌永言也,声之清浊高下,井井有条理,不可混也。若混之,则虽使绵驹歌之,亦不能成音。益斋久游中朝,颇晓其体,所作亦多,未知果合于中国否也。其馀作者,皆苟而已。[②]

强调诗与词在声律上的要求不一,前者只讲平仄,而后者还要细分四声,直接影响到韩国文士无法掌握词律。即便是李齐贤(号益斋)这样的前代以填词著称的文士,鱼叔权对其作品是否真的合乎词律,也持怀疑的态度。鱼叔权还提到明代中国使臣与韩国文士在交流过程的一些轶事:

　　　　成化年间,四佳徐公和祈郎中歌词,郎中谓译士曰:"此词不中声节何?"对曰:"本国语音殊异,安得同其声节?"郎中默

------

　　① 参见韩国哲学会编:《韩国哲学史》第十篇《高丽后期性理学的引进和吸收》,白锐等中译本,北京:社会科学文献出版社,1996 年,中册,第 83—103 页。
　　②(朝鲜)鱼叔权:《稗官杂记》卷二,蔡美花、赵季主编《韩国诗话全编校注》,第一册,第 783 页。

然颔之。嘉靖丙午，龚云冈与吴龙律作小词数腔，问远接使郑
湖阴何不见和。湖阴答曰："歌词非律诗之比，小邦声韵迥别，
若强效则不成其体，故不敢作也。"云冈终怪之。然与其作而
取讥，孰若不作之为真？况声音之不相通，岂足为愧乎？

韩国文士在迎接款待中国使臣时，经常会和对方进行诗文唱和，但
就填词而言，即便是像徐居正（1420—1488）、郑士龙（1491—1570）
这样的韩国知名文士，也往往为了藏拙而敬谢不敏，不敢率尔操
觚。究其原因，就是因为无法得心应手地掌握词调。根据目前了
解到的情况，历代韩国词作的总数仅有两千首左右，远逊于中国现
存历代词作的数量，说明韩国文人在词体创作方面确实力有不逮。
对于韩国文人而言，要准确地掌握词律，进而尝试创作，熟记一些
中国词作，并通过和韵的方式来仿效、练习，显而易见是一个立竿
见影、卓有成效的途径。柳梦寅（1559—1623）在《於于野谈》中曾
记载道：

　　尹春年知音律，郑湖阴作乐府示春年。春年曰："我国人
不识音律，自古不能作乐府诗辞。子虽工文章，不能协五声六
律。"湖阴仿《清平调》"洞庭西望楚江分"作一绝，字字用礼部
韵同音之字，以示春年。春年讽咏一过曰："此一节谐律可
用。"湖阴曰："与古之何乐章谐律？"春年熟思之，曰："与李白
《清平调》'洞庭西望楚江分'一绝同律。"湖阴蹶然称谢，自此
更不作乐章。①

---

① （朝鲜）柳梦寅：《於于野谈》，蔡美花、赵季主编《韩国诗话全编校注》，第二册，
第 1027—1028 页。

郑士龙在尝试填词时，就依照李白作品的格律进行亦步亦趋的学习。① 而由于摹拟的痕迹太过明显，竟然被人识破。郑氏的仿效之举，某种程度上也就相当于步和。和韵原本是一种创作者寻求自我约束的独特方式，其中的次韵更为其创作设定了极为苛刻的限制条件，被推挤入一个异常逼仄的空间之中。不过，换一个视角来重新审视这种创作方式，在某种特定的情况之下，适当地增加一些限制条件，反而可以让唱和者避免茫然失措而能有章可循；而一旦取消这些限制条件，有时却不免会使唱和者突然感到无所适从甚至左支右绌。对于掌握词律较为困难的韩国文人而言，倘能依照中国词作的平仄、声韵等情况，循规蹈矩地加以揣摩，亦步亦趋地予以仿效，相较于一空依傍、自出机杼式的创作，自然要来的更为得心应手。

### 三、韩国历代和东坡词中的异代追和与同时酬唱

依照唱和对象所处时代的差异，大体上可以将古人的诗词步和分为两种情况：异代追和与同时酬唱。而这两种情况所呈现出的创作动机也略有不同：前者主要体现了后代作家对于前代作家、作品的欣赏和仿效，后者则着重展现了知己友朋之间的交流和切磋。这两种情况并非毫无关联，有时也会相互融合，尤其是在应酬交游、宴饮聚会之际，参与者们往往会经过商议之后指定前代的某一名篇佳制，随后群起而步和之。这种复杂交错的情形在中国

---

① 柳梦寅提到的李白之作，实为其《陪族叔刑部侍郎晔及中书贾舍人至游洞庭五首》其一，并非《清平调》词，当为误记所致。但其中所反映的韩国文士对词调不甚熟悉，不能娴熟应用，应该是毫无疑问的。按：此事在洪万宗《旬五志》中也有记载，见蔡美花、赵季主编《韩国诗话全编校注》，第四册，第 2538 页。

历代和东坡词中就不乏其例,比如明代王汝玉(?—1415)写过一首
《念奴娇·和东坡赤壁词》,①其友人瞿佑(1347—1433)随后便写
了一篇《念奴娇·王编修汝玉和东坡赤壁词,因续赋此》。② 孤立
来看,两人都以苏轼为唱和对象,属于异代追和;合而观之,两人之
间又存在切磋的意味,属于同时酬唱。

　　韩国古代文人也有聚会酬酢、往来唱和的传统,李晬光曾回忆
道:"前辈唱和,必于席上为之,其风雅可尚。余少时及见侪辈中作
者,每当宴集,笔砚交错于樽俎间,一觞一咏,往复不休,其未及成
者则遂已,所谓文字饮也。"③在韩国历代和东坡词中也出现过一
些出自于这类文人雅集的作品。当这些同席的步和者不再是简单
地以个人身份去浅吟低唱,而是积极地参与到群体性的社团集会
之中时,这种唱和活动就自然而然地具备某种特殊的意味。例如
吴瑗(1700—1740)有一首《望江南·用东坡小令韵共赋梅花》:

　　　　山月白,栏外影敧斜。冰霰未回桃杏梦,东风开遍北枝
　　花,幽意在山家。　　　花正好,花落更堪嗟。春意乍添樽泛
　　醁,闇香时滴雪烹茶,惆怅擘馀华。④

所说的"东坡小令"当是指苏轼的《望江南·超然台作》:

---

　　①(明)王汝玉:《念奴娇·和东坡赤壁词》,饶宗颐初纂、张璋总纂《全明词》,北
京:中华书局,2004 年,第 187 页。
　　②(明)瞿佑:《念奴娇·王编修汝玉和东坡赤壁词,因续赋此》,饶宗颐初纂、张璋
总纂《全明词》,第 173 页。
　　③(朝鲜)李晬光:《芝峰类说》卷十四《文章部七·唱和》,蔡美花、赵季主编《韩国
诗话全编校注》,第二册,第 1332 页。
　　④(朝鲜)吴瑗:《望江南·用东坡小令韵共赋梅花》,(韩)柳己洙编《历代韩国词
总集》,第 236—237 页。

春未老,风细柳斜斜。试上超然台上看,半壕春水一城花,烟雨暗千家。　　寒食后,酒醒却咨嗟。休对故人思故国,且将新火试新茶,诗酒趁年华。①

吴瑗在题序中特别提到"共赋",则当时肯定还有其他人在场,众人曾一起步和东坡之词。今考与其同时代的南有容(1698—1773)也有一篇《望江南》:

梅已发,帘卷翠梢斜。万里春风惟此树,一天冰雪看孤花,樽酒坐君家。　　花下饮,花落使人嗟。春后岂无花似雾,兴来还有酒如茶,独惜此芳华。②

内容也是咏梅,而且通篇所押的韵脚与苏轼、吴瑗的两篇完全一致,应该就是与吴瑗同时"共赋"之作。因此两者之间颇有些相似之处,如吴词中的"花落更堪嗟"句与南词中的"花落使人嗟"句,构思、造语几乎如出一辙。而有些地方则可以看出双方都想自出机杼,以避免蹈袭雷同,如吴词中"冰霙未回桃杏梦,东风开遍北枝花"两句与南词中"万里春风惟此树,一天冰雪看孤花"两句,虽然都旨在展现梅花欺霜傲雪的独特风姿,但前者以桃杏凋零作映衬,后者则以漫天冰雪为渲染,意趣迥异,各擅胜场。

　　与此相似的众人聚会酬唱,共同步和东坡词的情形并非个案,例如姜玮(1820—1884)有一首《水龙吟·金松年在玉诗屋夜话,遇雪同成,次兰蕙、永白、小香、之珩用东坡〈杨花词〉韵》:

---

①　(宋)苏轼:《望江南·超然台作》,邹同庆、王宗堂校注《苏轼词编年校注》,第164页。

②　(朝鲜)南有容:《望江南》,(韩)柳己洙编《历代韩国词总集》,第234—235页。

　　谢家飞絮漫空，无风庭院纷纷坠。揽衣中夜，眼前清景，天涯情思。岁暮山空，樵踪久灭，蓬门早闭。有炉头榾柮，簋中菰粒，青缕缕、炊烟起。　　谁道琼糜代饭，更晶晶、瑶华堪缀。见无差别，几人抟弄，几人踏碎。各有风怀，党家羔酒，陶家茶水。大长安、一个袁安，清簌簌、忧时泪。①

题中提及的"东坡《杨花词》"是指苏轼的《水龙吟·次韵章质夫杨花词》：

　　似花还似非花，也无人惜从教坠。抛家傍路，思量却是，无情有思。萦损柔肠，困酣娇眼，欲开还闭。梦随风万里，寻郎去处，又还被、莺呼起。　　不恨此花飞尽，恨西园、落红难缀。晓来雨过，遗踪何在？一池萍碎。春色三分，二分尘土，一分流水。细看来、不是杨花，点点是、离人泪。②

苏轼此篇本来也是次韵之作，但历来评论多予佳评，王国维（1877—1927）甚至认为"东坡水龙吟咏杨花，和韵而似原唱。章质夫词，原唱而似和韵"，③因而姜玮只提到东坡而并未言及章氏的原作。虽然同时步和者的作品现在都已散佚，无从考察其实，但从题序中所说的"金松年在玉诗屋夜话，遇雪同成，次兰蕙、永白、小香、之珩"云云，仍不难想见众人当日秉烛夜谈、竞相争胜的热闹情景。

---

　　① （朝鲜）姜玮：《水龙吟·金松年在玉诗屋夜话，遇雪同成，次兰蕙、永白、小香、之珩用东坡〈杨花词〉韵》，（韩）柳己洙编《历代韩国词总集》，第 313 页。
　　② （宋）苏轼：《水龙吟·次韵章质夫杨花词》，邹同庆、王宗堂校注《苏轼词编年校注》，第 314 页。按：原施标点略有改动。
　　③ 王国维：《人间词话》，唐圭璋编《词话丛编》，第五册，第 4247 页。

像这样诸多文士集聚一堂,共同步和,至少具有两方面的重要意义。首先,这类风雅应酬既包含了与前人作品的潜在较量,也意味着和同道知交的即席比试,在发挥文学的社交功能,提供消遣娱乐的同时,也在很大程度上刺激了诸多参与者的好胜争强之心。在创作之际,一方面,彼此之间可以切磋技艺,取长补短;另一方面,为了不落他人窠臼,各人又会竭尽所能地自出巧思,争难斗巧,以求出奇制胜,这样自然能够逐步提高韩国文士整体的填词能力。其次,词体在最初兴起的时候更侧重于"簸弄风月,陶写性情"①,这甚至成为人们根深蒂固的偏见。韩国现代学者车柱环通过研究指出:"长短句之词与齐言体之诗不同,不一定成为立身扬名之媒介,而不受关切,这可能也是作词在高丽不盛行之原因。"②所论虽针对高丽时期的词作情况,但也代表了其后历代大部分韩国文人的观念。朝鲜时代的洪醇浩(1766—?)在其《满庭芳·咏梅》的序言中就感叹道:"凡词之作,自温、李而下,其语淫艳鄙亵,殆非丈夫所为。"③这种观念的存在,对于词体的正常发展无疑会带来极大的负面影响。而如果是众人聚集在一起,相互交流、彼此影响,就会形成一定的阵势,某种程度上也会打破"词为诗馀"、"词为艳科"的传统观念,增加对词体的重视,对于词这种体裁在韩国的发展也能起到较好的助推作用。

## 第二节　韩国历代拟朱熹词论

朱熹(1130—1200)是宋代思想界最重要的代表人物,不仅在

---

① (宋)张炎:《词源》卷下,见唐圭璋编《词话丛编》,第一册,第263页。

② (韩)车柱环:《高丽与中国词学的比较研究》,载《词学》编辑委员会编《词学》第九辑,上海:华东师范大学出版社,1992年,第121页。

③ (朝鲜)洪醇浩:《满庭芳·咏梅》,(韩)柳己洙编《历代韩国词总集》,第267页。

中国古代哲学史上的地位举足轻重,对韩国、日本等周边国家也产生过极其深远的影响。但由于在哲学方面所取得的成就太过显著,经常导致他在文学领域的业绩被人们忽视。虽然他在创作、评论、典籍整理等方面都卓有建树,可这些领域的成就往往容易被他那理学家的显赫声名所掩盖。

作为从宋代开始兴盛的一种新的文学样式,词在相当长的一段时期内都被视为诗之附庸。理学家对此更是不屑一顾,即使偶然为之,后世的评价也并不高。朱熹现存词作共有十九首,[①]在众多理学家中已实属难能可贵。但他本人曾说过:"小词前辈亦有为之者,顾其词义如何,若出于正,似无甚害,然能不作更好也。"[②]似乎对填词之道并不看重。而清人李宝嘉(1867—1906)也评论说:"词盛于宋,而周、程皆不闻有作,晦庵偶一为之,而非所长。"[③]认为词虽然在宋代极为繁盛,大部理学家却从未进行过尝试,也并非朱熹所擅长的文学体裁。即便是当代学者有关朱熹文学方面的研究论著,对其词作情况也大都语焉不详。[④]

相较于在中国本土的遭人冷落,朱熹的词作对于韩国词文学的发展却产生了较为广泛的影响,从十六世纪中叶开始,直至二十世纪中期,历代都有文人模拟朱熹词进行创作。本节拟对这些模拟的作品分类予以介绍,并进而探究其创作特征和创作心态。

---

① 朱熹词作数量据唐圭璋编《全宋词》统计。

② (宋)朱熹:《答孙敬甫》,《晦庵先生朱文公文集》卷六十三,朱杰人、严佐之、刘永翔主编《朱子全书》,上海:上海古籍出版社,合肥:安徽教育出版社,2010年,第二十三册,第3068页。

③ (清)李宝嘉:《南亭词话》,唐圭璋编《词话丛编》,第四册,第3194页。

④ 例如莫砺锋先生的《朱熹文学研究》(南京:南京大学出版社,2000年),将近三十万字,是迄今为止在这一领域最为详备的专著,但对于朱熹的词作,仅在第61页用廖廖数十言介绍其"以词为戏"的创作特点。

## 一、韩国历代拟朱熹词的类型

在文学创作过程中模拟前人作品的现象较为普遍。以诗歌为例，南朝梁代昭明太子萧统（501—531）所编《文选》中的诗歌部分就列有"杂拟"一类，收录了陆机（261—303）《拟古诗》、谢灵运（385—433）《拟邺中咏》、江淹（444—505）《杂体诗三十首》等，这些作品主要是从形式、内容等方面去模拟古人，在押韵方面，并不要求与原作所押韵部相同，姑且可以称之为拟仿类作品。到了宋代，又出现了追和古人诗作的现象，苏轼（1037—1101）在《与子由》中说："古之诗人，有拟古之作矣，未有追和古人者也。追和古人，则始于东坡。吾于诗人，无所甚好，独好渊明之诗。……吾前后和其诗，凡一百有九篇，至其得意，自谓不甚愧渊明。"①苏轼的和陶诗也是对陶渊明作品的模拟，但与上述拟仿类作品不尽相同之处在于，他是依照原作所押韵脚来进行创作的，因此可以称之为和韵类作品。根据这两种不同的模拟方式，可以将韩国历代的拟朱熹词分为和韵类作品与拟仿类作品两类，而在这两类拟作的内部又存在着各种不同的情况，以下分别举例说明。

（一）和韵类作品

所谓"和韵类作品"，是指根据原作所押韵脚来进行创作的作品。而依照所设条件的不同，又可以划分为依韵、次韵和用韵三类。明人徐师曾（1517—1589）在《文体明辨》中对此曾有过简要的界定，本章第一节已有引述，可以参看，此处不再赘言。根据这些标准来衡量，韩国历代拟朱熹词中的和韵类作品只有次韵和用韵两种情况。

———————

① （宋）苏轼：《与子由》，《苏轼文集》附录《苏轼佚文汇编》卷四，第六册，第2515页。

## 1. 次韵类

此类作品完全依照朱熹作品原韵的先后次序创作,其中一些会直接在词题中加以说明,如李衡祥(1653—1733)的《水调歌头·凤谷操,忧乐较,次朱晦庵》:

颜有忧中乐,尹兼乐处忧。皆缘心地安静,何待物来酬。尝观北山行榜,且闻东江归兴,真假片言收。最爱陶靖节,闲闲泛玉舟。　　陶靖节,惟心安,岂身谋。兴到亦或喷情,落纸烂银钩。在穷不失其泰,处嘿愈见其旷,形役尽缪悠。若非然命客,①定是戏瀛洲。②

所模拟的朱熹《水调歌头》原作如下:

富贵有馀乐,贫贱不堪忧。谁知天路幽险,倚伏互相酬。请看东门黄犬,更听华亭清唳,千古恨难收。何似鸱夷子,散发弄扁舟。　　鸱夷子,成霸业,有馀谋。致身千乘卿相,归把钓渔钩。春昼五湖烟浪,秋夜一天云月,此外尽悠悠。永弃人间事,吾道付沧洲。③

这两首词都押平声尤韵,而且所用韵字的前后顺序完全一致。此外,两者在结构上也非常相似。朱词上阕先陈说福祸相倚之理;随

---

① 此句下有作者自注:"谏文曰:'人否其泰,子然其命。'"按:所谓"谏文"指颜延之《陶征士诔》。
② (朝鲜)李衡祥:《水调歌头·凤谷操,忧乐较,次朱晦庵》,(韩)柳己洙编《历代韩国词总集》,第 210 页。
③ (宋)朱熹:《水调歌头》,唐圭璋编《全宋词》,第三册,第 1674—1675 页。

后的"东门黄犬"用李斯临刑的典故,①"华亭鹤唳"用陆机临刑的典故,②二者均寓有感慨生平、抽身悔迟之意;由此作为反衬,引出适时隐退的范蠡(鸱夷子);③至下阕便着重描写范蠡的功成身退、归隐江湖。李词上阕先以颜回、伊尹两人为例述说忧乐相兼之道;④随后的"北山行榜"典出南齐孔稚珪(447—501)《北山移文》,⑤"东江归兴"则用西晋张翰(生卒年不详)弃官归乡的典故,⑥二者一正一反,相互对照,由此引出归隐田园的陶渊明;至下阕则着重描写陶渊明的旷达自然、忘怀得失。两者的篇章布局大体一致,可见李词在结构安排上也刻意地效仿了朱熹词。

---

　　① (汉)司马迁:《史记·李斯列传》载李斯遭人诬陷,论腰斩咸阳市,临刑时"顾谓其中子曰:'吾欲与若复牵黄犬俱出上蔡东门逐狡兔,岂可得乎!'"北京:中华书局,1959年,第八册,第2562页。

　　②《世说新语·尤悔》载陆机兵败河桥,遭谗被诛,"临刑叹曰:'欲闻华亭鹤唳,可复得乎?'"(南朝宋)刘义庆撰、杨勇校笺:《世说新语校笺》(修订本),北京:中华书局,2006年,第三册,第806页。

　　③ (汉)司马迁:《史记·越王勾践世家》:"范蠡浮海出齐,变姓名,自谓鸱夷子皮。"第五册,第1752页。又(汉)班固:《汉书·货殖传》:"范蠡乃乘扁舟,浮江湖,变姓名,适齐为鸱夷子皮。"北京:中华书局,1962年,第十一册,第3683页。

　　④ "尹兼乐处忧"指伊尹而言。宋代理学家时常将伊尹、颜回相提并论,如《近思录》卷二《为学大要》引周敦颐《通书》云:"伊尹颜渊,大贤也。……志伊尹之所志,学颜子之所学,过则圣,及则贤,不及则亦不失于令名。"(陈荣捷:《近思录详注集评》,上海:华东师范大学出版社,2007年,第39页。)又如魏了翁《送从子令宪西归》其六:"须知陋巷忧中乐,又识耕莘乐处忧。"(《全宋诗》卷二九三四,第五十六册,第34967页。按:"耕莘"典出《孟子·万章上》:"伊尹耕于有莘之野,而乐尧舜之道焉。")

　　⑤ (梁)萧统编、(唐)李善等注:《文选六臣注》卷四十三。据(唐)吕向注:"钟山在都北。其先周彦伦隐于此山,后应诏出为海盐县令,欲却过此山。孔生乃假山灵之意移之,使不许得至。"杭州:浙江古籍出版社,1999年,第798页。

　　⑥ (唐)房玄龄等:《晋书·文苑传·张翰》云:"翰有清才,善属文,而纵任不拘,时人号为'江东步兵'。"北京:中华书局,1974年,第八册,第2384页。又《世说新语·识鉴》谓张翰"在洛,见秋风起,因思吴中菰菜、莼羹、鲈鱼脍,曰:'人生贵得适意尔,何能羁宦数千里以要名爵?'遂命驾归"。(南朝宋)刘义庆撰、杨勇校笺:《世说新语校笺》,第二册,第354页。

　　还有一些韩国词人的作品,虽然作者并未加以说明,但通过比较,也可以断定属于次韵的作品。如朱熹有一篇《菩萨蛮·次圭父回文韵》:

　　　　暮江寒碧萦长路,路长萦碧寒江暮。花坞夕阳斜,斜阳夕坞花。　　客愁无胜集,集胜无愁客。醒似醉多情,情多醉似醒。①

而何谦镇(1870—1946)有一首《菩萨蛮·回文》:

　　　　暮天江碧苔间路,路间苔碧江天暮。花发晚风斜,斜风晚发花。　　客来同此集,集此同来客。醒醉乐人情,情人乐醉醒。②

不仅所押韵字与原作完全相同,而且在形式上也采用了回文的方式。虽然何氏并未明言,但通过细节的比对还是不难发现他曾效仿朱熹之作。

　　2. 用韵类

　　有一些韩国词作,并不亦步亦趋地完全依照朱熹词作原韵的先后次序,而是略有调整,属于用韵之作。例如朱熹有一首《水调歌头·次袁机仲韵》:

　　　　长记与君别,丹凤九重城。归来故里,愁思怅望渺难平。今夕不知何夕,得共寒潭烟艇,一笑俯空明。有酒径须醉,无

---

① (宋)朱熹:《菩萨蛮·次圭父回文韵》,唐圭璋编《全宋词》,第三册,第1673页。
② (朝鲜)何谦镇:《菩萨蛮·回文》,(韩)柳己洙编《历代韩国词总集》,第349页。

事莫关情。　　寻梅去，疏竹外，一枝横。与君吟弄风月，端不负平生。何处车尘不到，有个江天如许，争肯换浮名。只恐买山隐，却要炼丹成。①

而韩国近代文人许熏(1836—1907)有一首《水调歌头·闲情》：

富贵谅非愿，萧散乃其情。茅茨隐约，林下推户绿江明。梅底酒樽茶鼎，案上禅经道诰，焉用换浮荣。笑杀求名者，束带谒公卿。　　开荒圃，莳杞菊，趁天晴。有时吟弄风月，浩浩放歌行。是处红尘不到，有个青山如许，心底十分清。自道闲居乐，端不负平生。②

许词与朱词一样，所押均为平声庚韵，所押韵字中的"情"、"明"、"生"等也与原作相同，只是先后顺序并不一致；而且许词中"吟弄风月"、"端不负平生"等完全取自朱词，"是处红尘不到，有个青山如许"也明显脱胎于"何处车尘不到，有个江天如许"。因此，虽然许氏并没有说明，但其作品显然是以朱熹作品为依据的用韵之作。

（二）拟仿类作品

所谓"拟仿类作品"，是指不求与原作所押韵部相同，而主要从形式、内容等方面对原作加以仿效的作品。根据拟仿者所选择的不同角度，可以将拟仿之作分成两种不同的类型。

1. 形式拟仿

有一些韩国词人非常注重在形式上仿效朱熹的作品，如何谦镇另有一首《菩萨蛮·回文》：

①（宋）朱熹：《水调歌头·次袁机仲韵》，唐圭璋编《全宋词》，第三册，第1675页。
②（朝鲜）许熏：《水调歌头·闲情》，（韩）柳己洙编《历代韩国词总集》，第331页。

　　　　处处月林栖鸟语,语鸟栖林月处处。清露浥空庭,庭空浥
露清。　有谁知尽醉,醉尽知谁有。归来独吟微,微吟独
来归。①

而在此之前还有金载瓒(1746—1827)的一首《武陵春·回文》:

　　　　永昼清风花带露,露带花风清昼永。细细香生水,水生香
细细。　点点红痕绣碧苔,苔碧绣痕红点点。流水逐轻舟,
舟轻逐水流。②

何氏并没有步和朱氏原韵,金氏甚至采用了其他词牌,但两人在形
式上仍然很有可能借鉴了朱熹的作品。朱熹有两首《菩萨蛮》回文
词,在后世颇受关注。清人邹祇谟(?—1670)《远志斋词衷》云:“回
文之就句回者,自东坡、晦庵始也。……文人慧笔,曲生狡狯,此中
故有三昧,非徒乞灵窦家馀巧也。”③就将回文词的起源推溯至苏
轼和朱熹。其后,沈雄(生卒年不详,活动于顺治年间)《古今词
话》、王弈清(1664—1737)等《历代词话》、田同之(生卒年不详,活
动于康熙、雍正年间)《西圃词说》、冯金伯(1738—1810)辑《词苑萃
编》等对此说也都有过引述或发挥。④ 事实上,在苏轼、朱熹之前,
已经有人尝试创作回文词了,因此邹氏等人将回文词溯源至苏、朱

---

① (朝鲜)何谦镇:《菩萨蛮·回文》,(韩)柳己洙编《历代韩国词总集》,第348页。
② (朝鲜)金载瓒:《武陵春·回文》,(韩)柳己洙编《历代韩国词总集》,第380页。
③ (清)邹祇谟:《远志斋词衷》,唐圭璋编《词话丛编》,第一册,第653页。
④ 参见(清)沈雄:《古今词话·词品》上卷《回文》、(清)王弈清等:《历代词话》
卷七、(清)田同之:《西圃词说》、(清)冯金伯辑:《词苑萃编》卷一《体制》,唐圭璋编
《词话丛编》,第一册,第843—844页;第二册,第1229、1464、1782—1783页。

两人并不确切。<sup>①</sup> 不过这也正说明朱熹的回文词在同类作品中确有独到之处，足以引起后世仿效者乃至研究者的关注。

另如李秉（1677—1727）有《西江月·拟晦翁作二首》，其中第一首云：

> 云度高山漠漠，风回流水泠泠。桑麻一壑挂岩扃，不说朱门钟鼎。　　诗擅莺花富贵，酒调雪月功名。渊源知自洛闽清，乐处桓文不竞。<sup>②</sup>

所模拟的朱熹《西江月》原作如下：

> 睡处林风瑟瑟，觉来山月团团。身心无累久轻安，况有清池凉馆。　　句稳翻嫌白俗，情高却笑郊寒。兰膏元自少陵残，好处金章不换。<sup>③</sup>

李氏所谓"拟晦翁作"，也主要是指形式而言，如上阕前两句接连使用叠词，与朱熹完全相同；下阕结语"渊源知自洛闽清，乐处桓文不竞"，与原作中"兰膏元自少陵残，好处金章不换"的句法也完全一致。

2. 内容拟仿

除了在形式上拟仿朱熹原作外，有些韩国文人还能进一步遗貌取神，注意在内容、意趣方面贴近原作。李秉另有《忆秦娥·拟晦翁梅花词，奉怀舅氏二阕》：

---

① 参见罗忼烈：《宋词杂体》，收入作者《两小山斋论文集》，北京：中华书局，1982 年。

② （朝鲜）李秉：《西江月·拟晦翁作二首》其一，（韩）柳己洙编《历代韩国词总集》，第 219 页。

③ （宋）朱熹：《西江月》，唐圭璋编《全宋词》，第三册，第 1673—1674 页。

天机斡，朱明已暮清商发。清商发。高梧疏柳，白云明月。　　幽人空谷音书绝，风兰玉树心超忽。心超忽。舞雩馀韵，紫阳遗阕。

烟霏廓，平原极目遥岑碧。遥岑碧。别区岩洞，中园松竹。　　年华宛晚芳尘隔，暮云萧瑟秋风白。秋风白。露盈襟袖，鸟归林薄。[①]

所谓的"晦翁梅花词"，指的当是朱熹《忆秦娥·雪、梅二阕怀张敬夫》中的第二首：

梅花发，寒梢挂着瑶台月。瑶台月。和羹心事，履霜时节。　　野桥流水声呜咽，行人立马空愁绝。空愁绝。为谁凝伫，为谁攀折。[②]

李柬虽然也选用了《忆秦娥》词牌，但并没有步和朱熹的原韵，在形式上也没有丝毫模仿的痕迹，[③]只是在内容上同为咏梅怀人而已。

## 二、韩国历代拟朱熹词的创作特征及创作心态

中国的朱子学约在公元十三世纪末至十四世纪初开始传入高

---

① （朝鲜）李柬：《忆秦娥·拟晦翁梅花词，奉怀舅氏二阕》，（韩）柳己洙编《历代韩国词总集》，第218—219页。

② （宋）朱熹：《忆秦娥·雪、梅二阕怀张敬夫》其二，唐圭璋编《全宋词》，第三册，第1676页。

③ 李词中叠用"清商发"、"心超忽"、"遥岑碧"、"秋风白"等句子是《忆秦娥》词牌本身的要求，并非是在模仿朱熹原作。

丽,并于李朝前期达到鼎盛,被官方定为正统的哲学思想。① 朱熹的各种著述也多次传入高丽、朝鲜两朝,并被多次翻刻重印。② 朝鲜王朝光海君时代的学者张维(1587—1638)曾对当时中、韩两国的学术取向做过一番比较,认为:"中国学术多歧,有正学焉,有禅学焉,有丹学焉,有学程朱者,学陆氏者,门径不一。而我国则无论有识无识,挟策读书者皆称诵程朱,未闻他学焉。"③出访过中国的韩国文士对此更有直接的体验,乾、嘉年间三次出使中国的柳得恭(1748—1807)曾提到拜访纪昀(1724—1805)时的经历,其间言及"生为购朱子书而来,大约《语类》、《类编》等帙外,如《读书纪》载在《简明书目》,此来可见否?"没想到纪氏居然回答说:"此皆通行之书,而迩来风气趋《尔雅》、《说文》一派,此等书遂为坊间所无。"④让柳得恭深感惊诧。乾隆年间跟随朝鲜使节团来访的洪大容(1731—1783)在与数位中国文士深入交流之后,也由衷地感慨道:"东儒之崇奉朱子,实非中国之所及。"⑤由此足见在韩国已经出现朱子学一统天下的思想格局。在这样的文化背景下,韩国历代文人对于朱熹的著作自然是耳熟能详,除了对其哲学思想予以学习继承之外,有时也会对其文学创作加以评论。申钦(1566—1628)就强调说:"晦庵先生之诗极好,间逼《选》诗,读之有馀味,实有得于《三百》之正音尔。近世王弇州者,至加嘲诮,何也? 其效陶、韦

---

　　① 参见(韩) 金忠烈:《高麗儒學史》第四章《麗末性理學의輸入과形成過程》,首爾:高麗大學校出版部,1987 年。

　　② 参见巩本栋:《宋人撰述流传丽、鲜两朝考》,载张伯伟主编:《域外汉籍研究集刊》第一辑,北京:中华书局,2005 年。

　　③ (朝鲜) 张维:《谿谷漫笔》卷一,蔡美花、赵季主编《韩国诗话全编校注》,第二册,第 1564 页。

　　④ (朝鲜) 柳得恭:《燕台录》,(韩) 林基中编《燕行录全集》,第六十册,第 197 页。

　　⑤ (朝鲜) 洪大容:《乾净衕笔谈·〈乾净录〉后语》,与(朝鲜) 李德懋《清脾录》合订一册,第 134 页。

之作,使王为之,十驾不及矣。具眼者自知之。"①对朱熹的诗作大
为称赏,而对持不同意见的明代文人王世贞则颇多批评。

　　受到这种整体文化氛围的熏染,韩国文人模拟朱熹的词作进
行创作也就显得顺理成章了。这些韩国文人的拟作虽然难免会受
到原作的种种制约,并非完全是自出机杼、直抒胸臆的产物,可仍
然能在一定程度上展现出拟作者的个性特征。而模拟对象的选择
既体现了个人乃至整个时代的价值评判和审美取向,又反映了特
定的接受心理和传播条件。因此,分析韩国文人拟朱熹词的创作
特征,进而探究其创作心态,对于深入了解韩国词文学的发展与嬗
变,以及朱子学在韩国的传播和影响,都不无小补。以下试从形式
和内容两个不同角度来探讨韩国历代拟朱熹词的创作特征,并分
别考察其背后所潜藏着的独特的创作心态。

　　(一) 形式特征

　　与近体诗相比,词在格律方面的要求更为繁复严格。清人刘
熙载(1813—1881)曾指出:"词家既审平仄,当辨声之阴阳,又当辨
收音之口法,取声取音,以能协为尚。"②强调词人在倚声填词时不
仅要区分平仄,更要辨别四声阴阳,足见这方面的要求更为严苛。
而除了声律之外,词在结构、章法、句读等方面也有其迥异于近体
诗的特点,这显然会给初学者带来相当大的困难。

　　古人在学习创作之初,势必要经历一个学习模仿的阶段,以便
掌握写作手法,借鉴创作经验。朱熹对此也深有体会,多有论说,
《朱子语类·论文上》云:"古人作文作诗,多是模仿前人而作之。

----

① (朝鲜) 申钦:《晴窗软语》卷中,蔡美花、赵季主编《韩国诗话全编校注》,第二
册,第 1381 页。
② (清) 刘熙载:《艺概·词曲概》,王国安校点,上海:上海古籍出版社,1978 年,
第 117 页。

盖学之既久,自然纯熟。"①又说:"人做文章,若是子细看得一般文字熟,少间做出文字,意思语脉自是相似。"②还强调道:"前辈作文者,古人有名文字,皆模拟作一篇。故后有所作时,左右逢源。"③对此可谓再三致意。他本人在创作实践中也是如此,明代李东阳(1447—1516)曾评论说:"晦翁深于古诗,其效汉魏,至字字句句,平侧高下,亦相依仿。命意托兴,则得之《三百篇》者为多。"④认为朱熹的拟古诗在内容和声调上得力于对《诗经》和汉魏古诗的学习与模仿。而朱熹在填词时也同样注重借鉴古人的作品,其《水调歌头·隰括杜牧之齐山诗》就将晚唐诗人杜牧的《九日齐山登高》诗句融入词中;另一首《水调歌头》("富贵有馀乐"),则被宋人罗大经(生卒年不详,活动于南宋宝庆、淳祐年间)认为"特敷衍隰括李、杜之诗耳"。⑤ 朱熹的这些理论主张以及创作实践无疑会对韩国文人产生潜移默化的影响。

　　对于运用汉语从事汉文学创作的韩国文人而言,确定学习模拟的对象显然更为重要。尽管自高丽时期开始,韩国文人就已经尝试填词,但词在韩国并不像在中国那样普及。我们在不少韩国文人的作品中常常可以看到一些类似的感慨,不同时期的作者都隐隐透露出在填词时的心有馀而力不足。对于他们而言,若要掌

---

　　① (宋)黎靖德编:《朱子语类》卷一三九《论文上》,王星贤点校,北京:中华书局,1986年,第八册,第3299页。

　　② (宋)黎靖德编:《朱子语类》卷一三九《论文上》,第八册,第3301页。

　　③ (宋)黎靖德编:《朱子语类》卷一三九《论文上》,第八册,第3321页。

　　④ (明)李东阳:《麓堂诗话》,丁福保辑《历代诗话续编》,北京:中华书局,1983年,第1376页。

　　⑤ (宋)罗大经:《鹤林玉露》甲编卷四"朱文公词"条,王瑞来点校,北京:中华书局,1983年,第62页。按:李白《古风》其十八:"何如鸱夷子,散发棹扁舟。"《行路难》其三:"陆机雄才岂自保,李斯税驾苦不早。华亭鹤唳讵可闻,上蔡苍鹰何足道。"温庭筠《利州南渡》:"谁解乘舟寻范蠡,五湖烟水独忘机。"都被朱熹隰括入词作中。

握词律,进而从事创作,熟记某些中国作品,并依韵和之,无疑是一个卓有成效的方法。李晬光(1563—1628)在《芝峰类说》中云:"按次韵之作,始于元、白,而盛于赵宋。我国则尤以华国为重,故争尚此法。"①这虽然是针对次韵诗而言的,但也可以推及到词。所谓"争尚此法",除了指韩国文人之间的赓和酬唱,也应该包括韩国文人步和中国作品的情况。从现存韩国词中,确实可以发现大量步和李白、温庭筠、柳永、苏轼、秦观、李清照、陈与义、陆游、辛弃疾等人词作的作品。② 由此也可以推测,韩国文人正是通过对包括朱熹在内的中国历代文人词作的模仿,努力克服词在格律方面给自己带来的困难,来逐步提高自身的创作能力。

综观韩国历代文人模拟朱熹词的作品,可以发现一个整体特征,即和韵类作品的数量要远远多于拟仿类作品;而其中严格依照原作所用韵字及其先后顺序的次韵类作品又占了绝大多数,只需依据原作所用韵部而对于具体韵字并不要求与原作相同的依韵类作品则完全没有。和韵原本是一种自寻约束的创作方式,其中的次韵更是为创作者设定了苛刻的限制条件。然而在某种情况下,适当增加限制条件,反而让人可以在创作时有章可循;一旦取消限制条件,有时却会使人突然感到无所适从。对于掌握词律较为困难的韩国文人而言,依照所模拟对象的平仄、押韵等情况,按部就班地加以模仿,自然比起一空依傍、别出心裁的创作要来的得心应手。

当然也有一些韩国词,虽然在整体上属于次韵之作,但有时也会根据实际情况略作变通。卢景任(1569—1620)有一首《水调歌

---

① (朝鲜)李晬光:《芝峰类说》卷九《文章部二·诗法》,蔡美花、赵季主编《韩国诗话全编校注》,第二册,第 1054 页。

② 参见本书第一章第二节《韩国文人对中国词作的评论与效仿》。

头·次晦庵词,赠金士悦》:

> 有客气豪荡,遗却人间忧。巍然一亭江上,诗酒邀朋俦。
> 云尽暮山如画,夜深明月如昼,个里兴难收。红尘何处是? 独
> 笑上渔舟。　　荣与辱,与我何,不须谋。半世婆娑,云水有
> 时弄钓钩。生前富贵功名,死后寒烟荒草,万事浑悠悠。何如
> 任天放,高卧白鸥洲。①

同样也是模拟上文所举的朱熹那首《水调歌头》,但将原作"倚伏互
相酬"句中的韵脚"酬"字改换成同属平声尤部韵、读音相同的"俦"
字。说明卢氏在创作中为了语意表达的需要也能灵活变通,并没
有削足适履,以辞害意。

　　另如高圣谦(1810—1886)的一首《念奴娇·咏梅,和赠黄
声汝》:

> 化工多事,巧妆出、树树名花红白。独有寒梅清到骨,厌
> 杀他、风流客。月下佳人,山中高士,襟韵无相隔。贞资孤标,
> 待他满天风雪。　　许尔加百花头,东风休遣,无赖贪香蝶。
> 暗与诗人真境会,清浅水、黄昏月。驿使朝行,珠人夜返,从此
> 芳缘歇。凭君寄意,不是情人那折。②

所模拟的朱熹原作是《念奴娇·用傅安道和朱希真梅词韵》:

---

① (朝鲜)卢景任:《水调歌头·次晦庵词,赠金士悦》,(韩)柳己洙编《历代韩国
词总集》,第161—162页。
② (朝鲜)高圣谦:《念奴娇·咏梅,和赠黄声汝》,(韩)柳己洙编《历代韩国词总
集》,第296页。

临风一笑,问群芳、谁是真香纯白。独立无朋,算只有、姑
射山头仙客。绝艳谁怜,真心自保,邈与尘缘隔。天然殊胜,
不关风露冰雪。　　应笑俗李虀桃,无言翻引得,狂蜂轻蝶。
争似黄昏闲弄影,清浅一溪霜月。画角吹残,瑶台梦断,直下
成休歇。绿阴青子,莫教容易披折。①

虽然两词所押之韵完全相同,但高词在不少地方都已经改变了朱
词原先的句读,对原作内容也做了不少细心的揣摩体会。例如朱
词下阕中"争似黄昏闲弄影,清浅一溪霜月",暗用宋初林逋(968—
1028)《山园小梅》诗中"疏影横斜水清浅,暗香浮动月黄昏"句
意,②高氏便用"暗与诗人真境会,清浅水、黄昏月"数句直接加以
点明。

　　韩国文人在模拟过程中还非常注重具体技法的学习,如上文
提到的不少对朱熹词中回文手法的效仿就是一例。回文是通过使
用同样的词句,充分利用汉语特有的多义性和组合性,使顺读、倒
读均可成文的一种修辞方式。将回文的手法运用在诗歌创作中究
竟起源于何时何人,历代有着各种不同的说法。南朝梁代刘勰
(466?—537?)《文心雕龙·明诗》云:"回文所兴,则道原为始。"③
晚唐皮日休(834?—883?)《杂体诗序》云:"晋温峤有回文虚言诗
云:'宁神静泊,损有崇亡。'由是回文兴焉。"④宋代严羽(1192?—

---

　　① (宋)朱熹:《念奴娇·用傅安道和朱希真梅词韵》,唐圭璋编《全宋词》,第三册,
第 1675 页。
　　② (宋)林逋:《山园小梅》其一,北京大学古文献研究所编,傅璇琮、倪其心、孙钦
善、陈新、许逸民主编《全宋诗》卷一○六,第二册,第 1218 页。
　　③ (梁)刘勰撰、詹锳义证:《文心雕龙义证》,上海:上海古籍出版社,1989 年,上
册,第 215 页。按:"道原"未详何人。
　　④ (唐)皮日休:《杂体诗序》,(清)彭定求编《全唐诗》卷六百十六,北京:中华书
局,1960 年,第十八册,第 7101 页。

1245?)《沧浪诗话·诗体》在论杂体诗时列有"回文"一体,并注云:
"起于窦滔之妻,织锦以寄其夫也。"①可谓聚讼纷纭,莫衷一是。
但可以确定的是,在六朝时期就已经出现了大量的回文诗。《隋
书·经籍志》著录有《五月七星回文诗》一卷、谢灵运撰《回文集》十
卷、《回文诗》八卷、苏蕙作《织锦回文诗》一卷。② 唐初欧阳询
(557—641)编撰的《艺文类聚·杂文部》收录了六朝时期王融
(467—493)、萧纲(503—551)、萧纶(507?—551)、庾信(513—
581)、萧祗(生卒年不详)等人的回文诗作。③ 唐宋时期的回文诗
作品更是不一而足,如陆龟蒙(?—881?)的《晓起即事寄皮袭
美》、④皮日休的《奉和鲁望晓起回文》、⑤王安石(1021—1086)的
《无题三首》、⑥苏轼的《记梦二首》等等⑦。宋人还将回文的方式引
入到词的创作中,苏轼、晁端礼(1046—1113)、刘焘(生卒年不详,
活动于元祐至靖康年间)、郭世模(?—1160)、曹勋(1098?—1174)、
朱熹等人都有此类作品传世。⑧ 虽然这些回文诗词的创作动机大
多出于逞才使气,卖弄或嘲戏的意味居多,但若能加以奇思妙想,

———————

① (宋)严羽撰、郭绍虞校释:《沧浪诗话校释》,北京:人民文学出版社,1961 年,
第 93 页。

② (唐)魏徵等:《隋书》卷三十五《经籍志四》,北京:中华书局,1973 年,第四册,
第 1085 页。

③ (唐)欧阳询编撰:《艺文类聚》卷五十六《杂文部二》,汪绍楹校,上海:上海古
籍出版社,1999 年,下册,第 1005—1006 页。

④ (唐)陆龟蒙:《晓起即事寄皮袭美》,(清)彭定求编《全唐诗》卷六百三十,第十
八册,第 7230 页。

⑤ (唐)皮日休:《奉和鲁望晓起回文》,(清)彭定求编《全唐诗》卷六百十六,第十
八册,第 7103 页。

⑥ (宋)王安石:《无题三首》,《王文公文集》卷七十五,上海:上海人民出版社,
1974 年,第 801—802 页。

⑦ (宋)苏轼:《记梦二首》,(清)冯应榴辑注:《苏轼诗集合注》卷二十一,黄任
轲、朱怀春校点,上海:上海古籍出版社,2001 年,第 1070—1071 页。

⑧ 前揭罗忼烈《宋词杂体》一文中列有"回文"一项,可以参看。

有时也能达到因难而见巧的效果,令读者感受到别样的意趣。

　　韩国文人对于这种特殊的修辞手段也非常感兴趣,高丽时期的李仁老(1152—1220)在《破闲集》中说:"回文诗起齐梁,盖文字中戏耳。昔窦滔妻织锦之后,杼轴犹存,而宋三贤亦皆工焉。……夫回文者,顺读则和易,而逆读之亦无聱牙艰涩之态,语意俱妙,然后谓之工。"①不仅简要追溯了回文诗的发展变化,而且对其所具有的独特意趣颇为欣赏。有些韩国文人在诗歌创作中也尝试运用这一手法,徐居正(1420—1488)在《东人诗话》中曾举例予以评述:"李平章奎报诗:'碧水接天天接水,薄云如雾雾如云。'邢典书君绍诗:'远岫似云云似岫,碧天如水水如天。'僧达全诗:'野抱山还山抱野,天吞水亦水吞天。'前辈好用是语,全诗并用回文体,语少牵强。"②所列举的诗都只是每一句的前后部分构成回文,而上文所举的韩国词则是上下句之间构成回文,其难度较前者更大。因此,韩国文人模拟朱熹作品创作回文词,主观上或许只是一种出于好奇的浅尝辄止,但客观上对于这种修辞方法的演练、掌握乃至传播无疑是有益的。

　　(二) 内容特征

　　古代诗文创作中的步和、拟仿现象屡见不鲜,倘若对象是同时代的某位作家,那么就可能更多地带有朋友之间相互应酬、切磋甚至竞争的性质;而如果对象是前人昔贤,则其中毫无疑问会寓有某种特殊的精神寄托。从韩国历代拟朱熹词的内容来看,就可以发现不少超出文学本身的文化意涵。

　　首先,在不少拟作中都透露出作者对儒家学说的尊奉以及对

<hr>

　　① (高丽)李仁老:《破闲集》卷上,蔡美花、赵季主编《韩国诗话全编校注》,第一册,第9—10页。

　　② (朝鲜)徐居正:《东人诗话》卷上,蔡美花、赵季主编《韩国诗话全编校注》,第一册,第181页。

朱熹人格的崇仰。如前述李梀《西江月·拟晦翁作二首》其一云：
"渊源知自洛闽清，乐处桓文不竞。"[①]其中"洛"指程颢、程颐兄弟，
"闽"指朱熹；"渊源"一词则让人联想到朱熹所编的《伊洛渊源录》。
此书在儒学史上的影响极为深远，后世仿其体例而成书者，有明代
谢铎《伊洛渊源续录》（1435—1510）、宋端仪（1447—1501）《考亭渊
源录》、清代李清馥（生卒年不详）《闽中理学渊源考》、张伯行
（1651—1725）《伊洛渊源续录》、王植（生卒年不详）《道学渊源录》
等。该书在韩国也流传广泛，[②]李词中"渊源"一句当受此启发。
至于"乐处"一句，则更加明显地受到程朱理学思想的影响。《论
语》中提到过孔子、颜回师徒的生活状况，如《述而》云："子曰：'饭
疏食饮水，曲肱而枕之，乐亦在其中矣。不义而富且贵，于我如浮
云。'"[③]又《雍也》云："子曰：'贤哉，回也！ 一箪食，一瓢饮，在陋
巷，人不堪其忧，回也不改其乐。贤哉，回也！'"[④]于是，所谓"孔颜
乐处"就成了宋代理学家关心的话题，周敦颐曾要求程颢、程颐兄
弟"寻颜子、仲尼乐处，所乐何事"，[⑤]而"二程之学源流乎此"，[⑥]朱
熹对此也有不少体会和发挥；[⑦]此句中的"桓文"指春秋时期的齐
桓公、晋文公，《孟子·梁惠王上》云："齐宣王问曰：'齐桓、晋文之

---

① （朝鲜）李梀：《西江月·拟晦翁作二首》，（韩）柳己洙编《历代韩国词总集》，第
219 页。

② 参见巩本栋：《宋人撰述流传丽、鲜两朝考》，张伯伟主编《域外汉籍研究集刊》
第一辑，第 344—345 页。

③ 《论语·述而》，程树德《论语集释》，程俊英、蒋见元点校，北京：中华书局，1990
年，第二册，第 465 页。

④ 《论语·雍也》，程树德《论语集释》，第二册，第 386 页。

⑤ （宋）程颢、程颐：《河南程氏遗书》卷二上，《二程集》，第一册，第 16 页。

⑥ （元）脱脱等：《宋史》卷四二七《道学传·周敦颐》。北京：中华书局，1977 年，
第三十六册，第 12712 页。

⑦ 参见程树德：《论语集释》，第三册，第 811—812 页；陈荣捷：《近思录详注集
评》，第 55—56 页。

事,可得闻乎?'孟子对曰:'仲尼之徒,无道桓文之事者,是以后世无传焉。臣未之闻也。'"①可见,李柬在遣词造语方面既源于传统儒家经典,又充盈着宋代理学思想,非常鲜明地表明了自己的精神祈向。

李氏又有《忆秦娥·拟晦翁梅花词,奉怀舅氏二阕》,所模仿的朱熹原作《忆秦娥·雪、梅二阕怀张敬夫》中有"和羹心事,履霜时节"二语,前句典出《尚书·说命下》:"若作和羹,尔惟盐梅。"②用来赞扬张栻(1133—1180,字敬夫)能够辅佐君主综理国政;后句典出《礼记·祭义》:"霜露既降,君子履之。必有凄怆之心,非其寒之谓也。"据郑玄注云:"'非其寒之谓'谓凄怆及怵惕者皆为感时念亲也。"③因此寓有感叹时节、思念亲友之意。而李词中有句云:"舞雩馀韵,紫阳遗阕。"④"紫阳遗阕"指朱熹的词作,"舞雩"则典出《论语·先进》篇,曾皙自言其志云:"莫春者,春服既成,冠者五六人,童子六七人,浴乎沂,风乎舞雩,咏而归。"⑤由此得到孔子的赞许。朱熹《论语集注》对此曾有评论说:"曾点之学,盖有以见夫人欲尽处,天理流行,随处充满,无少欠阙。故其动静之际,从容如此。而其言志,则有不过即其所居之位,乐其日用之常,初无舍己为人之意。而其胸次悠然,直与天地万物上下同流,各得其所之

---

①《孟子·梁惠王上》,(清)焦循《孟子正义》,沈文倬点校,北京:中华书局,1987年,上册,第74—77页。

②《尚书·说命下》,(清)阮元校刻《十三经注疏》本《尚书正义》卷十,北京:中华书局1980年,上册,第175页。

③《礼记·祭义》,(清)阮元校刻《十三经注疏》本《礼记正义》卷四十七,下册,第1592页。

④(朝鲜)李柬:《忆秦娥·拟晦翁梅花词,奉怀舅氏二阕》其一,(韩)柳己洙编《历代韩国词总集》,第218页。

⑤《论语·先进》,程树德《论语集释》,第三册,第806页。

妙,隐然自见于言外。"①显然,李柬对朱熹作品中所蕴含的情致深有体会,并由衷赞叹其与曾皙之志一脉相承,体现了孔门理想的人生境界。李氏在这组词前尚有小序云:"高低腔曲,仅用词法,而律吕之谐不谐,此所未详。调格之凡下则又不足论也。然曲曲慕用之意,则未尝不在其中矣。"也充分表露了对朱熹的崇敬仰慕。

其次,不少韩国文人对于儒家所揭橥的生活境况以及人生理想深有感触,以至效仿其处世态度,并会在词作中加以抒写。如任宪晦(1811—1876)《西江月·次晦翁所和〈西江月〉,奉呈锦甫》云:"箪食何须求饱,缊袍自足御寒。从教物我不相残,孰谓三公可换。"②"箪食"一句典出《论语·雍也》:"子曰:'贤哉,回也! 一箪食,一瓢饮,在陋巷,人不堪其忧,回也不改其乐。贤哉,回也!'"③"缊袍"一句典出《论语·子罕》:"子曰:'衣敝缊袍,与衣狐貉者立,而不耻者,其由也与?'"④任氏在词中称赞颜回、子路能够不慕荣利,安贫乐道,由此产生强烈的共鸣,表达了倾慕效仿之意。

又如韩国近代文人许熏(1836—1907)的一首《水调歌头·闲情》云:"有时吟弄风月,浩浩放歌行。"⑤"吟弄风月"是宋代儒学家偏爱的话头。程颢曾回忆说:"某自再见(周)茂叔后,吟风弄月以归,有'吾与点也'之意。"⑥在他为数不多的诗歌作品中,对此人生境界也多有展示,如《偶成》云:"云淡风轻近午天,望花随柳过前

---

　　①（宋）朱熹:《论语集注》,程树德《论语集释》,第三册,第 811—812 页。
　　②（朝鲜）任宪晦:《西江月·次晦翁所和〈西江月〉,奉呈锦甫》,(韩）柳己洙编《历代韩国词总集》,第 300 页。
　　③《论语·雍也》,程树德《论语集释》,第二册,第 386 页。
　　④《论语·子罕》,程树德《论语集释》,第二册,第 619 页。
　　⑤（朝鲜）许熏:《水调歌头·闲情》,(韩）柳己洙编《历代韩国词总集》,第 331 页。
　　⑥（宋）程颢、程颐:《河南程氏遗书》卷三,《二程集》,第一册,第 59 页。

川。旁人不识予心乐,将谓偷闲学少年。"①在亲近自然物态的过程中,展现出从容和乐的气象。《和尧夫首尾吟》云:"先生非是爱吟诗,为要形容至乐时。醉里乾坤都寓物,闲来风月更输谁?"②称赞邵雍(1011—1077)能够领略到与万物融为一体的至乐。朱熹的《水调歌头·次袁机仲韵》亦云:"与君吟弄风月,端不负平生。"③同样表露出超迈自得的襟怀。许熏词中所透露出的那份洒脱闲适显然就源于宋代儒学家们所标举的那种人生境界。

韩国文人在模拟朱熹词的过程中,并不只是单向被动地接受或跟从,有时尚能与原作进行呼应、和答。如朱熹《水调歌头·次袁机仲韵》中有"有酒径须醉,无事莫关情"之语,④有借酒浇愁、超脱世外之意。而高圣谦的拟作《水调歌头·和赠黄声汝》云:"诗酒谅非意,聊用破愁城。莫将时事干我,世已弃君平。"⑤"愁城"一语典出庾信《愁赋》:"攻许愁城终不破,荡许愁门终不开。"⑥后世诗词之中多用作典故,如北宋周邦彦(1056—1121)《满路花·思情》云:"帘烘泪雨干,酒压愁城破。"⑦南宋范成大(1126—1193)《次韵子永雪后见赠》:"想得秫田来岁好,瓦盆加酿灌愁城。"⑧又西汉严

---

① (宋)程颢:《偶成》,《河南程氏文集》卷三,《二程集》,第二册,第476页。

② (宋)程颢:《和尧夫首尾吟》,《河南程氏文集》卷三,《二程集》,第二册,第481页。

③ (宋)朱熹:《水调歌头·次袁机仲韵》,唐圭璋编《全宋词》,第三册,第1675页。

④ (宋)朱熹:《水调歌头·次袁机仲韵》,唐圭璋编《全宋词》,第三册,第1675页。

⑤ (朝鲜)高圣谦:《水调歌头·和赠黄声汝》,(韩)柳己洙编《历代韩国词总集》,第294页。

⑥ (北周)庾信《愁赋》,见许逸民辑《庾信集佚文辑存》,(清)倪璠:《庾子山集注》附录,许逸民校点,北京:中华书局,1980年,下册,第1094页。

⑦ (宋)周邦彦:《满路花·思情》,唐圭璋编《全宋词》,第二册,第613页。

⑧ (宋)范成大:《次韵子永雪后见赠》,《石湖居士诗集》卷九,据富寿荪整理《范石湖集》,上海:上海古籍出版社,1981年,上册,第112页。

君平(前 86—前 10)曾避世卖卜,①后人用作典故者也颇多,如刘宋鲍照(414—466)《咏史》:"君平独寂寞,身世两相弃。"②唐代李白(701—762)《古风》之十三:"君平既弃世,世亦弃君平。"③高氏显然对朱熹内心的苦衷颇能体察,因此借这些典故来抉发原作中含而未发的意蕴。而许熏的拟作《水调歌头·闲情》则云:"富贵谅非愿,萧散乃其情。茅茨隐约林下,推户绿江明。梅底酒樽茶鼎,案上禅经道诰,焉用换浮荣。"④首句既化用陶渊明《归去来兮辞》中"富贵非我愿"句,无疑也参照了高圣谦的拟作,接着又进一步对从容闲适的归隐生活作了描绘。这两人的拟作都能领会原作者的衷曲,并有自己的体悟和发挥,由此构成了拟仿者与原作者之间多重的潜在对话。

韩国历代拟朱熹词虽然在命题立意、遣词造句等方面受到原作很大的影响和制约,但有时也能存同求异,显示出匠心独运、别出机杼的地方。朱熹有一首《满江红·刘知郡生朝》云:

> 秀野诗翁,念故山、十年乖隔。聊命驾、朱门旧隐,绿槐新陌。好雨初晴仍半暖,金釭玉斝开瑶席。更流传丽藻,借江天,留春色。　　过里社,将儿侄。谈往事,悲陈迹。喜尊前现在,镜中如昔。两鬓全期烟树绿,方瞳好映寒潭碧。但一年、一度一归来,欢何极。⑤

---

①（汉）班固:《汉书》卷七十二《王贡两龚鲍传》载严君平"修身自保,非其服弗服,非其食弗食。……卜筮于成都市,……裁日阅数人,得百钱足自养,则闭肆下帘而授《老子》"。第十册,第 3056 页。

②（南朝宋）鲍照:《咏史》,钱仲联增补集说校《鲍参军集注》,上海:上海古籍出版社,1980 年,第 326 页。

③（唐）李白:《古风》其十三,(清)王琦注《李太白全集》卷二,上册,第 104 页。

④（朝鲜）许熏:《水调歌头·闲情》,(韩)柳己洙编《历代韩国词总集》,第 331 页。

⑤（宋）朱熹:《满江红·刘知郡生朝》,唐圭璋编《全宋词》,第三册,第 1674 页。

而朝鲜时期知名的儒家学者金麟厚（1510—1560）有一首《满江红·赠洪太虚昙》：

> 湖海风流，洪太虚、一年踪迹。聊命驾、芹宫伴侣，玉堂僚属。秋日虚檐仍半暖，深尊大嚼开瑶席。更流传丽藻，借江山、留春色。　　过里闬，临阡陌。谈往事，聊终夕。奈尊前见在，镜中非昔。两鬓虽惭烟树绿，双眸不减寒潭碧。几梅花夜月，每年年、怀嘉客。①

略作比较，不难发现金氏在遣词用语方面处处都在模仿朱熹，"聊命驾"、"仍半暖"、"开瑶席"、"更流传丽藻，借江山、留春色"、"谈往事"等词句更是直接袭用原作；然而"奈尊前见在，镜中非昔。两鬓虽惭烟树绿，双眸不减寒潭碧"数句则若即而离，刻意与朱词立异，和原作相较，词意更显跌宕曲折，从中显示出拟作者不甘雷同、勇于求变的创作心态。与金麟厚同时代的郑惟一（1533—1576）曾评价金氏为人"性清疏，不事修饰。自未第时已有时名，人皆推重。然性嗜酒，无日不醉，缙绅间以疏狂待之。喜作诗，人有求者，相对挥洒，略无难色。然闲居燕处，则性理之书未尝释也。……晚年所见甚精，论说义理，平易明白"②。可见他效仿朱熹之词与其耽嗜性理之学颇有关系，而其"疏狂"的作风也在这首词中有所体现。

另如任宪晦的《忆秦娥·谨呈发渊尹丈永教，丁酉》其二：

---

① （朝鲜）金麟厚：《满江红·赠洪太虚昙》，（韩）柳己洙编《历代韩国词总集》，第125页。

② （朝鲜）郑惟一：《闲中笔录》，蔡美花、赵季主编《韩国诗话全编校注》，第一册，第630页。

梅不发，寂寞空对黄昏月。黄昏月，不恨朔风，邈指腊节。　　手把瑶琴琴声咽，徒依树下肠断绝。肠断绝，且待乱开，愿言寄折。①

所模拟的朱熹《忆秦娥》原作上文已有引录，此处不赘。朱词描写"梅花发"时的情景，任词则描写"梅不发"的状况；朱词感慨"为谁攀折"，任词则直抒"愿言寄折"。从中可见任氏在创作时虽以朱词为蓝本，但又注意规避原作，而求另辟蹊径。可以说，正是因为韩国文人在模仿时存有这样一种立异争胜的心态，才使得这些拟作没有成为依样画瓢的复制品。

本节对韩国历代文人模拟朱熹词进行创作的情况做了初步的梳理和探讨。这些作品可以分为和韵和拟仿两大类，在每一类作品中又都有各种不同的情况存在。这些拟作在形式和内容两方面都呈现出不少特点，说明韩国历代文人一方面在努力效仿、遵从原作，另一方面也有着自己的突破和创造。实际上还有不少韩国词作，表面上看虽然没有非常明显的模拟痕迹，但其遣词造句、命题立意也或多或少地受到了朱熹作品的影响。限于篇幅，我们尚无暇予以进一步的深入考察。即便如此，通过以上的初步探讨，仍然可以发现朱熹对于韩国文化的影响并不仅仅限于哲学一途，对于韩国历代词文学的发展也起到了比较重要的示范和引导作用。

①（朝鲜）任宪晦：《忆秦娥·谨呈发渊尹丈永教，丁酉》其二，（韩）柳己洙编《历代韩国词总集》，第300页。

# 第五章　韩国历代"八景"词及
# 相关衍生词作

　　中、韩、日三国之间,由于地缘政治关系的紧密,自古以来就一直保持着相当频繁的文化交流。尤其是在文学创作领域,时常可以发现韩国、日本的文人从中国所承受到的深远影响。但这种吸取和参酌并非完全都是亦步亦趋式的效仿,在学习和借鉴中国文学作品的同时,韩、日两国文士也会根据具体情况,适时作出一些新的调整和变化,从而构成自身独特的创作传统。肇端于中国的"八景"题材文学作品在韩、日两国的繁衍与变异,就是一个极为典型的例证。

　　中国本土题咏"八景"的文学作品,可以远溯到南朝齐梁时期"永明体"代表诗人沈约(441—513)的《八咏诗》,这是在他出任东阳太守时题咏于玄畅楼之上的一组诗作,共分为《登台望秋月》、《会圃临春风》、《岁暮愍衰草》、《霜来悲落桐》、《夕行闻夜鹤》、《晨征听晓鸿》、《解珮去朝市》和《披褐守山东》八章。[①] 这组诗在当时颇负盛名,曾被徐陵(507—583)选入《玉台新咏》之中。[②] 但"八

---

　　① (梁)沈约:《八咏诗》,陈庆元校笺《沈约集校笺》,杭州:浙江古籍出版社,1995年,第442—461页。

　　② (陈)徐陵编、(清)吴兆宜注、(清)程琰删补:《玉台新咏笺注》卷九,穆克宏点校,北京:中华书局,1985年,下册,第417—419、439—448页。

景"文化真正的兴盛,则要到赵宋时期,特别是所谓的"潇湘八景"图的出现,引发了诸多画师、文人的浓厚兴趣。据北宋学者沈括(1031—1095)《梦溪笔谈》中的记载:

> 度支员外郎宋迪工画,尤善为平远山水,其得意者有平沙雁落、远浦帆归、山市晴岚、江天暮雪、洞庭秋月、潇湘夜雨、烟寺晚钟、渔村落照,谓之"八景",好事者多传之。①

宋迪(生卒年不详),字复古,洛阳人,曾于宋英宗治平年间(1064—1067)任湖南转运司判官,这组《潇湘八景图》或许就是依据他在湖南的实地见闻绘制完成的。不过其中唯有"洞庭秋月"和"潇湘夜雨"二景明确指明位于湖南境内,其馀的六景并未指实。清人朱彝尊(1629—1709)《八景图跋》对此曾有评论:

> 宋度支员外郎宋迪工画平远山水,其平生得意者为景凡八,今人所仿潇湘八景是也。然当时作者意取平远而已,不专写潇湘风土。迨元人形之歌咏,其后自京国以及州县志靡不有八景存焉。固哉! 世俗之可笑也。②

认为宋迪所绘八景并非全部针对潇湘一地,这一推断是可以采信

---

① (宋)沈括撰、胡道静校注:《新校正梦溪笔谈》卷十七《书画》,香港:中华书局香港分局,1975年,第171页。按:依照郭若虚《图画见闻志》卷二《纪艺上》及旧题米芾《潇湘八景诗并序》记载,五代时的画家黄筌、李成已经创作了《潇湘八景图》,但据今人考证,其可信度是值得怀疑的。参见(日)内山精也:《宋代八景现象考》,收入作者《传媒与真相——苏轼及其周围士大夫的文学》,朱刚等译,上海:上海古籍出版社,2005年。

② (清)朱彝尊:《八景图跋》,《曝书亭序跋》卷二十,与《潜采堂宋元人集目录》、《竹垞行笈书目》合订一册,杜泽逊、崔晓新点校,上海:上海古籍出版社,2010年,第296页。

的。但从宋代开始,就已经逐渐将这八景纳入到潇湘一带的地域范围内,从而形成"潇湘八景"的概念。继之而起的相关题咏也层出不穷,举其夥者,如释惠洪(1070—1128)《宋迪作八景绝妙,人谓之无声句,演上人戏余曰:道人能作有声画乎? 因为之各赋一首》、刘克庄(1187—1269)《咏潇湘八景各一首》、周密(1232—1298)《潇湘八景》等等,相关的绘画作品也应运而生,如王洪(生卒年不详)、马远(1140?—1225 后)、夏圭(生卒年不详)、牧谿(?—1281)、玉涧(生卒年不详)等都曾绘有潇湘八景图。这些诗画作品也通过各种不同途径流传至韩国及日本,并对两国文学、艺术的创作产生一系列深远的影响。这方面已经有不少中外学者予以深入的研讨,①此处不拟赘述,而着重讨论"潇湘八景"题材在韩国词作中的具体展现以及相关衍生作品的创作情况。

## 第一节　李齐贤与韩国历代"潇湘八景"组词

至少从十二世纪的高丽明宗时期开始,起源于中国的"潇湘八景"诗画作品就开始逐渐传入韩国,并且带动了当时一大批文人创作题画诗,其中如李仁老(1152—1220)的七绝《宋迪八景图》八首、

---

① 相关研究可参见(日)铃木广之:《潇湘八景の受容と再生産——十五世紀を中心とした繪畫の場》,载《美術研究》第 358 號,1993 年;(日)崛川贵司:《潇湘八景:詩歌と繪畫に見る日本化の樣相》,东京:临川书店,2002 年;衣若芬:《高丽文人李仁老、陈澕与中国"潇湘八景"诗画之东传》,载刘东主编《中国学术》第十六辑,北京:商务印书馆,2004 年;衣若芬:《朝鲜安平大君李瑢及"匪懈堂潇湘八景诗卷"析论》,载张伯伟主编域外汉籍研究集刊》第一辑,北京:中华书局,2005 年;衣若芬:《玉涧〈潇湘八景图〉东渡日本之前"三教弟子"印考》,载《美术史研究集刊》第二十四期,2008 年;(日)鎌田出:《"荻八景"序論——日本における潇湘八景定着過程を考察する手がかりとして》,载中国诗文研究会编《中國詩文論叢》第三十二集,2013 年;石守谦:《移动的桃花源:东亚世界中的山水画》第三章《胜景的化身——潇湘八景山水画与东亚的风景观看》,北京:三联书店,2015 年。

陈澕(生卒年不详)的七古《宋迪八景图》八首等等,都是韩国文学史上非常知名的作品,并被朝鲜王朝初期的徐居正(1420—1488)选入《东文选》之中。①这些诗作对后世韩国文士颇有影响,高丽晚期文人李齐贤(1287—1367)有一组《和朴石斋、尹樗轩用〈银台集〉潇湘八景韵》,诗题下有诗人自注云:"石斋名孝修,樗轩名奕。"②据《高丽史》卷三十五《世家·忠肃王二》及卷七十三《选举一》记载,李齐贤与朴孝修、尹奕在忠肃王七年(1320)同时担任考试官,负责拔擢进士。而诗题中所谓"《银台集》"则正是李仁老的别集名称,可知李齐贤等人当日同题赋诗实为追和李仁老《宋迪八景图》。经过仔细核查比对,不难发现双方作品所押韵脚确实完全相同。

除了这组表现"潇湘八景"的七绝组诗外,李齐贤还用《巫山一段云》词牌创作了两组《潇湘八景》词,在韩国文学史尤其是词学史上的影响更为深远,徐居正在《东人诗话》中曾评价说:

> 李大谏仁老《潇湘八景》绝句,清新富丽,工于模写;陈右谏澕七言长句,豪健峭壮,得之诡奇,皆古人绝唱,后之作者,未易伯仲。惟益斋李文忠公绝句、乐府等篇,精深典雅,舒闲容与,得与二老颉颃上下于数百载之间矣。③

将李齐贤的《和朴石斋、尹樗轩用〈银台集〉潇湘八景韵》七绝组诗

---

①　参见衣若芬:《高丽文人李仁老、陈澕与中国"潇湘八景"诗画之东传》,载刘东主编《中国学术》第十六辑,北京:商务印书馆,2004年。按:李仁老《宋迪八景图》载《东文选》卷二十《七言绝句》,陈澕《宋迪八景图》载《东文选》卷六《七言古诗》。

②　(高丽)李齐贤:《和朴石斋、尹樗轩用〈银台集〉潇湘八景韵》,徐居正编《东文选》卷二十一《七言绝句》,首尔:民族文化促进会,第二册,第706页。

③　(朝鲜)徐居正:《东人诗话》卷上,蔡美花、赵季主编《韩国诗话全编校注》,第一册,第190—191页。

和《巫山一段云》组词与李仁老、陈澕等前贤之作相提并论，推崇备至。值得注意的是，虽然在此之前，高丽宣宗（1049—1094）、睿宗（1097—1122）以及金克己（1150?—1204?）、李奎报（1164—1241）等君王及文士已经尝试用词这种新的文体来进行创作，①但作品数量并不多，更没有像李齐贤那样取得如此突出的成就，这与李氏在中国多年游历，并结交大批中国文士的经历不无关系。

　　李齐贤在二十八岁时即应高丽忠宣王王璋（1275—1325）之召，前往元朝首都大都，此后追随忠宣王游历西蜀、江南等地，又与忠宣王府中赵孟頫（1254—1322）、元明善（1269—1322）、张养浩（1270—1329）、虞集（1272—1348）、朱德润（1294—1365）等中国文人有过密切交往，甚至还有不少诗文酬唱。② 这些经历对他切身感受"潇湘八景"文化，乃至掌握词体写作技巧无疑会带来极大的帮助。③ 在李齐贤结交的诸多中国文士中，熟悉"潇湘八景"题材绘画作品的至少就有朱德润、虞集、赵孟頫等几位。朱德润有一篇《跋马远画潇湘八景》，其中提及：

　　　　《潇湘八景图》，始自宋文臣宋迪。南渡后，诸名手更相仿佛。此卷乃宋淳熙间院工马远所作，观其笔意清旷，烟波浩渺，使人有怀楚之思。④

---

　　① 高丽宣宗、金克己、李奎报今存词作，见（韩）柳己洙编《历代韩国词总集》，第17—23 页；高丽睿宗虽无词作留存至今，但据《高丽史》记载，当时也曾有《万年词》、《临江仙》、《寿星明》等词作，见（韩）柳己洙编《历代韩国词总集》，第 355 页。

　　② 详情可参见本书第六章《高丽李齐贤的词作及其在中国的传播与接受》。

　　③ 参见（韩）池荣在《益斋李齐贤其人其词》，载《词学》编辑委员会编《词学》第九辑，上海：华东师范大学出版社，1992 年。

　　④ （元）朱德润：《跋马远画潇湘八景》，李修生主编《全元文》卷一二七五，第四十册，第 538 页。

朱氏字泽民,是当时知名的山水画家。据李齐贤所述:"姑苏朱泽民善画山水,尝为我作《燕山晓雪图》。"①朱氏曾经特意为他挥毫泼墨,足证两人交谊颇深。李齐贤还回忆说:"昔与姑苏朱德润,每观屏障燕市东。铁关山水有僧气,公俨草花无士风。月山画马不画骨,喜作雾鬣黄金瞳。独爱息斋与松雪,丹青习俗一洗空。"②可知两人兴趣相投,一同欣赏评论过不少画作。李齐贤在《栎翁稗说》中还记载了朱氏围绕杜甫诗作所展开的一番议论:"《戏题韦偃画松》诗未见有戏之之语。姑苏朱德润妙于丹青,谓予曰:'凡画松柏,作轮囷礵砢则差易,而昂霄耸壑之状最为难工。此诗后四句"我有一匹好东绢,重之不灭锦绣段。已今拂拭光凌乱,请君放笔为直干",乃所以戏偃也。'"③可见朱氏颇谙书画诗文之道,双方在交流切磋之际涉及的范围极为广泛。虞集对"潇湘八景"的题材也非常熟悉,他有一篇《题欧阳原功侍制潇湘八景图》,其中评论道:

> 然而画者,通四时朝暮阴晴之景于一卷,而山川脉络近若可寻。于是消息盈虚见于俄顷,倏忽变幻备于寻尺。慨然遂欲炼制形魄,后天而终,以尽反复无穷之世变者。④

对画幅的布局安排、笔墨的虚实变化都有较为精要独到的阐述。他还说到自己"以文学为职业,视他官位优暇,乃得从容图书之间,

---

① （高丽）李齐贤:《雪》自注,《益斋乱稿》卷二。
② （高丽）李齐贤:《和郑愚谷题张彦辅〈云山图〉》,《益斋乱稿》卷四,《韩国文集丛刊》第二册。
③ （高丽）李齐贤:《栎翁稗说》,蔡美花、赵季主编《韩国诗话全编校注》,第一册,第144页。
④ （元）虞集:《题欧阳原功侍制潇湘八景图》,李修生主编《全元文》卷八三二,第二十六册,第322页。

悠然有登临之趣"①，展现出纵情卧游的情致。赵孟頫虽然没有直接提及《潇湘八景图》，可据其友人韦居安(生卒年不详，活动于咸淳、景炎年间)所述，赵氏曾经收藏过南宋胡铨(1102—1280，号澹庵)绘制的《潇湘夜雨图》：

> 澹庵在谪所，因读《离骚》，浩然有江湖之思，作《潇湘夜雨图》以寄性，自题一绝云："一片潇湘落笔端，骚人千古带愁看。不堪秋著枫林港，雨阔烟深夜钓寒。"时绍兴丁卯七夕也。后一百三十五年辛巳，此画归之苕溪赵子昂。余得一观，诗与画俱清丽可爱，结字亦端劲。世但见其诗文，而不知其尤长于墨戏，可谓澹庵三绝。②

赵氏本人亦兼擅绘事，据艺术史家研究，"不难看出赵孟頫在画《鹊华秋色图》时，大概曾受一些如《潇湘卧游图》这类性质的画卷的影响"③。毫无疑问，赵氏对"潇湘八景"的绘画传统绝不会感到陌生。而李齐贤则对赵孟頫极为倾倒，或是惊叹"珥笔飘缨紫殿春，诗成夺得锦袍新。侍臣洗眼观风采，曾是南朝第一人"④，表达对赵氏的欣赏；或是感喟"予之将如成都也，内翰松雪赵公子昂以古调一篇相送，有'勿云锦城乐，早归乃图良'之句。十月北归，雪后二陵道中忽忆其诗，作此寄呈"⑤，寄托对赵氏的怀念，双方情谊之

---

① （元）虞集：《题欧阳原功侍制潇湘八景图》，李修生主编《全元文》卷八三二，第二十六册，第 321—332 页。

② （元）韦居安：《梅磵诗话》卷上，《丛书集成初编》据《读画斋丛书》排印本，北京：中华书局，1985 年，第 11 页。

③ 李铸晋：《鹊华秋色：赵孟頫的生平与画艺》，北京：三联书店，2008 年，第 156 页。

④ （高丽）李齐贤：《和呈赵学士子昂》其一，《益斋乱稿》卷一。

⑤ （高丽）李齐贤：《二陵早发》自序，《益斋乱稿》卷一。

深可以想见。徐居正还曾指出："予尝爱拙翁《四皓》诗:'汉用奇谋立帝功,指挥豪杰似儿童。可怜皓首商山老,亦堕留侯计术中。'赵学士子昂《四皓》诗:'白发商岩四老翁,紫芝歌罢听松风。半生不与人间事,亦堕留侯计术中。'虽词意不同,而末句如出一手。拙老入元朝中制科,与赵同时,其或有所模拟。但以拙老之崛强,岂效颦一时侪辈之所作乎?"①发现李齐贤在构思、造语等方面与赵孟頫颇为相近。虽然李齐贤在创作时未必真的受到赵孟頫诗作的直接启发,但两者在创作方面有过交流切磋应该是毫无疑问的。由此可知,李齐贤虽然曾经随同忠宣王降香江南,但并未有行经洞庭湖一带的经历,他创作的两组《巫山一段云·潇湘八景》未必就是依据实地考察的经验摹写而成,除了受到韩国前代文士如李仁老、陈澕等人作品的影响之外,朱德润、虞集、赵孟頫等中国文人无疑也会进一步强化这种影响,促使他通过想象和模仿来进行创作。

　　李齐贤在倚声填词的过程中,特意选择《巫山一段云》这一词牌,也很值得进一步深究。此调源出于唐代教坊曲,咏巫山神女事,在后世的发展演变中逐渐形成两种基本体式:或为四十四字,上下片各三平韵;或为四十六字,下片转用两仄韵、两平韵。② 在赵孟頫文集中有一组《巫山一段云》,共计十二首,分别为"净坛峰"、"登龙峰"、"松鹤峰"、"上升峰"、"朝云峰"、"集仙峰"、"云霞峰"、"栖凤峰"、"翠屏峰"、"聚鹤峰"、"望泉峰"和"起云峰",着力刻画巫山十二峰的自然风光。③ 李齐贤采用《巫山一段云》词牌、并

---

　　① (朝鲜)徐居正:《东人诗话》卷上,蔡美花、赵季主编《韩国诗话全编校注》,第一册,第171—172页。

　　② 参见(清)万树:《词律》,上海:上海古籍出版社,1984年影印清光绪二年刻本,第122—123页。

　　③ (元)赵孟頫:《巫山一段云》,《赵孟頫集》,任道斌校点,杭州:浙江古籍出版社,1986年,第258—262页。

以系列组词的方式进行创作,显然是从赵孟𬒤的这组词作中受到的启发。甚至就体式而言,李氏词作也如同赵氏一样,均依照该词牌的前一种体式进行创作。不过,李齐贤并未沿袭赵孟𬒤词作原有的题材,而是代之以"潇湘八景",从中又可以看出他创新求变的创作趋向。

我们在此前已经反复强调过,在考察中、韩两国词学交流的过程中,应该特别重视在"汉籍环流"的背景下两国文士之间彼此往复的交流互动,即不仅需要着眼于韩国历代文人是怎样学习、借鉴、摹拟源自中国的体式、题材、技巧,也应该反观韩国文学作品如何在中国得以传播、接受甚至变异的复杂情况。[①] 围绕李齐贤创作的这两组《潇湘八景》所产生的一系列评论,也恰好可以反映出这一点。在徐居正《东人诗话》中有如下一则评论:

> 李大谏仁老《潇湘八景》诗:"云间滟滟黄金饼,霜后溶溶碧玉涛。欲识夜深风露重,倚船渔父一肩高。"语本苏舜钦"云头滟滟开金饼,水面沉沉卧彩虹"之句,点化自佳。元学士赵孟𬒤爱此诗,改后句曰:"记得大湖枫叶晚,垂虹亭下访三高。"其必有取舍者存焉。[②]

依照徐居正所述,李仁老《潇湘八景》组诗中的这一首,在措辞用语方面借鉴了北宋苏舜钦(1008—1048)《中秋松江新桥对月和柳令之作》中的一联。[③] 苏氏这两句诗在当时就曾得到众人激赏,欧阳

---

① 参见本书第一章《汉籍环流背景下的韩国词论与词作》。
② (朝鲜)徐居正:《东人诗话》卷上,蔡美花、赵季主编《韩国诗话全编校注》,第一册,第166页。按:原有误植,已径改正。
③ (宋)苏舜钦:《中秋松江新桥对月和柳令之作》,《苏舜钦集》卷七,沈文倬校点,上海:上海古籍出版社,1981年,第80页。

修曾有评论说："松江新作长桥,制度宏丽,前世所未有。苏子美《新桥对月》所谓'云头滟滟开金饼,水面沉沉卧彩虹'者是也。时谓此桥非此句,雄伟不能称也。"[①]韩国文士取法于此也无足称怪。李仁老的诗作随后又得到赵孟𫖯的青睐,并据以进一步点化。[②]而李齐贤在创作《巫山一段云》组词时,无论是内容题材,还是词调格律,又都受到赵孟𫖯的启发。此后仿效李齐贤这组作品的韩国词人,如李承召(1422—1484)的"云际飞明镜,江心卧彩虹"[③],在遣词造语方面仍然可见承袭摹仿的痕迹。尽管这一系列作品的体裁、内容不尽相同,但从李仁老的《潇湘八景》诗发展到李齐贤的《巫山一段云·潇湘八景》词乃至其后一系列仿拟之作,其间不断交织着中韩文士之间频繁往复的交流互动。

　　李齐贤所创作的这两组《巫山一段云·潇湘八景》,每组八首,共计十六首,现存十五首。[④] 在每首词下都有小标题,与中国本土一直流传的"潇湘八景"标题相比较,略有差异。如将原先的"平沙雁落"、"远浦帆归"改为"平沙落雁"、"远浦归帆",又将原先的"烟寺晚钟"改为"烟寺暮钟"。前两例只是改变语序,并无大碍;而第三例改动后,却在用字上与另一个标题"江天暮雪"重复。美国学者姜斐德(Alfreda Murck)曾特别强调,起始于宋迪的"潇湘八景"标题其实暗含玄机,在形式上刻意模仿了律诗的结构方式,"这一系列标题反映了诗人的赋诗技巧:八句、三步结构、隐喻的意象、统一的情调、结构的对仗以及前后呼应的词语。对宋迪这样中过

---

　　① (宋)欧阳修:《六一诗话》,(清)何文焕辑《历代诗话》,北京:中华书局,1981年,上册,第269页。

　　② 赵孟𫖯此诗现已散佚无存。

　　③ (朝鲜)李承召:《巫山一段云·次益斋潇湘八景诗韵·洞庭秋月》,见(韩)柳己洙编《历代韩国词总集》,第66页。

　　④ 其中有一首题作《烟寺暮钟》的词现已散佚。

进士、从小研习律诗和对仗的士大夫而言,在律诗的体制下创作这八个标题,应是很自然的事情"。① 而律诗在体式方面的一个基本要求就是尽量避免相同字词的出现,更何况按照李齐贤词作的排列顺序,"江天暮雪"和"烟寺暮钟"排列在第五和第六位,正好是相邻的关系,却居然出现了上下句同一位置用字重复的情况。作为一位外国文士,这或许正是容易被疏忽,且一时之间也难以觉察到的问题吧。

在李齐贤之后,整个高丽时期就再也未见用词这种体裁来题咏"潇湘八景"的作品。究其原因,或许是因为词这种体裁在高丽时期并不像中国本土那样普及,诚如韩国学者车柱环所指出的那样:"高丽历代之知识分子,曾以齐言体写出无数古、今体之诗,其中无论从哪一方面看来,比中国诗人的作品并不逊色的亦不少。但高丽与中国的情形不同,长短句之词不多,而且想作词的人亦不多。由于句调与韵律互不相同之词调非常多,能加消化,以至作词之阶段为止,因为言语系统不同,这对高丽知识分子是件极其困难之事。而且作词时要巧妙运用洗练的俗语,这对他们来讲也是件不容易的事。除此之外,长短句之词与齐言体之诗不同,不一定成为立身扬名之媒介,而不受关切,这可能也是作词在高丽不盛行之原因。"②其实,不仅是在高丽时期,在其后的朝鲜时代,情况也同样如此。我们在不少朝鲜时期词人的作品中常常可以看到一些类似的喟叹,或是感慨韩国本土词人词作的匮乏,或是在创作中流露出对于难以掌握词律的无奈,或是直接指斥词这种文体的品格低下,这些情况都直接导致在韩国文人的汉文学创作中,词体难以和

---

① (美)姜斐德:《宋代诗画中的政治隐情》第三章《诗与画相融》"(四)以题为诗:潇湘八题",石杰、高琳娜译,吴洋、黄振萍修订,北京:中华书局,2009 年,第 57 页。

② (韩)车柱环:《高丽与中国词学的比较研究》,载《词学》第九辑,上海:华东师范大学出版社,1992 年。

诗文等体裁分庭抗礼。不过,即便在这样的情形下,李齐贤的这两组《潇湘八景》词还是颇受后世一些韩国文人的关注,出现过不少直接仿拟步和的作品,通过下表可以略知其创作概况:

韩国历代"潇湘八景"词一览表

| 题　　名 | 作　者 | 各　首　标　题 |
|---|---|---|
| 《潇湘八景》 | 李齐贤 | 《平沙落雁》、《远浦归帆》、《潇湘夜雨》、《洞庭秋月》、《江天暮雪》、《烟寺暮钟》、《山市晴岚》、《渔村落照》 |
| 《次益斋潇湘八景诗韵》 | 李承召 | 同上 |
| 《潇湘八景》 | 姜希孟 | 同上 |
| 《效益斋八咏》 | 申光汉 | 同上 |
| 《谨次益斋先生〈潇湘八景〉》 | 李养吾 | 同上 |

在李齐贤之后继起的以"潇湘八景"为题材的韩国词作,无一例外都采用了《巫山一段云》的词牌,各首小题的名称也均承袭李齐贤之作。其中李承召(1422—1484)、李养吾(1737—1811)两位明确表明自己的作品乃是次韵之作;姜希孟(1424—1483)虽然没有明示,但其词作所押韵脚也与李齐贤原作完全一样;申光汉(1484—1555)的作品虽然用韵不同,但在题序中仍坦言乃是"效益斋八咏"。毫无疑问,这四位不同时代的文人在创作"潇湘八景"词时,都不约而同地受到李齐贤的直接影响。

特别值得深究的是姜希孟的《巫山一段云·潇湘八景》,因为在其词题下有一篇小序,详细地叙述了他模拟仿效李齐贤原作的初衷:

先君戴愍公,雅好书画,家累百馀件,必令希孟收藏齐帙,其中奇爱者,益斋文忠公所作潇湘八景《巫山一段云》八首,乃其手翰也。希孟问请得于何所,公曰:得之文忠公远孙李公暄,此实真迹也。希孟虽在童卯,未尝不钦慕其文章翰墨之妙。及戴愍捐馆,而所藏书画散失殆尽。其后廿四年,琴轩金子固氏送一古笺轴求诗,乃其八景轴也。噫! 手泽尚新,忍观诸! 敢依韵敬次云。①

朝鲜世宗大王第三子安平大君李瑢(1418—1453)曾获得明周宪王朱有燉(1379—1439)摹刻于永乐十四年(1416)的《东书堂集古法帖》,内有宋宁宗赵扩(1168—1224)所书《潇湘八景诗》五律组诗,遂在翻拓诗作、绘制图卷之馀,又将高丽时期李仁老、陈澕两人的《宋迪八景图》七绝、七古之作系于其后。并于世宗二十四年(1442)召集李永瑞(?—1450)、郑麟趾(1396—1478)等十八位文臣及一位僧侣释卍雨(1357—?),共同赋诗题咏,赓续李、陈两人之作,最终汇为《匪懈堂潇湘八景诗卷》。② 参加题咏的诸人在构思造语之际,明显承袭了李仁老、陈澕等高丽文人所奠定的韩国"潇湘八景"作品的创作模式。姜希孟之父姜硕德(1395—1459,谥戴愍)时任右承旨,也参与此次聚会,并题写了十首七言绝句,其中一、二两篇为序诗,其馀八篇分别题咏八景。虽然在这幅《匪懈堂潇湘八景诗卷》中并未出现李齐贤的作品,但正如前文所述,在当时人的评论中,已经将其《巫山一段云·潇湘八景》组词与李仁老、陈澕之作等量齐观。因而在创作这些七绝时,姜硕德也每每受到

① (朝鲜)姜希孟:《巫山一段云·潇湘八景》自序,(韩)柳己洙编《历代韩国词总集》,第 68 页。
② 此诗卷现在仍保存在韩国首尔国立中央博物馆。参见衣若芬:《朝鲜安平大君李瑢及"匪懈堂潇湘八景诗卷"析论》。

李齐贤词作的潜在影响,沿用过在这两组《巫山一段云》中出现过的意象或词汇,如其"日落风轻蘋满水,片帆飞过碧山前",①即脱化自李氏词中的"云帆片片趁风开,远映碧山来";②"奈此黄陵祠下泊,蒹葭风雨满江秋",③则来源于李氏词中的"潮落蒹葭浦,烟沈橘柚洲。黄陵祠下雨声秋,无限今古愁";④"不似玉关缯缴密,悠扬直下莫纷纶",⑤也和李氏的"玉塞多缯缴,……欲下更悠扬"不无关联。⑥ 这或许正与其曾收藏过李齐贤《巫山一段云》手迹,且珍爱逾常,反复研读有关。而这也给其子姜希孟留下了难以磨灭的深刻印象,当历经沧桑之后再次重睹先人珍视的藏品,在感慨唏嘘之馀自然产生了赓续前人的创作欲望。由于采用同调次韵的方式,姜希孟的和作与李齐贤原作之间的关联就更为密切,如前者的"蓑重回渔棹,村孤夸酒帘。江楼霁景带寒蟾,倚醉唤钩帘",⑦与后者的"远浦回渔棹,孤村落酒帘。三更霁色妒银蟾,更约挂疏帘",⑧不仅

----

① (朝鲜) 姜硕德:《潇湘八景图有宋真宗宸翰》其六,(朝鲜) 徐居正编《东文选》卷二十二,第二册,第 737 页。

② (高丽) 李齐贤:《巫山一段云·远浦归帆》,(韩) 柳己洙编《历代韩国词总集》,第 32 页。

③ (朝鲜) 姜硕德:《潇湘八景图有宋真宗宸翰》其七,(朝鲜) 徐居正编《东文选》卷二十二,第二册,第 737 页。

④ (高丽) 李齐贤:《巫山一段云·潇湘夜雨》,(韩) 柳己洙编《历代韩国词总集》,第 32 页。

⑤ (朝鲜) 姜硕德:《潇湘八景图有宋真宗宸翰》其八,(朝鲜) 徐居正编《东文选》卷二十二,第二册,第 737 页。

⑥ (高丽) 李齐贤:《巫山一段云·平沙落雁》,(韩) 柳己洙编《历代韩国词总集》,第 31 页。按:关于姜硕德这组诗所受李齐贤词的影响,衣若芬《朝鲜安平大君李瑢及"匪懈堂潇湘八景诗卷"析论》曾举例分析,颇为翔实,可以参看。

⑦ (朝鲜) 姜希孟:《巫山一段云·江天暮雪》,(韩) 柳己洙编《历代韩国词总集》,第 70 页。

⑧ (高丽) 李齐贤:《巫山一段云·江天暮雪》,(韩) 柳己洙编《历代韩国词总集》,第 32 页。

所描写的景物相似,有些句子几乎就是原样承袭,未作多少改动。

由于题材内容已有限定,又采取同调次韵的方式,因此在其馀几位的词作中也可以发现类似的现象,例如李承召的"逐候飞南北,谋身岂稻粱。相呼万里不离行,随意下清湘",①李养吾的"蓟北愁雕鹗,江南恋稻粱。一张纸上字千行,秋晚寄潇湘",②若与李齐贤的"玉塞多缯缴,金河欠稻粱。兄兄弟弟自成行,万里到潇湘"相较,③在构思、用语等方面就明显存在仿效师法的痕迹。申光汉虽然没有采取次韵的方式,在创作时所受拘束较少,可在构思遣词甚至创作技巧方面,也仍有不少取资李齐贤原作的地方,如其"篷底萧萧响,心头个个轻",④与李氏"漠漠迷渔火,萧萧滞客舟"一样,⑤都使用了叠词;又如其"山头返照耿将遮"、"鱼跳水映霞",⑥与李氏"远岫留参照,微波映断霞"相较,⑦所用意象及语汇也极为相似。

"潇湘"在中国传统中不仅仅是一个单纯的地理概念,同时也是一个意蕴相当丰富的文化意象,历代不少神话传说以及文人行

---

① (朝鲜)李承召:《巫山一段云·次益斋潇湘八景诗韵·平沙落雁》,(韩)柳己洙编《历代韩国词总集》,第 66 页。

② (朝鲜)李养吾:《巫山一段云·谨次益斋先生潇湘八景·平沙落雁》,(韩)柳己洙编《历代韩国词总集》,第 254 页。

③ (高丽)李齐贤:《巫山一段云·平沙落雁》,(韩)柳己洙编《历代韩国词总集》,第 31 页。

④ (朝鲜)申光汉:《巫山一段云·效益斋八咏·潇湘夜雨》,(韩)柳己洙编《历代韩国词总集》,第 100 页。

⑤ (高丽)李齐贤:《巫山一段云·潇湘夜雨》,(韩)柳己洙编《历代韩国词总集》,第 32 页。

⑥ (朝鲜)申光汉:《巫山一段云·效益斋八咏·渔村落照》,(韩)柳己洙编《历代韩国词总集》,第 101 页。

⑦ (高丽)李齐贤:《巫山一段云·渔村落照》,(韩)柳己洙编《历代韩国词总集》,第 33 页。按:原有误植,已径改正。

迹,诸如虞舜南巡病逝而葬于九疑,娥皇、女英泪洒斑竹而投水殉情,行吟泽畔、愤而自沉的屈原等等,都包含在其中。纵观韩国文人的"潇湘八景词",可以发现有不少都提及潇湘一带的地理风貌,或是与之相关的意象、典故,如李齐贤的"二女湘江泪,三闾楚泽吟"①、李承召的"岳阳楼上倚清风,疑入蕊珠宫"②、申光汉的"湘娥倚竹独伶俜,何处泣幽灵"③、李养吾的"烟锁黄陵庙,云迷青草洲"④。其中李齐贤和申光汉虽然有在中国的生活或出使的经历,但并没有过在潇湘的实地观览及生活的经验,难免会受到不少的限制。在此过程中,除了承袭"潇湘"本来所固有的意象、典故,或是适当融入个人的想象之外,另一个简便的方式就是参酌、借鉴中国作家的创作。尤其是一些本就关涉"潇湘"的作品,更容易成为韩国文人学习、摹拟的对象,如李齐贤《巫山一段云·平沙落雁》云:

> 玉塞多缯缴,金河欠稻粱。兄兄弟弟自成行,万里到潇湘。⑤

很显然借鉴了晚唐诗人杜牧(803—853)的《早雁》诗:"金河秋半虏

---

① (高丽)李齐贤:《巫山一段云·潇湘夜雨》,(韩)柳己洙编《历代韩国词总集》,第 34 页。

② (朝鲜)李承召:《巫山一段云·次益斋潇湘八景诗韵·洞庭秋月》,(韩)柳己洙编《历代韩国词总集》,第 66 页。

③ (朝鲜)申光汉:《巫山一段云·效益斋八咏·潇湘夜雨》,(韩)柳己洙编《历代韩国词总集》,第 100 页。

④ (朝鲜)李养吾:《巫山一段云·谨次益斋先生潇湘八景·潇湘夜雨》,(韩)柳己洙编《历代韩国词总集》,第 255 页。

⑤ (高丽)李齐贤:《巫山一段云·平沙落雁》,(韩)柳己洙编《历代韩国词总集》,第 31 页。

弦开,云外惊飞四散哀。……莫厌潇湘少人处,水多菰米岸莓
苔。"①李齐贤本就对杜牧之作极为熟稔,尤其称赏其咏史之作为
"活弄语"。② 在填词时点化其诗,自属情理之中。而此后效仿李
氏词作的韩国文人也纷纷取资于此,即便是并未采用次韵方式因
而创作自由度稍大的申光汉,其词中所云"翻翻才下又轻轻,宿处
莫须惊",③也无疑脱化自杜牧之诗。申光汉词作中还有一首《忆
王孙·戏赠童女八娘》,其内容实系檃括杜牧《叹花》诗,④足证他
对杜诗的偏爱和熟悉。有的韩国词人在借鉴时,还会进一步涉及
杜牧其他诗作,如李承召词中的"江阔涵秋影",⑤便化用了杜牧
《九日齐山登高》中的"江涵秋影雁初飞"之句。⑥

　　仔细寻绎一下这些韩国"潇湘八景"词,在效仿、学习中国诗文
作品时,所涉及的范围极为广泛。李齐贤在这方面表现得尤为得
心应手,如其"远水澄拖练",化用南齐谢朓(464—499)的"澄江静
如练";⑦"个中谁与共清幽,唯有一沙鸥",出自唐代杜甫(712—
770)的"飘飘何所似,天地一沙鸥";⑧"心安只合此为家",源于北

---

　　① (唐) 杜牧:《早雁》,《樊川文集》卷三,第 57 页。
　　② (高丽) 李齐贤:《栎翁稗说》,蔡美花、赵季主编《韩国诗话全编校注》,第一册,
第 156 页。参见本书第二章第三节《朝鲜刻本〈樊川文集夹注〉的文献价值》。
　　③ (朝鲜) 申光汉:《巫山一段云·效益斋八咏·平沙落雁》,(韩) 柳己泩编《历代
韩国词总集》,第 99 页。
　　④ 参见本书第三章第三节《申光汉〈忆王孙·戏赠童女八娘〉与杜牧〈叹花〉》。
　　⑤ (朝鲜) 李承召:《巫山一段云·次益斋潇湘八景诗韵·平沙落雁》,(韩) 柳己
泩编《历代韩国词总集》,第 66 页。
　　⑥ (唐) 杜牧:《九日齐山登高》,《樊川文集》卷三,第 46 页。
　　⑦ (高丽) 李齐贤:《巫山一段云·平沙落雁》,(韩) 柳己泩编《历代韩国词总集》,
第 31 页;(齐) 谢朓:《晚登三山还望京邑》,曹融南校注《谢宣城集校注》卷三,上海:上
海古籍出版社,1991 年,第 278 页。
　　⑧ (高丽) 李齐贤:《巫山一段云·潇湘夜雨》,(韩) 柳己泩编《历代韩国词总集》,
第 32 页;(唐) 杜甫:《旅夜书怀》,(清) 仇兆鳌注《杜诗详注》卷十四,第三册,第
1229 页。

宋苏轼（1037—1101）的"却道此心安处是吾乡"；①"举杯长啸待鸾
骖，且对影成三"，化自唐人李白（701—762）的"举杯邀明月，对影
成三人"；②"身世任浮萍"，借鉴南宋文天祥（1236—1283）的"身世
浮沉雨打萍"；③"江楼红袖倚斜阳"，兼用晚唐温庭筠（812？—
870？）的"独倚望江楼"和韦庄（836？—910）的"骑马倚斜桥，满楼红
袖招"。④ 其馀词人的作品也莫不如此，如李承召的"飞影过江
来"，脱化自苏轼的"浙东飞雨过江来"；⑤"云际飞明镜，江心卧彩
虹"，兼用李白的"两水夹明镜，双桥落彩虹"及苏舜钦的"水面沈沈
卧彩虹"；⑥"暂逐溪风度"，化用杜甫的"云逐度溪风"；⑦"日落云俱

———————

①（高丽）李齐贤：《巫山一段云·平沙落雁》，（韩）柳己洙编《历代韩国词总集》，
第 33 页；（宋）苏轼：《定风波·南海归赠王定国侍人寓娘》，唐圭璋编《全宋词》，第一
册，第 290 页。

②（高丽）李齐贤：《巫山一段云·洞庭秋月》，（韩）柳己洙编《历代韩国词总集》，第 34
页；（唐）李白：《月下独酌四首》其一，（清）王琦注《李太白全集》卷二十三，中册，第 1063 页。

③（高丽）李齐贤：《巫山一段云·渔村落照》，（韩）柳己洙编《历代韩国词总集》，
第 35 页；（宋）文天祥：《过零丁洋》，北京大学古文献研究所编，傅璇琮、倪其心、孙钦
善、陈新、许逸民主编：《全宋诗》卷三五九八，北京：北京大学出版社，1998 年，第六十
八册，第 43025 页。

④（高丽）李齐贤：《巫山一段云·远浦归帆》，（韩）柳己洙编《历代韩国词总集》，
第 34 页；（唐）温庭筠：《梦江南》，曾昭岷、曹济平、王兆鹏、刘尊明编著《全唐五代词》正
编卷一，上册，第 123 页；（唐）韦庄：《菩萨蛮》，曾昭岷、曹济平、王兆鹏、刘尊明编著《全
唐五代词》正编卷一，上册，第 154 页。

⑤（朝鲜）李承召：《巫山一段云·次益斋潇湘八景诗韵·远浦归帆》，（韩）柳己
洙编《历代韩国词总集》，第 66 页；（宋）苏轼：《有美堂暴雨》，（清）冯应榴辑注《苏轼诗
集合注》，第二册，第 454 页。

⑥（朝鲜）李承召：《巫山一段云·次益斋潇湘八景诗韵·洞庭秋月》，（韩）柳己
洙编《历代韩国词总集》，第 66 页；（唐）李白：《秋登宣城谢朓北楼》，（清）王琦注《李太
白全集》卷二十一，中册，第 1000 页；（宋）苏舜钦：《中秋松江新桥对月和柳令之作》，
《苏舜钦集》卷七，第 80 页。

⑦（朝鲜）李承召：《巫山一段云·次益斋潇湘八景诗韵·山市晴岚》，（韩）柳己
洙编《历代韩国词总集》，第 67 页；（唐）杜甫：《秦州杂诗二十首》其二，（清）仇兆鳌注
《杜诗详注》卷七，第二册，第 574 页。

黑",源出杜甫的"野径云俱黑"。① 又如姜希孟的"惊寒千阵向衡
阳",化用初唐王勃(650—676?)的"雁阵惊寒,声断衡阳之浦";②
"暗淡有无中",借鉴了盛唐王维(701?—761)的"山色有无中";③
"江澄漾彩霞",脱化自南齐谢朓的"馀霞散成绮,澄江静如练"。④
再如申光汉的"若为孤客此时听,一夜鬓星星",源于宋元之际蒋捷
(生卒年不详)的"而今听雨僧庐下,鬓已星星也";⑤"日落寒山
远",化用唐人刘长卿(?—790?)的"日暮苍山远"。⑥ 另如李养吾
的"日暮牛羊下",出自《诗经·王风·君子于役》的"日之夕矣,牛
羊下来";⑦"齐飞鹜背霞",源出王勃的"落霞与孤鹜齐飞"。⑧ 这些

---

① (朝鲜)李承召:《巫山一段云·次益斋潇湘八景诗韵·江天暮雪》,见(韩)柳
己洙编《历代韩国词总集》,第67页;(唐)杜甫:《春夜喜雨》,(清)仇兆鳌注《杜诗详
注》卷十,第二册,第799页。

② (朝鲜)姜希孟:《巫山一段云·潇湘八景·平沙落雁》,(韩)柳己洙编《历代韩
国词总集》,第69页;(唐)王勃:《秋日登洪府滕王阁饯别序》,(清)蒋清翊注《王子安
集注》卷八,上海:上海古籍出版社,1995年,第232页。

③ (朝鲜)姜希孟:《巫山一段云·潇湘八景·洞庭秋月》,(韩)柳己洙编《历代韩
国词总集》,第69页;(唐)王维:《汉江临泛》,(清)赵殿成笺注《王右丞集笺注》卷八,
上海:上海古籍出版社,1984年,第150页。按:姜希孟在《山市晴岚》一首中还曾提到
"诚教摩诘画图归",足见他对王维的情况颇为熟悉。

④ (朝鲜)姜希孟:《巫山一段云·潇湘八景·渔村落照》,(韩)柳己洙编《历代韩国词
总集》,第70页;(齐)谢朓:《晚登三山还望京邑》,曹融南校注《谢宣城集校注》卷三,第278页。

⑤ (朝鲜)申光汉:《巫山一段云·效益斋八咏·潇湘夜雨》,(韩)柳己洙编《历代韩
国词总集》,第100页;(宋)蒋捷:《虞美人·听雨》,唐圭璋注《全宋词》,第五册,第3444页。

⑥ (朝鲜)申光汉:《巫山一段云·效益斋八咏·烟寺暮钟》,(韩)柳己洙编《历代
韩国词总集》,第101页;(唐)刘长卿:《逢雪宿芙蓉山主人》,杨世明校注《刘长卿集编
年校注》,北京:人民文学出版社,1999年,第338页。

⑦ (朝鲜)李养吾:《巫山一段云·谨次益斋先生潇湘八景·烟寺暮钟》,(韩)柳
己洙编历代韩国词总集》,第256页;《诗经·王风·君子于役》,(清)阮元校刻《十三
经注疏》本《毛诗正义》卷四,北京:中华书局,1980年,上册,第331页。

⑧ (朝鲜)李养吾:《巫山一段云·谨次益斋先生潇湘八景·渔村落照》,(韩)柳
己洙编《历代韩国词总集》,第256页;(唐)王勃:《秋日登洪府滕王阁饯别序》,(清)蒋
清翊注《王子安集注》卷八,第231页。

词人得以娴熟地点化中国诗文作品中的成辞成句,足以显示在他们文学素养的累积过程中深受中国典籍的影响。

　　深入考索这些韩国文人的"潇湘八景"词,还可以发现其背后隐约透露出汉籍传播与接受的些许痕迹。如申光汉的词中曾有数句云:"墟市朝归后,山云晚翠重。戎戎淰淰淡还浓,杜句善形容。"①所谓"杜句",指的是杜甫《放船》中的"江市戎戎暗,山云淰淰寒"一联。② 这首诗并不是杜甫最知名的诗篇,申氏却能将之融入自己的作品中,显然对杜诗相当熟悉。这也可以从侧面反映出杜诗在韩国的流传情况。据清人钱谦益所述,"草堂诗有高丽刻本"③,似乎蔡梦弼《杜工部草堂诗笺》早在高丽时期就流传至韩国,并有覆刻本问世。虽然目前尚未见有实物留存,但高丽时期确实已有不少文人对杜诗颇为赏爱。李仁老评论道:"琢句之法,唯少陵独尽其妙。"④对其诗歌技艺的精湛深为叹服。又指出:"自雅缺风亡,诗人皆以杜子美为独步,岂唯立语精硬,刮尽天地菁华而已。虽在一饭未尝忘君,毅然忠义之节,根于中而发于外,句句无非稷契口中流出,读之足以使懦夫有立志。"⑤对其品节高尚也极为敬佩。李齐贤在凭吊老杜故居时潸然泪下:"造物亦何心、枉了贤才,长羁旅、浪生虚老。却不解、消磨尽诗名,百代下、令人暗伤怀抱。"⑥

---

　　①(朝鲜)申光汉:《巫山一段云·效益斋八咏·山市晴岚》,(韩)柳己洙编《历代韩国词总集》,第101页。

　　②(唐)杜甫:《放船》,(清)仇兆鳌注《杜诗详注》卷十四,第三册,第1230页。

　　③(清)钱谦益:《绛云楼书目》卷三《唐文集类》"宋板《草堂诗笺》",《粤雅堂丛书》本。

　　④(高丽)李仁老:《破闲集》卷上,蔡美花、赵季主编《韩国诗话全编校注》,第一册,第12页。

　　⑤(高丽)李仁老:《破闲集》卷中,蔡美花、赵季主编《韩国诗话全编校注》,第一册,第17页。

　　⑥(高丽)李齐贤:《洞仙歌·杜子美草堂》,(韩)柳己洙编《历代韩国词总集》,第30页。

李穑表彰杜诗足以沾溉后学："古今绝唱谁能继，剩馥残膏丐后人。"①陈澕称赏杜诗气象混成博大："杜子美诗虽五字之中，尚有气吞象外。"②崔滋则强调杜甫无可企及的地位："言诗不及杜，如言儒不及夫子。"③毫无疑问，都彰显出杜甫在高丽文人心目中的地位举足轻重。进入朝鲜王朝以后，众多韩国文士仍孜孜不倦地研读揣摩杜诗，并给予极高评价。徐居正就曾指出："古人称杜甫非特圣于诗，诗皆出于忧国忧民、一饭不忘君之心。"④对前人所作评价深表认同。尤其是在世宗二十五年（1443）和成宗十二年（1481），由朝鲜王室主导，两度发起对杜诗的大规模整理，先后完成《纂注分类杜诗》和《分类杜工部诗谚解》这两部韩国学者撰写的杜诗注本。⑤ 与申光汉时代相近的成伣（1439—1504）曾提及一件轶事："斯文柳休复与其从弟柳允谦亨叟精熟杜诗，一时无比，皆受业于泰斋先生。先生虽以文章著名，而缘父之罪禁锢终身，斯文亦不得赴试。世宗尝命集贤诸儒撰注杜诗，而斯文亦以白衣往参，人皆荣之。……我仲氏真逸先生学杜斯文，日夜忘倦，读至百遍，由是大悟，文理触处皆通。我伯氏文安公常与仲氏论杜而作诗，多得杜体。余亦少时受杜于伯氏，拘于举业，半途而废，至今恨其不全也。"⑥足

---

① （高丽）李穑：《读杜诗》，金宗直撰《青丘风雅》卷五，第 145 页。

② （高丽）崔滋：《补闲集》卷中引陈澕语，蔡美花、赵季主编《韩国诗话全编校注》，第一册，第 99 页。

③ （高丽）崔滋：《补闲集》卷下，蔡美花、赵季主编《韩国诗话全编校注》，第一册，第 120 页。

④ （朝鲜）徐居正：《东人诗话》卷上，蔡美花、赵季主编《韩国诗话全编校注》，第一册，第 172 页。

⑤ 参见李立信：《杜诗流传韩国考》，台北：文史哲出版社，1991 年；左江：《李植杜诗批解研究》附录三《〈纂注分类杜诗〉研究》，北京：中华书局，2007 年。

⑥ （朝鲜）成伣：《慵斋丛话》卷七，蔡美花、赵季主编《韩国诗话全编校注》，第一册，第 292—293 页。

见在帝王的大力倡导之下,杜诗在当时极受重视,即便是原本受到
禁锢的学者也可以因此得到宽宥而参与整理撰著,而普通文士读
杜、拟杜的风气更是极其炽盛。在此背景之下,申光汉对杜诗自然
不会感到陌生。李晬光就曾指出,"申企斋竹西楼题咏","世以为
绝唱",但其中"银界远连沧海阔,玉峰高拱暮天寒"一联,实际上是
"用杜诗'蓝水远从千涧落,玉山高并两峰寒'"。① 申氏既然能在
诗作中娴熟自如地化用杜诗,在词作中提及杜甫的作品也就无足
称怪了。

## 第二节　韩国历代本土"八景"组词及其衍生

　　高丽时期的文士崔滋(1188—1260)曾与僧人元湛(生卒年不
详)围绕着当时文士创作的汉文诗歌中大量出现中国名物而展开
过一番议论:

> 　　诗僧元湛谓予云:"今之士大夫作诗,远托异域人物地名,
> 以为本朝事实,可笑。如文顺公《南游》曰:'秋霜染尽吴中树,
> 暮雨昏来楚外山。'虽造语清远,吴、楚非我地也。未若前辈
> 《松京早发》云:'初行马坂人烟动,及过驼桥野意生。'非特辞
> 新趣生,言辞甚的。"予答曰:"凡诗人用事,不必泥其本,但寓
> 意而已。况复天下一家,翰墨同文,胡彼此之有间?"僧
> 服之。②

---

① (朝鲜)李晬光:《芝峰类说》卷九《文章部二·诗评》,蔡美花、赵季主编《韩国诗
话全编校注》,第二册,第 1101 页。
② (高丽)崔滋:《补闲集》卷中,蔡美花、赵季主编《韩国诗话全编校注》,第一册,
第 99 页。

元湛批评高丽知名诗人李奎报(谥文顺)的诗作中居然出现"吴"、"楚"之类中国地名,并不切合其游历的实际情况。崔滋则指出诗人用典使事本为抒情达意,不必过分拘泥;而且出于对中国文化的强烈认同,认为并不需要在创作中强分畛域,刻意规避。虽然元湛最终被其说服,但类似的困惑在后世不少韩国文人的心中其实一直都存在着。朝鲜时代的申维翰(1681—1752)就曾评论道:

> 日本诗文中,直赋其地山水者,曰秦山楚水、洛阳长安、吴越燕蜀等语,读之而不知为日本也。彼其地名、人号皆殊怪,难以为文,故假用中华,以文其陋。又如国不产莺鹊,而写景曰莺啼鹊噪;乐不用琴瑟,而叙事曰弹琴鼓瑟;无冠而曰岸帻欹巾;无带而曰锦带玉佩。皆用虚名,而不能作称情之词。此则我国人亦往往犯矣。①

虽然批评矛头主要针对日本汉诗文创作中大量出现中国名物的现象,但也附带指出韩国文人的作品同样存在类似弊病。这样的评论未免求全责备,在实际创作中很难完全恪守。即以申氏本人而言,他有一首《忆秦娥》:

> 青鸾咽,蛾眉恨唱阳台月。阳台月,瑶琴玉匣,早春离别。
> 碧窗花落东风节,青楼日暮心断绝。心断绝,行云零雨,楚王宫阙。②

---

① (朝鲜)申维翰:《海游闻见杂录》卷下,《青泉集·续集》卷八,《韩国文集丛刊》第二〇〇册。

② (朝鲜)申维翰:《忆秦娥》,(韩)柳己洙编《历代韩国词总集》,第222页。

很明显就是在效仿步和唐代李白的《忆秦娥》：

> 箫声咽，秦娥梦断秦楼月。秦楼月，年年柳色，灞桥伤别。
> 乐游原上清秋节，咸阳古道音尘绝。音尘绝，西风残照，
> 汉家陵阙。①

词中"阳台"、"楚王宫阙"等等语汇，也未能避免"假用中华"。显而易见，当韩国、日本等异域文人在使用汉语进行文学创作时，势必会受到汉语自身所蕴含的历史传统和文化意象的浸染和影响，而并非只是进行简单的语言转换。就以上文所述韩国历代"潇湘八景"词而言，首倡者李齐贤虽然有过长年在中国的游历经历，但并没有在"潇湘"生活的实际体验，继起的诸多仿效者中也都没有亲身探访实地的经历，因而作品中所涉及的"潇湘"一带风土人情无疑均出自作家的想象，甚至更多地是依凭对中国文学作品的娴熟，而将相关的语汇、典故融入各自的作品之中。

　　不过，李齐贤在创作这两组《潇湘八景》词之馀，又用《巫山一段云》词牌填写了两组《松都八景》，其情况与"潇湘八景"词就稍有不同了。所谓"松都"，又称"松京"，即今朝鲜开城，原本是高丽王朝的京城所在地。这两组词各有八首，各自的小标题完全一样，包括《紫洞寻僧》、《青郊送客》、《北山烟雨》、《西江风雪》、《白岳晴云》、《黄桥晚照》、《长湍石壁》和《朴渊瀑布》八篇，择取的都是开城附近的知名景致。上文曾经提及，李齐贤除了《巫山一段云·潇湘八景》词之外，还有内容与之密切相关的七绝组诗《和朴石斋、尹樗轩用〈银台集〉潇湘八景韵》；值得注意的是，与《巫山一段云·松都

---

　　① （唐）李白：《忆秦娥》，曾昭岷、曹济平、王兆鹏、刘尊民编著：《全唐五代词》，上册，第16页。

八景》性质相近的,李齐贤也另有一组七绝《忆松都八景》,包括《鹄岭春晴》、《龙山秋晚》、《紫洞寻僧》、《青郊送客》、《熊川禊饮》、《龙野寻春》、《南浦烟蓑》和《西江月艇》八首,[①]标题内容和先后顺序虽然与其《松都八景》词多有出入,但从四字格的固定形式来看,两者在拟定的过程中都曾受到源自中国的"潇湘八景"标目的影响,应该是毋庸置疑的。

李齐贤的这两组《松都八景》词在韩国文化史上影响至为深远,其中最重要的一个表现,即"由仿真'松都八景'的景观标题而陆续开发出各种新生的韩国地方八景",包括"清安八景"、"箕都八景"、"平壤八景"、"咸昌八景"、"汶江八景"、"泉谷八景"等等,并吸引过诸多韩国文士纷纷予以题咏,[②]其中也包括一大批词作。由于有着亲身的体验,因而这些词作不仅在数量上要大大超过上文所述的韩国"潇湘八景"词,而且同样存在不少同题唱和的情况。通过下表,可以大致了解相关的创作概况:

### 韩国历代本土"八景"词一览表

| 总题名 | 首倡者 | 唱和者 | 各 首 标 题 |
|--------|--------|--------|-------------|
| 松都八景 | 李齐贤 | 无[③] | 《紫洞寻僧》、《青郊送客》、《北山烟雨》、《西江风雪》、《白岳晴云》、《黄桥晚照》、《长湍石壁》、《朴渊瀑布》 |

---

① (高丽)李齐贤:《忆松都八景》,《益斋集》卷三。

② 参见衣若芬:《李齐贤八景诗词与韩国地方八景之开创》,载张伯伟、蒋寅主编《中国诗学》第九辑,北京:人民文学出版社,2004年。

③ (韩)柳己洙编:《历代韩国词总集》于金圻(1547—1603)名下收录《巫山一段云·朴渊瀑布》一篇,其内容与李齐贤同名之作完全相同,实为误收,不得视为后人的追和之作。

续　表

| 总题名 | 首倡者 | 唱和者 | 各首标题 |
|---|---|---|---|
| 蔚山八咏 | 郑誧 | 李穀、李原、孙佺 | 《平远阁》、《望海台》、《碧波亭》、《隐月峰》、《藏春坞》、《大和楼》、《白莲岩》、《开云浦》① |
| 新都八景 | 郑道传② | 权近、权遇、成石璘③、崔演 | 《畿甸山河》、《都城宫苑》、《列署星拱》、《诸坊棋布》、《东门教场》、《西江漕泊》、《南渡行人》、《北郊牧马》 |
| 定州迎春堂八咏 | 崔演 | 无 | 《原田棋布》、《里闾星罗》、《出水新荷》、《倚墙稚柏》、《亭畔翠梧》、《阶前红叶》、《转柳黄莺》、《出塘碧草》 |
| 龙山精舍八景 | 丁希孟 | 无 | 《宅边柳》、《篱下菊》、《窗外蕉》、《泉底芹》、《井上桐》、《轩前梅》、《园中栗》、《屋后松》 |
| 青溪堂八咏 | 金烋 | 无 | 《西山翠柏》、《东巅丹枫》、《西边钓月》、《垄上耕云》、《秋郊放鹰》、《野亭争鸽》、《花晨醉客》、《邻夕农谈》 |
| 北楼八咏 | 金用谦④ | 黄胤锡 | 《白岳晴岚》、《西山爽气》、《云台看花》、《天街步月》、《隐岩临流》、《古亭赏枫》、《清昼散帙》、《静夜理琴》 |

---

① 李原在唱和作品中将《白莲岩》改题为《白莲社》。

② 郑氏原作今已散佚不存,但权近、权遇两人在唱和时都提到"次三峰郑公道传韵"(柳己洙编《历代韩国词总集》,第55、57页),且两人词作所押韵脚不同,可以推知郑氏的原作至少有两组。

③ 成氏原作今已散佚不存,但权遇在唱和时提及:"独谷(权近)、阳村(成石璘)皆效其体而赋之。"(见柳己洙编《历代韩国词总集》,第57页。)可知成氏当时曾同题唱和。

④ 金氏原作今已散佚不存,据黄胤锡《巫山一段云·北楼八咏》序云:"嘤嘤先生(金用谦)顷示《北楼八咏》,顾以授简之勤,有不得终辞。"(柳己洙编《历代韩国词总集》,第245页。)推知金氏曾有此作。

续　表

| 总题名 | 首倡者 | 唱和者 | 各　首　标　题 |
|---|---|---|---|
| 龟庭八景 | 金养根 | 无 | 《鹤峤晴峰》、《马崖峭壁》、《县里烟花》、《峥洞寒松》、《长郊观稼》、《曲江打鱼》、《三伏避暑》、《中秋玩月》 |
| 田园乐八景 | 申晋运 | 无 | 《山亭观稼》、《水田农讴》、《石径樵歌》、《江郊牧笛》、《春圃香蔬》、《秋园黄果》、《榆社春酒》、《松灯夜话》 |

这些作品有时题作"××八咏",在命名时或许受到过沈约《八咏诗》一类作品的启发,但从体式及内容而言,毫无疑问与李齐贤的《潇湘八景》或《松都八景》系列组词有着更为直接而密切的承传关系。如黄胤锡(1729—1791)《巫山一段云·北楼八咏》序云:

> 嘐嘐先生顷示《北楼八咏》,顾以授简之勤,有不得终辞,谨依李益斋《松都八咏》调寄《巫山一段云》者,以俟进退。①

虽然是因为受到友人金用谦(号嘐嘐先生)的邀约而进行创作,但也明确说明自己所效仿的对象就是李齐贤的《巫山一段云·松都八咏》。另一些词作虽然没有类似的说明,但从它们具体的创作状况来分析,仍然受到李齐贤的潜在影响。因为通观这些不同内容作品,可以发现它们的一些共同之处:其一是与李齐贤的《潇湘八景》和《松都八景》系列组词相同,基本上都采用《巫山一段云》的词牌进行创作;其二是和李齐贤作品相似,每组作品都由八篇组成,分别题咏不同的自然景致,并有四字(或三字)小标题来提示各篇

---

① (朝鲜)黄胤锡:《巫山一段云·北楼八咏》,(韩)柳己洙编《历代韩国词总集》,第245页。

题咏的对象,构成联章组词的形式;其三是经常出现后代作者追和前人作品的现象,这也和上文所述李齐贤的《潇湘八景》组词有着众多唱和者的情况相似。

偶尔有一些作品稍有例外,如高圣谦(1810—1886)的《玉渊诸胜》八首,包括《青玉案·玉渊亭》、《临江仙·谦岩亭》、《望江南·芙蓉台》、《南柯子·桃花迁》、《西江月·望月台》、《定风波·凌波台》、《巫山一段云·达观台》、《风入松·万松洲》八首,[①]共采用了包括《巫山一段云》在内的八个不同词牌。他之所以没有一以贯之地采用《巫山一段云》词牌进行创作,应该还另有考虑,因为在这组词作后尚有其跋语称:

> 我东方之乐坏久矣,至于操觚家、诗家之类,亦失其音响之节族。号为能香山词者,率不知五音清浊之属。览此者或不以违制律之好。[②]

对于其他韩国词人的率尔操觚、不合音律颇有微词。从他本人的创作实践来看,共有三十五首词作存世,数量在韩国历代词人中名列前茅,而且先后尝试运过三十多种不同的词牌,并不拘于一调。由此推知这组《玉渊诸胜》词在某种程度上还带有某种炫技或示范的意味。但这种通过联章组词的方式来题咏某地八景的做法,应当仍是受到李齐贤及其后诸多"八景"词作者的影响。

这种以韩国本土"八景"为对象的创作风气的形成,固然说明源于中国的"潇湘八景"文化在韩国的影响极为深远,甚至具备了极强的派生能力;同时也表明韩国文人逐渐从对异域文化的虚拟

---

① （朝鲜）高圣谦:《玉渊诸胜》,（韩）柳己洙编《历代韩国词总集》,第297—299页。

② （朝鲜）高圣谦:《玉渊诸胜》组词跋,（韩）柳己洙编《历代韩国词总集》,第299页。

想象以及亦步亦趋的模仿中摆脱出来，力求对外来文化传统加以借鉴和调适，并进而对本国的风土人情进行现实的描摹。

在中国本土，除了"潇湘八景"及其派生出的各地诸多"八景"之外，还存在数量不等的"四景"、"十景"等名目。早在南宋时期，首府临安就出现了所谓的"西湖十景"，据南宋祝穆（？—1255）《方舆胜览》云："好事者尝命十题，有曰：平湖秋月、苏堤春晓、断桥残雪、雷峰落照、南屏晚钟、曲院风荷、花港观鱼、柳浪闻莺、三潭印月、两峰插云。"①由此可见"八景"自身所具有的强大衍生能力。在文学创作领域也存在与之相对应的现象，不少作品在具体题咏时并不限于"八景"，而是在数量上有所增减，但和"八景"类作品应该属于同一类型的创作。以李齐贤为例，除了上述与"八景"密切相关的《潇湘八景》、《松都八景》系列组词之外，还另有《和季明叔云锦楼四咏》，包括"荷洲香月"、"松壑翠云"、"渔矶晚钓"、"山舍朝炊"四篇，除了形式上改用七言绝句之外，在内容上与其"八景"类作品并无二致，如其中《松壑翠云》一篇云：

> 一林黄叶远无声，万壑苍云涨欲平。卷上山头吹不散，料应晚雨未全晴。②

描摹山壑间云雨苍茫的景致，与其《潇湘八景·潇湘夜雨》、《松都八景·北山烟雨》所展现的意境极为相近。李齐贤还有一组七绝《菊斋横坡十二咏》，包括《太公钓周》、《四皓归汉》、《谢傅东山》、《子猷剡溪》、《庐山三笑》、《竹林七贤》、《孟宗冬笋》、《黄真桃源》、

---

① （宋）祝穆编、祝洙补订：《方舆胜览》卷一《临安府》，影印宋本，上海古籍出版社，1991年，第48页。

② （高丽）李齐贤：《和季明叔云锦楼四咏·松壑翠云》，《益斋集》卷三。

《鹪寻玉京》、《犬救杨生》、《潘阆三峰》和《范蠡五湖》，虽然题材内容改为咏史怀古，并非描写自然景致，但从各篇小标题的四字格形式来看，应该也和其"八景"类词作存在一定的关联。而在韩国历代词作中，同样能够发现不少类似的由"八景"衍生而来的作品，具体情况详见下表所示：

**韩国历代"八景"类衍生词作一览表**

| 总题名 | 首倡者 | 唱和者 | 各首标题 |
|---|---|---|---|
| 腾云山十二咏 | 安鲁生 | 李氏留守公、柳下兄①、李周祯 | 《腾云山》、《望日峰》、《西泣岭》、《南眠岘》、《燕脂溪》、《丑山岛》、《揖仙楼》、《奉松亭》、《观鱼台》、《梵兴寺》、《含恨洞》、《贞信坊》 |
| 不详 | 李婷 | 无 | 《贡串春潮》、《广德朝岚》② |
| 集胜亭十咏 | 崔演 | 黄俊良、朴承任 | 《郡城晓角》、《山寺暮钟》、③《远林白烟》、《长桥落照》、④《堂洞春花》、《鹤峰秋月》、《芦浦牧笛》、《箭滩渔火》、《北山行雨》、《南川飞雪》 |
| 公山十景 | 李洪南 | 无 | 《锦江春游》、《月城秋兴》、《熊津明月》、《鸡岳闲云》、《东楼送客》、《西寺寻僧》、《三江涨绿》、《五岘积翠》、《金池菡萏》、《石瓮菖蒲》 |

---

　　① 所谓"柳下兄"及"先祖留守公"作品今均散佚无存，但其后李周祯提及："冬至日与柳下兄次从先祖留守公《腾云山十二咏》。"（柳己洙编《韩国历代词总集》，第258页。）且其各首所押之韵与安鲁生词作完全相同，可知三人原本应该都是追和安氏的。

　　② 李氏这两首作品的形式与他人作品相同，尚不清楚原作是否只有两首，还是有所散佚，姑系于此。

　　③ 黄俊良在唱和过程中将《山寺暮钟》改为《烟寺晚钟》。

　　④ 黄俊良在唱和过程中将《长桥落照》改为《鸡桥落照》。

| 总题名 | 首倡者 | 唱和者 | 各　首　标　题 |
|---|---|---|---|
| 次华阴处士四首 | 华阴处士① | 李衡祥 | 《移卜商山》、《俶屋龙洞》、《鲁谷送友》、《华阴答书》 |

这些词作无一例外都采用《巫山一段云》词牌进行创作，而且每首作品前都有四字（或三字）小标题用以概括各篇主旨，同时又存在众人同题唱和的情况。由此不难推知，这些作品和上述的"八景"类词作有着不容忽视的密切渊源。两大类作品之间甚至还存在互相渗透的关系，如前文述及的金养根（1734—1799）《巫山一段云·龟亭八景》，就其性质而言，应该属于韩国本土"八景"词，但在其题序中却注明："效锦溪《集胜亭·巫山一段云》体。"②居然取法于崔演（1503—1549）的《巫山一段云·题集胜亭十咏》这样一组衍生类的词作。又如李周祯（1750—1813）在其《巫山一段云》组词下有自序云："冬至日与柳下兄次从先祖留守公《腾云山十二咏》，效《巫山一段云》体。"③在这组词的最后一首中还特别提到："吾家曾发轫，先集始刊行。依样葫芦试效成，清狂近四明。"并有自注云："容轩先祖集中亦有是体。"④所说的"容轩先祖"即李原（1368—1430）。上文已经提到，李原此前就已经效法郑誧《巫山一段云·蔚山八咏》而作有《巫山一段云·次蔚州太和楼诗》，⑤其性质属于

韩国本土"八景"类作品。而据李周祯所言,可知他当时还曾有《巫山一段云·腾云山十二咏》之作,两者之间也息息相关。

无论是"潇湘八景",还是韩国本土"八景",乃至其馀诸多衍生题材,上述作品都是以自然风物作为具体描写的对象。而在韩国历代词作中,运用这种联章组词的方式来题咏某一类事物,有时并不局限于山水景致。如李衡祥(1653—1733)的《巫山一段云·闲中八咏》,包括《神倦即寝》、《气调始兴》、《机事不萌》、《俗礼自简》、《案多真迹》、《门无杂踪》、《逸乐忘贫》和《快活当贵》八篇,[1]着重展现文人日常生活的情态,但他在跋中特别提到:

> 次益斋杂咏,录奉韩太叟,仍示花山、龙州、丰城三使君要和。[2]

可知其创作灵感也同样源于李齐贤的几组"八景"词,而且在创作之际,还曾邀约诸多好友一同唱和。此类创作有时也会采用各种不同的词牌,李衡祥有一组《六有诗,效益斋杂咏》,包括《菩萨蛮·樵有奴》、《浣溪沙·汲有婢》、《鹧鸪天·寒有火》、《瑞鹧鸪·热有水》、《人月圆·月有灯》、《蝶恋花·风有扇》等六篇,[3]虽然明确提到仿效的对象是李齐贤,但他关注的焦点显然并不在于是否采用《巫山一段云》词牌或其内容是否为描摹自然景致,而在于联章组词这种特殊形式,这和上文提到的高圣谦《玉渊诸胜》组词的创作

---

① (朝鲜)李衡祥:《巫山一段云·闲中八咏》,(韩)柳己洙编《历代韩国词总集》,第 198—200 页。

② (朝鲜)李衡祥:《巫山一段云·闲中八咏》跋,(韩)柳己洙编《历代韩国词总集》,第 200 页。

③ (朝鲜)李衡祥:《六有诗,效益斋杂咏》,(韩)柳己洙编《历代韩国词总集》,第 204—205 页。

方式是完全一样。李衡祥还有一组《八无咏，效益斋杂咏》，用谐谑调侃的口吻来描写文人在日常生活中的窘迫，包括《洞仙歌·居无室》《水调歌头·食无鱼》《满江红·琴无弦》《大江东去·钩无曲》《玉漏迟·夜无梦》《沁园春·昼无眠》《木兰花慢·书无楷》和《江神子·诗无格》八篇，①也同样效法李齐贤，采用联章组词的形式进行创作。其中《满江红·琴无弦》一篇中有"暗中传、秋风峄阳，夜雨潇湘"之句，②还依稀可见与李齐贤《潇湘八景》组词的关联。此外，李万敷(1664—1732)有一组《闲居八咏，乐辞各体》，包括《秋波媚·云山》《西江月·石涧》《浣溪沙·柳风》《望江南·梧月》《长相思·露花》《踏莎行·霜竹》《减字木兰花·草堂》和《柳梢青·居士》八篇；③李衡祥则有《次李仲舒八咏》与之唱和(李万敷字仲舒)，所用词牌及所咏内容均与李万敷原作完全一致。④两人虽然未明确说明自己的创作方式的渊源所自，但从形式上看，也和前述诸多联章组词情况相仿，与李齐贤的系列组词有很大的关联。

　　上述诸多韩国本土"八景"词以及其他相关词作，一方面足以彰显李齐贤在韩国词史上所具有的典范地位，另一方面也不难发现，这些词作所反映的内容固然更贴近这些韩国文士的日常生活，但他们在创作之际仍然需要大量运用源自中国的典故词藻，甚至直接矰括中国文人的作品，由此又能折射出汉籍传播对于韩国词人创作所带来的深刻影响。

---

　　①（朝鲜）李衡祥：《八无咏，效益斋杂咏》，(韩）柳己洙编《历代韩国词总集》，第205—207页。

　　②（朝鲜）李衡祥：《满江红·琴无弦》，(韩）柳己洙编《历代韩国词总集》，第206页。

　　③（朝鲜）李万敷：《闲居八咏，乐辞各体》，(韩）柳己洙编《历代韩国词总集》，第214—215页。

　　④（朝鲜）李衡祥：《次李仲舒八咏》，见(韩）柳己洙编《历代韩国词总集》，第208—209页。

以李齐贤首倡的两组《松都八景》词为例,其中一些辞句如"酒楼何处咽丝簧,愁杀孟襄阳"、①"明朝去学种瓜侯,身世寄菟裘"、②"但教沽酒引陶潜,来往意何厌"、③"青山不语暗相讥,谁见二疏归"、④"岂学然犀客,谁期驻鹤仙"等等,⑤频频出现大量源自中国的典故,并能与笔下的韩国风光交相融合;在遣词用语时也经常借鉴、化用中国诗文作品,在不经意之间还会透露其阅读兴趣和创作祈向,如其"芒鞋竹杖度千岩",源出苏轼"竹杖芒鞋轻胜马";⑥"临风白马紫金鞿",出自苏轼"门前骢马紫金鞿";⑦"肠断贺头纲","头纲"语本苏轼"上人问我迟留意,待赐头纲八饼茶";⑧"诗人强欲状天悭","天悭"语本苏轼"愿君发豪句,嘲诮破天悭"。⑨ 如此

---

① （高丽）李齐贤:《巫山一段云・松都八景・西江风雪》,（韩）柳己洙编《历代韩国词总集》,第 36 页。

② （高丽）李齐贤:《巫山一段云・松都八景・白岳晴云》,（韩）柳己洙编《历代韩国词总集》,第 36 页。

③ （高丽）李齐贤:《巫山一段云・松都八景・西江风雪》,（韩）柳己洙编《历代韩国词总集》,第 37 页。

④ （高丽）李齐贤:《巫山一段云・松都八景・青郊送客》,（韩）柳己洙编《历代韩国词总集》,第 38 页。

⑤ （高丽）李齐贤:《巫山一段云・松都八景・朴渊瀑布》,（韩）柳己洙编《历代韩国词总集》,第 39 页。

⑥ （高丽）李齐贤:《巫山一段云・松都八景・紫洞寻僧》,（韩）柳己洙编《历代韩国词总集》,第 37 页;(宋)苏轼:《定风波》,唐圭璋编《全宋词》,第一册,第 288 页。

⑦ （高丽）李齐贤:《巫山一段云・松都八景・青郊送客》,（韩）柳己洙编《历代韩国词总集》,第 38 页;(宋)苏轼:《作书寄王晋卿忽忆前年寒食北城之游走笔为此》,(清)冯应榴辑注:《苏轼诗集合注》卷十八,第二册,第 887 页。

⑧ （高丽）李齐贤:《巫山一段云・松都八景・西江风雪》,（韩）柳己洙编《历代韩国词总集》,第 38 页;(宋)苏轼:《七年九月自广陵召还复馆于浴室东堂八年六月乞会稽将去汶公乞诗乃复用前韵三首》其一,(清)冯应榴辑注:《苏轼诗集合注》卷三十六,第四册,第 1874 页。

⑨ （高丽）李齐贤:《巫山一段云・松都八景・长湍石壁》,（韩）柳己洙编《历代韩国词总集》,第 39 页;(宋)苏轼:《祈雪雾猪泉出城马上作赠舒尧文》,(清)冯应榴辑注:《苏轼诗集合注》卷十七,第二册,第 873 页。

频繁地化用东坡诗词,应该和金元之际词坛风尚以及他本人"翘企
苏轼"的创作倾向不无关系。① 当然,李齐贤取资中国典籍的途径
极其广阔,并不限于苏轼诗文,有时还能取精用弘,将前代诸多诗
词佳句加以镕裁,融为一体,如"鬓丝禅榻坐忘机",兼用杜牧的"今
日鬓丝禅榻畔"和李白的"陶然共忘机";②"断虹残照有无中",兼
用李泳的"晚潮平、湘烟万顷,断虹残照"和王维的"山色有无
中";③"鱼龙吹浪转隅限",兼用张炎的"鱼龙吹浪自舞"和苏轼的
"吞吐风月清隅限"。④ 凡此种种,都足以展现李齐贤对中国典籍
的精熟,以及写作技巧的圆融。

　　其他一些韩国文人在词作中也同样能娴熟运用源自中国典籍
的词藻典故,有些还会特意在作品中予以说明。如黄胤锡《巫山一
段云·北楼八咏·西山爽气》云:"碍月何妨事,寻梅尚韵流。"篇末
有自注:"宋人有武昌寻梅句,唐人有洪州碍月句,各为西山而发
者。"⑤明示自己的创作渊源。又其同题《云台看花》篇云:"万紫归

---

　　① 夏承焘:《瞿髯论词绝句》外编《朝鲜李齐贤》,《夏承焘集》第二册,杭州:浙江古
籍出版社,1997年,第593页。参见本书第六章第一节《金元词坛风尚及对李齐贤词作
的影响》。

　　② (高丽)李齐贤:《巫山一段云·松都八景·紫洞寻僧》,(韩)柳己洙编《历代韩
国词总集》,第35页;(唐)杜牧:《题禅院》,《樊川文集》卷三,第60页;(唐)李白:《下
终南山过斛斯山人宿置酒》,(清)王琦注《李太白全集》卷二十,中册,第930页。

　　③ (高丽)李齐贤:《巫山一段云·松都八景·北山烟雨》,(韩)柳己洙《历代韩
国词总集》,第36页;(宋)李泳:《贺新郎》,唐圭璋编《全宋词》,第三册,第1671页;
(唐)王维:《汉江临泛》,(清)赵殿成笺注《王右丞集笺注》卷八,第150页。

　　④ (高丽)李齐贤:《巫山一段云·松都八景·长湍石壁》,(韩)柳己洙编《历代韩
国词总集》,第37页;(宋)张炎:《台城路·为湖天赋》,唐圭璋编《全宋词》,第五册,第
3501页;(宋)苏轼:《西山诗和者三十馀人再用前韵为谢》,(清)冯应榴辑注《苏轼诗
集合注》卷二十七,第三册,第1387页。

　　⑤ (朝鲜)黄胤锡:《巫山一段云·北楼八咏·西山爽气》,(韩)柳己洙编《历代韩
国词总集》,第245页。按:"武昌寻梅"出自苏轼《武昌西山》:"忆从樊口载春酒,步上西
山寻野梅。""洪州碍月"则未详所指。

陶铸,千红入辨章。"篇末自注云:"《今文尚书》'平章',古作'辨章'。邵子诗:'赏花全易识花难,善识花人独倚阑。'"①交待自己的用语来历。

　　有时虽然没有明确说明,但稍一寻绎,仍然俯拾皆是,如孙佺(1634—1712)的"幽人端合便忘家,拟占考槃阿",化用《诗经·卫风·考槃》诗意;②李周祯的"君子日乾时",源自《周易·乾卦》"君子终日乾乾";③李衡祥的"我钩无曲。不是任公投犗,恣所欲",典出《庄子·外物》"任公子为大钩巨缁,五十犗以为饵";④又其"尝闻宰我昼眠,夫子戒其气偏。信朽木不雕,粪墙不朽,况其怠惰,亦足堪怜",语本《论语·公冶长》"宰予昼寝"章;⑤崔演的"竟非吾土倦羁游,回首仲宣楼",源出王粲(177—217)《登楼赋》"虽信美而非吾土兮,曾何足以少留"。⑥

　　有些词句更是明显脱胎于中国的诗文作品,如郑誧(1309—

---

　　①（朝鲜）黄胤锡:《巫山一段云·北楼八咏·云台看花》,(韩)柳己洙编《历代韩国词总集》,第246页。

　　②（朝鲜）孙佺:《巫山一段云·蔚山八咏·隐月峰》,(韩)柳己洙编《历代韩国词总集》,第196页。按《毛序》云:"《考槃》,刺庄公也。不能继先公之业,使贤者退而穷处。"(阮元校刻《十三经注疏》本《毛诗正义》卷三,上册,第321页。)朱熹则云:"诗人美贤者隐处涧谷之间,而硕大宽广,无戚戚之意,虽独寐而寤言,犹自誓其不忘此乐也。"(《诗集传》,影印清武英殿本,上海:上海古籍出版社,1987年,第25页。)孙氏此处用朱说。

　　③（朝鲜）李周祯:《巫山一段云》其四,(韩)柳己洙编《历代韩国词总集》,第259页;《周易·乾卦》,(清)阮元校刻《十三经注疏》本《周易正义》卷一,上册,第13页。

　　④（朝鲜）李衡祥:《大江东去·钩无曲》,(韩)柳己洙编《历代韩国词总集》,第206页;《庄子·外物》,(清)郭庆藩撰《庄子集释》,王孝鱼校点,北京:中华书局,1961年,第四册,第925页。

　　⑤（朝鲜）李衡祥:《沁园春·昼无眠》,(韩)柳己洙编《历代韩国词总集》,第207页;《论语·公冶长》,(清)阮元校刻《十三经注疏》本《论语注疏》卷五,下册,第2474页。

　　⑥（朝鲜）崔演:《巫山一段云·定州迎春堂八咏·原田棋布》,(韩)柳己洙编《历代韩国词总集》,第120页;(魏)王粲:《登楼赋》,(梁)萧统编、(唐)李善注《文选》卷十一,第二册,第490页。

1345)的"扶筇远上碧嵯峨,细路入云斜",脱化自杜牧《山行》"远上
寒山石径斜,白云深处有人家";①安鲁生(生卒年不详)的"会当登
临最高峰",径用杜甫《望岳》"会当凌绝顶";②又其"乘兴豁烦襟",
语本杜甫《云》"秀气豁烦襟";③崔演的"野润烟光腻",化用杜甫
《后游》"野润烟光薄";④丁希孟(1536—1596)的"百世先生宅,千
年处士家。三三五五散交柯,黄鸟送清歌",源出陶渊明《停云》"翩
翩飞鸟,息我亭柯。敛翮闲止,好声相和";⑤李周祯的"大雅苟能
作,王风可挽回",出自李白《古风》"大雅久不作,吾衰竟谁陈? 王
风委蔓草,战国多荆榛";⑥又其"池塘春草日来寻",则化用谢灵运
《登池上楼》"池塘生春草";⑦至于李洪南(1515—1572)的"柳枝春
色十分新,攀折赠行人。……渭城歌罢更酸辛,朝雨浥轻尘",更是
将王维《送元二使安西》全篇"渭城朝雨浥轻尘,客舍青青柳色新。
劝君更尽一杯酒,西出阳关无故人",⑧全部檃括入自己的词作之

---

① (高丽)郑誧:《巫山一段云·隐月峰》,(韩)柳己洙编《历代韩国词总集》,第45
页;(唐)杜牧:《山行》,《樊川文集·外集》,第322页。

② (高丽)安鲁生:《巫山一段云·腾云山》,(韩)柳己洙编《历代韩国词总集》,第
60页;(唐)杜甫:《望岳》,(清)仇兆鳌注《杜诗详注》卷一,第一册,第4页。

③ (高丽)安鲁生:《巫山一段云·奉松亭》,(韩)柳己洙编《历代韩国词总集》,第
62页;(唐)杜甫:《云》,(清)仇兆鳌注《杜诗详注》卷二十,第四册,第1786页。

④ (朝鲜)崔演:《巫山一段云·芦浦牧笛》,(韩)柳己洙编《历代韩国词总集》,第
119页;(唐)杜甫:《后游》,(清)仇兆鳌注《杜诗详注》卷九,第二册,第787页。

⑤ (朝鲜)丁希孟:《巫山一段云·龙山精舍八景·宅边柳》,(韩)柳己洙编《历代
韩国词总集》,第138页;(晋)陶渊明:《停云》,杨勇校笺《陶渊明集校笺》,上海:上海
古籍出版社,2007年,第1页。

⑥ (朝鲜)李周祯:《巫山一段云》其六,(韩)柳己洙编《历代韩国词总集》,第260
页;(唐)李白:《古风五十九首》其一,(清)王琦注《李太白全集》卷二,上册,第87页。

⑦ (朝鲜)李周祯:《巫山一段云》其八,(韩)柳己洙编《历代韩国词总集》,第260页;
(南朝宋)谢灵运:《登池上楼》,(梁)萧统编、(唐)李善注《文选》二十二,第三册,第1040页。

⑧ (朝鲜)李洪南:《巫山一段云·公山十景·东楼送客》,(韩)柳己洙编《历代韩
国词总集》,第127页;(唐)王维:《送元二使安西》,(清)赵殿成笺注《王右丞集笺注》
卷十四,第263页。

中,若不是熟悉并喜爱王维的诗作,是根本不可能出现这种情况的。

　　当然,韩国词人在创作过程中除了充分吸取、借鉴中国诗文作品之外,也偶尔会出现一些带有韩国本土地域特征的词句,例如李穀(1298—1351)的"从教日本是殊方,三万里农桑",①安鲁生的"东国龙兴日,三韩虎斗时",②李原(1368—1430)的"倭奴不得犯东方,处处务农桑",③虽然数量并不算多,但也反映出这些词人并不只是亦步亦趋地满足于对中国文学作品的摹拟照搬,对于呈现自身历史文化传统而言,仍然具有一定程度的创作自觉。

---

　　① (高丽)李穀:《巫山一段云·次郑仲孚蔚州八景·望海台》,(韩)柳己洙编《历代韩国词总集》,第 42 页。

　　② (高丽)安鲁生:《巫山一段云·南眠岘》,(韩)柳己洙编《历代韩国词总集》,第 61 页。

　　③ (朝鲜)李原:《巫山一段云·次蔚州太和楼诗·望海台》,(韩)柳己洙编《历代韩国词总集》,第 65 页。

# 第六章　高丽李齐贤的词作及其
## 在中国的传播与接受

　　作为横跨欧亚、疆域辽阔的征服王朝,元代极大地促进了各个民族之间的相互融合,也迅速推动多元文化的广泛交流。关于这一点,已经成为晚近众多史学家的共识。陈垣(1880—1971)曾剖析过其中原因:"盖自辽、金、宋偏安后,南北隔绝者三百年,至元而门户洞开,西北拓地数万里,色目人杂居汉地无禁,所有中国之声明文物,一旦尽发无遗。"①强调政权的重新统一促成了隔绝已久的南北文化之间重新发生互动交融。萧启庆(1937—2012)则总结了元代文化的整体特征:"由于中外交通的发达及朝廷所采取的多元文化政策,元朝是中国史上前所未见的多元族群、多元文化竞存的时代。"②强调其在文化方面所呈现的不拘一隅、丰富多元的宏大格局。而自统一中国之后,元朝也逐渐改变以往对高丽所实施的高压政策,转而通过联姻的方式来调整双方的关系,以便加强对后者的实际控制。对于高丽一方而言,则凭借着"驸马"的身份,也可以极大地提升其王室在整个蒙元帝国中的政治地位,对其获取

---

　　① 陈垣:《元西域人华化考》卷八《结论》一《总论元文化》,影印民国二十三年《励耘书屋丛刻》本,北京:北京师范大学出版社,1982年,上册,第123b—124a页。
　　② 萧启庆:《元代的族群文化与科举》第二章《蒙元统治与中国文化发展》,台北:联经出版公司,2008年,第27页。

实际利益也颇有裨益。① 因此从忠烈王王谌（1236—1308）起，至恭愍王王颛（1330—1374）为止，先后有五位高丽君王，共尚七位蒙古公主，而忠宣王王璋（1275—1325）也名列其中。

王璋自十六岁起就作为高丽王世子至元入侍，受到元世祖忽必烈（1215—1294）的接见，并与王恽（1227—1304）等中国文士交好。回国之后，他继位为忠宣王。随后因为更张体制而被迫将王位传给其子忠肃王王焘（1294—1339），并再次赴元入侍。因为协助元武宗（1281—1311）、仁宗（1285—1320）兄弟勘定内乱而备受恩宠，遂以沈阳王的身份一直留居大都。据《高丽史》记载，“忠肃王元年，帝命（忠宣）王留京师。王构万卷堂于燕邸，招致大儒阎复、姚燧、赵孟頫、虞集等与之从游，以考究自娱”。② 高丽后期的文士李齐贤（1287—1367）也提到，在忠宣王位于大都的府邸中，“一时名士姚燧、萧𣂏、阎复、洪革、赵孟頫、元明善、张养浩辈，多所推毂，以备宫室”③。忠宣王之所以能够招致结纳如此众多的中国文士，实与其政治地位尊贵密切相关。以这批文士中年辈最高、资历最深的姚燧（1238—1313）为例，据《元史》本传云：“时高丽沈阳王父子，连姻帝室，倾赀结朝臣。一日，欲求燧诗文，燧靳不与，至奉旨，乃与之。”④可见他一开始颇为恃才傲物，在元帝的命令之下才不得不与忠宣王父子结交。姚燧文集中有一篇《高丽沈王诗序》，应当就是当时所作。而万卷堂也由此成为元、丽两国文士交

① 参见萧启庆：《元丽关系中的王室婚姻与强权政治》，原载台湾韩国研究学会编《中韩关系史国际研讨会论文集：960—1949》，又收入作者《内北国而外中国：蒙元史研究》，北京：中华书局，2007年。

② （朝鲜）郑麟趾：《高丽史》卷三十四《世家·忠宣王二》，影印明景泰二年朝鲜活字本，《四库全书存目丛书》史部第一百五十九册，济南：齐鲁书社，1997年。

③ （高丽）李齐贤：《有元赠敦信明义保节贞亮济美翊顺功臣太师开府仪同三司尚书右丞相上柱国忠宪王世家》，李修生主编《全元文》卷一一五五，第三十六册，第465页。

④ （明）宋濂等：《元史·姚燧传》，北京：中华书局，1976年，第十三册，第4060页。

流的重要平台。高丽后期文士李穑（1328—1396）曾受业于李齐贤，据其《鸡林府院君谥文忠李公墓志铭》记载："忠宣王佐仁宗定内难，迎立武宗，故于两朝宠遇无对，遂请传国于忠肃，以太尉留京师邸，构万卷堂，考究以自娱。因曰：'京师文学之士，皆天下之选，吾府中未有其人，是吾羞也。'"①李齐贤就是在这样的背景下，于延祐元年（1314）被忠宣王召至大都。

　　作为韩国文学史上第一位大量运用词体进行创作的文人，同时也是留存词作最多的作家，后世对李齐贤有"备知诗馀众体者，吾东方一人而已"的评价，②对韩国词文学的发展产生过莫大的影响。正如朝鲜王朝初期的学者徐居正（1420—1488）所指出的那样，此前诸多高丽文士都不敢轻易尝试填词，"唯益斋备述众体，③法度森严。先生北学中原，师友渊源，必有所得者"。④李齐贤之所以在填词方面表现优异，实与其长期随侍忠宣王在中国生活，得以结交大量中国文士，从而深受濡染熏陶密切相关。⑤

　　鉴于高丽王朝与金、元两代政权之间的文化交流趋于密切，因此研讨李齐贤词作特点的形成过程，应该将其放置在金、元以来词学风尚递嬗以及元、丽两国文学交流的背景之下展开。而其词作日后在中国的流传与接受过程，又进一步揭示出中、韩两国在典籍交流的进程中，存在着双向互动的"环流"方式，而并非简单地依循

① （高丽）李穑：《鸡林府院君谥文忠李公墓志铭》，（韩）金龙善编著《高丽墓志铭集成》，韩国江原道春川：翰林大学校出版部，1993年，第588—589页。

② （朝鲜）李宗准：《遗山乐府序》，姚奠中主编、李正民增订《元好问全集》卷四十二《新乐府》，太原：山西古籍出版社，2004年，下册，第974页。

③ 李齐贤号益斋。

④ （朝鲜）徐居正：《东人诗话》卷上，蔡美花、赵季主编《韩国诗话全编校注》，第一册，第183页。

⑤ 参见（韩）池荣在：《益斋李齐贤其人其词》，载施蛰存主编《词学》第九辑，上海：华东师范大学出版社，1992年。

着由中国输入韩国的单向路径。

## 第一节　金元词坛风尚及对李齐贤词作的影响

　　从李齐贤词作的总体倾向来看，恰如今人夏承焘所言，明显呈现出"翘企苏轼"的特点。[①] 他曾有《苏东坡真赞》一文云："金门非荣，瘴海何惧。野服黄冠，长啸千古。"[②]足见他对苏轼宠辱不惊、啸傲自若的风采深表景仰，因而在文学创作方面也很容易受其沾溉影响。仅就填词而言，李齐贤除了创作部分直接依韵步和苏轼词的作品，并由此开启韩国词人唱和东坡词的先河之外，[③]在其他词作中承袭、点化苏轼词句的现象也屡见不鲜，如《水调歌头·望华山》中的"我欲乘风归去，只恐烟霞深处，幽绝使人愁"[④]，脱化自苏轼《水调歌头》中的"我欲乘风归去，又恐琼楼玉宇，高处不胜寒"[⑤]；《玉漏迟·蜀中中秋值雨》中的"圆又缺，空使早生华发"[⑥]，兼用苏轼《水调歌头》"月有阴晴圆缺"及《念奴娇》"多情应笑我，早生华发"[⑦]；《巫山一段云·松都八景·紫洞寻僧》中的"芒鞋竹杖

---

　　① 夏承焘：《瞿髯论词绝句》外编《朝鲜李齐贤》，《夏承焘集》第二册，杭州：浙江古籍出版社，1997年，第593页。

　　② （高丽）李齐贤：《苏东坡真赞》，李修生主编《全元文》卷一一五四，第三十六册，第452页。

　　③ 参见本书第四章第一节《韩国历代和苏轼词论》。

　　④ （高丽）李齐贤：《水调歌头·望华山》，（韩）柳己洙编《历代韩国词总集》，第29页。

　　⑤ （宋）苏轼：《水调歌头·丙辰中秋，欢饮达旦，大醉。作此篇，兼怀子由》，唐圭璋编《全宋词》，第一册，第280页。

　　⑥ （高丽）李齐贤：《玉漏迟·蜀中中秋值雨》，（韩）柳己洙编《历代韩国词总集》，第29页。

　　⑦ （宋）苏轼：《水调歌头·丙辰中秋，欢饮达旦，大醉。作此篇，兼怀子由》、《念奴娇·赤壁怀古》，唐圭璋编《全宋词》，第一册，第280、282页。

度千岩"①,源出于苏轼《定风波》中的"竹杖芒鞋轻胜马"②。这种创作特征的形成,正与金、元以来中国词坛的整体风尚息息相关。

　　金、元两代虽然是由少数民族入主中原的政权,对于汉文化却相当倾慕,在文学方面,诸多文士尤其受到南宋文坛的影响,对苏轼的诗文都极为欣赏推崇。虞集(1272—1348)曾述及宋元之际文风嬗变的概况:

　　　　宋之末年,说理者鄙薄文词之丧志,而经学、文艺判为专门,士风颓散于科举之业。岂无豪杰之出,其能不浸淫汩没于其间,而驰骋凌厉以自表者,已为难得,而宋遂亡矣。中州隔绝,困于戎马,风声习气,多有得于苏氏之遗,其为文亦曼衍而浩博矣。③

强调苏轼的诗文创作在士风颓靡、文教日衰之际所起到的表率作用。同时的徐明善(1250—?)则更明确地揭示了苏轼等人在当时文人心目中所处的典范地位:

　　　　中州士大夫,文章翰墨颇宗苏、黄。盖唐有李、杜,宋有二公,遒笔快句,雄文高节,今古罕俪,宗之宜矣。④

可见在金、元时期的文坛上,宗尚东坡诗文已经蔚然成风。清人宋

---

① （高丽）李齐贤:《巫山一段云·松都八景·紫洞寻僧》,（韩）柳己洙编《历代韩国词总集》,第37页。

② （宋）苏轼:《定风波》,唐圭璋编《全宋词》,第一册,第288页。

③ （元）虞集:《刘桂隐存稿序》,李修生主编《全元文》卷八二〇,第二十六册,第110—111页。

④ （元）徐明善:《送黄景章序》,李修生主编《全元文》卷五五二,第十七册,第192页。

荦(1634—1713)又进一步指出：

> 金初以蔡松年、吴激为首，世称"蔡吴体"；后则赵秉文、党
> 怀英为巨擘，元好问集其成；其后诸家俱学大苏。①

具体指明金元之际的知名作家均曾学习仿效过苏轼的作品。宋荦
提及的这些金、元作家，有不少在填词方面也享有盛誉。如《金史》
本传称蔡松年(1107—1159)"文词清丽，尤工乐府，与吴激齐名，时
号'吴、蔡体'"。② 其创作的主要特色即在于取法苏轼，故后世谓
之"疏快平博，雅近东坡"。③ 蔡氏有不少直接追摹效仿苏轼的词
作，其《水调歌头·镇阳北潭追和老坡原韵》，④追和的对象便是苏
轼《水调歌头》("安石在东海")；⑤另有三首以"倦游老眼"为起句
的《念奴娇》词，⑥则是步和东坡《念奴娇·赤壁怀古》原韵的一组
作品；⑦此外还有同调的"《离骚》痛饮"一阕，据蔡氏自序所云，乃
是"还都后，诸公见追和赤壁词，用韵者凡六人，亦复重赋"⑧，也同
样是步和东坡之作。这首词极受后人称赏，元好问(1190—1257)
曾评价道："此歌以'离骚痛饮'为首句，公乐府中最得意者，读之则

① （清）宋荦：《漫堂说诗》，丁福保辑《清诗话》本，上海：上海古籍出版社，1978
年，上册，第 420 页。

② （元）脱脱等撰：《金史》卷一百二十五《文艺上·蔡松年传》，北京：中华书局，
1975 年，第八册，第 2717 页。

③ 陈匪石：《声执》卷下，载作者《宋词举（外三种）》，南京：江苏古籍出版社，2002
年，第 199 页。

④ （金）蔡松年：《水调歌头·镇阳北潭追和老坡原韵》，唐圭璋编《全金元词》，北
京：中华书局，1979 年，上册，第 8 页。

⑤ （宋）苏轼：《水调歌头》，唐圭璋编《全宋词》，第一册，第 279—280 页。

⑥ （金）蔡松年：《念奴娇》，唐圭璋编《全金元词》，上册，第 9—11 页。

⑦ （宋）苏轼：《念奴娇·赤壁怀古》，唐圭璋编《全宋词》，第一册，第 282 页。

⑧ （金）蔡松年：《念奴娇》，唐圭璋编《全金元词》，上册，第 10 页。

其生平自处，为可见矣。"①蔡氏的词集，在当时就有魏道明（生卒年不详）所撰的《萧闲老人明秀集注》，也时常引录东坡诗文词句来加以参证，以彰显蔡氏遣词造语多取资于东坡。虽然有时不免流于穿凿，以致引发后人不少批评，但也鲜明地呈现出在时人眼中，苏、蔡二人的词作存在一脉相承的密切关联。

　　除了蔡松年外，当时另一位文士赵秉文（1159—1232）对苏轼也相当崇拜倾倒。他曾说道："东坡先生，人中麟凤也。其文似《战国策》，间之以谈道如庄周；其诗似李太白，而补之以名理似乐天；其书似颜鲁公，而飞扬韵胜，出新意于法度之中，寄妙理于豪放之外，窃以为书仙。"②对苏轼的为人、诗文乃至书法都给予了极高的评价。虽然并没有涉及东坡的词作，但从他本人的创作来看，其实也颇受影响，如《大江东去·用东坡先生韵》一篇，③就同样效仿苏轼《念奴娇·赤壁怀古》。元好问曾评说道："东坡《赤壁》词，殆戏以周郎自况也。词才百许字，而江山人物无复馀韵，宜其为乐府绝唱。闲闲公乃以仙语追和之，④非特词气放逸，绝去翰墨畦径，其字画亦无愧也。"⑤明人李日华（1565—1635）也提及自己收藏过赵氏这篇词作的手稿："余得其擘窠书自作《和东坡赤壁词》稿，雄快震动，有渴骥怒猊之势，而词亦壮伟不羁，视'大江东去'，信在伯仲间，可谓词翰两绝者。"⑥足见赵氏此作颇受后人称誉重视。

---

　　① （金）元好问编：《中州集》卷一，北京：中华书局，1959 年，上册，第 22 页。

　　② （金）赵秉文：《跋东坡四达斋铭》，转引自四川大学中文系唐宋文学教研室编《苏轼资料汇编》上编，北京：中华书局，1994 年，第二册，第 803 页。

　　③ （金）赵秉文：《大江东去·用东坡先生韵》，唐圭璋编《全金元词》，上册，第 47 页。

　　④ 赵秉文号闲闲。

　　⑤ （金）元好问：《题闲闲书赤壁赋后》，姚奠中主编、李正民增订《元好问全集》卷四十，下册，第 843 页。

　　⑥ （明）李日华：《六研斋笔记》，与《紫桃轩杂缀》合订一册，郁震宏、李保阳、薛维源点校，南京：凤凰出版社，2010 年，第 58 页。

受知于赵秉文的元好问对苏轼同样极为称道。他曾说:"唐歌词多宫体,又皆极力为之。自东坡一出,情性之外不知有文字,真有'一洗万古凡马空'气象。虽时作宫体,亦岂可以宫体概之?人有言:'乐府本不难作,从东坡放笔后便难作。'此殆以工拙论,非知坡者。……自今观之,东坡圣处,非有意于文字之为工,不得不然之为工也。坡以来,山谷、晁无咎、陈去非、辛幼安诸公,俱以歌词取胜。吟咏性情,留连光景,清壮顿挫,能起人妙思。亦有语意拙直,不自缘饰,因病成妍者。皆自坡发之。"①极力表彰苏轼词作超迈前人,且将其后词体的递嬗演变都溯源至东坡。在《遗山自题乐府引》中,他更是直截了当地说:"乐府以来,东坡为第一,以后便到辛稼轩。"②推崇景仰之情溢于言表,因而在创作之际也明显地呈现出步武东坡的倾向。后人在总结元氏创作特征之际,称其"乐府则清雄顿挫,闲婉浏亮,体制最备,又能用俗为雅,变故作新,得前辈不传之妙。东坡、稼轩而下不论也",③可谓恰如其分。而韩国文人对此也有类似的议论,李宗准(生卒年不详)就评价说:"乐府,诗家之大香奁也,遗山所著,清新婉丽,其自视似羞比秦、晁、贺、晏诸人,而直欲追配于东坡、稼轩之作。岂是以东坡为第一,而作者之难得也耶?"④同样认为遗山乐府希踪于东坡、稼轩两家。元好问的这一创作归趋,甚至直接影响到其后词坛的整体风尚。元人赵文(1239—1315)曾要言不烦地归纳道:"江南言词者,宗美成;中

　　①（金）元好问:《新轩乐府引》,姚奠中主编、李正民增订《元好问全集》卷三十六,上册,第764—765页。

　　②（金）元好问:《遗山自题乐府引》,姚奠中主编、李正民增订《元好问全集》卷四十二,下册,第972页。

　　③（元）徐世隆:《遗山先生文集序》,姚奠中主编、李正民增订《元好问全集》卷五十三,下册,第1252页。

　　④（朝鲜）李宗准:《遗山乐府序》,姚奠中主编、李正民增订《元好问全集》卷四十二《新乐府》,太原:山西古籍出版社,2004年,下册,第973页。

州言词者,宗元遗山。"①强调南北风气不同,而北方词坛多受元好问的影响。近人吴梅(1884—1939)更是明确无误地指出:"大抵元词之始,实皆受遗山之感化。"②揭示出元代词坛的整体趋向。

在忠宣王万卷堂府邸中出入的诸多中国文士,也有不少擅长倚声填词的文人,同样深受苏轼的影响。虞集在《苏武慢》中云:"忆昔坡仙,夜游赤壁,孤鹤略舟西过。"③随后便将苏轼前、后《赤壁赋》的部分内容檃括入词。他另有同调词作一首,又将陶渊明《归去来兮辞》檃括入其中,④则显然是效法苏轼《哨遍》"乃取《归去来词》,稍加檃括,使就声律"的先例。⑤ 因而清人刘熙载(1813—1881)评价虞集词作能够"兼善苏、秦之胜",⑥所言非虚。另如姚燧所作《醉高歌》,曾被明人杨慎(1488—1559)评价为"此词高古,不减东坡、稼轩也"⑦。赵孟頫对东坡词也颇为欣赏,他在一首《水调歌头》的小序中就提到:"牟成甫用东坡韵见赠,走笔和之。"⑧和友人一起步和过苏轼词作。这些情况都显示这批文士有着颇为相近的文学趣味。李穑在《益斋先生乱稿序》中提到过李齐贤与中国文士之间的交往:

　　　　高丽益斋先生是时年未弱冠,文已有名当世,大为忠宣王

---

①　(元)赵文:《吴山房乐府序》,李修生主编《全元文》卷三三二,第十册,第71页。

②　吴梅:《词学通论》,《吴梅全集·理论卷》,石家庄:河北教育出版社,2002年,上册,第497页。

③　(元)虞集:《苏武慢》,唐圭璋编《全金元词》,下册,第866页。

④　(元)虞集:《苏武慢》,唐圭璋编《全金元词》,下册,第866页。

⑤　(宋)苏轼:《哨遍》,唐圭璋编《全宋词》,第一册,第307页。

⑥　(清)刘熙载:《艺概》卷四《词曲概》,袁津琥校注《艺概注稿》,北京:中华书局,2009年,下册,第529页。

⑦　(明)杨慎:《词品》卷五"牧庵词"条,唐圭璋编《词话丛编》,第一册,第522页。

⑧　(元)赵孟頫:《水调歌头》,唐圭璋编《全金元词》,下册,第804页。

器重,从居莘毂下。朝之大儒搢绅先生若牧庵姚公、阎公子
静、赵公子昂、元公复初、张公养浩咸游王门,先生皆得与之交
际,视易听新,摩厉变化,固已极其正大高明之学。而又奉使
川蜀,从王吴会,往返万馀里,山河之壮、风俗之异、古圣贤之
遗迹,凡所谓闳博绝特之观,既已包括而无馀,则其疏荡奇气,
殆不在子长下矣。①

足见李齐贤颇受忠宣王的器重赏识,因而得以与姚燧、阎复
(1236—1312)、赵孟𫖯、元明善(1269—1322)、张养浩(1270—
1329)等中国文士交流。朝鲜中期的评论家洪万宗(1643—1725)
曾说:"我东人不解音律,自古不能作乐府歌词。世传李益斋齐贤
随王在燕邸,与学士姚燧诸人游,其《菩萨蛮》等作,为华人所赏云。
岂北学中国,深有所得而然耶?"②可见在李氏和中国文士切磋交
流的过程中,倚声填词也是请益求教的一个重要方面。

今存李齐贤词作中有《沁园春·将之成都》、《玉漏迟·蜀中中
秋值雨》、《洞仙歌·杜子美草堂》、《满江红·相如司马桥》等,应该
都是"奉使川蜀"时所作;又有《鹧鸪天·扬州平山堂今为八哈师所
居》、《鹧鸪天·鹤林寺》等,则应是"从王吴会"时所作。在他尝试
进行填词的过程中,自然会得到随侍在忠宣王身边的中国文士的
指点品评或是启发引导。如张养浩曾出使江南,"往返仅半岁,得
乐府百有馀首,辑为一编,目之曰《江湖长短句》"③。他还曾将这
部分作品传示给李齐贤,后者遂有《张希孟侍郎见示江湖长短句一

---

① (高丽)李穑:《益斋先生乱稿序》,载李齐贤《益斋乱稿》卷首,《粤雅堂丛书》本,
清光绪刻本。
② (朝鲜)洪万宗:《小华诗评》,蔡美花、赵季主编《韩国诗话全编校注》,第三册,
第2319页。
③ (元)刘敏中:《江湖长短句引》,李修生主编《全元文》,第十一册,第439页。

篇以诗奉谢》,诗中称誉张氏词作云"纵横宝气丰城剑,要眇古音清庙弦",还说自己"兴来三复高声读,万里江山只眼前"。① 而张养浩在和作中也同样对李齐贤赞不绝口,说"三韩文物盛当年,刮目青云又此贤";其间也隐隐扣合李氏的词作,诗中"此去浣花春正好,白鸥应为子来前"一联,②应该就是指李氏所作《菩萨蛮·舟次青神》(其中有"梦与白鸥盟"句)而言。由此不难想见,李齐贤很有可能曾将词作呈送给张养浩指正。另如李齐贤词中最引人瞩目的四组规模宏大的《巫山一段云》,共三十二首,分别题咏"潇湘八景"和"松都八景"。而在赵孟頫词集中也有一组《巫山一段云》,共十二首,题咏不同的山峰。李齐贤应该也从中受到过一定的启发。③由此可见,李齐贤在创作中所呈现的"翘企苏轼"的特点,在很大程度上与金、元以来词坛风尚密切呼应,尤其是他在忠宣王府邸中与诸多中国文士有着密切的交流切磋,直接而深刻地影响到他的创作。

## 第二节　金元词在高丽的流传及
## 对李齐贤创作的影响

史籍称:"金人本出靺鞨之附于高丽者,始通好为邻国,既而为君臣。"④可见由于活动范围接近,女真族诸部和高丽之间的关系原本就相当密切。其后建立的金朝出于地缘政治的考虑,与这位近邻之间也交往频繁。金代文士的词作,往往可以通过双方使臣

---

① (高丽)李齐贤:《张希孟侍郎见示江湖长短句一篇以诗奉谢》,《益斋乱稿》卷一。
② 张养浩和诗,李齐贤《张希孟侍郎见示江湖长短句一篇以诗奉谢》附,《益斋乱稿》卷一。
③ 参见本书第五章第一节《韩国历代"八景"词及相关衍生词作》。
④ (元)脱脱等撰:《金史》卷一三五《外国下·高丽》,第八册,第2889页。

的往还，得以流传至高丽。如吴激（1090—1142）曾于天会十四年（1136）十月以高丽王生日使的身份出使高丽，并作有《鸡林书事》诗传世。① 他还有一篇《人月圆·宴北人张侍御家有感》，在当时流传颇广：

> 南朝千古伤心事，犹唱《后庭花》。旧时王谢，堂前燕子，飞向谁家？　恍然一梦，仙肌胜雪，宫髻堆鸦。江州司马，青衫泪湿，同是天涯。②

宋人洪迈（1123—1202）传述过这篇词作的创作本事："先公在燕山，赴北人张总侍御家集。出侍儿佐酒，中有一人，意状摧抑可怜，叩其故，乃宣和殿小宫姬也。坐客翰林直学士吴激赋长短句纪之，闻者挥涕。"③可知这原是吴氏在酒宴上即席所赋之作，其中既包含着对流落异邦的南宋宫姬的同情怜悯，又触景生情地联想到自身的生平遭际，抒写凄婉沉痛的故国之思。另据元好问所述："彦高北迁后，为故宫人赋此。时宇文叔通亦赋《念奴娇》先成，而颇近鄙俚。及见彦高此作，茫然自失。是后人有求作乐府者，叔通即批云：'吴郎近以乐府名天下，可往求之。'"④足见其词旨高妙，甚至

---

① （金）吴激：《鸡林书事》，（金）元好问编《中州集》卷一，第17页。

② （金）吴激：《人月圆·宴北人张侍御家有感》，唐圭璋编《全金元词》，上册，第4页。

③ （宋）洪迈：《容斋随笔》卷十三"吴激小词"条，上海：上海古籍出版社，1978年，上册，第166页。

④ （金）元好问：《中州乐府》，元好问编《中州集》附，下册，第539页。按：（元）刘祁《归潜志》卷八中亦有相似的记载，而且更为具体详尽，可以看看："宇文太学叔通主文盟时，吴深州彦高视宇文为后进，宇文止呼为小吴。因会饮，酒间有一妇人，宋宗室子，流落。诸公感叹，皆作乐章一阕。宇文作《念奴娇》，……次及彦高，作《人月圆》词，……宇文览之，大惊，自是，人乞词，辄曰：'当诣彦高也。'"北京：中华书局，1983年，第83—84页。

令位高权重,原本对其颇为不屑的文坛前辈宇文虚中(1079—1146)亦为之深深折服。吴激另有一首《春从天上来》词,乃缘于"会宁府遇老姬,善鼓瑟,自言梨园旧籍,因感而赋此"①,情事与《人月圆》大致相仿,风格也颇为相近,"皆精妙凄婉",②"二词皆有故宫黍离之悲,南北无不传诵焉"。③ 吴激的这两篇词作都曾流传至高丽,为高丽文士所熟知。据清人张宗橚(1705—1775)《词林纪事》引《居易录》记载:

> 高丽宰相李藏用,字显甫,从其主入朝于元。翰林学士王鹗邀宴于第,歌人唱吴彦高《人月圆》《春从天上来》二曲。藏用微吟其词,抗坠中音节。鹗起执其手,叹为海东贤人。④

李藏用(1201—?)原为高丽状元,于中统二年(1261)随高丽世子入元,本人也擅长汉诗文创作。⑤ 徐居正(1420—1488)在《东人诗话》中曾评论道:"李侍中藏用诗:'万事唯宜一笑休,苍苍在上岂容求? 但知吾道如何耳,不用斜阳独倚楼。'末句深远有味。杜甫诗曰:'行藏独倚楼。'赵子昂诗曰:'斜阳虽好自生愁。'"⑥虽然李氏

---

① (金)吴激:《〈春从天上来〉序》,唐圭璋编《全金元词》,第6页。

② (宋)黄昇:《中兴以来绝妙词选》卷二,上海古籍出版社编《唐宋人选唐宋词》,唐圭璋等校点,上海:上海古籍出版社,2004年,下册,第716页。

③ (清)叶申芗:《本事词》卷下"吴激词"条,唐圭璋编《词话丛编》,第三册,第2374页。

④ (清)张宗橚:《词林纪事》卷二十,张宗橚·杨宝霖补正《词林纪事 词林纪事补正合编》,上海:上海古籍出版社,1998年,下册,第1228页。按:王士禛《居易录》中并无此条内容,疑张氏引录时标举书名有误,具体来源尚待查考,但出自前代载籍应无疑问。

⑤ 有关李藏用生平,可参见王恽:《秋涧大全集》卷十五《和高丽参政李显甫》、卷二十二《赠高丽乐轩李参政甥朴学士》、卷八十二《中堂事纪》等记载。

⑥ (朝鲜)徐居正:《东人诗话》卷下,蔡美花、赵季主编《韩国诗话全编校注》,第一册,第214页。

的诗作未必真如徐氏所言系化用杜甫、赵孟頫的诗句，但从中也足
见其汉诗创作水平颇高，对于中国典籍应该相当熟悉。而他能够
在当席"微吟其词，抗坠中音节"，可知对吴激这篇词作早已知晓，
这首词或许在先前就流传至高丽。

　　与吴激齐名的蔡松年也曾于皇统八年(1148)以礼部侍郎的身
份出使高丽，创作过不少与高丽有关的诗词作品。① 据刘祁
(1203—1250)《归潜志》记载："蔡丞相伯坚亦尝奉使高丽，为馆妓
赋《石州慢》。"②提到的那首《石州慢·高丽使还日作》在当时极负
盛名：

　　　　云海蓬莱，风雾鬟鬟，不假梳掠。仙衣卷尽云霓，方见宫
　　腰纤弱。心期得处，世间言语非真，海犀一点通寥廓。无物比
　　情浓，觅无相博。　　离索。晚来一枕馀香，酒病赖花医却。
　　滟滟金尊，收拾新愁重酌。片帆云影，载将无际关山，梦魂应
　　被杨花觉。梅子雨丝丝，满江干楼阁。③

当时就有人将这首词与柳永《雨霖铃》、苏轼《念奴娇·赤壁怀古》、
辛弃疾《摸鱼儿》等并称为"近世所谓大曲"④。其后流传的元杂剧
中还有载有"《蔡消闲》"一本，⑤当为"蔡萧闲"（蔡松年晚年自号萧
闲老人)音近之误，⑥指的或许就是锺嗣成《录鬼簿》中著录的李文

---

　　① 参见(金)蔡松年：《高丽馆中二首》，(金)元好问编《中州集》卷一，第32页；
《临江仙·故人自三韩回，作此寄之》，唐圭璋编《全金元词》，第15页。

　　② (元)刘祁：《归潜志》卷十，第117页。

　　③ (金)蔡松年：《石州慢·高丽使还日作》，唐圭璋编《全金元词》，上册，第24页。

　　④ (元)陶宗仪：《南村辍耕录》卷二十七引《燕南芝庵先生唱论》，北京：中华书
局，1959年，第336页。

　　⑤ (元)陶宗仪：《南村辍耕录》卷二十五"院本名目"条，第307页。

　　⑥ 蔡松年晚年自号萧闲老人。

蔚所作杂剧《蔡萧闲醉写石州慢》。① 虽然这个剧本现已散佚无存，但依照近代词论家况周颐（1859—1926）的推断："金元人制曲，往往用宋人词句，尤多排演词事为曲。……检《曲录》杂曲部，有《陶秀实醉写风光好》、《晏叔原风月鹧鸪天》、《张于湖误宿女贞观》、《蔡萧闲醉写石州慢》、《萧淑兰情寄菩萨蛮》，皆词事也。"② 可知其情节应当就是依据《石州慢》词所叙内容来敷演蔡氏出使高丽的故事。③

　　金代还有一位文士赵可（生卒年不详），曾于大定二十七年（1187）以生日使的身份出使高丽。④ 其间亦有诗词创作留存于世，其中有一首《望海潮·发高丽作》云：

> 云垂馀发，霞拖广袂，人间自有飞琼。三馆俊游，百衔高选，翩翩老阮才名。银汉会双星。尚相看脉脉，似隔盈盈。醉玉添春，梦云同夜惜卿卿。　　离觞草草同倾。记灵犀旧曲，晓枕馀醒。海外九州，邮亭一别，此生未卜他生。江上数峰青。怅断云残雨，不见高城。二月辽阳芳草，千里路旁情。⑤

据刘祁《归潜志》记载，赵氏"少轻俊，文章健捷，尤工乐章，有《玉峰闲情集》行于世。晚年奉使高丽。高丽故事，上国使来，馆中有侍

　　① （元）锺嗣成：《录鬼簿》卷上，（元）锺嗣成、贾仲明著，浦汉明校《新校录鬼簿正续编》，成都：巴蜀书社，1996年，第87页。

　　② （清）况周颐：《蕙风词话》卷一，唐圭璋编《词话丛编》，第五册，第4419页。

　　③ 参见王国维：《曲录》卷二，载《王国维遗书》，上海：上海书店出版社，1983年，第十册，第375页；邵增祺编著：《元明北杂剧总目考略》，郑州：中州古籍出版社，1985年，第126—127页。

　　④ （元）脱脱等撰：《金史》卷八《世宗本纪下》："（大定二十七年）十二月庚午，以翰林侍制赵可为高丽生日使。"第一册，第199页。

　　⑤ （金）赵可：《望海潮·发高丽作》，唐圭璋编《全金元词》，上册，第30—31页。

妓,献之作《望海潮》以赠,①为世所传"。② 可知他在当时以词章著称,并在出使之际将这首词赠送给高丽侍妓,由此在高丽广为流传。刘祁还将他这首词与蔡松年《石州慢》相互比较,认为"二词至今人不能优劣。予谓萧闲之浑厚,玉峰之峭拔,皆可人",③给予了很高的评价。

　　元代统一之后,随着高丽王室与蒙古帝国之间的关系日益密切,元人词作也时或流传至高丽。元代文人程文海(1249—1318)擅长作寿词,其中有一首《太常引·寿高丽王》颇引人注意:

　　　　沁园岁岁菊留芳。待此日、庆真王。金鼎燮和元。造寿域、同开八荒。　　河山带砺,一传千岁,地久与天长。晴日上扶桑。便先照、琼阶玉觞。④

　　近人陈匪石(1884—1959)在评论程氏词作时,说他"雄阔而不失之伧楚,蕴藉而不流于侧媚,卓然成自金迄元之一派,实即东坡之流衍也"⑤,可见就创作归趋而言,也同样和东坡颇有渊源。这首词作题中所说的"高丽王"指的应该就是当时正寓居大都的高丽忠宣王。程文海是赵孟頫的老师,和姚燧等人也有过交往,想必正是通过这层关系而向忠宣王呈献这首寿词。当时随侍在万卷堂的李齐贤自然亲眼目睹过这一场景。李齐贤的词作中有一首《太常引·暮行》,况周颐对其中佳句叹赏不已,甚至说"置之两宋名家词

---

　　① 赵可字献之。

　　② (元)刘祁:《归潜志》卷十,第117页。

　　③ (元)刘祁:《归潜志》卷十,第118页。按:蔡松年号萧闲老人,赵可号玉峰散人。

　　④ (元)程文海:《太常引·寿高丽王》,唐圭璋编《全金元词》,下册,第794页。按:"金鼎燮和元"句出韵,疑"元"当作"光"。

　　⑤ 陈匪石:《声执》卷下,《宋词举(外三种)》,第199页。

中,亦庶几无愧色"。① 虽然就内容而言,李齐贤这首词与程氏之
作并无关联,但采用了同一个词牌,也不能排除他正是通过这一途
径去熟悉、掌握《太常引》词调的可能性。

　　上述这些通过不同方式流传至高丽,甚至和高丽密切相关的
词作,数量虽然并不算多,但细究其实,还是能发现一个有意思的
现象,即这些词作大部分善于熔炼、化用前人的作品。吴激的词作
本以精于剪裁、熔铸前人佳句而著称,刘祁就此曾评论说:"彦高词
集篇数虽不多,皆精微尽善,虽多用前人诗句,其翦裁点缀若天成,
真奇作也。先人尝云,诗不宜用前人语,若夫乐章,则翦截古人语
亦无害,但要能使用尔。如彦高《人月圆》,半是古人句,其思致含
蓄甚远,不露圭角,不尤胜于宇文自作者哉!"②吴激的这首《人月
圆·宴北人张侍御家有感》相继化用杜牧《泊秦淮》"商女不知亡国
恨,隔江犹唱后庭花"、刘禹锡《乌衣巷》"旧时王谢堂前燕,飞入寻
常百姓家"、白居易《琵琶行》"座中泣下谁最多,江州司马青衫湿"
等唐人诗句,③故清人许昂霄(生卒年不详)称其"只是善于运化唐
句耳"。④ 而他的另一首词《春从天上来》,据元好问回忆:"好问曾
见王防御公玉说,彦高此词,句句用琵琶故实,引据甚明,今忘之
矣。"⑤可见也同样以善于运用典实著称。赵可的那首《望海潮》,
则相继化用《古诗十九首》"盈盈一水间,脉脉不得语"、李商隐《马
嵬》"海外徒闻更九州,他生未卜此生休"、钱起《省试湘灵鼓瑟》"曲

---

　　① (清)况周颐:《蕙风词话》卷三,唐圭璋编《词话丛编》,第五册,第4478—4479页。

　　② (元)刘祁:《归潜志》卷八,第84页。

　　③ (唐)杜牧:《泊秦淮》,《樊川文集》卷四,第70页;(唐)刘禹锡:《乌衣巷》,《刘
禹锡集》,卞孝萱校订,北京:中华书局,1990年,上册,第310页;(唐)白居易:《琵琶
引》,谢思炜校注《白居易诗集校注》卷十二,北京:中华书局,2006年,第二册,第
962页。

　　④ (清)许昂霄:《词综偶评》,唐圭璋编《词话丛编》,第二册,第1569页。

　　⑤ (金)元好问编:《中州乐府》,元好问编《中州集》附,下册,第539页。

终人不见，江上数峰青"、柳永《女冠子》"断云残雨"、白居易《赋得
古原草送别》"远芳侵古道，晴翠接荒城。又送王孙去，萋萋满别
情"等诗词成句，①也显得极为自然熨帖。

这些词作能够在高丽流传，甚至得到高丽文士的接受和欣赏，
也充分显示这些高丽文士汉学素养颇深，对中国典籍相当熟悉，而
这也会直接影响到他们的词作。李齐贤就有一首《人月圆·马嵬
效吴彦高》，直接把吴激的那首《人月圆·宴北人张侍御家有感》当
作仿效学习的对象：

> 五云绣岭明珠殿，飞燕倚新妆。小鞶中有，渔阳胡马，惊
破霓裳。　　海棠正好，东风无赖，狼藉春光。明眸皓齿，如
今何在，空断人肠。②

然而仔细比较吴激的原作和李齐贤的仿作，可以发现两者并不存
在步和的关系，虽然都旨在抒发今非昔比的感慨，但题材内容各
异。所谓的"效吴彦高"，其着眼点恐怕主要在于吴激善于剪裁、化
用前人诗句。因而李齐贤在词中也相继化用杜牧《华清宫三十韵》
"绣岭明珠殿"、李白《清平调》"可怜飞燕倚新妆"、白居易《长恨歌》
"渔阳鞞鼓动地来，惊破霓裳羽衣曲"、苏轼《眉子石砚歌赠胡闳》
"游人指点小鞶处，中有渔阳胡马嘶"、杜甫《哀江头》"明眸皓齿今

---

① 《古诗十九首》，(梁) 萧统编、(唐) 李善注《文选》卷二十九，第三册，第1347页；
(唐) 李商隐：《马嵬二首》其二，刘学锴、余恕诚著《李商隐诗歌集解》，北京：中华书局，
1998年，第一册，第307页；(唐) 钱起：《省试湘灵鼓瑟》，王定璋校注《钱起诗集校注》
卷六，杭州：浙江古籍出版社，1992年，第189页；(宋) 柳永：《女冠子》，薛瑞生校注《乐
章集校注》卷上，北京：中华书局，1994年，第45页；(唐) 白居易：《赋得古原草送别》，
谢思炜校注《白居易诗集校注》卷十三，第三册，第1042页。

② (高丽) 李齐贤：《人月圆·马嵬效吴彦高》，(韩) 柳己洙编《历代韩国词总集》，
第28页。

何在"等唐宋人诗句,①从中既可见出他颇能领会吴激词作擅长点化前人成句的特点,而在效仿过程中能得心应手,运用自如,又足见其博闻强识,腹笥充盈。因而在考察其创作过程时,显然不能脱离汉籍在韩国传播与接受的整体背景。

## 第三节　李齐贤词作在近现代
中国的传播与接受

尽管李齐贤在韩国文学史上曾经享有极高的地位,但随着时间的推移,文学风气也在不断发生转变,免不了被后起之秀所替代,甚至难免遭到后人诟病。清乾隆年间出使中国的韩国使臣李德懋(1742—1793)对此曾忿忿不平地评说道:"词林巨公每推挹翠轩为诗宗。溯以上之,推佔毕斋为第一。余尝读《益斋集》,断然以益斋诗为二千年来东方名家。其诗华艳韶雅,快脱东方僻滞之习。虽在中原,优入虞、杨、范、揭之室。成慵斋所谓'益斋能老健而不能藻者',非铁论也。以益斋而不能藻,何者果能藻乎? 今世之人,甚至不知益斋之为李齐贤者,可悲也。"②批评当时人盛称金宗直(1431—1492,号佔毕斋)、朴誾(1479—1504,号挹翠轩)等朝鲜时代的文人,对于李齐贤这样的高丽文士却不能给予公正的评价,甚至对其人其文也并不了解。他还充满遗憾地感叹说:"顾侠君编

---

① (唐) 杜牧:《华清宫三十韵》,《樊川文集》卷二,第 22 页;(唐) 李白:《清平调词三首》其二,(清) 王琦注《李太白全集》卷五,上册,第 305 页;(唐) 白居易:《长恨歌》,谢思炜校注《白居易诗集校注》卷十二,第二册,第 943 页;(宋) 苏轼:《眉子石砚歌赠胡间》,(清) 冯应榴辑注《苏轼诗集合注》卷二十四,第三册,第 1204 页;(唐) 杜甫:《哀江头》,(清) 仇兆鳌注《杜诗详注》卷四,第一册,第 331 页。

② (朝鲜) 李德懋:《清脾录》(朝鲜本)卷三"李益斋"条,与(朝鲜) 洪大容《乾净衕笔谈》合订一册,第 221 页。

《元百家诗选》,而高丽人诗无一首,以其不得见也。若赍《益斋集》赠之,其编于安南国王陈益稷之上,可胜言哉!"①认为康熙年间的学者顾嗣立(1665—1722)在编选《元诗选》时竟然未能见到李齐贤的作品,以致有遗珠之憾。李齐贤的作品在韩国本土尚且受到如此冷遇,在中国的境遇当然就更不难想见。

明、清两代词论家对于元代词坛本就不无微词,甚至有"词衰于元"的激烈批评。尽管揆诸事实,此类批评并不完全符合实际情况,大多属于求全责备的苛论,②但也确实在某种程度上影响到人们对元代词作的整体印象。因而,虽然从清代开始就有不少学者涉足于金元词作的蒐集,但基本上都是在肆力于整理校订宋人词作之馀连带而及,且关注的主要对象大多集中于虞集、赵孟頫、张翥等有限的几位词人,像李齐贤这样的异域词人根本不可能得到相应的关注。而且在此之前,李齐贤的《益斋乱稿》流传也并不广泛,甚至可称极为稀见。晚清藏书家陆心源(1834—1894)在其《皕宋楼藏书志》中曾著录旧抄本"《益斋乱稿》十卷、拾遗一卷",并扼要介绍过其编辑刊刻的过程:"是集初刊于元季,再刻于宣德,三刻于万历。此本即从万历本传录。卷一至卷四诗,卷五至卷九文,卷十词曲,拾遗则万历中其十一世孙时发所辑也。"③另一位藏书家丁日昌(1823—1882)在其《持静斋书目》中也曾著录过钞本"《益斋先生乱稿》十卷",并称"世鲜传者,可宝也"④。可见此前仅有元明

---

① (朝鲜)李德懋:《清脾录》(朝鲜本)卷三"李益斋"条,与(朝鲜)洪大容《乾净衕笔谈》合订一册,第223页。

② 参见陶然:《金元词通论》第四章"词衰于元"辨》,上海:上海古籍出版社,2010年,第90—126页。

③ (清)陆心源:《皕宋楼藏书志》,冯惠民整理《仪顾堂书目题跋汇编·皕宋楼藏书志案语摘录》,北京:中华书局,2009年,第642页。

④ (清)丁日昌:《持静斋书目》卷四,上海:上海古籍出版社,2008年,第463页。

时期的三种刻本,因而即便是藏书颇夥的专家学者,也很难经手寓目。由此也就很容易导致词学界对李齐贤其人其作知之甚少。清初浙西词派的领袖朱彝尊(1629—1709)生平所见宋元词集极多,在《书〈东田词〉卷后》中自述:"予少日不喜作词,中年始为之,为之不已,且好之,因而浏览宋元词集几二百家。"①其所编《词综》自卷二十六至卷三十均为金元词作,却并未收录李齐贤的作品。身为藏书家而又热衷于校勘词集的黄丕烈(1763—1825),生平所收藏的宋元词集也相当可观。他曾提到:"余所藏宋元人词极富,皆精钞,或旧钞而名人校藏者。"②又夸耀说:"余素不能词,而所藏宋元诸名家词独富,如《汲古阁珍藏秘本书目》中所载原稿皆在焉。"③但在《荛圃藏书题识》中也从未提及李齐贤的《益斋长短句》。

　　直至清末,李齐贤的著作才开始逐渐引起世人的关注。由伍崇曜(1819—1863)出资、谭莹(1800—1871)校勘编订的《粤雅堂丛书》率先收入李齐贤《益斋乱稿》十卷,其中第十卷就是《益斋长短句》。伍崇曜出身于广东洋商世家,而性喜搜藏古籍。④ 谭莹则是广东地区知名的藏书家和学者,曾受知于阮元。⑤ 两人通力合作完成的《粤雅堂丛书》于道光三十年(1850)至光绪元年(1875)在广

---

　　① (清)朱彝尊:《书〈东田词〉卷后》,《曝书亭题跋》卷十九,与《潜采堂宋元人集目录》《竹垞行笈书目》合订一册,上海:上海古籍出版社,2010年,第287页。

　　② (清)黄丕烈:《荛圃藏书题识》卷十"《东坡乐府》二卷"条,《黄丕烈藏书题跋集》,余鸣鸿、占旭东点校,上海:上海古籍出版社,2013年,第638页。

　　③ (清)黄丕烈:《荛圃藏书题识》卷十"《稼轩长短句》十二卷"条,《黄丕烈藏书题跋集》,第648页。

　　④ 参见梁嘉彬:《广东十三行考》第二篇第三章《广东十三行行名、人名及行商事迹考》第九节《怡和行》,广州:广东人民出版社,1999年,第282—290页;徐绍棨:《广东藏书纪事诗》,沈云龙主编《近代中国史料丛刊续编》第二十辑,与吴道镕《澹盦文存》合订一册,台北:文海出版社,1975年影印本,第159—161页。

　　⑤ 参见徐绍棨:《广东藏书纪事诗》,第161—166页;伦明:《辛亥以来藏书纪事诗》,与叶昌炽《藏书纪事诗》合订一册,上海:上海古籍出版社,1999年,第3—4页。

州付梓刊行，全书汇辑魏晋至清代各类著述，凡三编三十集，共收书二百馀种，其编辑宗旨即在于博采海内秘本珍籍，因而成为清末最有影响的综合性大型丛书。李齐贤的作品也藉此逐渐为人所知。近代藏书家邓邦述（1868—1939）曾收藏过钞本《益斋先生乱稿》，在其《群碧楼善本书录》中迻录了原收藏者方功惠（1829—1897）识语，方氏特别提及："其集《四库》未收，各家书目亦多未载，近人刻《粤雅堂丛书》收入三集。"①足见《粤雅堂丛书》本《益斋乱稿》的刊行，对于世人进一步了解、研究李齐贤大有裨益。不过方功惠也指出自己收藏的钞本"较粤雅所刻卷帙相同，诗文略多数十首"，而"《粤雅》本有许颖之跋，此本无之。此有柳、金二跋，《粤雅》又无"，②说明《粤雅堂丛书》本《益斋乱稿》在校刊过程中仍有缺漏讹脱，尚未臻精善完备。

　　在研读李齐贤诗文作品的过程中，中国学者关注的焦点一开始仍然集中在《益斋乱稿》中所保存的中国文人的作品。丁丙（1832—1899）就特别指出："中有《二陵早发》云：'将如成都，内翰赵松雪以古调一篇相送。'载入全集。今松雪集中不收。又附张希孟、元复初各一诗，均逸佚也。"③发现其中附载的赵孟頫、张养浩、元明善等中国文人的佚诗，对于李齐贤本人的创作并未多予注意。陆心源在介绍《益斋乱稿》时虽然说过："其诗文虽未足与中国诸名家校长絜短，实彼国之铮铮者。"④也只是泛泛而论，并没有实质性

---

　　①　邓邦述：《群碧楼善本书录》卷六"《益斋先生乱稿》十卷"条录方功惠跋语，与《寒瘦山房鬻存善本书目》合订一册，金晓东整理，吴格审定，上海：上海古籍出版社，2014年，第224页。

　　②　邓邦述：《群碧楼善本书录》卷六"《益斋先生乱稿》十卷"条录方功惠跋语，第224页。

　　③　（清）丁丙：《善本书室藏书志》卷三十三，光绪二十七年钱塘丁氏刊本。

　　④　（清）陆心源：《皕宋楼藏书志》，冯惠民整理《仪顾堂书目题跋汇编·皕宋楼藏书志案语摘录》，北京：中华书局，2009年，第642页。

的比较分析,更遑论深入研讨其词作的具体情况。

　　真正对李齐贤词作给予重视的中国学者,当推晚清词学家朱孝臧(1857—1931)。由他辑校的《彊村丛书》收录了宋元以来诸多名家词集,并详加校勘订正,其中就包括从《益斋乱稿》中单独抽出的《益斋长短句》。较诸上述《粤雅堂丛书》本《益斋乱稿》而言,经由朱孝臧校订的《益斋长短句》对其后的中国词学界产生了更为直接而重要的影响。《彊村丛书》曾多次增补付梓,最初在宣统三年(1911)就以《彊村所刻词》的名义刊印问世,分甲、乙、丙三编,共收宋金元词籍二十二种,附录一种,其中并无《益斋长短句》;[①]至民国年间,先后又有三次结集,其中民国六年(1917)初次编刊本中仍然未见有李齐贤作品,而至民国十年(1921)的二次编刊本中便据明刊本《益斋乱稿》校订收录了《益斋长短句》一卷,直至民国十一年(1922)的三次编刊本中相沿未改。[②]

　　词学观念上的相近,无疑是朱孝臧青睐李齐贤的一个主要原因。朱氏中年学词,原由南宋词人吴文英(1212?—1272?)《梦窗词》入手,晚年则转而肆力于苏轼《东坡词》。他为此还曾集中精力编订《东坡乐府》三卷,不仅参考明末毛晋(1599—1659)汲古阁所刻《宋六十名家词》及晚清王鹏运(1849—1904)所辑《四印斋所刻词》,对词作文字详加勘证,还参酌宋人傅藻(生卒年不详,活动于南宋末年)《东坡纪年录》、王宗稷(生卒年不详,活动于南宋绍兴年间)《东坡先生年谱》、清人王文诰(1764—?)《苏诗总案》等前人研究成果,首次对东坡词进行细致编年。至于他在创作方面所受苏词的影响,与其关系密切的友人后辈更是多有论述。夏敬观(1875—

---

　　① 参见阳海清编撰、陈彰璜参编:《中国丛书广录》所列《彊村所刻词》子目,武汉:湖北人民出版社,1999年,上册,第853页。
　　② 参见施廷镛:《中国丛书知见录》所列前后三次编刊本的子目,北京:北京图书馆出版社,2005年,第六册,第582—624页。

1953)便提到："侍郎词蕴情高复,含味醇厚,藻采芬溢,铸字造辞,莫不有来历。体涩而不滞,语深而不晦,晚亦颇取东坡以疏其气。"①张尔田(1874—1945)也强调："自来词家不知南北宋之所以不同,貌稼轩则有之矣,无一人能学东坡者。惟朱彊村侍郎词,晚年颇取法于苏。"②陈匪石(1884—1959)则同样认为:"彊村在清光、宣之际,即致力东坡,晚年所造,且有神合。"③众人都不约而同地指出朱氏晚年词作曾取径东坡。而李齐贤在创作中也有着同样的取向,这无形中就奠定了朱孝臧关注《益斋长短句》的一个重要基础。

除了创作祈向相近之外,还有一个不容忽视的时代背景。正如上文所言,《益斋长短句》的校订工作应该是在民国六年(1917)至十年(1921)期间完成的,朱孝臧之所以会动念整理李齐贤这位韩国文人的词集,也应该着眼于这个特殊的时间段,对其原因进行更深入的考查和分析。其中尤其值得关注的是自宣统二年(1910)开始,韩国正式沦为日本殖民地,此事所带给中国的强烈刺激,在某种程度上促成了朱孝臧对李齐贤作品的关注。自明治维新之后,日本即试图打破中国在亚洲的领导地位,并计划率先实施对朝鲜半岛的侵略,以便逐步向中国大陆地区扩张势力。光绪二十年(1894)甲午战争之后,中国已经丧失了在朝鲜半岛的实际影响力,而日本则开始稳步推进对韩国的侵占。甲午一役给清廷朝野上下带来了巨大的震动,尤其在士人心中,更是充满着抑郁和耻辱。而到了宣统二年(1910年)日、韩两国签署《日韩合并条约》,韩国正式开始成为日本殖民地之后,更进一步让中国感受到唇亡齿寒的

①　夏敬观:《风雨龙吟室词序》,龙榆生《忍寒诗词歌词集》序一,上海:复旦大学出版社,2012年,第3页。

②　张尔田:《龙榆生词序》,载龙榆生《忍寒诗词歌词集》,第5页。

③　陈匪石:《声执》卷下,《宋词举(外三种)》,第204页。

危机已经迫在眉睫。从当时不少人的诗文中都可以明显感受到这一点,如康有为(1858—1927)《闻高丽亡,日俄协约且有蒙古、辽东之约,痛慨感赋三章》其三云:"琉球高丽谁为尽,瀚海辽河更可虞。"①梁启超(1873—1929)《朝鲜哀词五律二十四首》其二十三云:"殷鉴何当远,周行亦非赊。哀哀告我后,覆辙是前车。"②章太炎(1869—1936)《哀韩赋》云:"横览兮夏王之九州,极目兮徼外之废丘。"③陈寅恪(1890—1969)《庚戌柏林重九作,时闻日本合并朝鲜》云:"兴亡今古郁孤怀,一放悲歌仰天吼。"④虽然每个人的政治立场不同,学术背景各异,但流露出来的殷忧和愤懑却并无差异。吕思勉(1884—1957)在陈述这段历史时,甚至痛心疾首地将朝鲜沦亡视为国耻:"从此以后,世界各国的地图上,就没有韩国这两个字了。然而我们却笑不得他,古语道:'兔死狐悲,物伤其类。'我们中国做了朝鲜几千年的上国,眼睁睁看他灭亡了,不曾能毂救助他,如何还好笑他呢?"⑤而戴季陶(1881—1949)的一番时评也许最能真切地道出当时中国人的心声:

> 韩国者,吾国三千馀年之属国也,其地则属吾国疆域,其人则与吾国同族,其文字则吾国之国风,其政治风俗则吾国之

---

① 康有为:《闻高丽亡,日俄协约且有蒙古、辽东之约,痛慨感赋三章》,《康南海先生诗集》卷十二《憇园诗集》,姜义华、张荣华编校《康有为全集》第十二集,北京:中国人民大学出版社,2007年,第319页。

② 梁启超:《朝鲜哀词五律二十四首》,《饮冰室合集》卷四十五(下),北京:中华书局,1988年,第50页。

③ 章太炎:《哀韩赋》,《太炎文录初编·文录》卷二,《章太炎全集》(四),上海:上海人民出版社,1985年,第236页。

④ 陈寅恪:《庚戌柏林重九作,时闻日本合并朝鲜》,《陈寅恪诗集 附唐篔诗存》,北京:清华大学出版社,1993年,第1页。

⑤ 吕思勉:《国耻小史》第十四章《日俄之战及朝鲜灭亡》,载作者《中国近代史八种》,上海:上海古籍出版社,2008年,第472页。

遗范,是则韩国之存亡问题,即吾国国权之消长问题,亦即吾国实力之增减问题。韩存虽于吾国全部无绝大关系,而亡则吾国政治、军事、实业等之受祸,实有不胜枚举者。……韩亡则满洲亡,满洲亡则内地之日本势力益盛,大好神州恐将变为岛夷之殖民地矣。①

由于中、韩两国长期保持着密切的宗藩关系,加之对当下国势日趋衰颓的深切关注,中国人对于韩国沦为日本殖民地显然有着感同身受的屈辱和伤痛。因而,正像历史学家所分析的那样,"中国当时的处境仅仅差强韩国,朝野心思被一连串重大事件占据着。虽然如此,中国政府及人民并未忽略朝鲜半岛的政情演变,并未忘怀韩国及其人民,对日本亡韩的每一步,及韩国人民的反应密切注意"②。这种对于韩国的强烈关切既包含着同病相怜的同情,又充满了引以为鉴的自省。而就朱孝臧一贯的行为处事来看,对于时局始终抱持着密切的关注,绝不会因埋首故纸而不理世事。有学者早已指出,清末民初的词学界受到国粹派思想影响,"希望以复古激发革命,其前提条件就是保存古代文献,并从中挖掘当代的意义","而词学界在这种保存国粹的学术思想背景下,兴起了将词籍视为国粹,进行彻底整理,加以保存的自觉的大规模的词籍校勘整理活动,由此也给词籍整理第一次带来了很强的目的性",③而朱孝臧无疑就是其中最重要的代表人物。张尔田在评论朱孝臧的创

---

① 戴季陶:《日韩合邦与中国之关系》,唐文权、桑兵编《戴季陶集》,武汉:华中师范大学出版社,1990 年,第 29—31 页。

② 张存武:《中国对于日本亡韩的反应》,载作者《清代中韩关系论文集》,台北:台湾商务印书馆,1987 年,第 402—403 页。

③ 张晖:《论清季民初词籍校勘之兴起》,原载《清代文学研究集刊》第一辑,又收入张霖编《张晖晚清民国词学研究》,南京:南京大学出版社,2014 年,第 17—18 页。

作时就提到："古丈词，故国之悲、沧桑之痛，触绪纷来，一篇之中，三致意焉，有不待按合时事而知之者。"①朱氏弟子龙榆生(1902—1966)同样指出："彊村先生四十始为词。时值朝政日非，外患日亟，左衽沉陆之惧，忧生念乱之嗟，一于倚声发之。故先生之词，托兴深微，篇中咸有事在。"②都强调朱氏词作具有感怀时世、寄兴深微的特点。熟悉晚清时事的李岳瑞(1862—1927)则感慨"二十年来，中外多故。词人哀时闵世，不敢显言，往往托为吊古咏物之作，以寄其幽忧忠爱之志，非得同时人为之笺解爬梳，数十年后读者，不复知为何语矣"，在他看来，朱孝臧的词作正是"多有涉及时事者"，因而迻录数篇予以诠解。③ 尽管无法逐一坐实其全部词作的创作本事，但从常情来推断，朱氏对韩国沦亡的消息又怎会无动于衷？校订高丽文人李齐贤的《益斋长短句》，显然也正寄寓着对现实的感喟和隐忧。可资旁证的还有同时期另两位学者的反应，一位是知名的藏书家邓邦述(1868—1939)，另一位则是时任北京大学教授的词学家刘毓盘(1867—1928)。邓邦述在 1914 年撰写的一则题跋中提及家藏旧抄本《益斋长短句》，深有感触地说道：

> 高丽为吾属国，观其前后诸跋，皆具本国官阶，而奉元明正朔，亘千年中，事大弥谨，乃及吾身而其国竟亡，阅之有馀喟焉。④

刘毓盘曾编纂过《唐五代宋辽金名家词集》，其中一部分为《高丽人

---

① 张尔田：《四与榆生论彊村词事书》，载龙榆生主编《词学集刊》第一卷第四号，上海：上海书店，1985 年影印本，第 195 页。

② 龙榆生：《彊村本事词》，《龙榆生词学论文集》，上海：上海古籍出版社，1997 年，第 471 页。按：整理者原施标点有误，已径改正。

③ 李岳瑞：《春冰室野乘》卷下《都门词事汇录》，《关中丛书》本。

④ 邓邦述：《群碧楼善本书录》，与《寒瘦山房鬻存善本书目》合订一册，第 224 页。

词》，其后有识语云：

> 高丽自箕子以来为我属国，其国人能词者，元则李齐贤，有《益斋长短句》，见朱孝臧《彊村丛书》。……甲午之败，中日合盟，以高丽为独立国，不数年而见并于日本。志士遗臣，万死以谋复国，仆而复起。吁！莫谓秦无人也。①

两人都触景伤情，感怀今古，由李齐贤的词作联想到当下韩国沦亡的时事，后者所见的正是《彊村丛书》中所收录的《益斋长短句》。朱孝臧逝世之后，陈三立（1853—1937）在所撰墓志铭中特别强调朱氏"晚处海滨，身世所遭，与屈子泽畔行吟为类，故其词独幽忧怨悱，沈抑緜邈，莫可端倪。太史迁释《离骚》，明其称文小而其指极大，举类迩而见义远，其志洁，故其称物芳，固有旷百世与之冥合者，非可伪为也。所辑唐宋金元百六十三家词，取善本勘校，最完美。……三立与公游处久，故哀其志行，不徒以词人传也"②，将其晚年遭际和创作与泽畔行吟的屈原相提并论；即便提及词籍校勘的内容，也同样着力表彰其志行高洁而不是仅仅着眼于词章。再联系到曹元忠（1865—1923）、沈修（1862—1921）两位当初为《彊村丛书》所撰的序言，一则曰："恐再阅百年，即此总集、别集百数十家，亦将灰飞烟灭，不及时整娖，安知不如刘向所言，为其俎豆筦弦之间，小不备，绝而不为，大不备，或莫甚焉，不得不尽力以为之乎？"③再则

---

① 刘毓盘辑：《唐五代宋辽金名家词集》，民国十四年铅印本。

② 陈三立：《清故光禄大夫礼部右侍郎朱公墓志铭》，载朱孝臧辑校编撰、夏敬观手批评点：《彊村丛书　附遗书》，上海：上海古籍出版社，1989 年，第十册，第 8721—8722 页。

③ （清）曹元忠：《彊村丛书序》，载朱孝臧辑校编撰、夏敬观手批评点《彊村丛书附遗书》卷首，第 2b 页。

曰:"若夫伤人伦之废,哀刑政之苛,吟咏性情,以风其上,达于事变,怀其旧俗,则文章作者胥然,更奚择乎诗骚? 得斯谊,成词集而行之,先生功则盛已。"①都将校勘词集视为发覆抉微、存亡继绝之举,然则朱孝臧当年决定校订《益斋长短句》,并将之作为整部《彊村丛书》的殿后之作,毫无疑问正寄托着某种对时局的强烈关切。

从文献整理的角度来看,《彊村丛书》也达到了相当精深的程度,正如后人所总结评述的那样,"词籍丛刻之既有广搜博采之实,又长考订校雠之功,就为朱孝臧《彊村丛书》所独擅了。词籍校勘的专门之学,也由此而终于完善"。②其实这一点早在当时就得到众人公认,沈曾植(1850—1922)在《彊村校词图序》中说:"盖校词之举,鹜翁造其端,而彊村竟其事,志益博而智专,心益勤而业广。"③认为朱孝臧继王鹏运(号鹜翁)之后,殚精竭虑,旁搜博采,最终才完成这部巨帙的校订。龙榆生在《研究词学之商榷》中也介绍说:"光绪间,临桂王鹏运与归安朱彊邨先生,合校《梦窗词集》,创立五例(详四印斋本《梦窗甲乙丙丁稿》),藉为程期,于是言词者始有'校勘之学'。其后《彊村丛书》出,精审加于毛、王诸本之上,为治词者所宗。"④指出朱孝臧此前曾与王鹏运合作校订词集,积累了丰富的经验,而《彊村丛书》因体例周详、校勘细致,遂能后出转精,超迈前人。

---

① (清)沈修:《彊村丛书序》,载朱孝臧辑校编撰、夏敬观手批评点《彊村丛书　附遗书》卷首,第5b页。

② 吴熊和:《〈彊村丛书〉与词籍校勘》,载作者《唐宋词通论》附录,杭州:浙江古籍出版社,1989年,第412页。

③ (清)沈曾植:《彊村校词图序》,载龙榆生辑录《彊村校词图题咏》,朱孝臧辑校编撰、夏敬观手批评点《彊村丛书　附遗书》,第8730页。

④ 龙榆生:《研究词学之商榷》,原载《词学集刊》第一卷第四号,又收入《龙榆生词学论文集》,第89页。

尽管《彊村丛书》本《益斋长短句》只是依照明刊本《益斋乱稿》付梓,个别细节尚存讹误缺漏,有待进一步完善,①但已经为后人奠定了较为坚实的基础,最直接的影响便是促成唐圭璋(1901—1990)对李齐贤词作的进一步整理。从 1931 年起,唐圭璋就着手编纂《全宋词》,而"在辑宋人词的同时,也辑金、元人词",②并最终完成《全金元词》的辑录工作。在此过程中,便颇多受惠于《彊村丛书》。唐圭璋在回顾总结自己的工作时坦言:

> 前人辑录唐宋词集,往往兼及金元,如明吴讷辑《唐宋名贤百家词》即有金三家、元八家。清初侯文灿辑《十名家词》即有元三家。清末,王鹏运、江标、吴重熹、吴昌绶、陶湘、刘毓盘、朱孝臧等辑刊词集,盛极一时。朱刻《彊村丛书》搜集尤富,凡金五家,元五十家。其后赵万里、周泳先等复有补辑。是编意在保存金元两代词篇,综合诸家,益以新辑,并据南京图书馆所藏丁氏八千卷楼善本词集及北京图书馆所藏善本词集校补。③

可见在其辑校整理的过程中,对《彊村丛书》相当倚重,对其得失利弊自然也会有相当全面而深刻的体会。唐圭璋在 1978 年曾发表《〈彊村丛书〉中所刻元词补正》一文,再次强调"清末,朱孝臧校刻

---

① 例如其中《木兰花慢·长安怀古》一首结句:"看取麒麟图画,□馀马鬣蓬蒿。"脱漏了一字。其后唐圭璋编《全金元词》虽然用明万历刊本参校,也未能补出此字。而据高丽刊本《益斋乱稿》,所缺一字当为"唯"。

② 唐圭璋:《自传及著作简述》,载作者《梦桐词》,南京:江苏古籍出版社,1987年,第 132 页。

③ 唐圭璋:《全金元词·凡例》,唐圭璋编《全金元词》,北京:中华书局,1979 年,上册,第 1 页。

《彊村丛书》,为近代搜罗最富、校订最精之词学丛书",与此同时也指出"其中元词,由于原据底本未审,或由于刻工误刻,未能即时校改,以致脱误较多"①。在随后所举的例证中,恰好也有一条涉及李齐贤词作的文字校勘:

> 　　原用明刊《益斋乱稿》本,兹据万历刊本《益斋乱稿》校订,一处有误。《巫山一段云》"绝壁开嵌窦"一首:"唯期驻鹤仙。""唯",万历刊本作"谁",是。②

利用另一种明万历刊本,来纠正《彊村丛书》所据底本的舛误。尽管如此,在 1979 年正式出版的《全金元词》中,唐圭璋在李齐贤部分的最后加有按语云:"《彊村丛书》用明刊《益斋乱稿》本,不知用何本,其中有误字,兹据南京图书馆藏明朝万历刊本校改。"③可知仍然是以《彊村丛书》本作为底本,再辅之以别本校勘。由此也足证《彊村丛书》校订精审,依然值得信赖。

唐圭璋在 1986 年又发表了一篇《读词四记》,其中有"雪里何人开杜鹃"一则,再次涉及李齐贤词句的校勘问题:

> 　　元高丽(今朝鲜)李齐贤服官元初,有《益斋长短句》,刻入《彊村丛书》。过镇江鹤林寺,有《鹧鸪天》云:"……雪里何人开杜鹃……"余初据万历刊本《益斋乱稿》改"开杜鹃"为"闻杜鹃",以为"开"与"闻"为形近之误。顷见《域外词选》既未注"开杜鹃"本事,又疑"开"为"闻"之误。其实"开"不误,明万历

① 唐圭璋:《〈彊村丛书〉中所刻元词补正》,原载《〈大公报〉三十周年纪念论文集》,又收入作者《词学论丛》,上海:上海古籍出版社,1986 年,第 78 页。
② 唐圭璋:《〈彊村丛书〉中所刻元词补正》,《词学论丛》,第 102 页。
③ 唐圭璋编:《全金元词》,下册,第 1031 页。

本妄改"闻"为误。兹注其本事以补《域外词选》之遗。本事原
见《太平广记》五十二引《续仙传》,后阮阅《诗话总龟》前集四
十五亦引其事。①

随后即节引其事,以辨正原作"开"字并无错讹。唐氏在文中提及
的《域外词选》系由夏承焘(1900—1986)选校,张珍怀(1917—
2005)等注释,于 1981 年由书目文献出版社出版。此书于"雪里何
人开杜鹃"句下有注云:"'开'疑'闻'之误。"②《域外词选》所录李
齐贤词原来是依照《彊村丛书》本的,但这条注释则明显受到唐圭
璋的启发,因为在《全金元词》中此句作"雪里何人闻杜鹃",并有校
记云:"原误作'开',据明钞万历刊本改。"③夏承焘与唐圭璋交谊
深厚,对挚友此前刚出版不久的《全金元词》当然会予以特别的留
意。只是始料未及,没想到唐氏在经过一番仔细考索之后,最后居
然又推翻自己的判断。直至 1985 年《域外词选》一书第三次印刷
时,原来的那条注释才参酌唐圭璋最终的意见,修改成"据《续仙
传》云:殷七七有异术,尝于重九使鹤林寺杜鹃烂漫如春",以说明
"雪里何人开杜鹃"句实有出典,并无讹误。④ "开杜鹃"和"闻杜
鹃"之间虽然仅有一字之别,唐圭璋却并未掉以轻心,即便有版本
依据可资校改,还是反复求证,以求真是。夏承焘曾盛赞唐圭璋在
校勘词集时"繁征博稽,不苟一字。其用力之劬,洵可平视汲古而

---

① 唐圭璋:《读词四记》,原载《社会科学战线》1983 年第三期,又收入作者《词学论
丛》,第 706 页。
② 夏承焘选校,张珍怀、胡树淼注释:《域外词选》,北京:书目文献出版社,1981
年版,1981 年第一次印刷本,第 100 页。
③ 唐圭璋编:《全金元词》,第 1025 页。
④ 夏承焘选校,张珍怀、胡树淼注释:《域外词选》,北京:书目文献出版社,1981
年版,1985 年第三次印刷本,第 100 页。

仰攀彊村矣",①由此可见,洵非虚语。而与此同时,也充分说明朱孝臧在校订词集时虽然偶有"实事求是,不妨改字"的情况,②但基本上还是极为审慎细致,保持着多闻阙疑、矜慎去取的态度。

李齐贤的词作此前在中国并未受到重视,明清两代的词论中从未对其有过任何评价。不过在朱孝臧《彊村丛书》刊行之后,民国初期的词学评论界开始逐步关注起《益斋长短句》,最有代表性的便是另一位词家况周颐(1859—1926)。况周颐于辛亥之后移居上海,和朱孝臧多有交往切磋,在词学方面受到朱氏影响颇深。他在《餐樱词自序》中自陈:"壬子以还,辟地沪上,与沤尹以词相切磋。③ 沤尹守律綦严,余亦恍然向者之失,断断不敢自放。……人不可无良师友,不信然欤!"④赵尊岳(1898—1965)在《蕙风词史》中也记载了况、朱两人当时交游的情况:"自辛亥来沪,与彊村侍郎游,同音切磋,益臻严谨,于是四声相依,一字不易。盖先生不特词境之日深,亦词律之日鹄矣。……其于彊翁推挹情亲,辄托于词。"⑤都说明况周颐后期词作颇受朱孝臧的影响和引导,对于朱氏倾力辑校的《彊村丛书》自然会特别予以关注。况周颐对李齐贤词作极为称赏,在《蕙风词话》中曾再三致意,甚至对个别词句也极为关注,详加考订,如云:

　　李齐贤字仲思,辽时高丽国人,有《益斋长短句》。《鹧鸪

　　① 夏承焘:《元名家词辑序》,《夏承焘集》,第八册,第241页。
　　② (清)曹元忠:《彊村丛书序》,载朱孝臧辑校编撰、夏敬观手批评点《彊村丛书附遗书》卷首,第1a页。
　　③ 朱孝臧号沤尹。
　　④ (清)况周颐:《餐樱词自序》,秦玮鸿校注《况周颐词集校注》,上海:上海古籍出版社,2013年,第535页。
　　⑤ 赵尊岳:《蕙风词史》,载龙榆生主编《词学季刊》第一卷第四号,第84页。

天》云:"饮中妙诀人如问,会得吹笙便可工。"宋谚谓"吹笙"为"窃尝"。芦川词《浣溪沙》序云:"范才元自酿,色香玉如,直与绿萼梅同调,宛然京洛风味也。因名曰萼绿春,且作一首,谚以'窃尝'为'吹笙'云。"词后段:"竹叶传杯惊老眼,松醪题赋倒纶巾。须防银字暖朱唇。""窃尝",尝酒也,故末句云云。仲思居中国久,词用当时谚语,略与张仲宗意同,资谐笑云尔。《织馀琐述》云:"乐器竹制者唯笙,用吸气吸之,恒轻,故以喻'窃尝'。"①

联系宋人张元幹(1091—1161)词作中的内容,来考察李氏词中"吹笙"的具体所指以及用意所在。在此稍前,谢章铤(1821—1904)在《赌棋山庄词话》中已经述及:"宋时谚,谓'吹笙'为'窃尝',见张仲宗《芦川词》。"②但只是提到"吹笙"一语始见于张元幹词而已,对原文还颇有误解,③并未像况氏这样进行过细致的考订。况周颐甚至还征引自己旧著《织馀琐述》中的内容,④进一步分析宋人用"吹笙"喻"窃尝"的原因所在。足见况氏在研读李齐贤词时兴致颇高,毫不随意轻忽。《织馀琐述》约撰成于民国八年(1919),⑤《蕙风词话》中的这则内容应该写于其后。从时间上推断,他当时寓目

---

① (清)况周颐:《蕙风词话》卷三,唐圭璋编《词话丛编》本,第五册,第4478页。

② (清)谢章铤:《赌棋山庄词话》卷四,唐圭璋编《词话丛编》本,第四册,第3375页。按:原施标点有误,已径改正。

③ (清)况周颐《织馀琐述》在引录谢章铤之说后曾说:"谚谓窃尝为吹笙,如谓吹笙为窃尝,则误矣。"孙克强辑考:《蕙风词话　广蕙风词话》下编卷三《织馀琐述》,郑州:中州古籍出版社,2003年,第187页。

④ 《织馀琐述》于初刊时作者署名为"吴县况卜娱清姒",乃况周颐托名于其夫人所为。参见施蛰存主编《词学》第五辑所载《织馀琐述》整理本后所附施蛰存跋语,上海:华东师范大学出版社,1985年,第253—254页。

⑤ 参见郑炜明:《况周颐年谱》,上海:上海古籍出版社,2009年,第297页。

的《益斋长短句》应当就是出自朱孝臧在民国十年(1921)二次编刊的《彊村丛书》。① 在研读《益斋长短句》时，李齐贤的创作水准也令况周颐感到意外：

> 益斋词《太常引·暮行》云："灯火小于萤。人不见、苔扉半局。"《人月圆·马嵬效吴彦高》云："小鼙中有，渔阳胡马，惊破霓裳。"《菩萨蛮·舟次青神》云："夜深蓬底宿，暗浪鸣琴筑。"《巫山一段云·山市晴岚》："隔溪何处鹧鸪鸣，云日翳还明。"前调《黄桥晚照》云："夕阳行路却回头，红树五陵秋。"此等句，置之两宋名家词中，亦庶几无愧色。②

况氏曾指点后学道："两宋人词宜多读、多看，潜心体会。"③又说："唐五代至不易学，天分高不妨先学南宋，不必以南宋自画也；学力专不妨先学北宋，不必以北宋鸣高也。词学以两宋为指归，正其始毋歧其趋可矣。"④而此处逐一摘取李齐贤的词句，将之与两宋诸名家等量齐观，钦挹之情溢于言表。况周颐还着重评析过《益斋长短句》中的写景佳句，以见其用笔精妙：

> 益斋词写景极工。《巫山一段云·远浦归帆》云："云帆片

---

① 虽然况周颐在《蕙风簃随笔》中曾提及："高丽词人李齐贤《益斋长短句》一卷，刻入《粤雅堂丛书》。"(唐圭璋编：《蕙风词话续编》卷二，唐圭璋编《词话丛编》，第五册，第4572页。)时间恐在二次编刊本《彊村丛书》问世之前，而且仅有如此简略的记载，未必就仔细研读过。

② (清)况周颐：《蕙风词话》卷三，唐圭璋编《词话丛编》，第五册，第4478—4479页。

③ (清)况周颐：《蕙风词话》卷一，唐圭璋编《词话丛编》，第五册，第4417页。

④ 赵尊岳：《〈蕙风词话〉跋》引况周颐语，孙克强辑考《蕙风词话　广蕙风词话》附录一，第452页。

片趁风开,远映碧山来。"笔姿灵活,得帆随湘转之妙。《北山烟雨》云:"岩树浓凝翠,溪花乱泛红。断红残照有无中,一鸟没长空。""浓凝"、"乱泛",叠韵对双声,与史邦卿"因风飞絮,照花斜阳"句同,益斋乃无心巧合耳。①

对其遣词造语时的匠心独运赞不绝口,甚至和南宋词人史达祖(1163—1220)的词句作比较。《蕙风词话》对史达祖的这两句词也有过评论:"《寿楼春》,梅溪自度曲,前段:'因风飞絮,照花斜阳。'后段:'湘云人散,楚兰魂伤。''风'、'飞','花'、'斜','云'、'人','兰'、'魂',并用双声叠韵字,是声律极细处。"②况周颐在《眉庐丛话》中还特别强调史氏词中"'风'、'飞'双声,'花'、'斜'叠韵,于词律为一定而不可易。填此调者,必当遵之,近人有罕知者"③。因而,李齐贤虽然可能只是"无心巧合",但身为异域词人已实属难能可贵了。

尽管况周颐曾说过:"余癖词垂五十年,惟校词绝少。窃尝谓昔人填词,大都陶写性情、流连光景之作。行间句里,一二字之不同,安在执是为得失?乃若词以人重,则意内为先,言外为后,尤毋庸以小疵累大醇。士生今日,载籍极博,经史古子,体大用闳,有志校勘之学,何如择其尤要,致力一二。词吾所好,多读多作可耳。校律犹无容心,矧校字乎?"④似乎对校勘词籍之举并不以为然,但

---

① （清）况周颐:《蕙风词话》卷三,唐圭璋编《词话丛编》,第五册,第4479页。

② （清）况周颐:《蕙风词话》卷二,唐圭璋编《词话丛编》,第五册,第4441页。标点略有增改。按:况周颐《历代词人考略》卷三十四"史达祖"条也有类似的论述,可以参考,见孙克强辑考《蕙风词话　广蕙风词话》下编《历代词人考略》卷三十四,第360页。

③ （清）况周颐:《眉庐丛话》,太原:山西古籍出版社,1995年,第225页。

④ （清）况周颐:《蕙风词话》卷一,唐圭璋编《词话丛编》,第五册,第4421页。

"校词绝少"并非"校词绝无",①随手翻开他的词集,其实并不乏协
助王鹏运、朱孝臧等师友校勘词籍的记录。他在这里无非是为了
彰显自己较诸同侪更善于品评议论,校订文辞不过是当行本色之
外的馀事罢了。从他对李齐贤的评骘中,也确实可以看出他深入
研读、精细分析的特点。

　　另一位对李齐贤词作进行深入研究的现代学者是上文已经提
及的夏承焘。夏承焘自 1929 年起向朱孝臧请益,并深得朱氏的赏
识与指点,对其日后肆力于词学研究影响深远。他晚年曾回忆过
这段经历:"能有机会得到彊村老人的教诲,这对于我这个由自学
入门的词学爱好者说来,实在难得。那期间,直到彊村老人病逝为
止,我们通了八九回信,见了三四次面。每次求教,老人都十分诚
恳地给予开导。老人博大、虚心,态度和蔼,这对于培养年青人做
学问的影响极大。几十年来,这位老人始终给我留下深刻的印
象。"②夏承焘晚年撰有《瞿翁论词绝句》,以七绝的形式论列历代
词作的发展嬗变,在《前言》中介绍了撰述的经过:

　　　　予年三十,谒朱彊村先生于上海。先生见予论辛词"青兕
　　词坛一老兵"绝句,问:"何不多为之?"中心藏之,因循未能着
　　笔。六十馀岁,禁足居西湖,乃陆续积稿得数十首,亦仓促未写
　　定。一九七三年春,无聊检箧得之,取以相玩,谓稍加理董,或
　　可承教通学。爰以暇日,同斟酌疏释。近三年来,以宿疾来京
　　治疗,出版单位诸同志时来督勉,乃随改随增,至一九七八年初

---

　　① 参见张晖:《况周颐"校词绝少"发微》,原载《文学遗产》2008 年第 3 期,又收入
张霖编《张晖晚清民国词学研究》。
　　② 夏承焘讲、怀霜整理:《我的治学道路》,中国科学院浙江分院语言文学研究室
编《治学偶得》,杭州:浙江人民出版社,1962 年。

春脱稿,共得八十馀首。上距初谒彊村先生时,将五十年矣。①

可知撰著此书也出于朱孝臧的勖勉鼓励。书中专设《外编》部分,评论日本、韩国、越南等周边国家的词人词作。其中有《朝鲜李齐贤》一首:

> 北行苏学本堂堂,天外峨眉接太行。谁画遗山扶一老?
> 同浮鸭绿看金刚。

在诗后所附《注释》中,特别提到"朱孝臧《彊村丛书》载其《益斋长短句》一卷,凡五十四首"。② 显然最初正是通过《彊村丛书》来了解李齐贤其人其词的。而在此后的《题解》中则对李齐贤的创作做了一番整体评价:

> 益斋一生行历,约当我国元代的终始。两宋之际,苏学北行,金人词多学苏。元好问(遗山)在金末,上承苏轼,其成就尤为突出。益斋翘企苏轼,③其词如《念奴娇·过华阴》、《水调歌头·过大散关》、《望华山》,小令如《鹧鸪天·饮麦酒》、《蝶恋花·汉武帝茂陵》、《巫山一段云·北山烟雨》、《长湍石壁》等,皆有遗山风格。在朝鲜词人中,应推巨擘。④

---

① 夏承焘:《瞿翁论词绝句·前言》,《夏承焘集》,第二册,第505页。

② 夏承焘:《瞿翁论词绝句·外编·朝鲜李齐贤》,《夏承焘集》第二册,第593页。

③ 夏承焘在所编《域外词选》中也曾迻录《瞿翁论词绝句》中论域外词人的几首作品,在李齐贤部分的这句之后又加上"其词虽动荡开阖,尚有不足",则评价更为周全细致。见《域外词选》,第4页。

④ 夏承焘:《瞿翁论词绝句·外编·朝鲜李齐贤》,《夏承焘集》第二册,第593—594页。

将其创作特征和所处时代联系起来进行考察,尤其指出其词风与元好问相近。《霜翁论词绝句》中另有两首专论元好问,其中一首云:"纷纷布鼓叩苏门,谁扫刁调返灏浑?手挽黄河看砥柱,乱流横地一峰尊。"①诗后所附《题解》则云:"苏轼集传到北方以后,金人学苏词的不少,但谁能扫去刁调小声而返到灏浑的大气派呢?元好问在金末,上承苏轼,卓有成就。他的词大气灏浑,如赋三门津有'万象入横溃,依旧一峰闲',可作为他的词集《遗山乐府》的赞语。"②所述可以和李齐贤部分的议论相互参照,从中不难勾勒出"东坡—遗山—益斋"三者一脉相承的渊源关系,对于准确把握李齐贤在词史上的地位颇有参考价值。

夏承焘还主持编纂《域外词选》,对于进一步推广李齐贤词作起到很大的作用。他在此书《前言》中交代过编选的缘由:

> 予往年泛览词籍,见自唐、五代以来,词之流传,广及海外,如东邻日本、北邻朝鲜、南邻越南各邦的文人学士,他们克服文字隔阂的困难,奋笔填词,斐然成章,不禁为之欢欣鼓舞。爰于披阅之际,选其尤精者,共得一百馀首,名之曰《域外词选》,目的在于促进中外文化交流。③

就夏承焘毕生的治学趋向而言,体现出推尊词体的鲜明特色。施议对在《夏承焘与中国当代词学》中就明确提到:"先生认定目标,专致治词,乃以尊体自命,以前辈为师承,并自勉为学者。他是作

---

① 夏承焘:《霜翁论词绝句·元好问》,《夏承焘集》第二册,第559页。
② 夏承焘:《霜翁论词绝句·元好问》,《夏承焘集》第二册,第560页。
③ 夏承焘选校,张怀珍、胡树森注释:《域外词选》,第1页。

为尊体派的代表人物而驰骋于南北词坛的。"①《域外词选》编选域外词人的诸多词作,藉以彰显词体在整个汉字文化圈中的影响,无疑也是推尊词体的一个重要手段。全书分日本词、朝鲜词和越南词三部分,并附录李珣词一家,朝鲜词部分仅以李齐贤一人作为代表,可见钦佩推挹之至。除此之外,尽管《前言》中说"选其尤精者,共得一百馀首",实际上李齐贤的现存五十三首词作已经悉数入选,毫无删汰,篇幅几近全书的一半,由此也足以彰显其受重视的程度。在作者介绍部分,有一些涉及对李齐贤词作内容的评价:

> 其词写景极工,笔姿灵活。山河之壮,风俗之异,古圣贤之遗迹,凡闳博绝特之观,皆已包括在词内。②

显然又参考过况周颐《蕙风词话》中"益斋词写景极工"、"笔姿灵活"等评论。从学术渊源而言,夏承焘也确实受惠于况周颐颇多,在早年的日记中就已言及:"灯下阅《蕙风词话》,间参己见,笔之于上,渐有悟入处。拟遍阅《彊村丛书》及《四印斋所刻词》,着手效况翁为之,留待十年后见解较老时再是正之。"③可知早有计划将《蕙风词话》与《彊村丛书》等比照研读,并希望待自己学识增长、见解成熟之后能够效法况周颐去评骘历代词作。就夏承焘在评论李齐贤词作时,极为注意参酌吸取朱、况两家的整理、研究成果而言,确实与其早年设定的研究规划颇为吻合。

明清两代出现过不少影响深远的词选总集,其中一些也曾选

---

① 施议对:《夏承焘与中国当代词学》,载王瑶主编《中国文学研究现代化进程》,北京:北京大学出版社,1996年,第527页。

② 夏承焘:《域外词选》,第93页。

③ 夏承焘:《天风阁学词日记》"1929年2月6日"条,《夏承焘集》,第五册,第73页。

录过元人的词作，如卓人月《古今词统》，杨慎《词林万选》，陈耀文《花草粹编》，程敏政《天机馀锦》，朱彝尊等《词综》，先著、程洪《词洁》《御选历代诗馀》等，但作为域外词人的李齐贤，并没有受到任何关注。而由现代学者主持编纂的一些词籍，却开始转变观念，选录、赏鉴部分李齐贤词作，姑举其中最有影响的几种，如夏承焘、张璋编《金元明清词选》选录《人月圆》（"五云绣岭明珠殿"）、《巫山一片云》（"南浦寒潮急"）、《太常引》（"栖鸦去尽远山青"），共三首词作①；王步高主编《金元明清词鉴赏辞典》选录《江神子》（"银河秋畔鹊桥仙"）、《水调歌头》（"行尽碧溪曲"）、《巫山一段云》（"南浦寒潮急"）、《巫山一段云》（"潮落蒹葭浦"），共四首词作②；唐圭璋《金元明清词鉴赏辞典》选录《浣溪沙》（"旅枕生寒夜凄惨"）、《巫山一段云》（"远岫留残照"）、《巫山一段云》（"暗澹青枫树"）、《太常引》（"栖鸦去尽远山青"）、《鹧鸪天》（"夹道幽篁接断山"）、《蝶恋花》（"石室天坛封禅了"）、《满江红》（"汉代文章"），共七首词作③；钱仲联等撰《元明清词鉴赏辞典》选录《菩萨蛮》（"长江日落烟波绿"）、《太常引》（"栖鸦去尽远山青"）、《水调歌头》（"行尽碧溪曲"），共三首词作④。这些选本均有详尽的注释或鉴赏，对于读者进一步了解李齐贤词作而言，起到了非常重要的推动作用。而追根溯源，则与上述朱孝臧、况周颐、唐圭璋、夏承焘等近现代词学研究代表人物对于李齐贤词的整理、研究密不可分。

---

① 夏承焘、张璋编：《金元明清词选》，北京：人民文学出版社，1983年。
② 王步高主编：《金元明清词鉴赏辞典》，南京：南京大学出版社，1989年。
③ 唐圭璋主编：《金元明清词鉴赏辞典》，南京：江苏古籍出版社，1989年。
④ 钱仲联等撰：《元明清词鉴赏辞典》，上海：上海辞书出版社，2002年。

# 结　语

　　"域外汉籍传播"为考察"中韩词学交流"提供了一个崭新的视角,因为这里所强调的并不是在以往研究中所侧重的从中国向韩国的单向文化输出,而是着重凸显中、韩之间双向互动的典籍流通。这种传播是在多个不同层面同时展开的,其中既存在中国文献典籍在韩国的传播与接受(如陆机《文赋》、锺嵘《诗品》、苏轼《东坡乐府》等),又包含韩国对中国文献典籍的笺注、选评和翻刻(如佚名《樊川文集夹注》、蔡正孙《精刊补注东坡和陶诗话》、元好问《遗山乐府》等),乃至韩国汉文典籍往中国的反向输入(如李齐贤《益斋长短句》等),有时甚至还会呈现往复叠加的交流与互动(如许楚姬诗词在中、韩两国的刊刻、编选与流传,从李仁老《潇湘八景》诗发展到李齐贤《巫山一段云》组词所反映的中韩文士的相互借鉴等),由此构成曲折复杂、错综多元的汉籍环流现象。而正是在这样一个独特的文化背景中,韩国历代文士在倚声填词的过程中呈现出不少值得关注的特点。

　　首先,从韩国词作运用词章故实的情况,可以窥见汉籍传播的轨迹和影响。通过中、韩两国的史籍、书目等资料,可以大致了解汉籍流传至韩国并被韩国文士阅读的基本情况,但很多细节因为史料的简略或阙载而无法予以详细的研究。而自高丽时代开始,直至近现代,韩国文人不仅运用汉语进行词文学的创作,而且在词作中运用了大量来自中国文献中的词章故实,其来源则涵盖经、史、子、集等各个不同门类。从他们的创作实践切入,追溯其运典隶事的渊源,无疑会对汉籍东传的具体情况有更加翔实而深入的了解。

其次,从韩国词作檃括中国作品的过程,可以了解在汉籍接受中发生的形态变化。在韩国历代词作中,能够发现一些以中国文学作品作为檃括对象的作品。檃括的对象体裁多样,包括不同时期的诗歌、散文甚至词作,而且来源各不相同,在这种形态的变化中既反映了韩国文士对于中国作品的选取标准,又折射出汉籍传播过程中的复杂情态。

再次,从韩国词作的格律、技巧等着眼,可以发现韩国文人对于中国作品既有步趋效仿的一面,又有别出机杼的一面。在现存韩国词中,可以发现大量步和中国历代词作的作品,韩国文人正是通过这种途径,努力克服在掌握词律时的困难。虽然在命题立意、遣词造句等方面会受到原作极大的影响和制约,但韩国文人有时也能存同求异,显示出匠心独运的地方。与此同时,韩国文人在创作时时常会从回文、顶真、叠字、双声叠韵等技巧层面对中国词作加以学习。在韩国文人这种模仿行为背后,既有对模仿对象创作技艺的倾慕赞赏,反映出个人乃至时代的审美取向,同时又存在立异争胜的心理,注意规避原作,追求另辟蹊径。

最后,从韩国历代"八景"题材词作的嬗变经过,可以呈现文学意象的多元流变。源于中国的"潇湘八景"题材的诗画作品带动了不少韩国文人的创作,其中高丽时期的李齐贤率先创作了两组《潇湘八景》词,引发后世的直接步和、仿拟的作品。除了"潇湘八景"之外,包括李齐贤在内的韩国历代文人还创作了大量表现本土"八景"乃至其他相关衍生题材的词作。这一意象流变过程一方面说明源自中国的"八景"文化在韩国的影响极为深远,另一方面也反映韩国文人在亦步亦趋进行模仿的同时,也尝试借鉴、参酌中国词作的创作形式,转而对本土风情和日常生活进行描摹。

为了更好地展现中韩词学交流所具有的双向互动特征,本书还特别考察了高丽词人李齐贤的创作情况。他在风格取向、题材选择以及技巧习得等诸多方面,都受到金元之际词坛风尚以及金元词在高丽传播的影响,并与他长期在中国生活期间结交过众多中国文人不无关联。他的词作在近现代中国词学界也受到关注,不仅有伍崇曜、谭莹、朱孝臧、刘毓盘、唐圭璋、夏承焘等加以刊刻、校订、笺注,还得到况周颐、夏承焘等人的称誉和表彰。出现这一独特的现象,和晚清以来政治境遇的激变、学术交流的频繁以及文化观念的拓展等都有着相当密切的关系。

域外汉籍研究是一个方兴未艾的学术领域,相关的资料整理和文献研讨都还存在不少亟待填补的空缺。本书受论题所限,仅研讨中韩两国在词学范围的交流互动,且所涉及的内容也多有阙略,未臻完备。即便如此,仍不难发现,突破国家、地域、民族等界限,从“域外汉籍传播”的角度来考察汉文学在整个亚洲地区的传播、接受以及产生的影响,无疑会进一步拓展中国古代文学研究的深度和广度,也可以借助新的材料与新的视角,来重新审视和衡量中国文化在整个“汉字文化圈”中的独特地位。

# 主要参考文献

## 一、中文基本文献

### B

（宋）史铸、邢良孚编：《百菊集谱》，明万历汪士贤刻本

（唐）白居易著、谢思炜校注：《白居易诗集校注》，北京：中华书局，2006 年

（朝鲜）李恒福著：《白沙集》，《韩国文集丛刊》第六十二册，景仁文化社，1996 年

（朝鲜）具凤龄著：《栢潭集》，《韩国文集丛刊》第三十九册

（南朝宋）鲍照著、钱仲联增补集说校：《鲍参军集注》，上海：上海古籍出版社，1980 年

（唐）李延寿撰：《北史》，北京：中华书局，1974 年

（宋）叶梦得著：《避暑录话》，《丛书集成初编》据《津逮秘书》排印本，北京：中华书局，1985 年

### C

（宋）严羽撰、郭绍虞校释：《沧浪诗话校释》，北京：人民文学出版社，1961 年

傅增湘著：《藏园群书经眼录》，北京：中华书局，2009 年

（朝鲜）睦大钦著：《茶山集》，《韩国文集丛刊》第八十三册

（清）阮葵生著：《茶馀客话》，上海：中华书局上海编辑所，1959 年

《朝鲜刻本樊川文集夹注》，北京：中华全国图书馆文献缩微复制中心，1997 年

吴晗辑：《朝鲜李朝实录中的中国史料》，北京：中华书局，1980 年

汪维辉编：《朝鲜时代汉语教科书丛刊》，北京：中华书局，2005 年

张伯伟编：《朝鲜时代书目丛刊》，北京：中华书局，2004 年

（明）吴明济编、祁庆富校注：《朝鲜诗选校注》，沈阳：辽宁民族出版社，1999 年

（清）王士禛著：《池北偶谈》，靳斯仁点校，北京：中华书局，1982 年

陈寅恪著：《陈寅恪诗集 附唐篔诗集》，北京：清华大学出版社，1993 年

李岳瑞著：《春冰室野乘》，《关中丛书》本

（朝鲜）吴载纯著：《醇庵集》，《韩国文集丛刊》第二百四十二册

唐圭璋编：《词话丛编》，北京：中华书局，2005 年

（清）张宗橚编、杨宝霖补正：《词林纪事　词林纪事补正合编》，上海：上海古籍出版社，1998 年

（清）万树著：《词律》，影印清光绪二年刻本，上海：上海古籍出版社，1984 年

D

（明）李维桢著：《大泌山房集》，影印明万历三十九年刻本，《四库全书存目丛书》集部第 150—153 册，济南：齐鲁书社，1997 年

戴季陶著：《戴季陶集》，唐文权、桑兵编，武汉：华中师范大学出版社，1990 年

（明）杨慎著：《丹铅馀录》，台湾商务印书馆影印《文渊阁四库全书》，第 855 册

（清）祁承爜等撰：《澹生堂藏书约（外八种）》，上海：上海古籍出版社，2005 年

王绍曾、崔国光等整理订补：《订补海源阁书目五种》，济南：齐鲁
　　书社，2002 年

（高丽）李奎报著：《东国李相国全集》，《韩国文集丛刊》第一册

（朝鲜）金世濂著：《东溟集》，《韩国文集丛刊》第九十五册

（宋）苏轼著、薛瑞生编年笺证：《东坡词编年笺证》，西安：三秦出
　　版社，1998 年

（宋）苏轼著：《东坡先生和陶渊明诗》，影印宋刊黄州本，载中国人
　　民大学中文系主办《中国苏轼研究》第二、三辑，北京：学苑出版
　　社，2005、2007 年

（宋）王十朋集注：《东坡先生诗集注》，明万历刻本

（宋）苏轼著、（清）朱孝臧编年、龙榆生笺：《东坡乐府笺》，朱怀春
　　标点，上海：上海古籍出版社，2009 年

（朝鲜）徐居正编：《东文选》，首尔：民族文化促进会，1968 年

（朝鲜）赵龟命著：《东谿集》，《韩国文集丛刊》第二百十五册

（朝鲜）李敏求著：《东州集》，《韩国文集丛刊》第九十四册

（唐）杜甫著、（宋）蔡梦弼笺：《杜工部草堂诗笺》，《丛书集成初
　　编》据《古逸丛书》影印本，北京：中华书局，1985 年

（唐）杜甫著、（清）仇兆鳌注：《杜诗详注》，北京：中华书局，
　　1979 年

E

（宋）程颢、程颐著：《二程集》，王孝鱼点校，北京：中华书局，
　　1981 年

F

（唐）杜牧著、（清）冯集梧注：《樊川诗集注》，上海古籍出版社，
　　1978 年

（唐）杜牧著：《樊川文集》，陈允吉校点，上海：上海古籍出版社，
　　1978 年

（宋）范仲淹著：《范仲淹全集》，李勇先、王蓉贵校点，成都：四川
　　大学出版社，2002 年

（宋）祝穆编、祝洙补订：《方舆胜览》，影印宋本，上海：上海古籍
　　出版社，1991 年

## G

（朝鲜）洪大容、李德懋著：《乾净衕笔谈　清脾录》，邝健行点校，
　　上海：上海古籍出版社，2010 年

（朝鲜）郑麟趾撰：《高丽史》，影印明景泰二年朝鲜活字本，《四库
　　全书存目丛书》史部第一百五十九至一百六十二册，济南：齐鲁
　　书社，1997 年

（朝鲜）金宗瑞撰：《高丽史节要》，首尔：明文堂，1981 年

（韩）金龙善编著：《高丽墓志铭集成》，韩国江原道春川：翰林大
　　学校出版部，1993 年

（朝鲜）李献庆著：《艮翁集》，《韩国文集丛刊》第二百三十四册

（朝鲜）崔演著：《艮斋集》，《韩国文集丛刊》第三十二册

（宋）黄彻著：《䂬溪诗话》，汤新祥校注，北京：人民文学出版社，
　　1986 年

华文轩编：《古典文学研究资料汇编·杜甫卷》，北京：中华书局，
　　1964 年

（新罗）崔致远著：《孤云集》，《韩国文集丛刊》第一册

徐绍棨著：《广东藏书纪事诗》，与吴道镕《澹盦文存》合订一册，沈
　　云龙主编《近代中国史料丛刊续编》第二十辑，台北：文海出版
　　社，1975 年影印本

梁嘉彬著：《广东十三行考》，广州：广东人民出版社，1999 年

（宋）张端义著：《贵耳集》，上海：中华书局上海编辑所，1958 年

（元）刘祁著：《归潜志》，北京：中华书局，1983 年

（朝鲜）李元祯著：《归岩先生文集》，朝鲜刻本

（新罗）崔致远著：《桂苑笔耕集》,《韩国文集丛刊》第一册

**H**

（朝鲜）丁范祖著：《海左集》,《韩国文集丛刊》第二百三十九册

（唐）韩愈著、马其昶校注：《韩昌黎文集校注》,上海：上海古籍出版社,1986年

（韩）李锺殷、郑珉共编：《韩国历代诗话类编》,首尔：亚细亚文化社,1988年

（韩）赵锺业编：《韩国诗话丛编》,首尔：太学社,1996年

蔡美花、赵季主编：《韩国诗话全编校注》,北京：人民文学出版社,2012年

（清）董文涣编,李预、崔永禧辑校：《韩客诗存　韩客文存》,北京：书目文献出版社,1996年

（汉）班固著：《汉书》,北京：中华书局,1962年

（清）王谟辑：《汉唐地理书钞》,北京：中华书局,1961年

（宋）罗大经著：《鹤林玉露》,王瑞来点校,北京：中华书局,1983年

（朝鲜）金麟厚著：《河西全集》,《韩国文集丛刊》第三十三册

（朝鲜）李祘著：《弘斋全书》,《韩国文集丛刊》第二百六十二至二百六十七册

（明）陈子龙、李雯、宋徵舆编：《皇明诗选》,影印崇祯本,上海：华东师范大学出版社,1991年

（清）黄丕烈撰：《黄丕烈藏书题跋集》,余鸣鸿、占旭东点校,上海：上海古籍出版社,2013年

（宋）黄庭坚著、（宋）任渊、史容、史季温注：《黄庭坚诗集注》,刘尚荣校点,北京：中华书局,2003年

（清）况周颐著、孙克强辑考：《蕙风词话　广蕙风词话》,郑州：中州古籍出版社,2003年

## J

（朝鲜）郑弘溟著：《畸庵集》，《韩国文集丛刊》第八十七册

（明）毛晋著：《汲古阁书跋》，与（清）王士禛《重辑渔洋书跋》合订
　　一册，上海，上海古籍出版社，2005 年

徐乃昌著：《积学斋藏书记》，柳向春、南江涛整理，吴格审定，上
　　海：上海古籍出版社，2014 年

（朝鲜）李晚秀著：《屐园遗稿》，《韩国文集丛刊》第二百六十八册

（明）胡应麟著：《甲乙剩言》，《丛书集成初编》据《宝颜堂秘笈》排
　　印本，与（明）萧良榦《拙斋笔记》、（明）袁宏道《瓶花斋杂录》、
　　（明）宋凤翔《秋泾笔乘》合订一册，北京：中华书局，1991 年

（高丽）释子山夹注：《夹注名贤十抄诗》，查屏球整理，上海：上海
　　古籍出版社，2005 年

（晋）陶渊明著、（元）李公焕辑：《笺注陶渊明集》，影印元刻本，
　　《续修四库全书》集部第 1304 册

（清）钱谦益著：《绛云楼书目》，《粤雅堂丛书》本

（朝鲜）李天辅著：《晋庵集》，《韩国文集丛刊》第二百十八册

（唐）房玄龄等著：《晋书》，北京：中华书局，1974 年

（宋）朱熹、吕祖谦合辑，陈荣捷详注集评：《近思录详注集评》，上
　　海：华东师范大学出版社，2007 年

（朝鲜）朴胤源著：《近斋集》，《韩国文集丛刊》第二百五十册

（日）涩江全善、森立之等撰：《经籍访古志》，杜泽逊、班龙门点校，
　　上海：上海古籍出版社，2014 年

（晋）陶渊明著、（清）陶澍集注：《靖节先生集》，影印清道光二十
　　年周诒朴刻本，《续修四库全书》集部第 1304 册

《精刊补注东坡和陶诗话》，韩国高丽大学华山文库藏朝鲜刻本

《精刊补注东坡和陶诗话》，韩国高丽大学晚松文库藏朝鲜刻本

《精刊补注东坡和陶诗话》，韩国私人藏朝鲜刻本

（朝鲜）李民宬著：《敬亭集》，《韩国文集丛刊》第七十六册

（清）朱彝尊著、姚祖恩编：《静志居诗话》，黄君坦校点，北京：人
　民文学出版社，1990 年

（朝鲜）金乐行著：《九思堂集》，《韩国文集丛刊》第二百二十二册

（后晋）刘昫等撰：《旧唐书》，北京：中华书局，1975 年

**K**

（清）康有为著：《康有为全集》，姜义华、张荣华编校，北京：中国
　人民大学出版社，2007 年

（清）况周颐著、秦玮鸿校注：《况周颐词集校注》，上海：上海古籍
　出版社，2013 年

《奎章阁所藏六臣注本〈文选〉》，도서출판다운샘，1983 年

（朝鲜）崔昌大著：《昆仑集》，《韩国文集丛刊》第一百八十三册

**L**

（宋）陆游著：《老学庵笔记》，李剑雄、刘德权校点，北京：中华书
　局，1979 年

（韩）柳己洙编：《历代韩国词总集》，오산：한신대학교출판부，
　2006 年

（清）何文焕辑：《历代诗话》，北京：中华书局，1981 年

（清）吴景旭撰：《历代诗话》，陈卫平、徐杰点校，北京：京华出版
　社，1998 年

丁福保辑：《历代诗话续编》，北京：中华书局，1983 年

（宋）李清照著、徐培均笺注：《李清照集笺注》，上海：上海古籍出
　版社，2002 年

（唐）李商隐著，刘学锴、余恕诚集解：《李商隐诗歌集解》，北京：
　中华书局，1998 年

（唐）李白著、（清）王琦注：《李太白全集》，北京：中华书局，
　1977 年

（朝鲜）郑宗鲁著：《立斋集》，《韩国文集丛刊》第二百五十四册

（清）钱谦益著：《列朝诗集小传》，上海：上海古籍出版社，1983 年

（朝鲜）郑惟吉著：《林塘遗稿》，《韩国文集丛刊》第三十五册

（清）孙殿起辑：《琉璃厂小志》，北京：北京古籍出版社，1982 年

（明）李日华著：《六研斋笔记》，与（明）李日华《紫桃轩杂缀》合订
　　一册，郁震宏、李保阳、薛维源点校，南京：凤凰出版社，2010 年

（唐）刘禹锡著：《刘禹锡集》，卞孝萱校订，北京：中华书局，1990 年

（唐）刘长卿著、杨世明校注：《刘长卿集编年校注》，北京：人民文
　　学出版社，1999 年

（朝鲜）李贤辅著：《聋岩集》，《韩国文集丛刊》第十七册

（晋）陆机著：《陆机集》，金涛声点校，北京：中华书局，1982 年

（宋）苏辙著：《栾城集》，曾枣庄、马德富校点，上海：上海古籍出
　　版社，2009 年

程树德撰：《论语集释》，程俊英、蒋见元点校，北京：中华书局，1990 年

**M**

（元）韦居安著：《梅磵诗话》，《丛书集成初编》据《读画斋丛书》排
　　印本，北京：中华书局，1985 年

（清）况周颐著：《眉庐丛话》，太原：山西古籍出版社，1995 年

（朝鲜）曹伟著：《梅溪集》，《韩国文集丛刊》第十六册

（清）焦循撰：《孟子正义》，沈文倬点校，北京：中华书局，1987 年

（明）锺惺编：《名媛诗归》，影印明刻本，《四库全书存目丛书》集部
　　第三百三十九册，济南：齐鲁书社，1997 年

（朝鲜）李万运著：《默轩集》，《韩国文集丛刊》第二百五十一册

（朝鲜）洪彦弼著：《默斋集》，《韩国文集丛刊》第十九册

（高丽）李穑著：《牧隐稿》，《韩国文集丛刊》第三册

**N**

（朝鲜）李光庭著：《呐隐集》，《韩国文集丛刊》第一百八十七册

（元）陶宗仪著：《南村辍耕录》，北京：中华书局，1959 年

（朝鲜）朴世采著：《南溪集》，《韩国文集丛刊》第一百四十一册

**P**

（清）朱彝尊著：《曝书亭题跋》，与朱彝尊《潜采堂宋元人集目录》
　　《竹垞行笈书目》合订一册，杜泽逊、崔晓新点校，上海：上海古
　　籍出版社，2010 年

**Q**

（朝鲜）金义贞著：《潜庵逸稿》，《韩国文集丛刊》第二十六册

（唐）钱起著、王定璋校注：《钱起诗集校注》，杭州：浙江古籍出版
　　社，1992 年

（朝鲜）赵泰亿著：《谦斋集》，《韩国文集丛刊》第一百八十九册

（清）谭献编：《箧中词》卷一，清光绪八年刻本

朱孝臧辑校编撰、夏敬观手批评点：《彊村丛书 附遗书》，上海：上
　　海古籍出版社，1989 年

（朝鲜）金宗直编：《青丘风雅》，首尔：以会文化社，2000 年

（朝鲜）申维翰著：《青泉集》，《韩国文集丛刊》第二〇〇册

丁福保辑：《清诗话》，上海：上海古籍出版社，1978 年

郭绍虞编选：《清诗话续编》，富寿荪校点，上海：上海古籍出版社，
　　1983 年

唐圭璋编：《全金元词》，北京：中华书局，1979 年

饶宗颐初纂、张璋总纂：《全明词》，北京：中华书局，2004 年

唐圭璋编：《全宋词》，北京：中华书局，1965 年

北京大学古文献研究所编，傅璇琮、倪其心、孙钦善、陈新、许逸民
　　主编：《全宋诗》，北京：北京大学出版社，1998 年

（清）彭定求编：《全唐诗》，北京：中华书局，1960 年

（清）董诰等编：《全唐文》，影印嘉庆扬州官刻本，上海古籍出版
　　社，1990 年

曾昭岷、曹济平、王兆鹏、刘尊民编著：《全唐五代词》，北京：中华书局，1999 年

李修生主编：《全元文》，南京：凤凰出版社（江苏古籍出版社），1999—2004 年

邓邦述著：《群碧楼善本书录》，与邓邦述《寒瘦山房鬻存善本书目》合订一册，金晓东整理，吴格审定，上海：上海古籍出版社，2014 年

### R

（朝鲜）朴趾源著：《热河日记》，朱瑞平校点，上海：上海书店出版社，1997 年

龙榆生著：《忍寒诗词歌词集》，上海：复旦大学出版社，2012 年

（朝鲜）洪暹著：《忍斋集》，《韩国文集丛刊》第三十二册

（宋）洪迈著：《容斋随笔》，上海师范大学古籍整理组校点整理，上海：上海古籍出版社，1978 年

### S

（高丽）金富轼撰：《三国史记》，首尔：景仁文化社，1977 年

（晋）陈寿撰、（宋）裴松之注：《三国志》，北京：中华书局，1982 年

（朝鲜）全湜著：《沙西集》，《韩国文集丛刊》第六十七册

（清）丁丙著：《善本书室藏书志》，光绪二十七年钱塘丁氏刊本

（宋）张炎著：《山中白云词》，吴则虞校辑，北京：中华书局，1983 年

（明）胡应麟著：《少室山房类稿》，台湾商务印书馆影印《文渊阁四库全书》第 1290 册

（宋）邵博著：《邵氏闻见后录》，李剑雄、刘德权校点，北京：中华书局，1983 年

（南朝梁）沈约著、陈庆元校笺：《沈约集校笺》，杭州：浙江古籍出版社，1995 年

（汉）司马迁著：《史记》，北京：中华书局，1959 年

（宋）蔡正孙撰：《诗林广记》，常振国、降云点校，北京：中华书局，
　　1982 年

（梁）锺嵘著、曹旭集注：《诗品集注》（增订本），上海：上海古籍出
　　版社，2011 年

（朝鲜）申绰著：《石泉遗稿》，《韩国文集丛刊》第二百七十九册

（清）阮元校刻：《十三经注疏》，影印清嘉庆刻本，北京：中华书
　　局，1980 年

（南朝宋）刘义庆撰、余嘉锡笺疏：《世说新语笺疏》，上海：上海古
　　籍出版社，1993 年

（南朝宋）刘义庆撰、杨勇校笺：《世说新语校笺》（修订本），北京：
　　中华书局，2006 年

（明）胡应麟著：《诗薮》，上海：上海古籍出版社，1979 年

（宋）苏轼著、（宋）王宗稷撰、（清）冯景注：《施注苏诗》，清康熙三
　　十八年金阊步月楼刻本

（朝鲜）任叔英著：《疏庵集》，《韩国文集丛刊》第八十三册

（朝鲜）申靖夏著：《恕庵集》，《韩国文集丛刊》第一百九十七册

（清）叶德辉著：《书林清话》，北京：中华书局，1957 年

（朝鲜）吴始寿著：《水村集》，《韩国文集丛刊》第一百四十三册

（朝鲜）安鼎福著：《顺庵集》，《韩国文集丛刊》第二百二十九册

（明）陶宗仪等编：《说郛三种》，影印涵芬楼百卷本、明刻一百二十
　　卷本、《说郛续》四十六卷本，上海：上海古籍出版社，1988 年

（朝鲜）徐居正著：《四佳集》，《韩国文集丛刊》第九册

（清）永瑢等撰：《四库全书总目》，影印清浙江杭州刻本，北京：中
　　华书局，1965 年

（唐）司空图著，祖保泉、陶礼天笺校：《司空表圣诗文集笺校》，合
　　肥：安徽大学出版社，2002 年

（宋）江少虞撰：《宋朝事实类苑》，上海：上海古籍出版社，1981 年

陈匪石著：《宋词举（外三种）》，钟振振校点，南京：江苏古籍出版
　　社，2002 年

（宋）苏轼著、（宋）傅幹注：《宋傅幹注坡词》，北京：北京图书馆出
　　版社，2001 年

吴洪泽编：《宋人年谱集目 宋编宋人年谱选刊》，成都：巴蜀书社，
　　1995 年

王水照编：《宋人所撰三苏年谱汇刊》，上海：上海古籍出版社，
　　1989 年

（元）脱脱等撰：《宋史》，北京：中华书局，1977 年

（梁）沈约撰：《宋书》，北京：中华书局，1974 年

（朝鲜）权好文著：《松岩集》，《韩国文集丛刊》第四十一册

（朝鲜）韩忠著：《松斋先生文集》，《韩国文集丛刊》第二十三册

（宋）苏轼著，邹同庆、王宗堂校注：《苏轼词编年校注》，北京：中
　　华书局，2002 年

（宋）苏轼著、（清）王文诰辑注：《苏轼诗集》，孔凡礼点校，北京：
　　中华书局，1982 年

（宋）苏轼著、（清）冯应榴辑注：《苏轼诗集合注》，黄任轲、朱怀春
　　校点，上海：上海古籍出版社，2001 年

（宋）苏轼著：《苏轼文集》，孔凡礼点校，北京：中华书局，1986 年

四川大学中文系唐宋文学研究室编：《苏轼资料汇编》，北京：中华
　　书局，1994 年

（宋）苏舜钦著：《苏舜钦集》，沈文倬校点，上海：上海古籍出版
　　社，1981 年

（朝鲜）卢守慎著：《稣斋集》，《韩国文集丛刊》第三十五册

（唐）魏徵等撰：《隋书》，北京：中华书局，1973 年

**T**

（朝鲜）李用休著：《㷡㷡集・杂著》，《韩国文集丛刊》第二百二十

三册

（宋）王溥撰：《唐会要》，北京：中华书局，1955 年

傅璇琮、陈尚君、徐俊编：《唐人选唐诗新编》（增订本），北京：中华
　　书局，2014 年

（宋）计有功撰：《唐诗纪事》，上海：中华书局上海编辑所，1965 年

（宋）于济、蔡正孙编集，（朝鲜）徐居正等增注，卞东波校证：《唐
　　宋千家联珠诗格校证》，南京：凤凰出版社，2007 年

上海古籍出版社编：《唐宋人选唐宋词》，唐圭璋等校点，上海：上
　　海古籍出版社，2004 年

刘毓盘辑：《唐五代宋辽金名家词集》，民国十四年铅印本

（晋）陶渊明著、（宋）汤汉注：《陶靖节先生诗注》，影印宋淳祐元
　　年刻本，《续修四库全书》集部第 1304 册

（高丽）李崇仁著：《陶隐集》，《韩国文集丛刊》第六册

旧题（宋）苏轼写本：《陶渊明集》，影印鲁铨翻刻汲古阁本，北京：
　　线装书局，2000 年

（晋）陶渊明著、龚斌校笺：《陶渊明集校笺》，上海：上海古籍出版
　　社，1996 年

（晋）陶渊明著、杨勇校笺：《陶渊明集校笺》，上海：上海古籍出版
　　社，2007 年

许逸民校辑：《陶渊明年谱》，北京：中华书局，1986 年

（宋）曾集辑：《陶渊明诗》，影印宋绍熙三年刻本，《续修四库全书》
　　集部第 1304 册

（朝鲜）李书九著：《惕斋集》，《韩国文集丛刊》第二百七十册

（清）于敏中等著：《天禄琳琅书目》，徐德明标点，上海：上海古籍
　　出版社，2007 年

（朝鲜）任相元著：《恬轩集》，《韩国文集丛刊》第一百四十八册

（宋）胡仔纂集：《苕溪渔隐丛话》，廖德明点校，北京：人民文学出

版社,1962 年

（朝鲜）尹舜举著：《童土集》,《韩国文集丛刊》第一百册

## W

（明）沈德符撰：《万历野获编》,谢兴尧校点,北京：中华书局,
　　1959 年

（唐）王维著、（清）赵殿成笺注：《王右丞集笺注》,上海：上海古籍
　　出版社,1984 年

（宋）王安石著：《王文公文集》,上海：上海人民出版社,1974 年

（唐）王勃著、（清）蒋清翊注：《王子安集注》,上海：上海古籍出版
　　社,1995 年

（宋）庞元英著：《文昌杂录》,上海：中华书局上海编辑所,1958 年

（晋）陆机著、张少康集释：《文赋集释》,北京：人民文学出版社,
　　2002 年

（日）空海撰、卢盛江汇校汇考：《文镜秘府论汇校汇考》,北京：中
　　华书局,2006 年

（清）章学诚著、叶瑛校注：《文史通义校注》,北京：中华书局,
　　1994 年

（梁）刘勰撰、詹锳义证：《文心雕龙义证》,上海：上海古籍出版
　　社,1989 年

（梁）萧统编、（唐）李善注：《文选》,李培南等校点,上海：上海古
　　籍出版社,1986 年

（梁）萧统编、（唐）李善等注：《文选六臣注》,杭州：浙江古籍出版
　　社,1999 年

（明）吴讷著：《文章辨体序说》,与（明）徐师曾《文体明辨序说》合
　　订一册,于北山、罗根泽校点,北京：人民文学出版社,1962 年

（宋）陆游著：《渭南文集》,《四部丛刊初编》影印明华氏活字本

（朝鲜）李元翼著：《梧里集》,《韩国文集丛刊》第五十六册

## X

（朝鲜）金锡胄著：《息庵遗稿》，《韩国文集丛刊》第一百四十五册

（朝鲜）李敏叙著：《西河集》，《韩国文集丛刊》第一百四十四册

（高丽）林椿著：《西河集》，《韩国文集丛刊》第一册

张伯伟编校：《稀见本宋人诗话四种》，南京：江苏古籍出版社，
　　2002 年

（汉）刘歆撰，（晋）葛洪集，向新阳、刘克任校注：《西京杂记校
　　注》，上海：上海古籍出版社，1991 年

（朝鲜）吴道一著：《西坡集》，《韩国文集丛刊》第一百五十二册

（朝鲜）李万敷著：《息山集》，《韩国文集丛刊》第一百七十八册

（朝鲜）李德寿著：《西堂私载》，《韩国文集丛刊》第一百八十六册

（清）叶德辉著：《郎园读书志》，杨洪升点校，杜泽逊审定，上海：
　　上海古籍出版社，2010 年

（元）王实甫著、王季思校注：《西厢记》，上海：上海古籍出版社，
　　1978 年

夏承焘著：《夏承焘集》，杭州：浙江古籍出版社，1997 年

（朝鲜）申钦著：《象村稿》，《韩国文集丛刊》第七十二册

（宋）黄坚选编：《详说古文真宝》，熊礼汇点校，长沙：湖南人民出
　　版社，2007 年

（南朝齐）谢朓著、曹融南校注：《谢宣城集校注》，上海：上海古籍
　　出版社，1991 年

伦明著：《辛亥以来藏书纪事诗》，与（清）叶昌炽《藏书纪事诗》合
　　订一册，上海：上海古籍出版社，1999 年

（元）锺嗣成、贾仲明著：《新校录鬼簿正续编》，浦汉明校，成都：
　　巴蜀书社，1996 年

（宋）欧阳修、宋祁撰：《新唐书》，北京：中华书局，1975 年

（朝鲜）李瀷著：《星湖全集》，《韩国文集丛刊》第一百九十八至二

百册

（朝鲜）沈光世著：《休翁集》，《韩国文集丛刊》第八十四册

（朝鲜）成俔著：《虚白堂集》，《韩国文集丛刊》第十四册

（宋）徐兢著：《宣和奉使高丽图经》，《丛书集成初编》据《知不足斋
　　丛书》排印本，北京：中华书局，1985 年

**Y**

（朝鲜）金訢著：《颜乐堂集》，《韩国文集丛刊》第十五册

（韩）林基中编：《燕行录全集》，首尔：东国大学出版部，2001 年

谢承仁主编：《杨守敬集》，武汉：湖北人民出版社、湖北教育出版
　　社，1988—1997 年

（高丽）田禄生著：《埜隐逸稿》，《韩国文集丛刊》第三册

（清）刘熙载著、袁津琥校注：《艺概注稿》，北京：中华书局，
　　2009 年

（清）陆心源著：《仪顾堂书目题跋汇编》，冯惠民整理，北京：中华
　　书局，2009 年

（清）何焯撰：《义门读书记》，崔高维校点，北京：中华书局，
　　1987 年

（高丽）李齐贤著：《益斋乱稿》，《韩国文集丛刊》第二册

梁启超著：《饮冰室合集》，影印中华书局 1936 年排印本，北京：中
　　华书局，1988 年

（唐）赵璘撰：《因话录》，与（唐）李肇《唐国史补》合订一册，上海
　　古籍出版社，1979 年

吴昌绶、陶湘辑：《景刊宋金元明本词》，影印原刊本，上海：上海古
　　籍出版社，1989 年

（朝鲜）沈彦光著：《渔村集》，《韩国文集丛刊》第二十四册

（宋）王应麟辑：《玉海》，影印清光绪浙江书局刊本，扬州：广陵书
　　社，2003 年

（南朝陈）徐陵编、（清）吴兆宜注、（清）程琰删补：《玉台新咏笺注》，穆克宏点校，北京：中华书局，1985 年

夏承焘选校，张珍怀、胡树淼注释：《域外词选》，北京：书目文献出版社，1981 年版，1981 年第一次印刷本、1985 年第三次印刷本

（朝鲜）丁若镛著：《与犹堂全书》，《韩国文集丛刊》第二百八十一至二百八十六册

（北周）庾信著、（清）倪璠注：《庾子山集注》，许逸民校点，北京：中华书局，1980 年

（金）元好问著、姚奠中主编、李正民增订：《元好问全集》，太原：山西古籍出版社，2004 年

（明）宋濂等撰：《元史》，北京：中华书局，1976 年

（宋）柳永著、薛瑞生校注：《乐章集校注》，北京：中华书局，1994 年

（清）姜绍书著：《韵石斋笔谈》，清道光刻本

### Z

（宋）曾巩著：《曾巩集》，陈杏珍、晁继周点校，北京：中华书局，1984 年

章太炎著：《章太炎全集》（四）《太炎文录初编》，徐复校点，上海：上海人民出版社，1985 年

（清）章学诚著：《章学诚遗书》，影印清吴兴嘉业堂刻本，北京：文物出版社，1985 年

（元）赵孟頫著：《赵孟頫集》，任道斌校点，杭州：浙江古籍出版社，1986 年

阳海清编撰、陈彰璜参编：《中国丛书广录》，武汉：湖北人民出版社，1999 年

施廷镛著：《中国丛书知见录》，北京：北京图书馆出版社，2005 年

中国戏曲研究院编：《中国古典戏曲论著集成》，北京：中国戏曲出

版社,1959 年

（梁）锺嵘著、吕德申校释：《锺嵘诗品校释》,北京：北京大学出版
社,1986 年

（宋）龚明之著：《中吴纪闻》,孙菊园点校,上海：上海古籍出版
社,1986 年

（清）徐树敏、钱岳编：《众香词》,影印清康熙刻本,毘陵董氏诵芬
室,1933 年

（元）周德清辑：《中原音韵》,影印明刻本,北京：中华书局,
1978 年

（宋）周敦颐著：《周敦颐集》,陈克明点校,北京：中华书局,
1990 年

（宋）朱熹著：《朱子全书》,朱杰人、严佐之、刘永翔主编,上海：上
海古籍出版社,合肥：安徽教育出版社,2010 年

（宋）黎靖德编：《朱子语类》,王星贤点校,北京：中华书局,
1986 年

（朝鲜）俞汉隽著：《自著》,《韩国文集丛刊》第二百四十九册

赵季辑校：《足本皇华集》,南京：凤凰出版社,2013 年

## 二、中文研究论著

### C

杨焄著：《蔡梦弼〈东坡和陶集注〉考述》,载《学术界》2014 年第
3 期

张健著：《蔡正孙考论——以〈唐宋千家联珠诗格〉为中心》,载《北
京大学学报》2004 年第 2 期

衣若芬著：《朝鲜安平大君李瑢及"匪懈堂潇湘八景诗卷"析论》,
载张伯伟主编《域外汉籍研究集刊》第一辑,北京：中华书局,
2005 年

李宝龙著:《朝鲜词文学发展论略》,载《东疆学刊》2009 年第 2 期

吴肃森著:《朝鲜的词学》,载《解放军外国语学院学报》1986 年第 1 期

吴在庆著:《朝鲜刻本〈樊川文集夹注〉的文献价值——从一条稀见的杨贵妃资料谈起》,载《中国典籍与文化》2001 年第 1 期

郝艳华著:《朝鲜刻本〈樊川文集夹注〉中所辑〈十道志〉佚文》,载《文献》2004 年第 1 期

吴梅著:《词学通论》,载作者《吴梅全集·理论卷》,石家庄:河北教育出版社,2002 年

### D

缪钺著:《杜牧年谱》,北京:人民文学出版社,1980 年

胡可先著:《杜牧诗文编年》,载作者《杜牧研究丛稿》,北京:人民文学出版社,1993 年

吴在庆著:《杜牧诗文系年及行踪辨补》,载作者《杜牧论稿》,厦门:厦门大学出版社,1991 年

李立信著:《杜诗流传韩国考》,台北:文史哲出版社,1991 年

### F

郝艳华著:《〈樊川文集夹注〉版本述略》,载《图书馆杂志》2004 年第 4 期

吴在庆著:《樊川文集中人名、诗文作年及杜牧行迹考索》,载作者《杜牧论稿》,厦门:厦门大学出版社,1991 年

杨焄著:《傅共〈东坡和陶诗解〉探微》,载《中山大学学报》2013 年第 6 期

### G

罗忼烈著:《高丽、朝鲜词说略》,载《文学评论》1991 年第 3 期

金程宇著:《高丽大学所藏〈精刊补注东坡和陶诗话〉及其价值》,载《文学遗产》2008 年第 5 期

衣若芬著：《高丽文人李仁老、陈澕与中国"潇湘八景"诗画之东传》，载刘东主编《中国学术》第十六辑，北京：商务印书馆，2004 年

（韩）车柱环著：《高丽与中国词学的比较研究》，载《词学》编辑委员会编《词学》第九辑，上海：华东师范大学出版社，1992 年

（韩）李锺默著、李春姬译《关于伯克利大学藏本蓝芳威编〈朝鲜诗选全集〉》，载张伯伟主编《域外汉籍研究集刊》第四辑，北京：中华书局，2008 年

韩锡铎著：《关于〈樊川文集夹注〉》，载《辽宁大学学报》1984 年第 4 期

钱锺书著：《管锥编》，北京：中华书局，1986 年

（韩）金周淳著：《〈归去来辞〉对朝鲜诗歌之影响》，载南京大学中文系主编《词赋文学论集》，江苏教育出版社，1999 年

**H**

李宝龙著：《韩国高丽词考论》，载《社会科学辑刊》2010 年第 3 期

秦惠民著：《韩国古代词论述略》，载《词学》编辑委员会编《词学》第二十三辑，上海：华东师范大学出版社，2010 年

（韩）李家源著：《韩国汉文学史》，赵季、刘畅译，南京：凤凰出版社，2012 年

卞东波著：《韩国所藏孤本诗话〈精刊补注东坡和陶诗话〉考论》，载张伯伟主编《域外汉籍研究集刊》第五辑，北京：中华书局，2009 年

韩国哲学会编：《韩国哲学史》，白锐等译，北京：社会科学文献出版社，1996 年。

（韩）白承锡著：《韩国"文选学"研究概述》，载俞绍初、许逸民主编《中外学者文选学论集》，中华书局 1998 年

（韩）许世旭著：《韩中诗话渊源考》，台北：黎明文化事业有限公司，1979 年

**J**

黄时鉴著：《纪昀与朝鲜学人》，载作者《黄时鉴文集》Ⅲ《东海西海——东西文化交流史（大航海时代以来）》，上海：中西书局，2011年

陶然著：《金元词通论》，上海：上海古籍出版社，2010年

**K**

郑炜明著：《况周颐年谱》，上海：上海古籍出版社，2009年

**L**

刘尊明著：《历代词人次韵苏轼词的定量分析》，载《深圳大学学报》2010年第3期

杨焄著：《〈韩国历代词总集〉匡补》，载《中国语文论译丛刊》第25辑，중국어문논역학회，2009年

衣若芬著：《李齐贤八景诗词与韩国地方八景之开创》，载张伯伟、蒋寅主编《中国诗学》第九辑，北京：人民文学出版社，2004年

蒙培元著：《理学范畴系统》，北京：人民出版社，1989年

左江著：《李植杜诗批解研究》，北京：中华书局，2007年

（日）内山精也著：《两宋檃括词考》，载作者《传媒与真相——苏轼及其周围士大夫的文学》，朱刚等译，上海：上海古籍出版社，2005年

龙榆生著：《龙榆生词学论文集》，上海：上海古籍出版社，1997年

俞士玲著：《陆机陆云年谱》，北京：人民文学出版社，2009年

吴承学著：《论宋代檃括词》，载《文学遗产》2000年第4期

**M**

张仲谋著：《明词史》，北京：人民文学出版社，2002年

杜慧月著：《明代文臣出使朝鲜与〈皇华集〉》，北京：人民出版社，2010年

俞士玲著：《明末中国典籍误题兰雪轩诗及其原因考论》，载张伯

伟编《风起云扬——首届南京大学域外汉籍国际学术研讨会论文集》，北京：中华书局，2009 年

张伯伟著：《明清时期女性诗文集在东亚的环流》，载《复旦学报（社会科学版）》2014 年第 3 期

## Q

唐圭璋著：《〈彊村丛书〉中所刻元词补正》，载作者《词学论丛》，上海：上海古籍出版社，1986 年

谭卓垣、徐绍棨、伦明、王謇等撰：《清代藏书楼发展史　续补藏书纪事诗传》，徐雁、谭华军译补，沈阳：辽宁人民出版社，1988 年

王国维著：《曲录》，影印《王国维遗书》本，上海：上海书店出版社，1983 年

李铸晋著：《鹊华秋色：赵孟頫的生平与画艺》，北京：三联书店，2008 年

## R

（日）池泽滋子著：《日本的赤壁会和寿苏会》，上海：上海人民出版社，2006 年

李寅生著：《日本和陶诗简论》，《江西社会科学》2003 年第 1 期

## S

陈垣著：《史讳举例》，上海：上海书店出版社，1997 年

曹旭著：《诗品研究》，上海：上海古籍出版社，1998 年

张伯伟著：《书籍环流和东亚诗学——以〈清脾录〉为例》，载《中国社会科学》2014 年第 2 期

黄永年著：《述〈注坡词〉》，载作者《文史探微》，北京：中华书局，2000 年

张尔田著：《四与榆生论彊村词事书》，载龙榆生主编《词学集刊》第一卷第四号，上海：上海书店，1985 年影印本

（日）内山精也著：《宋代八景现象考》，载作者《传媒与真相——苏

轼及其周围士大夫的文学》,朱刚等译,上海：上海古籍出版社,
　　2005 年

卞东波著：《宋代诗话与诗学文献研究》,北京：中华书局,2013 年

(美)姜斐德著：《宋代诗画中的政治隐情》,石杰、高琳娜译,吴洋、
　　黄振萍修订,北京：中华书局,2009 年

李剑国著：《宋代志怪传奇叙录》,天津：南开大学出版社,1997 年

刘尚荣著：《宋刊〈东坡和陶诗〉考》,载作者《苏轼著作版本论丛》,
　　成都：巴蜀书社,1988 年

杨焄著：《宋人编苏轼年谱佚文钩沉》,载周裕锴主编《新国学》第
　　十三卷,成都：四川大学出版社,2016 年

巩本栋著：《宋人撰述流传丽、鲜两朝考》,载张伯伟主编《域外汉
　　籍研究集刊》第一辑,北京：中华书局,2005 年

郭绍虞著：《宋诗话考》,北京：中华书局,1979 年

张三夕：《宋诗宋注管窥》,载《古籍整理与研究》第四期,北京：
　　中华书局,1989 年

(韩)金甫暻著：《苏轼“和陶诗”考论》,上海：复旦大学出版社,
　　2013 年

王水照著：《苏轼文集初传高丽考》,载作者《半肖居笔记》,上海：
　　东方出版中心,1998 年

曾枣庄等著：《苏轼研究史》,南京：江苏教育出版社,2001 年

### T

吴熊和著：《唐宋词通论》,杭州：浙江古籍出版社,1989 年

(日)桥川时雄著：《陶集版本源流考》,雕龙丛钞本,文字同盟社,
　　1931 年

袁行霈著：《陶渊明研究》,北京：北京大学出版社,1997 年

### W

王运熙、杨明著：《魏晋南北朝文学批评史》,上海古籍出版社,

1989 年

王利器著：《文笔新解》，载作者《晓传书斋集》，上海：华东师范大学出版社，1997 年

傅刚著：《文选版本研究》，北京：北京大学出版社，2000 年

骆鸿凯著：《文选学》，北京：中华书局，1989 年

张伯伟著：《〈文选〉与韩国汉文学》，载作者《域外汉籍研究论集》，北京：北京大学出版社，2011 年

夏承焘讲、怀霜整理：《我的治学道路》，载中国科学院浙江分院语言文学研究室编《治学偶得》，杭州：浙江人民出版社，1962 年

X

施议对著：《夏承焘与中国当代词学》，载王瑶主编《中国文学研究现代化进程》，北京：北京大学出版社，1996 年

程毅中著：《〈玄宗遗录〉里的贵妃形象》，载《文学遗产》1992 年第 5 期

Y

石守谦著：《移动的桃花源：东亚世界中的山水画》，北京：三联书店，2015 年

缪钺著：《遗山乐府编年小笺》，载龙榆生主编《词学集刊》第三卷第二、三号，上海：上海书店，1985 年影印本

（韩）池荣在著：《益斋李齐贤其人其词》，载《词学》编委会编《词学》第九辑，上海：华东师范大学出版社，1992 年

彭国忠著：《檃括体词浅论——以宋人的创作为中心》，载《词学》编辑委员会编《词学》第十六辑，上海：华东师范大学出版社，2006 年

萧启庆著：《元代的族群文化与科举》，台北：联经出版公司，2008 年

萧启庆著：《元丽关系中的王室婚姻与强权政治》，载作者《内北国而外中国：蒙元史研究》，北京：中华书局，2007 年

邵增祺编著：《元明北杂剧总目考略》，郑州：中州古籍出版社，
　1985年

陈垣著：《元西域人华化考》，影印民国二十三年《励耘书屋丛刻》
　本，北京：北京师范大学出版社，1982年

屈万里著：《元祐六年宋朝向高丽求佚书的问题》，载作者《屈万里
　先生文存》第三册，台北：联经出版事业公司，1985年

（新西兰）史蒂文·罗杰·费希尔著：《阅读的历史》，李瑞林、贺
　莺、杨晓华译，党金学校，北京：商务印书馆，2009年

### Z

葛兆光著：《宅兹中国——重建有关"中国"的历史叙述》，北京：中
　华书局，2011年

张晖著：《张晖晚清民国词学研究》，张霖编，南京：南京大学出版
　社，2014年

张宗祥著：《张宗祥文集》，浙江文史研究馆编，上海：上海古籍出
　版社，2013年

张存武著：《中国对于日本亡韩的反应》，载作者《清代中韩关系论
　文集》，台北：台湾商务印书馆，1987年

潘吉星著：《中国、韩国与欧洲早期印刷术的比较》，北京：科学出
　版社，1997年

吕思勉著：《中国近代史八种》，上海：上海古籍出版社，2008年

张秀民著：《中国印刷术的发明及其影响》，北京：人民出版社，
　1958年

（韩）赵锺业著：《中韩日诗话比较研究》，台北：学海出版社，
　1984年

王运熙著：《锺嵘〈诗品〉陶诗源出应璩解》，载作者《王运熙文集》第
　二卷《汉魏六朝唐代文学论丛》，上海：上海古籍出版社，2012年

张伯伟著：《锺嵘诗品研究》，南京：南京大学出版社，1999年

### 三、韩文研究论著

车柱环著:《韓國詞文學研究(一)》,《아세아연구》제 7 권 3 집,
　　아세아문제연구소,1964

车柱环著:《韓國詞文學研究(二)》,《아세아연구》제 7 권 4 집,
　　아세아문제연구소,1964

车柱环著:《韓國詞文學研究(三)》,《아세아연구》제 8 권 1 집,
　　아세아문제연구소,1965

车柱环著:《韓國詞文學研究(四)》,《아세아연구》제 8 권 3 집,
　　아세아문제연구소,1965

车柱环著:《韓國詞文學研究(五)》,《아세아연구》제 8 권 4 집,
　　아세아문제연구소,1965

金学主著:《조선시대 간행 중국문학 관계서 연구》,서울대혁
　　교출판부,2000 年

南润秀著:《韓國의"和陶辭"研究》,首尔:亦乐图书出版社,
　　2004 年

赵载亿著:《韓國詩歌에 미친 陶淵明의影響》,载《文湖》第 5 辑

李昌龙著:《高麗詩人과陶淵明》,载《建大學術誌》第 16 辑

李昌龙著:《李朝文學과陶淵明》,载《建大學術誌》第 18 辑

金忠烈著:《高麗儒學史》,首爾:高麗大學校出版部,1987 年

柳己洙著:《〈歷代韓國詞總集〉補正記》,载《民族文化》第 39 辑,
　　2012 年

柳己洙著:《中國詞의受容과創作——새로 발견된高麗・朝鮮詞
　　를中心으로》,《중국학연구》제 65 집,2013 年

柳己洙著:《朝鮮의朱熹詞 受容 樣相에 관한 研究》,《중국학연구》
　　제 57 집,2011 年

柳己洙著:《中國과韓國의"巫山一段雲"詞研究》,《중국학연구》
　　제 8 집,중국학연구회,1993 年

柳己洙著:《高麗時代의 詞人 및 詞文學의 發展 背景 考察》,
《중국학연구》제 29 집,중국학연구회,2004 年

柳己洙著:《韓國詞의 原資料에 나타난 몇 가지 문제점》,
《중국학연구》제 37 집,중국학연구회,2004 年

柳己洙著:《韓國 歷代詞의 詞牌 運用에 관한 고찰》,《중국연구》
제 40 권,한국외국어대학교 중국영구소,2007 年

**四、日文研究论著**

许山秀树著:《〈樊川文集夾注〉の成立と版本》,中国诗文研究会
编《中國文學研究》第 20 期,1994 年

铃木广之著:《瀟湘八景の受容と再生產——十五世紀を中心と
した繪畫の場》,《美術研究》第 358 號,1993 年

崛川贵司著:《瀟湘八景:詩歌と繪畫に見る日本化の樣相》,东
京:临川书店,2002 年

鎌田出著:《"荻八景"序論——日本における瀟湘八景定着過程
を考察する手がかりとして》,中国诗文研究会编《中國詩文論
叢》第三十二集,2013 年

# 后　　记

　　本书是由我承担的 2011 年度国家社科基金青年项目"域外汉籍传播与中韩词学交流研究"的最终结项成果，各章节的撰写则前后延续了十多年。最先完成的是研讨朝鲜刻本《樊川文集夹注》文献价值的那一节，当时尚在攻读硕士研究生，由于兴趣别有所注，只是浅尝辄止而已。完稿之后投寄出去，也没有太过在意。直至博士毕业之际，这篇在编辑部搁置了两三年的论文总算及时刊出，在我谋求高校教职时起到不少作用，但依然没有促使我在域外汉籍领域继续深入。2008 年我受邀至韩国极东大学担任一年外籍教师，偶尔购得一册《历代韩国词总集》，客居多暇，便时常披览。又承韩国友人襄助，得以利用公私藏书，略有所获，便识诸简端。随后草拟过数篇论文，参加了几次学术会议，藉此稍稍排遣心中的岑寂落寞。回国之后诸事繁杂，心绪不宁，相关研究又告暂停。2010 年再度赴韩参加韩国中语中文学会举办的国际学术研讨会，并受邀在高丽大学做过一次有关中韩文学交流的报告，才让我最终下定决心以此为题申报科研项目。只是回国后资料匮乏，更兼生性疏懒，经过数年延宕，才得以完成此项研究。

　　书中不少章节曾先后在《复旦学报》、《文艺理论研究》、《古代文学理论研究》、《华东师范大学学报》、《中山大学学报》、《古典文学知识》、《文学遗产》、《学术界》、《人文杂志》等学术刊物上刊登，此次结集又做了部分修订润饰。尽管已勉力为之,但自忖学识谫陋,疏漏颇多,尚祈专家不吝赐正。

衷心感谢韩国高丽大学的崔溶澈教授、崔圭钵教授、洪润基教授、安芮璿博士和申正秀博士,西园大学的黄瑄周教授,汉阳女子大学的金贞熙教授,首尔保健大学的赵成千教授,韩国开放网络大学的徐盛教授,济州汉拏大学的李钟武教授和金源熙博士,在本书的撰写过程中提供了诸多无私的帮助。也衷心感谢责任编辑马颢兄高效细致的审读,指出不少考虑欠周的地方。

不知不觉间已经迈入不惑之年,往昔的美好憧憬大多付诸烟云,只能留此雪泥鸿爪,聊供感怀追忆。

二〇一七年夏

**图书在版编目(CIP)数据**

域外汉籍传播与中韩词学交流 / 杨焄著. —上海：
上海古籍出版社，2017.9
ISBN 978-7-5325-8587-8

Ⅰ.①域… Ⅱ.①杨… Ⅲ.①词学-研究-中国、韩
国 Ⅳ.①I207.23②I312.607.2

中国版本图书馆 CIP 数据核字(2017)第 209624 号

**域外汉籍传播与中韩词学交流**
杨 焄 著
上海古籍出版社 出版
(上海瑞金二路 272 号 邮政编码 200020)
(1) 网址：www.guji.com.cn
(2) E-mail：gujil@guji.com.cn
(3) 易文网网址：www.ewen.co
上海世纪出版股份有限公司发行中心发行经销
惠敦印务有限公司印刷
开本 890×1240 1/32 印张 11.25 插页 2 字数 272,000
2017 年 9 月第 1 版 2017 年 9 月第 1 次印刷
ISBN 978-7-5325-8587-8
I·3208 定价：48.00 元
如有质量问题,请与承印公司联系